Begegnungen

„Gott hat mich gerettet“

Christina Cavaco

Text: Christina Cavaco
Lektorat: Sandra Binder
Covergestaltung: Sona Zinkl
Umschlagfoto: Adobe Stock
Satz und Layout: Sona Zinkl
ISBN 978-3-96200-506-1
Druck: Verlagsgruppe Verlagshaus Schlosser
D-85652 Pliening • www.schlosser-verlagshaus.de

Printed in Germany

Vorwort

Was wäre das **Leben** ohne **Begegnungen**. ***Wärst Du heute der Mensch, der Du bist?*** Begegnungen sind unerlässlich für unser Dasein. **„Der Herr, unser Gott“** schenkt uns Familie, Freunde, Partner und Bekanntschaften, die unseren Lebensweg begleiten. Denn **„Gott“** gab uns den freien Willen, unseren Weg auszusuchen – mit Begegnungen, die wichtig für uns sind. Der Mensch braucht Beziehungen, denn emotionale Bindungen geben uns die Bestätigung, die wichtig ist, um das Gefühl zu erlangen, gebraucht zu werden.

Begegnungen fordern oft unser Schicksal heraus, auf einem guten oder schlechten Weg.

Jeder hat die freie Entscheidung, wohin und mit wem seine Reise geht.

Es gibt nur einen Preis in unsere Lebensgeschichte. Die richtige Entscheidung zu treffen, ist für uns selbst ein Geheimnis, nur **„Gott“** weiß, was passiert.

Einer der Wendepunkte im Leben ist der, wenn wir merken, dass die Gemeinsamkeiten mit den Menschen, die uns auf unserem Lebensweg begleiten, manchmal nicht für immer sind.

Wenn uns auffällt, dass Beziehungen oder Begegnungen nicht zielführend sind, sondern auf Kosten wertvoller Lebenszeit verschwendet werden. Dann ist es meistens die bessere und intelligentere Entscheidung, dass jeder seinen eignen Weg beschreitet. Etwas zu beenden oder loszulassen, fällt uns oft schwer, der Grund ist: wir sind emotional abhängig. Aus den verschiedensten Gründen sind wir an alte Muster gebunden und daher dauert es oftmals viel zu lange, den Schlussstrich zu ziehen.

Dabei sollten wir immer die Sicherheit im Hinterkopf behalten, dass **„Gott“** erkennt, wenn sich bei uns eine Tür schließt. Dann öffnet **„unser Vater“** ein neues Fenster.

Begegnungen führen uns auch in Versuchung, Dinge zu tun, die wir normalerweise nicht wagen würden. Wir lassen uns darauf ein, mit der Beeinflussung oder Überzeugung, dass es richtig ist. Denn alle wollen das Beste vom Besten, Bescheidenheit ist nicht gerade aller Bestreben.

Wir leben in einer Welt des Konsums, je mehr du hast, desto mehr willst du, egal, in welcher Lebenslage. Mein Gedanke ist, dass sich dieser ewige Kampf, immer besser zu sein als andere, als sehr mühsam gestaltet.

In erster Linie gehen meine Gedanken und Worte persönlich an Dich. Ich schreibe dieses Buch als Dein **„Freund“**. Deshalb nehme ich mir die Freiheit, Dich persönlich anzusprechen und in der **„Du-Form“** zu schreiben.

Versuche, Positives für Dich selbst in Bewegung zu setzen und verstricke Dich nicht in kräftezehrende Konkurrenzkämpfe. Vermeintlich große Dinge zu besitzen, heißt nicht groß zu sein! Hab Vertrauen in unseren **„Herrn“** und die Gaben, die er Dir auf Deinen Lebensweg mitgegeben hat.

Lebe das aus, was Dich antreibt, worin Du Dich verwirklichen kannst, denn darin wächst Deine innere Stärke.
Begegnungen können zu Deinem Vorteil führen, sie können aber auch dazu führen, dass Du Leid erfährst. Aber trotzdem denke nicht, dass sie unnötig waren oder sind! Sondern lerne daraus und schätze das, was Du hast. Das Leben ist kurz, besitzen kannst Du viel, aber nichts von dem Besitz ist so wertvoll wie die Tatsache, dass Du Deine Zeit lebst.
„Gott“ wäre traurig um Dich, wenn Du aufgibst. Denn er gibt Dir nichts im Leben, was Du nicht bewältigen kannst. Falls Deine Last doch zu schwer ist, vertraue darauf, dass Du getragen wirst von ihm, wenn Du bittest und betest.
Mit diesen Zeilen will ich vorab einen kleinen Einblick vermitteln, welche Erfahrungen mit **„Gott“** und dem Thema Begegnung mir zuteilwurden. Wohin sie mich geführt haben und zu wem sie mich gemacht haben. Ich hoffe, dass diese Reise, die Du antrittst, mit diesem Werk in **„Liebe“** bei Deinem **„Herzen“** ankommt.

„Verlass dich auf den HERRN von ganzem Herzen, und verlass dich nicht auf deinen Verstand, sondern gedenke an ihn in allen deinen Wegen, so wird er dich recht führen.“

Luther Bibel 3:5-6

Du erntest, was Du säst

Hast Du nicht auch ab und zu das Gefühl, in einem sich immer weiterdrehenden Hamsterrad zu sitzen? In diesem Hamsterrad lebst Du nach vorgegebenen Mechanismen. Weil Dein Tun und Handeln vorgelebt werden, entsteht in Dir das Gefühl, nur so ist es richtig und so wird es von der Welt da draußen erwartet. Der ewige Kreislauf des Lebens: Hochzeit, Kinder, Hausbau – zur Freude Deiner Familie und Deiner Freunde. Du bist davon überzeugt, dass diese Art des Lebensweges für Dich so am besten ist.
Es spricht auch nichts dagegen, insofern Du diese Art zu leben, auch wirklich willst.
Mach ein Gedankenexperiment: Was wäre, wenn Du einen anderen Weg einschlagen könntest. ***Kannst Du Dir das jetzt gerade ausmalen? Wie wäre dann Dein Leben bis heute verlaufen?***
Nun, irgendwann im Leben, durch Situationen oder Begegnungen, in welche Du durch Zufall hineinschlitterst, ist es nicht alles nur vorprogrammiert. Sondern es ist auch zutiefst menschlich, dass andere Menschen in Dir schleichende Veränderungen bewirken. Das bewirkt, dass Du plötzlich neue Gedankengänge hast, die zuvor nie da waren. Genau in diesem Moment malst Du Dir aus, wie Dein Leben doch hätte sein können.

Hast Du Dich nicht oft gefragt. ***Was wäre, wenn ich doch bloß zum damaligen Zeitpunkt über das Wissen von heute verfügt hätte?*** **Dann würde ich jetzt vieles anders machen!** Dieser Gedanke hört sich an, als hättest Du versagt – bereut oder verloren. ***Bist Du wirklich sicher, dass Du alles ändern würdest?*** Alles sicher nicht, vielleicht würdest Du Dir wünschen, unangenehme Situationen zu vermeiden. Aber auch das hast Du nicht in der Hand. Letztendlich lernst Du aus erlebten Erfahrungen, welche Dich möglicherweise zu einem weisen Menschen machen.
„Du erntest, was Du säst", so zeichnet sich auch Dein Leben aus, mit allem, was Du entgegennimmst und daraus machst.
Wir machen zusammen ein erneutes Gedankenexperiment: *Stell Dir vor, Du pflanzt einen kleinen Baum ein. Natürlich solltest Du Dich darum kümmern, dass dieses kleine verletzbare Pflänzchen genug Sonnenlicht und Wasser bekommt. Wenn Du Dir genügend Mühe gibst und versuchst, Dein Bestes zu geben, um diesem jungen Baum dabei zu helfen, zu wachsen und ihn zum Gedeihen zu bringen. Du siehst, es funktioniert – Deine Mühe wird belohnt. Du fühlst den Erfolg, denn all die Liebe und Fürsorge, die Du dem Baum geschenkt hast, hat sich ausgezahlt. Jedenfalls würde es Dich sicherlich mit Stolz erfüllen, mit Deiner Kraft etwas erreicht zu haben. Ein*

Baum hat tiefe Wurzeln, diese Wurzeln sind fest im Fundament der Erde verankert. Nur so kann der Baum kontinuierlich wachsen, sich zu seiner vollen Blüte entfalten und schließlich Früchte tragen.
Auch Bäume haben Begegnungen – auf ihre ganz eigene Art. Mit der Sonne, dem Wind, dem Regen und mit Vögeln, die ihre Nester bauen, mit Tieren, die Unterschlupf unter der schützenden Baumkrone finden. Sogar mit Menschen, die darunter sitzen und wertvolle Augenblicke der Ruhe genießen, welche die Natur ausstrahlt.
***Was ist also wichtig im Leben, um es in seiner Schönheit zu erleben?* Sein Fundament!** Versuche, Dich im Gleichgewicht zu halten. Wenn Du Dein Gleichgewicht verlierst, verlierst Du auch Dich.
Ich weiß, jeder von uns hat ein ständiges Auf und Ab in vielen Lebenslagen. Aus dieser Welt kommt keiner ungeschoren davon, „**jeder kämpft**".
Jeder hat seine Geschichten zu erzählen, die sicherlich in den wenigsten Fällen angenehm waren.
Eine Frage hast Du Dir sicherlich irgendwann mindestens einmal gestellt: ***Warum ICH?***
Nun, erst wenn eine gewisse Zeit vergeht, bekommst Du auf diese Frage eine Antwort. Denn **„Gott"** will, dass Du verstehst, worin der Sinn dahinter bestanden hat.
Pack Dein Leben in einer Schatztruhe ein, in welche Du gute und schlechte Erlebnisse hineinlegst, und öffne sie, wann immer Dir danach ist. Meistens traust Du Dich erst dann, Deine Truhe zu öffnen, wenn Vertrauen und Bindungen zum Menschen entstehen. Genau da fängst Du an, von Dir zu erzählen und bemerkst, dass es Dir hilft. Das Verdrängen Deiner unschönen Geschichten ist nicht gerade zu Deinem Vorteil. Denn es holt Dich immer wieder ein, unvermeidlich katapultierst Du Dich zum Ausgangspunkt zurück.
Inmitten dieser chaotischen Gefühlswelt passiert es, dass Du Gelegenheiten oder Chancen verpasst. Somit entgleiten Dir neue und positive Lebenslagen, die Dich zu außergewöhnlichen Wegen führen könnten. Dann bist Du ein Mensch, der keine Risiken eingehen will, sondern sich ständig absichert. Nur um sicherzugehen, dass alles nach Plan abläuft. ***Glaubst Du wirklich, dass Dein Plan funktioniert?***
Nun, Gott hat seinen eigenen Plan mit Dir, vertraue darauf und lass es geschehen.
Sag zu Dir selbst: *Alles kann ich bewältigen durch Jesus Christus, der mir Kraft und Stärke gibt. Ich überlasse dem Herrn die Führung meines Lebens und vertraue auf ihn, er wird es richtig machen.*
Vergeude keine wertvolle Zeit! Denn Zeit ist „**Gottes"** Geschenk an Dich. Der Sieger ist nicht derjenige, der zuerst das Ziel erreicht. Sondern derjenige, der sich durch Niederlagen kämpft und immer wieder aufsteht und weiterkämpft. Jeder Mensch hat das gleiche Ziel vor Augen, nämlich respektiert und geliebt zu werden.

Oft – wenn wir Enttäuschungen und Niederlagen erleben – suchen wir Ersatz in Dingen oder Menschen, was in vielen Fällen nicht hilfreich, sondern kontraproduktiv ist. Es kann uns sogar schaden, aber damit hoffen wir, schnell zu vergessen, und in den meisten Fällen führt dies in die falsche Richtung. Wir sind nicht perfekt, aber perfekt genug, um unnötige Fehlentscheidungen zu vermeiden.
Gott segne Dich in Deinem Dasein und schenke Dir immer die nötige Zuversicht.

„Der HERR behüte Dich vor allem Übel, er behüte deine Seele; der HERR behüte deinen Ausgang und Eingang von nun an bis in Ewigkeit.“

Luther, Psalm 121:7:8

Die Aufmerksamkeit

Wenn Du Deinem Leben Aufmerksamkeit schenkst, dann fällt Dir viel schneller auf, was um Dich herum passiert. Wenn Du in der Lage bist, das Hier und Jetzt bewusst zu erleben, prägt es Dein Bewusstsein intensiver. Nur in der Aufmerksamkeit besitzt Du die Fähigkeit, zu erkennen, wie Du Dein Ich entdeckst.
Wenn Du die Tierwelt beobachtest, wirst Du die Faszination ihres Verhaltens erkennen. Denn sie nehmen alles so leicht und vertrauen auf ihren gottgegebenen Instinkt, welcher sie lenkt. Tiere, die mit uns zusammenleben, werden unsere Familienmitglieder. Es entwickelt sich eine emotionale Bindung. Durch ihr Dasein nehmen sie uns ohne Anstrengung mit in ihre Welt.
Mit ihrer Leichtigkeit und ihrer spielerischen Art lassen wir uns mitreißen. Sie bringen uns zum Lachen und ohne lang zu überlegen, sind wir dann schon mitten drin statt nur dabei. Tiere können uns perfekt vom alltäglichen Stress befreien – und das immer wieder ohne große Bemühungen.
Oft ist es besser, einfach mal abzuschalten durch Unterstützung von Menschen oder Dingen.
Versuch es doch mal! Oft überrascht es einen selbst, wie die Aufmerksamkeit auf die Ablenkung projiziert wird. Zu Deinem Erstaunen kann es ganz unvermittelt passieren, dass sich für Dein akutes Problem plötzlich eine Lösung auftut.
Stell Dir vor: *Du bist in einem Tal und vor Dir steht ein großer, majestätischer Berg. Du sollst diesen Berg besteigen und Dein erster Gedanke ist:* ***„Meine Güte, wie soll ich diesen schier unüberwindlichen Aufstieg nur bewältigen?“***
Du gehst auf diesen Berg zu und besteigst ihn Schritt für Schritt. Dann wird Dir auffallen, dass das, was Dich so bedrückt, plötzlich nicht mehr vordergründig präsent ist. Der Grund dafür ist, Du bist viel zu konzentriert durch die Aufgabe, diesen Berg zu erklimmen. Erstmals endlich an der Spitze angekommen, entdeckst Du die Aussicht und erblickst eine andere Dimension. Welche Du in Worten kaum beschreiben kannst, denn dieser unfassbar schöne Ausblick überwältigt Dich. In diesem Moment siehst Du das Tal so klein, ebenso wie Deine Sorgen und Nöte.
Dieser komplett andere Blickwinkel führt Dich zu den richtigen Entscheidungen.
Meistens ist vieles lösbar und nicht schwierig. Schwierig ist nur die Konsequenz vor der Ehrfurcht, die Du hast. ***Nichts ist so beständig wie Veränderung im Leben!***
Wenn Du diesen einen großen Berg hinunter schreitest, hast Du während der gesamten Zeit des Abstiegs positive Energie getankt. Du bemerkst, dass das Unangenehme in Dir nicht mehr so präsent ist.
„Albert Einstein“, einer der größten Wissenschaftler der Neuzeit, erörterte im Rahmen seiner Veröffentlichungen seiner berühmten Relativitätstheorie das Ver-

halten von Raum und Zeit. Einfach dargestellt proklamierte er: **„Der Raum bleibt unveränderlich, aber die Zeit schreitet stetig voran."**
Einsteins bahnbrechende Relativitätstheorie ist allerdings viel komplexer, als dass man sie in einem Satz zusammenfassen könnte. Dies ist aber auch nicht das Thema dieses Buches.
Trotzdem ist Einsteins Theorie eine wichtige Metapher, ich habe sie kurz angeschnitten, um deutlich zu machen: Die Zeit, die Du hast, sie läuft vor Dir ab und sie fragt nicht danach, ob Du nachkommst. Der Raum, in dem Du Dich befindest, also Deine Welt, die kannst nur Du verändern. Hab Mut darin, die Welt in einem anderen Blickwinkel zu betrachten. Vertraue auf **„Gott"** und fühle diesen Moment und spüre, was dieser Moment mit Dir macht.
Die Vergangenheit kannst Du nicht ändern, die Zukunft bleibt nur ein Gerücht, aber die Gegenwart ist das, was zählt. Dadurch befindest Du Dich in Deinem Raum. Du kannst diesen Raum nach Deinen Vorstellungen, Wünschen und Träumen verändern, genauso, wie Du es willst. Denn die Zeit ist auf Deiner Seite, solange Du sie hast, und es wird für Dich immer die Möglichkeit geben, verschiedene Wege auszuwählen. Keiner kann Dir sagen, ob es richtig oder falsch ist.
Wenn Du Dich an einem Scheideweg befindest, dann nimm Dir Zeit. Besteige den Berg als Metapher und blicke am Gipfel über den Rand des weiten Horizontes hinaus. **Zögere nicht!** Denn Du musst diesen Weg nicht allein gehen. **Gott sorgt für Dich!** Es ist garantiert, dass Begegnungen – welcher Art auch immer – Deine Wege kreuzen werden. Das spornt Dich an, nicht aufzugeben.
„Glauben versetzt Berge", deshalb glaub auch an Dich und an das, was vor Dir liegt. Dein Glaube macht Dich stark und verdrängt die Angst wie hinter einer geschlossenen Tür. Dies führt dazu, dass sie für Dich nicht mehr sichtbar ist.
Glaub mir, Du bist nicht allein, auch wenn Du glaubst, da ist niemand. Der Mensch glaubt nur das, was er sieht, aber das ist nur die Oberfläche. **Öffne und durchdringe die Oberfläche!** Dann wirst Du ein wunderbares Licht wahrnehmen, dem Du zuvor keine Aufmerksamkeit geschenkt hast.
„Denn Gott ist immer bei Dir und mit Dir." Gott segne Dich auf all Deinen Wegen.

„So geht nun sorgfältig darauf, wie ihr eurer Leben führt, nicht als Unweise, sondern als Weise, und kauft die Zeit aus, denn die Tage sind böse."

Luther, Epheser 5:15-16

Der Glaube

Wenn Dir das Wort **„Glaube"** begegnet, kannst Du Dir dann spontan ausmalen, ***was ich damit meine? Zweifle nicht, sondern glaube an Dich, glaube an die Liebe, glaube an andere Menschen, an Wunder, an Schicksale oder an Gott?*** Ich möchte mich jedoch im Rahmen dieses Buches auf das Glauben an Gott beziehen.
Es gibt viele Religionen auf dieser Welt. Experten und Wissenschaftler sind nicht in der Lage, zu definieren, wie viele Glaubensrichtungen letztendlich existieren. Bekannt sind die fünf großen Weltreligionen **Christentum, Buddhismus, Hinduismus, Judentum und Islam.**
Ich sehe mich nicht als Gegner anderer Religionen oder Glaubensansätze, trotzdem bin ich nicht davon überzeugt. Denn jede Religion hat ihre Vorschriften und Konventionen, die sich in verschiedenen Glaubensrichtungen hervorheben. Religionen sind in der Grundlage von Kultur zu Kultur unterschiedlich und bestehen auf ihre Überzeugung. Aber egal, in welcher Religion die Menschen ihren Glauben manifestiert haben: **„Gottes reichen Segen sei mit allen Menschen."**
Gläubige Menschen auf dieser Erde, die ihre Religion ausleben, vertreten ihre Ansichten. ***Sprechen sie dann trotzdem über denselben Gott, unseren Herrn?*** Diese Tatsache hat mich neugierig gemacht und mich dazu bewogen, dies tiefgründiger zu hinterfragen.
Hast Du nicht auch manchmal das Empfinden, dass es Dir zu paradox vorkommt, dass Menschen unterschiedlich glauben und sich an ihren Vorschriften und Vorzeichen orientieren und sich daran halten?
Sicher kennst Du Begegnungen, die unterschiedliche Glaubensrichtung haben und die in ihrem Glauben völlig anders agieren als Du. ***Trotzdem sprechen sie vom selben Gott? Hast Du Dir nie die Frage gestellt, warum es unterschiedliche Religionen gibt?***

Meine Begegnung mit dem Glauben hatte ich schon in meiner Kindheit durch meine Mutter miterlebt. Meine Mutter ist streng katholisch, es war ihr wichtig, uns – also meinen Bruder und mich – in diese Religion mit einzubinden. Durch meine intensivste Begegnung mit dem Glauben an Gott habe ich die Verbundenheit durch das heilige Buch ***„Die Bibel"*** gefunden, allerdings erst in mein Erwachsenendasein**.** Es gibt für mich **„Gott"**, der unser Vater im Himmel ist, **„Jesus Christus"**, seinen Sohn, den **„Heiligen Geist"**, die **„Mutter Gottes"**, **Maria**, und die lieben „**Engel"**, die Boten Gottes sind. **Das ist mein Glaube.**
Bis zum heutigen Tage bin ich nie im Stich gelassen worden. Religionen haben ihren Ursprung in den verschiedensten Kulturkreisen. Für denjenigen aber, der

betet, ist der „**Herr**“ allgegenwärtig. Ich glaube nicht, dass „**Gott**“ abwägt und darüber urteilt, welche Religion am besten zu ihm passt.
Ich selbst bin katholisch aufgewachsen. Ich habe alles dafür getan, eine gute Katholikin zu sein. Ich wurde katholisch getauft, durfte die heilige Erstkommunion erfahren, feierte die Firmung und wurde schließlich kirchlich getraut.
Dabei kam mir der Gedanke: ***Nur weil ich alle diese Zeremonien vollzogen habe als Katholikin, bin ich in der richtigen Religion? Ist Religion wichtig, um Gott nah zu sein, damit jedem seine Sünden vergeben werden?*** Meine Meinung ist, dass wir Menschen alle Sünder sind. **Wir alle, ausnahmslos!** In meinen Augen gibt es keine Ausnahme.
Unabhängig davon, ob Du einen Titel vor Deinem Namen trägst oder nicht, vor „**Gott**“ sind wir alle seine Kinder, die Fehler machen – unabsichtlich oder absichtlich. Jeder Mensch dieser Erde wird mit den gleichen Gaben geboren. Entweder entscheidest Du Dich, gut zu sein oder Du tendierst dazu, Schlechtes zu bewirken. „**Gott**“ gab uns den freien Willen und mit diesem Willen auch die Chance, Gutes zu veranlassen und mit dieser Chance darüber zu entscheiden, ob wir mit Gott gehen oder nicht. **Auch für all die vielen Menschen, die sich verloren haben auf ihrem Weg, ist es niemals zu spät, mit Gott zu gehen!**
„**Gott**“ will, dass Du seine Liebe in Dir trägst, hörst und fühlst. Lasse es zu, dass „**Er**“ Dich heilt vom Schlechten und Du wirst klar erkennen. **Das erste Wunder fängt bei Dir selbst an!**

Sicherlich werden wir im Laufe unseres irdischen Lebens vielen harten Prüfungen ausgesetzt.
Aber wann immer Du nach unserem Herrn rufst und mit ihm sprichst: Glaube daran, dass Dir geholfen wird.
Viele Menschen empfinden, dass sich dies so leicht sagt. Durch Verluste, Enttäuschungen, Verwirrung und den Zwang, loszulassen, ist es nicht immer einfach, am Glauben festzuhalten, manchmal fällt es richtig schwer.
Ich schreibe genau diese Worte nicht ohne Grund und nicht nur **„einfach so"**. Denn auch ich weiß sehr genau, was es bedeutet, zu verlieren.
Allein der Glaube hat mich gerettet, **„Gott"** hat mir die Kraft gegeben, immer wieder aufzustehen zu jedem tiefen Fall. Denn **„Gott"** hat mich nicht auf dem Boden liegen gelassen. **„Er"** hat mich immer dann getragen, wenn ich nicht mehr konnte.
Sicher sind Veränderungen unausweichlich in unserem Leben, sie gehören dazu. Oft ist es nicht einfach, weiter zu machen, bedingt durch schmerzhafte Erlebnisse und Schicksale. Dennoch, durch **„Gottes Hand"** wird alles gut, nur anders. Auch wenn dafür jedes Verständnis manchmal fehlt. **Eine Tatsache ist ein klarer Fakt:** Man verliert oft und das Verlorene – was immer es auch ist – kommt nicht mehr zurück. **Aber schau genau hin:** Andere neue Türen und Fenster werden geöffnet und es tritt etwas Neues und Wunderbares in Dein Leben, nimm es dankbar an als eine weitere Chance in Deinem Dasein.
Es gibt ein wunderschönes Gedicht = **„Spuren im Sand"**. Es erzählt von einem Menschen, welcher schwere Zeiten durchleben muss, aber dennoch nicht von seinem tiefen Glauben an **Gott** abweicht. **Trotzdem fragt er den Herrn:** ***Warum hast Du mich allein gelassen, als ich Dich am meisten gebraucht habe?*** **Der Herr antwortet:** ***„Mein liebes Kind, ich liebe Dich und werde Dich nie allein lassen, erst recht nicht in Nöten und in Schwierigkeiten. Dort, wo Du nur eine Spur im Sand gesehen hast, da habe ich dich getragen."*** Geschrieben von **„Margaret Fishback"**.

Ich habe bewusst nur die eine Passage dieses Gedichtes zitiert. Weil genau mit dieser Passage kann ich mich identifizieren, sie spiegelt einen Teil meines Lebens wider. Immer wenn ich es lese, erinnert es mich genau an das Gefühl, wie tief ich einst gefallen war und wie ich trotzdem – genau in diesem Tal getragen worden bin vom Herrn. Der Glaube an die Liebe Gottes gibt mir jeden Tag Kraft, keine Angst zu haben, neue Fenster und Türen zu öffnen.
„Gott" hat einen Plan und ich vertraue ihm. Alles hat einen Sinn, sei es leid oder Glückseligkeit.
Wichtig ist, dass wir anfangen, zu verstehen, warum das Leben so ist, wie es ist. Es kommt, wie es kommt.
Trage die Liebe Gottes in Dir. Hab Vertrauen und gib niemals auf!
Wenn Du Dich verlierst, dann schau, was geschrieben worden ist, von Men-

schenhand geführt mit Gottes Wort. Das wunderbare Heilige Buch, „die Bibel". In diesem großartigen Werk wird das Wort Gottes offenbart – die Schriften des Alten und Neuen Testaments. Denn Jesus, unser Erlöser, hat seinen Jüngern all die Liebe und das Wort unseres Vaters hinterlassen. Er hat es für alle seiner Kinder auf dieser Welt hinterlassen, sodass sein Vermächtnis nicht in Vergessenheit gerät.
Es beschreibt die Geschichte vom Anfang bis zur Ewigkeit. Alles, was Gott sich von uns wünscht, vor allem die Liebe und nur die Liebe kann uns alle retten, das ist die Wahrheit.
Ich wünsche Dir Gottes reichen Segen, dass Du die Liebe immer in Deinem Herzen trägst, denn die Liebe wird Dir immer helfen in Deinem Dasein.

„Da redete Jesus abermals zu Ihnen und sprach: Ich bin das Licht der Welt. Wer mir nachfolgt, der wird nicht wandeln in der Finsternis, sondern wird das Licht des Lebens haben."

Luther, Johannes 8:12

Die Familie

Die Liebe verbindet uns Menschen, allen voran unsere Familie. ***Was bedeutet Familie eigentlich?*** Familie bedeutet in erster Linie engen Zusammenhalt, basierend auf gegenseitiger Anerkennung und Liebe. Man kann Emotionen in all ihre Facetten und Formen miteinander teilen. Familie bedeutet auch gegenseitiger Respekt und Akzeptanz. Die Sicherheit, nie allein zu sein, Vertrauen, Verzeihen und vor allem bedingungslose Liebe.

Wann sprechen wir von Familie? Wer gehört zur Familie? Eltern, Kinder, Großeltern, Geschwister und nahe oder entferntere oder angeheiratete Verwandte.

Dies ist die Regel! Eine Familie kann im Sinne aber auch durch langjährige Freundschaften entstehen, auch adoptierte Kinder sind oft Bestandteil der Familie.

Familie muss nicht zwangsläufig blutsverwandt oder genetisch gekoppelt sein. Es ist die emotionale Ebene, die uns zur Entscheidung führt, diese Menschen als unsere Familie anzusehen. Die Definition von **„Familie"** trägt jeder selbst.

Die meisten Menschen können ohne ihre Familie nicht leben, denn die Liebe verbindet und formt. Sie macht sie zu einer starken Einheit, zum Felsen in der Brandung des Lebens. Andere wiederum flüchten vor ihr und wieder andere haben keine oder eine zerrüttete Familie.

Wenn die Beziehung und Bindung innerhalb der Familie stimmt, so ist dies die wertvollste Konstellation, die das Leben zu bieten hat. Ansonsten hat das Wort Familie kein Gewicht. Du kannst mit Deiner Familie Sorgen teilen, aber auch Anerkennung erfahren. Denn die Anerkennung, der Zusammenhalt und die Liebe – diese essenziellen Werte und Güter – brauchen wir alle.

Bei Menschen, die all diese Liebe nicht bekommen, steht ihre Einsamkeit leider ganz groß geschrieben. Denn sie müssen in einem Umfeld leben, durch dessen Umstände all diese wertvollen und wunderbaren Eigenschaften einer Familie nicht gegeben sind. Es sollte für jeden die Chance vorhanden sein, eine Familie zu haben, es ist sehr traurig und schade, dass diese Chance vielen Menschen nicht offensteht.

Es gibt Familien, in denen unter den Familienmitgliedern schlechter Umgang vorherrscht, bis hin zur Boshaftigkeit und sogar Gewalt. Als Erwachsener bist Du in der Regel in der Lage, Dich gut dagegen zu wehren, ganz im Gegensatz zu Kindern. Menschen, die die Schwäche anderer ausnutzen, haben ein leichtes Spiel, auf zerbrechlichen Seelen herum zu trampeln oder sogar gewalttätig zu sein.

Eine wahre Geschichte aus meinem Leben: *Ich war sechs Jahre alt, als meine Eltern beschlossen hatten, in ihr Heimatland zurückzukehren. Sie entschieden, mich vorauszuschicken, um die Einschulung dort nicht zu verpassen und die Grundschule in diesem Land zu besuchen.*

Ich wusste nur, sie würden irgendwann in einem Jahr nachkommen, in der Zwischenzeit sollte ich durch ein Geschwisterteil meiner Mutter betreut werden. Diese Familienmitglieder waren mir total fremd. Die Familie bestand aus einem Ehepaar und ihrem Sohn in meinem Alter.
Am Anfang bin ich mit Freundlichkeit überhäuft worden, doch dies war von kurzer Dauer. Meine Tante hat schnell ihr wahres Gesicht gezeigt. Körperliche Gewalt gehörte für mich zur traurigen Tagesordnung. Ich erwähne an dieser Stelle nur eines von vielen Beispielen. Als ihr Sohn und ich nach der Schule nach Hause kamen, war immer Essen auf dem Tisch, welches sie schon am Vortag zubereitet hatte, da sie berufstätig war. Doch ihr Sohn schmiss das Essen jedes Mal in den Müll. Als meine Tante von der Arbeit heimkam, entdeckte sie das natürlich. Dies machte sie wütend, aber ihr Sohn behauptete immer, dass ich dies getan hätte. Sie glaubte ihm, also bestrafte sie mich, indem ich das Essen aus dem Müll holen und essen musste, zusätzlich zum Abendessen.
Als ich mich weigerte, und da der Tisch an der Wand stand, griff sie nach meinen Haaren und knallte meinen Kopf ein paarmal gegen die Wand. Also war ich gezwungen, alles zu essen, sowohl das bereits weggeworfene Essen als auch das Abendessen, damit sie aufhörte, mich zu schlagen. Manchmal war mein Magen so voll und rebellierte abends.
Oft wachte ich mitten in der Nacht auf und musste mich übergeben. Sie bemerkte dies, stand von ihrem Bett auf, zerrte mich vom Bett runter und zwang mich, das Erbrochene erneut zu essen. Als Kind fühlte ich mich verlassen, verängstigt, verloren und sehr allein. Das Schlimmste aber war, ich konnte nicht mal meine Eltern anrufen, um zu sagen: Holt mich hier raus. Ein ganzes Jahr ging das so, meine Erlösung war nah, doch meine Tante untersagte mir, meinen Eltern etwas davon zu erzählen, über diese ganzen Geschehnisse musste ich Stillschweigen halten. Sie drohte mir sogar damit, dass es mir noch schlechter gehen würde, wenn ich etwas berichten sollte. Als es endlich soweit war, meine Familie zu sehen, empfand ich es als einen der glücklichsten Tage meines Lebens.
Endlich in den Armen meiner Eltern und meines Bruders zu sein. Meine Eltern erkannten, dass mit mir etwas nicht stimmte durch die Spuren und Blessuren an meinem Körper.
Es gab eine Auseinandersetzung zwischen meinen Eltern und meiner Tante, aber irgendwie verblasste dieser Streit mit der Zeit. Die Wirkung dieses Gesprächs geriet dann doch in Vergessenheit. Als ich älter wurde, war ich sehr lange wütend und nach der Wut kam Hass, ich habe sie so gehasst.
Doch letztendlich war dieser Hass auf Dauer anstrengend und pure Zeitverschwendung für jemanden, in dessen Erinnerung ich nichts wert war. In meinem Erwachsenendasein war der erste Schritt für mich, zu verzeihen, um Frieden für meine Seele zu erlangen.
Bis heute kam nie eine Entschuldigung von ihrer Seite oder ein Zeichen der Reue. Das Gegenteil war der Fall. Ich habe dieses Thema einmal angesprochen, doch es wurde verleugnet und ich wurde als Lügnerin dargestellt. Ich konnte mich trotzdem damit abfinden, denn damit hatte ich gerechnet.

Meine einzige Reaktion war: *„Gott weiß es und hat alles gesehen, der Herr wird wissen, was und wie er für sie entscheidet." Somit war es für mich abgeschlossen.*
Mit dieser Geschichte möchte ich aussagen, es gibt sicher ganz viele Menschen da draußen, welche ähnlich schwere oder grausame Situationen durchlebt haben. Der Tag kommt immer, dass die Ungerechtigkeit ein Ende hat und die Peiniger bestraft werden. **Das ist sicher!** Die Macht, welche diejenigen Menschen über andere ausüben, wird irgendwann verlorengehen. Es ist gut zu wissen, dass die Familie uns schützt, Halt und Trost schenkt. In Situationen, in denen man es am meisten braucht, ist Familie unsere Zuversicht, die uns vermittelt, dass wir nicht allein sind.
Wichtig ist, dass wir lernen, zu verzeihen und wir sicher sein können, dass der Frieden über das schlecht Geprägte wächst. Erlebnisse oder schlimme Situationen, die uns negativ verankert haben, werden wir nie vergessen, aber sie werden auch nicht mehr im Vordergrund stehen.
„Weil Gott uns mit seiner Barmherzigkeit, seiner Liebe und seinem Frieden durchdringt."
Aus diesem Grund ist es wichtig, Familie zu haben. Es wird jedem selbst überlassen, ob wir wertvolle Freunde dazu zählen, welche wir durch ihre Art und ihr Handeln für uns als Familie betrachten. **Gott segne alle Familien auf dieser Welt, dass Liebe ihre Verbundenheit nie trennt.**

„Wenn aber jemand die Seinen, besonders seine Hausgenossen, nicht versorgt, hat er den Glauben verleugnet und ist schlimmer als ein Ungläubiger."

Luther, Timotheus 5:8

Die Ehe

Die Eheschließung ist traditionell verbunden mit der Gründung einer Familie. Heirat ist eine förmliche und offizielle, gefestigte Verbindung zwischen zwei Menschen, die sich lieben – vor dem irdischen Gesetz und vor allem vor **„Gott“**.
In vielerlei Hinsicht übernimmt das Paar mit dem Tage ihres Eheversprechens die Verantwortung für einander. Sobald die Trauung vollzogen wurde, sind die Eheleute eine Familie, auch wenn noch keine Kinder da sind. Die Worte vor der eigentlichen Zeremonie der Eheschließung von beiden Partnern müssen laut ausgesprochen werden. ***„Ich will Dich lieben, achten und ehren alle Tage meines Lebens, wie in guten so auch in schlechten Zeiten, in Gesundheit und Krankheit.“***
Diese Worte sind der Kern der Eheschließung.
Wie aber manifestiert sich dieses Versprechen im täglichen Leben? Manchmal gibt es Zeiten, in denen uns bewusstwird, wie lieblos unser Partner doch sein kann. Manchmal fällt es uns je nach Situation auch schwer, uns zu überwinden und dem Partner mit Respekt, Achtung und Liebe zu begegnen. Dies kann passieren, wenn der Dialog zwischen zwei Menschen im Eifer des Gefechts sich in einer Spirale böser Worte aufschaukelt und sich dies in der Seele schmerzhaft einbrennt.

Das Eheleben ist zweifelsohne eine schöne Form des gemeinsamen Lebens zweier Menschen, die sich lebenslange Treue versprochen haben. Die Hauptrolle in der Szenerie der Ehe spielt zweifellos die bedingungslose Liebe. Denn wenn die Liebe nicht stark genug ist, ist sie auf Dauer nicht ausreichend. Als Konsequenz davon zerbröckelt der Zusammenhalt in der Ehe. Im Sturm der ständigen Herausforderung, die uns immer wieder überrollt, ist die Liebe der essenzielle Fels in der Brandung, der gewährleistet, dass die Bindung bestehen bleibt, um die schwere Zeit zu meistern.
Ganz oft hören wir den Satz: *„Beziehung ist Arbeit.“* Dieser Spruch klingt auf den ersten Blick radikal und nicht besonders emotional. **Meine persönliche Meinung ist:** Ein Paar soll sich mit allen zur Verfügung stehenden Mitteln darum bemühen, den Weg, den sie gemeinsam gehen, mithilfe von Kompromissen mittig miteinander zu laufen. Dies ist nicht immer so einfach, aber machbar.
Heutzutage ist eine Auflösung der Ehen keine Seltenheit mehr, so liegt die Scheidungsrate bei über 40 Prozent, in städtischen Gebieten sogar über 50 Prozent.
Im Klartext: *„Nur circa die Hälfte aller geschlossenen Ehen hält ein Leben lang.“*
Nun, ich falle wohl in dieses Raster! Ich war zweimal verheiratet und bin zweimal geschieden.
Klar, ich bin nicht wirklich stolz auf diese Bilanz! Aber das ist meine Geschichte, ich kann sie weder rückgängig machen noch verändern.

Denke ich an die Ehe, stellt sich mir die Frage: ***Was musste passieren, dass beide Ehen zerbrochen sind?*** *Die erste Ehe dauerte sieben Jahre, alle Geschehnisse dieser Zeit zu berichten,* *würde ein weiteres Buch erforderlich machen. Die erste Ehe war die reinste Katastrophe, frei nach der bekannten Redewendung* ***„unterm Pantoffel stehen"****. Ich war die Marionette und mein damaliger Ehegatte war derjenige, der die Fäden zog und fest in der Hand hatte.* ***Ich gebe mir oft selbst die Schuld!*** *Hätte ich mich gleich von Anfang an gewehrt, wäre nicht so viel – im Endeffekt vergeudete – Lebenszeit verloren gegangen. Aber ich war sehr jung und verängstigt, unbedarft und naiv. Letztendlich hat dieser Ehepartner sein Eheversprechen nicht eingehalten. Mein Ausweg aus diesem miserablen Eheleben war schließlich die Scheidung.*
Für mich war es eine sehr gute Entscheidung! *Die zweite Ehe war viel mit Einsamkeit verbunden. Wir hatten sogar gemeinsam ein Haus gebaut, mit Vorgarten, und besaßen zwei Labrador Hunde. Am Anfang schien es schön, doch mit der Zeit entwickelte es sich immer mehr zu einem* ***„Nebeneinanderher leben"*** *– zu einer* ***„es ist schon okay, so wie es ist"-Situation****, letztendlich blieb zum Schluss nur eine Art* ***„Schweigen der Lämmer"****.*
Die Kernprobleme unserer Ehe wurden niemals richtig angesprochen oder kommuniziert. Alles wurde mehr oder weniger verdrängt oder schöngeredet. Danach folgte eine lange Phase, in der ich die Wochenenden immer allein verbracht habe. Ich fühlte mich zunehmend vernachlässigt, ja sogar betrogen und belogen. Das Eheversprechen verlor zunehmend an Gewicht und Bedeutung.
Es war vorprogrammiert, dass alles auf eine Scheidung hinauslief. Es war eine mühsame und anstrengende Zeit.
Die Herausforderung bestand zunehmend darin, immer ruhig zu bleiben und nicht dagegen zu kontern. Während der Trennungsphase gegen Windmühlen anzurennen, wäre kein Vorteil gewesen. Vor allem nicht dann, wenn ich kommuniziert hätte, was in mir so laut schrie! Im Hinterkopf hatte ich durch die letzte Erfahrung die Tatsache gelernt, dass Streiten nicht nur an Nervenkostüm und Seele zehrt, sondern, dass die Auseinandersetzung im Falle einer Scheidung auch mit hohen Kosten verbunden ist.
In der Zeit habe ich erfahren dürfen, dass ***„Gott"*** *mich begleitet und getragen hat.* ***„Er"*** *hat mir die Kraft, Geduld und Liebe gegeben, um das durchzustehen. Diese Phase hat mich ziemlich gebrochen und am liebsten wäre ich damals davongelaufen. Dennoch kam irgendwann letztendlich der Tag der Scheidung.* ***Auch diesmal war mein Gedanke: „Endlich ist dieses Schweigen gebrochen."*** *Ich konnte endlich seit langer Zeit wieder atmen, tanzen, singen, lachen und viel Gras darüber wachsen lassen.* ***„Das Leben hatte mich endlich wieder." Dank der grenzenlosen Liebe von „Gott", er hatte mich wieder gerettet!***
Die landläufige Meinung zum Thema Trennung und Scheidung besagt. ***Es gehören immer zwei dazu!***

Klar, ich bin auch der Meinung, dass beide Partner die Verantwortung tragen. Die Verantwortung, die man durch die Eheschließung übernommen hat. Doch oftmals ist einer von beiden der Auslöser und der andere fühlt sich nicht in der Lage, dieses unerklärliche Verhalten zu verstehen. Es führt immer wieder zu Verletzungen, die Narben in der Seele werden immer größer. Gutmütigkeit wird leider oft mit Dummheit verwechselt. Doch es kommt der Zeitpunkt, an dem sich der gutmütigste Mensch zu wehren weiß.
Auch wenn Du denkst, Dein Partner ist Dein Seelenverwandter, so ist doch der Charakter eines jeden Menschen grundsätzlich verschieden. Am Anfang einer Beziehung akzeptierst Du die Fehler Deines Partners, Du tolerierst sein Verhalten. Denn es ist ja einfach so – **„niemand ist perfekt“**. Eine Zeit lang ist alles okay, das redet man sich zumindest selbst ein. Doch dann fällt der Vorhang und es kristallisiert sich heraus, dass es doch für sich selbst – ganz im Inneren – nicht mehr okay ist und letztendlich nicht funktioniert.
Eine Ehe ist grundsätzlich etwas Wunderbares, aber nur unter der Voraussetzung, dass der Zusammenhalt stimmt und vor allem die Liebe besteht. Gemeinsam kann man so viel erreichen und meistern. Das Schönste daran ist, man betritt gemeinsam einen Weg und erlebt gemeinsam auf diesem Weg eine Geschichte. Diese Geschichte wird im Rückblick zum Meisterwerk der Eheleute aufgrund der Liebe, welche zwischen beiden besteht.
Für all diejenigen unter uns, bei denen es mit der Wahl des Partners nicht funktioniert hat:
Gott führt uns zu neuen Chancen mit Begegnungen, welche uns irgendwann zu unserem Glück führen können. Ich wünsche allen Ehen dieser Welt den Segen unseres Vaters im Himmel.

„Ihr Männer, liebt eure Frauen wie auch Christus die Gemeinde geliebt hat und hat sich selbst für sie dahingegeben, um sie zu heiligen. Er hat sie gereinigt Durch das Wasserbad im Wort.“

Luther, Epheser 5:26-26

Die Freundschaft

Was wir Menschen als Grundbedürfnis benötigen und von Herzen brauchen, sind Freundschaften.

Meistens entstehen Freundschaften zufällig! Es entwickelt sich eine persönliche Beziehung, die auf gegenseitiger Sympathie, Vertrauen und auf wechselseitiger Unterstützung und Hilfeleistung beruht.

Häufig beginnen tiefe, lebenslange Freundes Beziehungen als Sandkastenfreundschaften. Im späteren Leben sind es oftmals – *Schulkameraden, Sportfreunde, Studienfreunde, Militärfreunde, Geschäft und Berufsfreunde* oder auch *zufällige Begegnungen.* Wenn wir dieses Thema reflektieren, dann geht uns mit Sicherheit die eine oder andere Bekanntschaft durch den Kopf. Bekanntschaften, die wir aktuell pflegen, oder auch Personen, zu denen wir nur ab und zu den Kontakt halten. Möglicherweise denken wir aber auch an Freundschaften, die sich im Laufe der Zeit im Sand verlaufen haben.

Durch Begegnungen ergeben sich automatisch Erfahrungen, die man durch die Interaktion erfährt, macht und austauscht. **Sie hinterlassen Spuren – positiver oder negativer Art!** Es treten viele Menschen in unser Leben ein und teilweise wieder aus. Manche bleiben eine Weile, andere sind nur von kurzer Dauer. Andere Menschen wiederum sind treue Seelen, die bleiben uns ein Leben lang erhalten.

Wir alle auf dieser Welt sind mit unterschiedlichen Persönlichkeiten ausgerüstet. Aber gerade diese Tatsache macht unser Leben und die Begegnungen in unserem Leben spannend und interessant.

Mit allen Sinnen offene Menschen sind in der Lage, durch Leichtigkeit mit fast jedem Menschen in seinem Umfeld oder in der Gesellschaft, in der man sich befindet, eine Unterhaltung zu führen. Sie besitzen eine kommunikative Gabe, dank der sie andere Menschen schnell anziehen können. Andere dagegen fühlen sich befremdlich, sind zurückhaltend und haben nicht unbedingt das Bedürfnis, in einem Gespräch mitzuwirken. Solche Persönlichkeiten haben oftmals einige Schwierigkeiten, Kontakte zu knüpfen. Vielleicht fällt es ihnen schwer, aufgrund ihrer angeborenen oder anerzogenen Schüchternheit. Aber meistens liegt die Zurückhaltung im allgemeinen Misstrauen den Menschen gegenüber irgendwo begründet.

Misstrauen ist verständlich und nachvollziehbar, oft entsteht es als Folge immer wiederkehrender Enttäuschungen, die dem Menschen in der Vergangenheit widerfahren sind.

Aus diesem Grund möchte ich Dir einen gutgemeinten Rat mit auf den Weg geben:

Enttäuschungen liegen in der Vergangenheit. Vielleicht soll man dem Betreffenden, welcher einen enttäuscht hat, eine Chance in der Gegenwart geben.

Denk daran, dies kann mit einer unverbindlichen Unterhaltung beginnen, meistens oberflächlich und freundlich. Sollte sich die Begegnung wiederholen, ist das Befremdliche etwas kleiner und, wer weiß, vielleicht verläuft das Gespräch angenehm. Letztendlich mündet am Anfang die oberflächliche Konversation in einem interessanten Wortwechsel mit gegenseitiger Sympathie.

Alte Freundschaften sind durch neue nicht zu ersetzen und sollten auch niemals miteinander verglichen werden! *Ein Neuanfang ist ein Neuanfang.* Das Risiko, verletzt zu werden, besteht immer. Dennoch sollten wir es uns nicht schwerer machen als unbedingt notwendig, denn das ganze Leben ist ein Risiko. Es gibt wirklich Menschen, denen wir zufälligerweise begegnen und eine innere Stimme flüstert Dir ein klares **„Nein"** zu dieser Person. Das ist okay, aber andererseits können viele andere Begegnungen positiv verlaufen, etwas sehr Schönes kann aus dieser Begegnung entstehen. Mir sind schon viele Menschen begegnet, davon sind 90 Prozent nicht mehr Teil meines jetzigen Lebens. Schon zu oft bin ich enttäuscht, belogen und betrogen worden. Meine Erfahrung sagt mir, Gutmütigkeit wird meistens mit Dummheit verwechselt. Durch all diese Erfahrungen und schmerzliche Erlebnisse habe ich eines gelernt:

Die Lösung liegt oftmals näher, als man denkt: Denjenigen, die einen verletzt oder die einem wehgetan haben, solltest Du verzeihen und anschließend dann alle negativen Erinnerungen und Erlebnisse hinter Dir lassen und Gras darüber wachsen lassen. Wenn dieser Schritt vollzogen ist, kann man offen sein für Neues, der Weg ist geebnet für neue Begegnungen.

Von meiner Seite aus erfühle ich den Menschen in seinem Charakter und beobachte seine Handlungen. Aber ich versuche auch, mir die Freiheit zu erlauben, allem, was kommt, in seiner Spontanität seinen Lauf zu lassen. Wenn sich neue Begegnungen zum Guten entwickeln, wird man als Konsequenz zusammen Gemeinsamkeiten entdecken. Falls die neue Begegnung einen anderen, unerfreulicheren Verlauf nimmt, dann wird mir mein Herz vermitteln, dass dieser Kontakt nicht gut für mich ist. Dann habe ich den Mut und die Kraft, aus dieser Bekanntschaft auszusteigen. Das bedeutet, die Notbremse zu ziehen, bevor ich wieder Schaden nehme und sich alte, negative Muster manifestieren und wiederholen.

Ein guter Freund zeichnet sich in erster Linie dadurch aus, dass er Dich auch in schlechten Tagen nicht im Stich lässt. Ein echter Freund kann Dich davon abhalten, einen schlechten Weg zu beschreiten. Er kann gute Ratschläge geben, geht gemeinsam mit Dir durch dick und dünn. Ein Freund hat die wundervolle Gabe, Dich zu akzeptieren, so wie Du bist, Dich zu respektieren und zu lieben. Ein echter Freund wird Deine Schwächen erkennen, aber er wird sie niemals missbrauchen. Ein echter Freund schaut Dir in die Augen und versteht Dich, auch wenn er nicht die gleiche Meinung hat. **Vor allem bestimmt Freundschaft keinen Status!**

Wir sollten eine tiefe Dankbarkeit in uns tragen, gute Freunde haben zu dürfen.

„Das ist wahre Freundschaft."

Freunde sind in unserem Leben immens wichtig, denn mit ihnen ist vieles besser, leichter und einfacher zu ertragen. Egal, wie viele Menschen man kennt, das Herz zeigt Dir immer, welcher andere Herzensfreund für Dich bestimmt ist. Es steht außer Frage, dass es schmerzhaft sein kann, einen Freund zu verlieren. Unabhängig vom Grund des Verlustes – ob die Freundschaft durch einen Streit in die Brüche ging, ob jemand wegzieht oder – im schlimmsten Fall – wenn Dein Freund stirbt.

Ich bin davon überzeugt, dass unser Vater im Himmel wahre Freunde in unser Leben hinzufügt, oftmals sind sie das Werkzeug, um unser Dasein zu verschönern. Gott wünscht sich, dass all seine Kinder auf der Welt wertvolle Gemeinsamkeiten miteinander teilen, sich gegenseitig vorwärtsbringen. Er wünscht sich, dass vor allem Frieden herrscht zwischen seinen Kindern, dass sie miteinander Liebe teilen.

Für alle Fälle gilt – egal, in welcher Situation Du steckst: Du solltest Heilung zulassen durch Jesus Christus, denn Jesus ist der beste Freund aller Menschen. Gott segne Dich in all Deinen Begegnungen und Freundschaften.

„Frieden lasse ich euch, meinen Frieden gebe ich euch. Nicht gebe ich euch, wie die Welt gibt. Euer Herz erschrecke nicht und fürchte sich nicht."

Luther, Johannes 10:27

Der Tod

Frieden ist sehr wichtig für uns Christen, denn nur mit dem Frieden Jesus können wir schmerzhafte Verluste von Menschen, die von uns gegangen sind, aushalten, verarbeiten und irgendwann verkraften. Menschen leben, Menschen sterben. Dies ist der natürliche Lauf des Lebens. Der Gedanke an die Endlichkeit des Lebens und das Sterben ist nicht einfach für uns Menschen – für niemanden von uns. Denn der Tod ist ein Thema, welches wir Menschen so wenig wie möglich ansprechen und möglichst zu umgehen versuchen.
Der begründete Hintergrund dieser Angst hat die Ursache in der Gewissheit, dass unser Körper einfach stirbt, er hört auf, zu existieren. **Dies macht uns Angst!**
Dieser Gedanke ist so lange weit von uns entfernt, solange wir nicht selbst damit konfrontiert werden. Menschen sind Weltmeister in der Disziplin des Verdrängens, solange das Thema **„Sterben“** weit weg ist. Es ist Dir sicher schon passiert, dass Du Dich mit einem Menschen unterhältst oder eine Person triffst, sie vielleicht grüßt oder ihr zuwinkst. Kurz darauf erfährst Du unerwartet vom plötzlichen Tod dieses Menschen. In genau diesem unerwarteten Moment hört sich das schrecklich und unglaubwürdig an, man kann es kaum fassen, nicht begreifen, man ist wie in einer Schockstarre, einem Zustand des **„Nicht-Wahrhaben-Wollens“**.
Wir Menschen werden mit dem Wissen geboren, dass der Tag kommt, an dem wir sterben werden.
Niemand kann dem Tod entrinnen, unsere Zeit hier auf Erden ist begrenzt. Das Thema **„Sterben“** und die Endlichkeit unseres Daseins auf Erden beschäftigt uns Menschen enorm. Wenn jemand stirbt, den wir lieben, verändert dies unser Leben oft schlagartig. Wenn sich Menschen das Leben nehmen, ist dies für die Hinterbliebenen unbegreiflich, nicht fassbar und schon gar nicht erklärbar. Jeder hängt von Natur aus an seinem Leben, manche Menschen aber erleiden unerträgliche seelische Schmerzen oder erfahren schreckliche Dinge und kommen zu der fatalen Erkenntnis, nicht weiterleben zu können.
Eltern, die ihr Kind verlieren – ein Horrorszenario, der schlimmste Schicksalsschlag, den man sich vorstellen kann. ***Wie können Eltern damit umgehen?*** Es ist kaum vorstellbar und schon gar nicht nachvollziehbar für Menschen, die es nicht selbst erlebt haben. Man kann es nur erahnen. Es müssen grausame Schmerzen sein, wenn das liebste, der größte Schatz der Welt von ihnen genommen wird.
Menschen sterben, jung und alt, entweder durch eine Krankheit oder unerwartet durch einen schlimmen Unfall. Oder aber auch absichtlich durch Suizid, die Hinterbliebenen müssen diesen unerträglichen Verlustschmerz unfreiwillig annehmen. Die Trauer manifestiert sich bei jedem Menschen verschieden. Es kommt immer darauf an, welche Art der emotionalen Bindung zum Verstorbenen vorhanden war.

Meine persönliche Begegnung und Erfahrung mit dem Tod: *Diese Erfahrung habe ich ganz stark gefühlt und erlebt, als mein geliebter Vater starb. Mein Vater und ich hatten eine besondere Beziehung, wir beide hatten eine sehr gute Vertrauensbasis, ich vertraute ihm vieles an. Nicht mit allem war er einverstanden. Viele meiner Entscheidungen lehnte er ab. Er hat immer meine Meinung toleriert, auch wenn sie für ihn nicht nachvollziehbar war, aber hat mich immer* ***„machen lassen"****. Er hat mich meinen eigenen Weg gehen lassen.* ***Mein Vater hat viel für mich getan!*** *Nicht weil es seine Pflicht war als Vater, sondern weil er immer sein Bestes geben wollte und weil er mich sehr geliebt hat genauso wie meinen Bruder.*

Sein Tod kam sehr plötzlich, obwohl seine tückische Krankheit lange davor, ohne sein Wissen, seinen Körper angriff. In dem Jahr, als er verstarb, war ich noch gemeinsam mit meinen Eltern im Urlaub. Wir wussten von all dem nichts, vielleicht war es auch gut so. Nur zwei Monate später lag mein Vater schon im Krankenhaus.

Seltsamerweise hatte ich zwei Wochen zuvor einen Traum. In meinem Traum bekam ich die Nachricht, dass mein Vater bald sterben würde. Jetzt lag er da und sagte zu mir: ***„Dieses Jahr ist viel passiert, Dein Bruder hatte einen Motorradunfall, Du hattest einen Autounfall, was kommt noch und das Jahr ist noch nicht zu Ende.****"*

In der Zeit wusste er noch nichts von seiner todbringenden Diagnose. ***Doch gerade mal zwei Woche später waren wir alle schockiert!*** *Der Stationsarzt teilte uns mit, dass es keine Hoffnung mehr für meinen Vater gab. Als sein letzter Tag gekommen war, waren meine Mutter, mein Bruder und ich bei ihm bis zu seinem letzten Atemzug. Es war ein schrecklicher Moment, zuzuschauen, wie der Mensch, den Du liebst, stirbt. Mein Bruder hielt seine Hand, meine Mutter streichelte seinen Arm und ich legte meine Hand auf seine Brust und spürte seine letzten* ***„Herzschläge"****. Diese Emotionen und Bilder haben sich bei mir für ewig eingebrannt, ich werde diesen Tag niemals vergessen.*

Heute – mit einigen Jahren Abstand, kann ich zufrieden sagen, dass mein Vater nicht allein war, als er starb, und ich konnte mich von ihm verabschieden.

Es gibt viele Menschen, die sich nicht verabschieden können von ihren geliebten Verwandten oder Freunden. Ich bin der festen Überzeugung, dass Gott meiner Mutter, meinem Bruder und mir die Gelegenheit schenkte, den letzten Gang meines Vaters begleiten zu dürfen.

Möglicherweise war durch die Tatsache, Abschied nehmen zu können und ihn in der Stunde seines Todes begleitet zu haben, das Trauern besser zu verkraften. So habe ich es tief in meinem Inneren empfunden. Trotzdem war ich am Anfang wütend auf die Krankheit, die meinen Vater zum Leiden und letztendlich zum Sterben gebracht hat. Ich wollte nicht akzeptieren, dass Papa nicht mehr da war.

Kurz nach seinem Tod gab es einen besonderen Augenblick. Ich stand im Bad vor dem Spiegel. Ich kämmte meine Haare und spürte plötzlich wie von Zauberhand die Anwesenheit meines Vaters hinter mir. Ich nahm ein Streicheln meines Haares bewusst

wahr und fühlte ein kaltes, leichtes Kribbeln auf meiner Haut. Es hat mich so berührt, voller Liebe und Frieden, als wollte er mir sagen: „Es geht mir gut, meine liebe Tochter, mach Dir keine Sorgen mehr." Ab diesem Augenblick konnte ich mit der Zeit den Tod akzeptieren und war immer mehr in der Lage, mit meiner Trauer umzugehen und sie zu verarbeiten.
*Denn ich weiß, dass **„Gott"** mir helfen wollte, durch die spirituelle Anwesenheit den Tod meines Vaters besser anzunehmen.*
Vielleicht hast Du etwas Ähnliches erlebt, unsere Lieben im Himmel wollen uns keine Angst machen, sie wollen sich nur mitteilen, dass es ihnen gut geht beim Herrn, unserem Vater.
Es ist für niemanden einfach, seinen geliebten Menschen zu verlieren. Ich glaube daran, dass Du irgendwann, wenn auch Deine Zeit gekommen ist, all Deine geliebten Menschen, die Du verloren hast, wiedersehen wirst. **Denn Jesus Christus ist für unsere Sünden gestorben, damit wir frei von Sünden sind, wenn wir an seiner Seite das ewige Leben bekommen, bei Gott, unserem Vater.**
Gott segne alle Seelen, dass sie in Frieden ruhen.

„Jesus spricht zu ihr: Ich bin die Auferstehung und das Leben. Wer an mich glaubt, der wird leben, ob er gleich stürbe; und wer da lebt und glaubt an mich, der wird nimmermehr sterben. Glaubst Du das?"

Luther, Johannes 11:25-26

Die Engel

Das Leben bietet neben schönen Augenblicken leider viele Schattenseiten. Doch Gott hat auch wunderbare Geschöpfte an seiner Seite erschaffen, welche **ER** uns an unsere Seite stellt. Es sind die himmlischen Boten Gottes, sie sind erstaunlich ausgestattet mit der Kraft und von der Liebe ihres Schöpfers umhüllt.
Durch die Führung von Gottes Hand vollbringen sie Wunder. Ja, es sind die Engel, die wir nicht sehen können, die aber eine große Rolle in unserem Leben spielen und immer wieder – in den verschiedensten Situationen – etwas Wunderbares bewirken.
Hast Du Dir mal darüber Gedanken gemacht, welche Engel es überhaupt gibt? Es gibt die Erzengel Michael, Gabriel, Raphael und Uriel. Diese vier sind die bekanntesten. In der Bibel wird allerdings nur über den Erzengel Michael berichtet, er bekam eine führende Stellung für die Schar der Engel. Gabriel und Raphael werden dagegen nur Engel genannt, Uriel kommt in der Bibel gar nicht vor. ***Was machen die Erzengel?*** Die Erzengel sind die Fürsten aller Engel.
Sie wirken im gesamten Universum und mit ihrer Energie sind sie allgegenwärtig. Sie handeln im Auftrag Gottes und erfüllen den göttlichen Plan als seine Boten. Abgesehen von den genannten Engeln gibt es noch die Schutzengel. Ich bin der festen Überzeugung, dass alle Menschen hier auf Erden einen oder mehrere persönliche Schutzengel haben. Sie leben an Deiner Seite und sie wirken an Deiner Seite, Dein ganzes Leben lang.
Sind Schutzengel wichtig? Sie sind dafür da, Dir zu helfen in verzwickten, schlimmen, traumatischen und ausweglos erscheinenden Situationen. Schutzengel schenken Dir gute Gedanken in Deinen Entscheidungen – wann immer Du es benötigst oder Deine aktuelle Lebenssituation es erfordert, kannst sie auch darum bitten. Dein Schutzengel wendet Gefahr von Dir ab, von Leib und Seele. Er beschützt Dich vor falschen Dingen und bösen Taten des Teufels. Die wunderbaren Schutzengel, auch sie sind Boten Gottes.

Meine erste persönliche und innige Erfahrung mit Engeln *habe ich im Alter von sieben Jahren gemacht.*
Erinnerst Du Dich an die Geschichte, als meine Eltern mich zu ihrer Heimat zurückgeschickt haben und ich in die Obhut der Schwester meiner Mutter gegeben wurde. Begründet wurde dieser Schritt mit dem Argument, die Einschulung in dem Land meiner Muttersprache nicht zu versäumen.
Zum ersten Mal in meinem Leben verbrachte ich meinen Geburtstag bei fremden Menschen, die nicht wirklich nett waren. Es war mein siebter Geburtstag. Meine Tante gab sich augenscheinlich Mühe, sie backte Kuchen und servierte andere Leckereien, es wurden Gäste eingeladen.

Unter den Gästen befand sich auch die Schwester meines Vaters. ***Inzwischen bin ich zu dem Schluss gekommen, diese Tante wurde nur aus einem Grund eingeladen:*** *Um öffentlich zu zeigen und zu beweisen, wie gut ich es bei ihr habe und wie fürsorglich ich behandelt werde.*

Rückblickend ist mir bewusst, dass sie in dieser Situation die traurige Wahrheit vertuschen wollte. Denn sie war an diesem Tag wie ausgewechselt. Sie war mehr als freundlich und fürsorglich zu mir, als die Gäste da waren. Sie wollte vorbeugen: Denn falls ich irgendwann mit der Wahrheit rausrücken würde oder ich den Mut fände, zu erzählen, wie ich wirklich im Alltag behandelt werde, dann könnte sie durch diesen einen Tag das Gegenteil beweisen, denn sie hatte ja aus gutem Grund Zeugen eingeladen. Wie auch immer verlief mein Leben in dieser Zeit, als wäre ich auf einem fremden Planeten. Ich wurde nicht gefragt, ob ich von meinen Eltern und meinem Bruder vorübergehend für eine Weile getrennt sein würde. Meine Eltern haben es einfach so entschieden, aber bestimmt in guter Absicht, das Richtige zu tun. Trotzdem war es für mich eine sehr traumatische Zeit!

Drei Monate später stand das Weihnachtsfest an. Ein Geschenk meiner Eltern, die immer noch in Deutschland weilten, bekam ich sogar pünktlich am 24. Dezember in einem Paket per Post. Ich durfte es dann aufmachen, es war ein Mini Kinder Herd mit winzigen Henkeltöpfen. ***Doch die Freude währte nicht lange:*** *Meine Tante warnte mich schon im Voraus und sagte:* ***„Wehe, Du befüllst diese Töpfe mit Wasser!“*** *Sie hatte Sorge, dass ich möglicherweise Wasser auf dem Teppichboden verschütten würde.*

Irgendwie war mir ihre Drohung egal, denn in mir sprudelte eine immense Freude. Also setzte ich mich über die Drohung hinweg. Denn ich war überglücklich, mit diesem Geschenk zu spielen, das ich von meinen Eltern bekommen hatte. So setzte ich ihren Appell in die Tat um und verschüttete Wasser aus Versehen beim Spielen auf dem Teppich. Sie sah es, wurde wütend und sperrte mich ins Kinderzimmer ein. Doch das war nicht alles, als Strafe musste ich eingesperrt im Dunkeln bleiben.
An diesem Weihnachtsabend durfte ich nicht mehr aus meinem dunklen Gefängnis raus und auch nicht mit am Tisch sitzen. Ich fühlte mich in diesem Moment so allein, verlassen und vergessen. Wenigstens waren die Rollläden nicht zu und die Straßenlaternen fluteten mir ein wenig Licht ins Zimmer hinein. Plötzlich hörte ich von draußen meinen Namen rufen. Ich machte das Fenster auf, sah hinaus, aber es war niemand da. Zuerst dachte ich, es wäre meine Schulfreundin. Ich schloss das Fenster wieder und währenddessen vernahm ich erneut diese Stimme, die wieder meinen Na-

men rief. Erneut öffnete ich das Fenster dieses Zimmers und schaute diesmal unbewusst hoch in den Himmel rechts von mir. Da sah ich ein helles Licht aufflackern, das mir so grell, hell und warm entgegenkam. Das Licht kam immer näher auf mich zu, aber es blendete mich nicht, es sagt zu mir: ***„Hab keine Angst, Du bist nicht allein, denn ich bin ab heute immer bei Dir."***

Plötzlich ging die Tür meines Zimmers auf, meine Tante stürmte hinein und das Licht war weg. Natürlich schimpfe sie und schlug mich wieder mal, machte die Rollläden zu, damit ich vollkommen im Dunklen saß. Sie begründete dies als doppelte Strafe, weil ich das Fenster aufgemacht hatte.

Ab diesem Abend hatte ich keine Angst mehr, allein zu sein. Denn seitdem fühlte ich mich gestärkt durch das Licht des Engels, der mir begegnet war. Ich war mir sicher und spürte als siebenjähriges Kind, dass es sich bei dieser wundersamen Begegnung mit dem Licht ins Dunkle meines Zimmers um einen Engel handelte. ***„Meinen Schutzengel."***

Deshalb glaube ich an Engel. Für mich war es seit damals noch nicht die letzte Begegnung mit ihnen. Ich werde in einem späteren Kapitel noch mehr zum Thema „Begegnungen mit Engeln" erzählen.

Auch Du hast einen Engel an Deiner Seite. Selbst wenn Du vielleicht nicht daran glaubst. So nimm Dir die Zeit und stell Dir die Frage: ***Warum hatte ich trotzdem Glück, dass ich noch gut davongekommen bin?*** Glück im Unglück,

nennen es die meisten, ich jedoch sage: **„Schutzengel". Gott schickt seine Engel zu uns, damit wir täglich in ihrer Anwesenheit auf uns achtgeben. Gott hat nicht umsonst Engel erschaffen, sie dienen dem Herrn in seinem Auftrag, uns Menschen zu lenken und zu schützen.**
Ich wünsche Dir, dass Dein Schutzengel Dich immer bewahrt vor Schlechtem und Dich immer begleitet auf Deinem Weg. Ich wünsche Dir Gottes reichen Segen.

„Bleibt fest in der Brüderlichen Liebe. Gastfrei zu sein, vergesst nicht, denn dadurch haben einige ohne ihr Wissen Engel beherbergt."

Luther, Hebräer 13:2-1

Die Krankheit

Viele Menschen durchleben Phasen im Leben, in denen sie urplötzlich, aus dem Nichts, von Krankheiten **„überfallen"** werden. Teilweise sind diese Krankheiten harmloser Natur und vergehen nach einer Weile wieder, manchmal sind sie allerdings schwerwiegend oder ganz schlimm. In einigen Fällen ist die Aussicht auf Heilung hoffnungslos.
Es gibt auch schwerwiegende Schicksale, bedingt durch einen Unfall oder eine Krankheit, worauf unfreiwillig eine – manchmal lebenslang bestehende – Behinderung folgt. Diese wird den Alltag dieser Menschen psychisch und physisch ziemlich erschweren.
Manchmal manifestiert sich diese Behinderung durch körperliche Symptome, oftmals verbunden mit der seelischen Belastung. In vielen Fällen kristallisieren sich unerklärliche Beschwerden heraus.
In dieser Hinsicht sind wir anfälliger, denn der Körper fühlt sich schwach. Wenn wir zum Beispiel von Viren oder Bakterien angesteckt werden, können wir zwar nichts dafür, doch dies hat auch seine Tücken. Es ist möglich, dass in vielen Fällen schon vor den Zeitpunkt der Ansteckung ein psychischer Stress besteht. Daher besteht eine erhöhte Neigung, in diesen Fällen durch die psychische Vorbelastung schneller krank zu werden.
Zwischen körperlicher Schwäche und seelischer Belastung besteht immer eine Korrelation. Viele wissenschaftliche Studien haben dies bestätigt. Der Mensch erkrankt oft in einem sozialen Umfeld, welches von Unstimmigkeiten geprägt ist. Manchmal werden Babys mit einer Krankheit geboren, bedingt durch verschiedene Ursachen, die im Mutterleib möglicherweise entstanden sind.
Der Körper reagiert auf unterschiedliche Art und Weise, meistens aber sind emotionale Belastungen und Lebenskrisen der Auslöser für ein spontanes Ausbrechen einer körperlichen Krankheit. Dann reagieren verschiedene Organe wie Herz, Lunge, Haut oder Haare. Die Psyche eines Menschen, welche das Gleichgewicht über einen größeren Zeitraum hinweg verliert, signalisiert unserem Körper Anzeichen verschiedenster Art. Nicht immer erkennen wir diese Signale, oft ignorieren wir sie, die Folgen sind oftmals reparabel, in vielen anderen Fällen leider nicht mehr. Ängste oder Panik wirken sich immer negativ auf unserem Körper aus. ***Stell Dir einfach mal in einer ruhigen Minute die Frage, wovor Du Angst hast und welche Situationen, Lebenslagen und Umstände Dich auch zur Panik führen können?*** Sicher findest Du Dich in dieser Frage wieder, denn jeder Mensch hat seine ganz eigenen körperlichen und psychischen Schwachpunkte und Angriffsflächen.
Meine Begegnungen mit Krankheit habe ich durch meinen Sozialberuf erlernt – ich bin gelernte Arzthelferin. Es hat mir wahnsinnig großen Spaß gemacht, es bereitete

mir Freude, von Menschen umgeben zu sein und ihnen zu helfen. Der Arzt war Internist, also arbeitete ich im Berufsfeld der inneren Medizin. In dieser Zeit verlief mein Eheleben katastrophal, mein mentaler Zustand war instabil. Trotzdem war der tägliche Gang zur Arbeit ein Lichtblick für mich, da konnte ich durch die unmittelbare Arbeit mit den Menschen abschalten und meine Probleme verdrängen.
Eines Morgens ging ich wie gewohnt meiner Arbeit nach. Einem etwas älterer Patienten, der seit Wochen einen starken Husten hatte, sollte ich Blut abnehmen und dabei hustete er mich die ganze Zeit an. Er tat es natürlich nicht mit Absicht, das hätte ich ihm auch nie unterstellt.
Einige Zeit später wurde mir gekündigt. Der Grund für die Kündigung war der Abbau von Personal. Da ich mich zu diesem Zeitpunkt noch in der Probezeit befand, erwischte es mich als erstes.
Es war schwierig, in diesem Beruf eine Vollzeitarbeitsstelle zu bekommen. Also nahm ich erst mal eine Arbeit außerhalb meiner Qualifikation an, als Arbeiterin in einer Firma. Im Glauben, dass es nur vorübergehend war, bis ich wieder eine Anstellung in meinem erlernten Beruf finden würde.

Es war Schicksal, dass ich dort gearbeitet habe, denn die Tätigkeit bestand aus dem Bestücken elektronischer Platinen, deren Kontrolle oder der Fehlerbehebung. Außerdem erlernte ich die Fähigkeit, Teile zu löten, was fortan auch zu meinen Aufgaben gehörte. Den Rauch, der beim Löten entstand, atmete ich manchmal unbewusst ein. Eines Nachmittags musste ich während des Lötens plötzlich heftig erbrechen – es war Blut! Zuvor hatte ich wochenlang einen trockenen Husten und ich denke, dass der Husten der Vorbote war und die Löttätigkeit die Ursache für diesen Ausbruch. Gleich am nächsten Tag ging ich zu einen Lungenfacharzt, ich erklärte ihm meinen Zustand.
Unzählige Tests musste ich über mich ergehen lassen, unter anderem einige Röntgenbilder. Als ich dann im Sprechzimmer auf den Arzt wartete, um meine Befunde zu erfahren, dachte ich an nichts Schlimmes. Die Tür ging auf, der Arzt kam mit dem Röntgenbild rein und klemmte dieses an eine beleuchtete Leiste. Er schaltete das Licht an und erschrak sofort, als er meine Bilder sah. ***Er setzte sich entsetzt in seinen Sessel und sagte: „Oh mein Gott!“***
Erst in diesem Moment begriff ich, wie ernst es um mich stand. Er erzählt mir dann, dass ich keine Sekunde mehr verlieren dürfte und sofort in die Lungenfachklinik eingeliefert werden musste. Denn nur eine Fachklinik sei spezialisiert für solche Fälle. Es bestand nicht nur für mich eine große Gefahr, sondern ich könnte auch weitere Menschen anstecken. Er vermutete, dass ich an Lungentuberkulose erkrankt war. Also verabschiedete ich mich von meiner Familie, packte meine sieben Sachen ein und los ging es für mich in die besagte Klinik.
Die anfängliche Vermutung meines Arztes wurde bestätigt und durch unzählige Untersuchungen und Röntgenuntersuchungen erfuhr ich das entsetzliche Ausmaß meiner Krankheit. Für eine sehr lange Zeit musste ich in dieser Klinik verweilen. Ein dreiviertel Jahr war verstrichen und erst dann war meine Lunge auf dem Weg der Besserung.

Als ich endlich entlassen wurde, haben mir die Ärzte empfohlen, meinen erlernten Beruf nicht mehr auszuüben. Da ich täglich mit kranken Menschen in Verbindung käme, wäre die potenzielle Gefahr einer erneuten Ansteckung zu groß. Es hat mich sehr traurig gemacht, aber gleichzeitig war ich für meine Genesung dankbar.

Inzwischen bin ich fest davon überzeugt, dass alles so kommen musste, wie es geschah. Denn ab diesem Zeitpunkt habe ich mein Leben intensiver aufgenommen und wahrgenommen. Ich hatte viele angenehme Begegnungen in der Klinik. Diese vielseitigen, wertvollen Begegnungen haben mir geholfen und mich unterstützt, über mein Dasein zu reflektieren und nachzudenken.
Der zu diesem Zeitpunkt katastrophalen Ehe gab ich nochmals eine Chance. Denn ich dachte, dass meinem damaligen Ex-Ehemann möglicherweise bewusst wurde, dass er mich hätte verlieren können. Ich dachte auch, dass er sich von nun an in unserer Ehe liebevoller verhalten würde. Doch dem war nicht so.

Aber in diesem Augenblick war ich sehr dankbar, dass ich ein Wahnsinns Glück hatte, genesen zu sein. ***Gott sei gedankt, dass ich es überlebt habe. Gott sei gedankt, dass man mir helfen konnte. Denn Gott hat mich gerettet!***
Manchmal hat man doch Glück im Unglück, Gott schickte mir meinen Schutzengel, der immer auf mich aufpasst. Heute noch lebe ich mit derselben Sensitivität, denn diese Phase des Krankseins und der langwierigen Regeneration bis zur vollständigen Genesung prägt mich bis heute noch und ich werde diese Zeit nie vergessen.
Aus diesem Grund finde ich es aus meiner Sicht heraus schade, wenn Menschen kerngesund sind, keine Beschwerden haben, trotzdem ihr Leben aufs Spiel setzen und leichtsinnig oder gar fahrlässig damit umgehen, beispielsweise dann, wenn sie mit freiwilligem, gefährlichen Konsums nicht reparable Schäden oder körperliche Risiken eingehen. Wenn diese Menschen wüssten, was es bedeutet, über Monate hinweg schwer krank zu sein, garantiert würden sie ihr Leben besser schätzen, jeden Tag bewusster leben und es nicht aufs Spiel setzen.
Gott wünscht sich von uns, dass wir unserem Leben jeden Tag einen Sinn geben und nicht mit unsinnigen Dingen und Handlungen die Zeit des Lebens vergeuden. Denn wir alle sind nicht umsonst hier auf dieser Erde, wir haben alle eine Aufgabe zu meistern, die Gott uns mit auf unseren Weg gibt. Gott segne Deine Gesundheit.

„und heilt die Kranken, die dort sind, und sag ihnen: Das Reich Gottes ist nahe zu euch gekommen."

Luther, Lukas 10:9

Die Drogen

Drogen sind ein allgegenwärtiges und expandierendes Thema auf dieser Welt. Viele, viele Menschen sind verloren durch ihren Drogenkonsum.
Was sind die Gründe und Hintergründe für diese fatale Entwicklung in unserer Gesellschaft?
Meistens startet eine klassische **„Drogenkarriere"**, wenn sich im Leben eines Menschen in seinem unmittelbaren Umfeld eine ständige Unzufriedenheit manifestiert.
Im unglücklichen Dasein ist dann ihr Ausweg der Konsum von Drogen, weil sie etwas verdrängen wollen in ihrem Leben. Um Probleme zu vergessen, lassen sich diese anfänglich durch die Einnahme verschiedenster Suchtmittel temporär vergessen. Vielmals aber machen es Menschen auch aus **„Langeweile"** oder als **„Lustgewinn"** im Freundeskreis und während geschlossenen Gesellschaftsevents. Manche experimentieren aus reiner Neugier, vielleicht aber auch aus Protest.
Manche Menschen denken, Drogen wären die Lösung, doch die Drogen werden schließlich zum größten Problem. **Ein bekannter Suchtpsychologe prägte den Satz: *„Wenn Du Deine Probleme in Drogen ertränken willst, dann vergiss nie: Die Probleme können schwimmen."*** Im eigenen engsten Kreis ist es schlimm, mitanzusehen, wie sich ein Familienmitglied, Ehepartner oder Freund Stück für Stück selbst zerstört. Die Hilflosigkeit der Angehörigen wird zum Teil des Problems. Für viele Menschen ist es ein Tabu, gefährdete Personen auf ihr Problem anzusprechen, weil sie nicht wissen, wie man damit umgeht. Diese Situation wird in der Suchtpsychologie als „Co-Abhängigkeit" beschrieben.
Menschen, die mit ihrem Drogenkonsum tagtäglich zu tun haben, sehen das anfänglich ganz locker.
„Im Sinne, was ist denn schon dabei, ist ja nur…"
Die häufigsten Drogen sind Alkohol, Zigaretten, Cannabis, Kokain, diverse Tabletten sowie Substanzen, welche halluzinogene Wirkstoffe enthalten, wie LSD oder spezielle Pilze. Stark im kommen sind chemische Drogen. Der höchste Konsum besteht bei Alkohol, gefolgt von Tabak und koffeinhaltigen Energiegetränken. Diese sind sogar für Jugendliche zugänglich, bezahlbar und vor allem legal. Die nicht legalen Drogen sind schwieriger zu bekommen und sehr kostspielig. Bei der Einnahme zeigt sich bei Präparaten eine sofortige Abhängigkeit, die nur durch sofortiges Handeln in den Griff zu bekommen ist. Bei dem Begriff **„Drogen"** im heutigen gesellschaftlichen Verständnis handelt es sich meist um Präparate, welche das **physische psychische** Gleichgewicht des Menschen aus der Spur bringen und somit das Verhalten eines Menschen negativ beeinflussen sowie Stimmungsveränderungen oder gar Veränderungen der Persönlichkeitsstruktur hervorrufen.

Auch starke Medikamente, welche rezeptpflichtig vom Arzt verschrieben werden und die über einen längeren Zeitraum eingenommen werden, können nach einer gewissen Einnahmezeit in einer Abhängigkeit mit all ihren fatalen Folgen enden.
Meine Erfahrungen bezüglich der Thematik „Drogen" habe ich in der Abhängigkeit bei Familie, Ehepartner und Freunden erlebt.
Es ist seltsam, darüber zu schreiben, denn ich möchte niemanden dafür verurteilen.
Eine Drogensucht ist medizinisch gesehen eine hirnorganische Stoffwechselkrankheit genauso wie Magersucht, Depression oder Bulimie. Es handelt sich nicht um eine Charakterschwäche des Betroffenen, es kann jeden treffen, besonders sensible Charaktere sind anfällig, in Lebenskrisen den ***„falschen"*** *Weg einzuschlagen.*
Aber es hat mich jedes Mal traurig gemacht, dabei zuzuschauen, wie Menschen sich in ihrer Sucht verloren haben. Ich musste miterleben, wie Familienmitglieder aufgrund ihres Drogenkonsums verstorben sind. Umso schrecklicher und deprimierender war es für mich, dass mein Ehepartner jeden Tag konsumierte.
Wenn ich gefragt habe: „Warum machst Du das, Du hast versprochen, damit aufzuhören?", kam nur eine banale Antwort wie: „Es ist ja nicht viel und außerdem ist es harmlos."
Meine Gegenargumente und Fakten wurden einfach bejaht und letztendlich ignoriert.
Es ist sehr mühsam, immer wieder eine betroffene Person zu überzeugen, dass es nicht gut ist, was sie sich antun.
Mit der Zeit besteht für jeden Partner eines Drogenabhängigen die Gefahr der Resignation. Denn immer wieder über dasselbe Thema zu diskutieren, ist kräftezehrend.
Sicher ist das Problem nicht bereinigt, nur einfach beiseitegeschoben. Dennoch wusste ich, dass der Drogenkonsum meines Partners trotzdem immer wieder zum Streit führen würde. Auch habe ich gemerkt, dass sein Verhalten mir gegenüber oft zynisch wurde oder ein unterschwelliger Sarkasmus zur Normalität wurde.
Ich hatte zunehmend den Eindruck und letztendlich die bittere Gewissheit, dass meine ernsten Gespräche nicht ernst genommen wurden, sondern ins Lächerliche gezogen wurden. Dieses Verhalten war für mich sehr nervenaufreibend. Das war einer der Hauptgründe dafür, warum die Ehe letztendlich scheiterte.
Jeder Suchtkranke verändert mit zunehmender Dauer des Konsums seine Persönlichkeit immer mehr. Die Sucht ***„macht etwas mit einem".*** *Sei es Aggressivität oder Ablehnung gegenüber den helfenden Händen geliebter Angehöriger. In der Wahrnehmung eines Suchtkranken werden helfende Menschen sogar als* ***„Störfaktor"*** *empfunden.*
Da ich selbst durch meine Krankheit starke Medikamente in einem sehr langen Zeitraum unter ärztlicher Aufsicht einnehmen musste, war das Absetzten dieser Pharmazeutika sehr schwer. Mein Befinden manifestierte sich in Schlaflosigkeit, Herzrasen, Kreislaufproblemen, Zittern und Panik. Diese körperliche Entwöhnung mit diesen Symptomen empfand ich wie in eine Berg- und Talfahrt. In dieser Phase ist es nachvollziehbar, wie sich ein suchtkranker Mensch während des Entzuges fühlen muss.

Darum will ich niemanden verurteilen, der in einer Sucht gefangen ist. Denn der Ausweg ist hart und grausam. Aber es ist die einzige Möglichkeit auf ein normales Leben.

Hilfe anzunehmen und sich die Sucht einzugestehen, ist ein Schritt nach vorn – und der einzig mögliche Schritt auf dem Weg zurück in ein lebenswertes Leben. Einfach ist es nicht, denn Dein Körper hat, bedingt durch die Suchtrezeptoren im Gehirn, die Kontrolle über Dich.
Hör auf die Menschen, die an Deiner Seite leben – auch wenn es schwerfällt und der Weg aus der Sucht unendlich lang scheint –, denn sie wollen Dein Bestes.
Vor allem ist Gott an Deiner Seite, bete und sprich mit unserem Vater. Lass es zu, dass Jesus Dich heilt und befreit von den Süchten. Glaube und vertraue darauf, dass alles besser wird. Denn die Liebe Jesus rettet Dich und diese Erfahrung wirst Du niemals vergessen, denn es wandelt Dich zum Positiven.
Drogen führen kurz- oder langfristig in eine zerstörende Abhängigkeit. Anfangs ist der Konsum freiwillig, um Probleme zu kompensieren oder einfach mal etwas **„auszuprobieren"**. Schleichend stellt sich eine Regelmäßigkeit ein und über den Missbrauch landet man in der Gefangenschaft der Sucht. Die Droge bestimmt das Leben, nicht mehr der eigene Wille. Die Probleme werden durch Süchte nicht verschwinden, sie vervielfältigen sich, oft ist eine Kettenreaktion die Folge, der gesundheitliche und soziale Abstieg ist vorprogrammiert.
Je länger eine Sucht Leib und Seele bestimmt, desto mehr verändern sich Körper und Psyche. Wenn man jung ist, verfügt man über größere Toleranzgrenzen, der Körper **„verzeiht"** mehr.
Mit zunehmendem Alter wird man feststellen, dass es nicht mehr so leicht geht, ungesunden Konsum zu kompensieren. Werde Dir bewusst, dass Alkohol oder andere Gifte nicht die Lösung darstellen für Deine Verbitterung, Entmutigung und Enttäuschung.
Süchte können Beziehungen massiv auf eine harte Probe stellen. Nicht selten zerbrechen glückliche Beziehungen oder sogar Familien.
Lass es nicht zu, dass Du Dein Leben leichtsinnig zerstörst. Du bist viel mehr wert und viel besser und Du hast es nicht verdient, dass Du Dich selbst ruinierst. Denn **„Gott"** liebt Dich und möchte nicht, dass Du Dich aufgibst. In den Zangen von Rausch und Drogen gefangen, bist Du kein Held. Wenn Du Dich gehen lässt zwischendurch der Rausch nachlässt und die Wirkung des Zustands schwindet, kommen Deine ungelösten Probleme wieder zum Vorschein – und werden immer größer.
Pack Deinen Kummer in einen Rucksack ein und übergebe ihn an Jesus, denn er ist Dein bester Freund und Erlöser, Jesus lässt Dich niemals im Stich. Du wirst getragen von unserm Vater und Du wirst es schaffen, mit Gottes Hilfe und den Menschen, die an Deiner Seite sind, wird Dein Leben neu errichtet. Gottes reichen Segen auf Deinen Wegen.

„Alles ist mir erlaubt, aber nicht alles dient zum Guten. Alles ist mir erlaubt, aber nichts soll Macht haben über mich."

Luther, 1Korinther 6:12

Das Böse

…ist eine Macht, die uns Menschen jeden Tag begegnen kann. Ich werde es aus diesem Grund auch nicht oft beim Namen nennen. Aber ich möchte es trotzdem erwähnen, denn mit **„Es"** hatte ich selbst eine Begegnung. Ich kann wohl davon ausgehen, dass auch Du weißt, wen ich meine. Es ist oft schwer, das Böse gleich auf Anblick zu erkennen, denn es ist in der Lage, viele Gestalten anzunehmen und kann sich auch unsichtbar machen. In uralten Zeiten war das Böse nicht immer böse, es galt als Vermittler zwischen Himmel und Erde. Aber irgendwas ist passiert, sodass das Gute zum Bösen geworden ist. Nun, es wird erzählt, es gab einen Engel Namens **„Luzifer"**, aus dem Lateinischen übersetzt, heißt es der **„Lichtträger-Morgenstern"**. Er war einer der ersten Engel, die Gott erschuf, und gleichzeitig war er der Liebling Gottes.
Dieser Engel soll blendend schön gewesen sein, groß, mächtig, strahlend und ausgesprochen überzeugt von sich selbst. Dies hat **„Ihn"** auch schließlich zu Fall gebracht. Denn als **„Gott, unser Vater"** die Menschen erschaffen wollte, **„hielt Luzifer dagegen"**. Er weigerte sich, dem Menschen Respekt zu bezeugen. In dieser Hinsicht weigerten sich einige Engel gegen das **„Gebot Gottes"**, denn die Menschen waren aus niedrigerem Stoff gemacht als sie selbst. Dies war sein Sturz vom Himmel und **„Er"** wurde vertrieben in die Hölle. **„Er"** wurde schließlich zu dem, der den Menschen schadet und der sie in die Irre führt. Er verblendete die Menschen ausschließlich dazu, durch seine Beeinflussung das Gute nicht mehr zu erkennen. Nur so konnte er die Seelen auf seine Seite überführen. Weil **„Er"** fest davon überzeugt war, **„dass Er in der Lage sei, es mit Gott aufzunehmen"** und unseren Vater herausfordern zu können. So ist das Böse ständig auf der Lauer und weicht nicht ab von seinem Vorhaben.
Bei der ersten Begegnung, als ich damit in Kontakt kam, war ich 12 Jahre alt. Ich erinnere mich daran, dass ich am Abend zur üblichen Schlafenszeit ins Bett ging und irgendwann einschlief. ***Diese Nacht war komisch und sehr seltsam!*** *Denn im Schlaf spürte ich, dass etwas Schweres auf meinem Körper saß, sodass ich mich nicht bewegen konnte. Ich versuchte mich zu wehren, aber ich war wie gelähmt. Am nächsten Morgen, als ich aufstand, um zur Schule zu gehen, fühlte ich den ganzen Tag über eine permanente Angst. Ich erzählte das meinem Bruder, er versuchte mir mit ermutigenden Worten die Angst zu nehmen.*
Als ich am darauffolgenden Abend erneut ins Bett ging, fühlte ich eine seltsame Präsenz in meinem Zimmer. Aber ich schenkte dieser unheimlichen Tatsache keinerlei Aufmerksamkeit. Als ich schlief, spürte ich wieder dieses schwere, fast erdrückende Gewicht, das auf meinem Körper saß. Aber diesmal war es anders, das Gewicht verlagerte sich auf mehrere Punkte. ***So als wären mehrere da!*** *Die hielten mir die*

Hände und Füße fest. ***Plötzlich spürte ich zwei Ohrfeigen!*** *Die schlugen auf die rechte und linke Wange meines Gesichtes, dies tat sehr weh, ich spürte es körperlich. Es war so, als wäre es von einer Person ausgegangen. In dem Moment wachte ich auf, machte das Licht an, ging ins Bad und schaute in den Spiegel.* ***Ich starrte mein Spiegelbild an und erschrak vor dem, was ich da sah!*** *Ich konnte deutlich die roten Umrisse erkennen, als wäre es eine große Hand gewesen, die mich geschlagen hatte.*

In diesem Augenblick wusste ich: das war nicht von dieser Welt. Dies bedeutete sicher nichts Gutes. ***Mein erster Gedanke war, zu Gott zu beten!*** *Denn Gott ist der Einzige, der schützen kann und Kraft hat über das Böse.*

Glaub es mir oder nicht! Denkst Du jetzt vielleicht, das war nur ein böser Traum? *Aber dieses Erlebnis ist wirklich real gewesen. Ich hatte von Zeit zu Zeit noch Begegnungen mit dem Bösen, doch ich betete immer, wenn dies geschah, das „Vater unser" so lange, bis* ***„Es"*** *aufhörte. Bis doch schließlich irgendwann das Ganze von allein endete.*

Was ich mit der Erzählung meiner Erlebnisse ausdrücken möchte: Das Böse hat keine Chance gegen ein reines Herz und menschliche Tugend. Die Ehrlichkeit, Gerechtigkeit, Treue und Gottes Liebe in Dir ist die stärkste Waffe gegen das Böse. Die stärkste Waffe, die das Böse für seine Zwecke benutzt, ist **„Deine Angst"**. Denn **„Er"** versucht in seiner Beeinflussung, durch Täuschungen und das Ausnutzen Deiner Ängste, Dich für ihn zu gewinnen. Sicher hat **„Er"** auch viele Anhänger auf dieser Welt, die überzeugt sind von ihm und ihm folgen und mit ihm gehen. Weil sie glauben, nur durch ihn würden sie Reichtum und Macht erlangen. ***Das kann schon sein, aber für welchen Preis? Für die „Seele"?***

Du begegnest im Laufe Deines Lebens immer wieder Menschen, die es nicht gut mit Dir meinen. Menschen, die Dich des Öfteren auf schlechte Wege bringen wollen. Sie verfolgen das Ziel, dass Du Dich verlierst in Deinem Selbst, dass Du Stück für Stück auf seine Seite rückst, Dich immer näher auf ihn zubewegst.

Lass Dich niemals verleiten von Dingen, die Dir Schaden zuführen können, in der Absicht, dass Du schwach wirst und nicht mehr in der Lage bist, gegen das Böse anzukämpfen.

Beten hilft auf Anhieb, glaube an unserem Herrn, denn Gott ist das Königreich und niemand kann mächtiger sein als unser Vater im Himmel. Lass niemanden über Deinen Verstand regieren. Sondern fühle die Liebe, die Gott Dir zum Geschenk gemacht hat. Es gibt leider die Finsternis, dort wohnt „Er" und dort hat „Er" seine Macht.

Doch Gott ist das Licht, der Herr bringt Licht ins Dunkle und erhellt Deinen Weg. Gott zeigt Dir, was am besten für Dich ist. Deshalb lass immer die Liebe in Dir wohnen, denn Liebe macht das Herz rein. Lass Dich nicht beirren von Menschen oder Dingen, die Dich zum Schlechten führen.

Merke Dir, Gott ist der Retter in Deinem Leben. Bete und bitte und Du wirst erhört, weil Du ein Kind Gottes bist. Der Herr sei immer mit Dir und segne Dich und beschütze dich.

„und führe uns nicht in Versuchung, sondern erlöse uns von dem Bösen. (Denn dein ist das Reich und die Kraft und die Herrlichkeit in Ewigkeit. Amen.)"

Luther, Matthäus 6:13

Der Missbrauch

Der Missbrauch ist ein schlimmes Verbrechen, welches leider tagtäglich von Menschen dieser Welt vollzogen wird. Die Täter suchen meist schwache Opfer aus, welche nicht in der Lage sind, sich zur Wehr zu setzen. Diese Gewalthandlung passiert oft im engen Kreis der Familie oder im erweiterten Freundes und Bekanntenkreis, manchmal sind die Täter auch Fremde oder sogar Menschen, die im Dienst der Kirche stehen. Eine grausame Variante ist die, dass im Zusammenhang mit Missbrauch Kinderhandel betrieben wird.

Jeden Tag begegnen uns in den Medien Schlagzeilen wie zum Beispiel: „Vater vergewaltigt Tochter" oder „Ehepartner verprügelt oder vergewaltigt die eigene Ehefrau". Oft sind es Bekannte und Freunde, welche diese schrecklichen Taten ausführen und ihre kranken Fantasien in die Tat umsetzen. Selbst von Pfarrern ist zu lesen, die Übergriffe an Kindern in der eigenen Gemeinde begehen. Es spielt keine Rolle, welchen Titel oder Beruf die Täter haben, sie setzen ihre kranken Gedanken in die Tat um und vollziehen diese abscheulichen Taten, um ihre Befriedigung zu erlangen.

Warum sind die Täter so besessen davon? Studien besagen, dass die Täter größtenteils Männer sind. Die Handlungen, die sie vollziehen, werden unter anderem damit erklärt, dass sie sich fürchten, von der Gesellschaft und in ihrem sozialen Umfeld nicht ernst genommen zu werden. Die befürchtete Ablehnung seitens der Gesellschaft ist die größte Angst, die sie mit sich tragen. Also projizieren sie ihre Ängste auf Schwächere. Denn über Schwächere haben sie eine Macht und die Kontrolle über das Geschehen.

Abgesehen davon werden diese Menschen von einem übermäßigen, nicht natürlichen, Trieb gesteuert, der ihrer Meinung nach ausgelebt werden muss. Die Wissenschaft belegt, dass viele Täter selbst Opfer von Missbrauch waren, sie haben dasselbe erlebt, was sie nun anderen Menschen antun.

Eine der vielen psychologischen Erklärungen besagt, dass es den Tätern – und ehemaligen Opfern – wichtig ist, gleiches mit gleichem zu vergelten.

Andere Tätergruppen agieren einfach triebgesteuert, machen die **„Taten"** zu ihrem Lebensinhalt und kompensieren dadurch die fehlende Macht oder andere fehlende Kompetenzen ihres Lebens. Die meisten Opfer sind Kinder, denn Kinder sind leicht zu bedrohen und in verschiedenster Art und Weise einfach zu manipulieren.

Meine Geschichte und die Begegnung beginnt damit, dass es meinen Eltern ein Anliegen war, dass ich mit meiner Muttersprache aufwuchs, die Sprache lesen und schreiben lernte. Einmal in der Woche ging ich zum portugiesischen Unterricht. Im selben Dorf, in welchem ich damals aufwuchs, lebte auch eine andere portugiesische Familie, die eine Tochter in meinem Alter hatte.

Wir gingen oft gemeinsam in den Unterricht. Da dieser in der Stadt stattfand, mussten wir für den Weg dorthin die öffentlichen Verkehrsmittel nutzen. Der übliche Ablauf verlief so: Ich ging zu der portugiesischen Familie und holte dieses Mädchen ab, indem ich an der Haustür klingelte. Sie kam kurz darauf raus und wir liefen direkt zur Bushaltestelle. Die Haltestelle befand sich ein paar Meter entfernt vor ihrer Haustür.
Eines Tages ging ich wie immer zur Haustür und klingelte, doch diesmal kam sie nicht raus, sondern ich wurde hereingebeten. Im Alter von neun Jahren hatte ich mir nichts dabei gedacht und ging die Treppe rauf. Da stand plötzlich ihr älterer Bruder. Er war 17 Jahre alt, er bat mich herein und hielt mir die Tür auf. ***Er sagte: „Meine Schwester ist noch im Bad und kommt gleich raus, setz Dich doch ins Wohnzimmer.“***
Als ich wartend im Wohnzimmer auf dem Sofa saß, konnte ich in ein Zimmer hineinsehen. Er ging in dieses Zimmer hinein und dabei entblößte er seine Kleidung ***„Stück für Stück“****. Ein beschämendes Gefühl kam in mir hoch, ihn dabei anzusehen.*
Im Alter von neun Jahren war ich nicht fähig, zu verstehen, was da vor sich ging und sich anbahnte, aber meine innere Stimme sagte zu mir: ***„Renn- weg!“***
Ich reagierte gleich, klopfte aber trotzdem an der Badezimmertür, um nachzusehen, ob meine Freundin endlich fertig war. Ich machte langsam die Tür auf, um sie zu sehen, aber sie war nicht da. In diesem Augenblick packte er mich von hinten und schmiss mich auf dem Boden, presste mein Gesicht auf dem Fußboden. Während ich schrie und um mich schlug mit Armen und Beinen, konnte ich mich durch meine massive Gegenwehr kurz drehen und sah, dass er komplett nackt war.
Er riss meine Unterhose runter und versuchte, in mich einzudringen. Im gleichen Moment ging eine unbändige Kraft durch mich hindurch. Ich schrie weiter und wehrte mich mit aller Kraft und schaffte es letztendlich, mich etwas von ihm loszulösen. Zu meinem Glück hatte ich ihn mit meinem Knie genau in der Mitte getroffen. Sein Schmerz war meine Chance, wegzulaufen, ich machte die Haustür auf und plötzlich stand sie da. Diese Schulkameradin, die mit mir in denselben Unterricht ging. Sie sah mich an und sagte lächelnd zu mir: ***„Hat er es auch mit Dir gemacht? Geschieht Dir recht und wehe Du petzt, dann macht es mein Bruder noch mal mit Dir.“***
Völlig schockiert ergriff ich die Flucht, rannte weg und versteckte mich an einem Ort, in der Hoffnung, dass mich niemand dort finden würde. An dem Tag ging ich nicht mehr zum Unterricht. Drei Stunden musste ich zitternd und wartend mit zerrissenem Rock in diesem Versteck ausharren. Immer wieder überlegte ich: ***„Wann soll ich nach Hause gehen, damit nicht auffällt, dass ich nicht in der Schule war?“***
Nun, ich habe diesen Albtraum niemandem erzählt – aus Angst, als Schuldige dargestellt zu werden.
Außerdem hatte ich die Befürchtung, dass er es herausfinden und seine schreckliche Tat wiederholen würde. Ich habe diese angebliche Freundin danach nie wieder abgeholt.
Über einen Zeitraum von zwei Jahren hinweg hat er mich immer wieder beschattet. Im Schulgebäude oder in der Schülertoilette, auf dem Schulhof hinterm Gebüsch, überall stand er immer wieder und lauerte mir auf.

Aber mein Schutzengel gab mir immer die Intuition und eine innere Stimme, wenn es die Situationen erforderte – immer dann, wenn er versucht hatte, mich abzufangen. Gott sei Dank konnte ich mich auf mein Spürsinn verlassen, so konnte ich die Richtung wechseln, wenn er in der Nähe war.
Ich achtete immer darauf, mich in Gruppen zu bewegen, damit hatte er nicht gerechnet. Das war mein Schutz, ich war sehr vorsichtig und sorgte dafür, dass ich nie allein war.
Schon als Kind wusste ich, dass Gott mich gerettet hatte, dass unser Vater meinen Schutzengel die Aufgabe gab, mich immer und überall zu beschützen. Es war eine sehr kräftezehrende Zeit und doch bewerkstelligte ich es, mithilfe von Gott und anderen Menschen, dem Bösen zu entkommen. Erst Jahre später erzählte ich diesen schrecklichen Vorfall meinem Bruder. Er nahm mich in den Arm und fragte, warum ich es den Eltern nie erzählt hatte. Ich entschuldigte es, damit, dass viel Zeit vergangen wäre und man sowieso nichts mehr ungeschehen machen könnte. Noch ein paar Jahre später erfuhr ich, dass der junge Mann von damals mit vielen Kinder diese Tat begangen hat oder es versuchte, aber nie erwischt worden ist und somit nie zur Rechenschaft gezogen werden konnte.
Es ist furchtbar, wenn einem so was widerfährt, und an Verzeihen ist nicht mal zu denken.
Doch es ist besser für jeden, demjenigen zu verzeihen. Denn der Seelenfrieden ist viel kostbarer als alle negativen Emotionen, die man ewig mit sich trägt. **Gott wird wissen, welchen Weg er für solche Menschen letztlich auswählt. Bete und bitte zu Gott, dass er Deine schlechten Erinnerungen und Schmerzen für Dich trägt. Gott beschütze die schwachen Menschen, welche die Kraft nicht haben, sich zu wehren. Gott segne Dich auf all Deinen Wegen.**

„Der HERR behüte dich vor allem Übel, er behüte deine Seele. Der HERR behüte deinen Ausgang und Eingang von nun an bis in die Ewigkeit!"

Luther, Psalm 121:7-8

Die Kindheit

...sollte schön, unbeschwert und sorglos sein. Leider erleben viele Kinder oft das Gegenteil und sie sind nicht in der Lage, dieser Situation zu entfliehen.
Kinder sollten sich im Idealfall und ganz selbstverständlich bei der Erziehung in ihrem Rahmen frei entfalten können und die Möglichkeit haben, ihre Persönlichkeit aufzubauen und zu stabilisieren. Natürlich unter der Voraussetzung, dass Kinder in ihren Familien aufwaschen. Ein gesundes soziales Umfeld ist für die Entwicklung der Kinder das Beste. In unseren Kulturkreisen gibt es helfende Institutionen, wie beispielsweise das Jugendamt, das Waisen und Pflegekinder in ihrer Einrichtung im Bedarfsfall aufnimmt. Diese Organisationseinheit ist auch eine Unterstützung für Eltern oder Erziehungsberechtigte und dient dabei der Betreuung und Bildung der Kinder und der Unterstützung der Erziehungsberechtigten. Ziel der Arbeit dieser Einrichtungen ist es, positive und stabile Lebensbedingungen zu schaffen – in erster Linie für die Kinder, aber auch für ihre Familien.
Es gibt aber auch Familien, die nicht beim Jugendamt gemeldet werden, die mit der Erziehung der Kinder überfordert sind und nicht in der Lage sind, diese Hilfe anzunehmen, sie sind schlichtweg erschöpft und überfordert.
Nicht selten leiden die Kinder darunter und sind gezwungen, Schreckliches zu erleben in Form von Gewalt und Psychoterror. Schlimm genug, dass Kinder dies miterleben müssen. Das Schlimmste dabei ist, dass sie damit aufwachsen und gar keine „normale Kindheit" kennen. Sie empfinden vieles als Selbstverständlichkeit während der Jugend und Pubertät. Als Reaktion auf diese Diskrepanz zwischen **„normaler Kindheit"** und katastrophaler Situation in ihrer Realität rebellieren sie und geraten nicht selten in **„Gewaltkonflikte"**.
Erziehung ist manchmal eine Gratwanderung, speziell bei Kindern, die sehr streng erzogen werden von ihren Eltern mit ihren entsprechend Autoritätsmethoden. Die Eltern sind von ihren Erziehungsmethoden überzeugt und sind sich nicht bewusst, was sie damit anrichten. Manche würden sagen: ***„Ich bin streng erzogen worden und es hat mir nicht geschadet."*** Andere wiederum würden dagegen appellieren, die Strenge sollte nicht übertrieben werden.
Bei der Erziehung den Mittelweg zu finden, ist wichtig. Regeln und die Vermittlung von Disziplin und deren altersgemäßer Weitergabe an das Kind gehören zu den Kernkompetenzen einer gesunden Erziehungsarbeit. Für das Kind sind diese Richtlinien essenziell und prägend – vom Kindergarten über die Schule bis hin zum Studium oder der Ausbildung.
Meine Kindheit im Elternhaus war gut, aber sehr streng. Mein Vater arbeitete viel, daher war er nur selten daheim. Meine Mutter arbeitete auch Vollzeit, aber weniger als mein Vater. Daher habe ich die Strenge meiner Mutter des Öfteren erlebt. Als Kind

fühlte ich mich benachteiligt meinem Bruder gegenüber, weil er der jüngere war. So war es selbstverständlich, dass ich als ältere Schwester die Verantwortung für ihn trug und die Aufsicht übernahm, wenn meine Eltern nicht da waren. Zweitens war meine Mutter im Umgang mit meinem Bruder nicht zu streng im Vergleich zu mir. Denn in der Hinsicht dachte meine Mutter, dass es wichtig sei, dass Mädchen früh den Haushalt erlernen sollten und die Jungs nicht unbedingt damit konfrontiert werden müssten. So empfand ich diese Regel als unfair, sicher hat mein Bruder manchmal geholfen, sein Zimmer oder andere Dinge aufzuräumen. Aber trotzdem wurde er nicht wirklich eingespannt im Haushalt.

Mein Erklärungsversuch zu dieser Einstellung meiner Mutter: Vielleicht lag es daran, dass sie als 10-jähriges Kind begonnen hatte, als Hausmädchen zu arbeiten. Das mag man sich gar nicht vorstellen, wie schlimm es für sie gewesen ist, nicht Kind sein zu dürfen, sondern in diesem Alter bereits eine große Verantwortung tragen zu müssen.

Möglicherweise hatte ich deshalb in der Kindheit solch große Verantwortung im Haushalt und musste auf meinen Bruder aufpassen, und musste dann noch versuchen, in der Schule gut zu sein. Aber meine Schularbeiten waren meistens unvollständig oder nicht korrekt, also blieb mein Lernerfolg auf der Strecke, die Lernschwierigkeit war vorprogrammiert. Dies galt speziell für die Fächer, die für mich nicht verständlich waren, weil ich beispielsweise Deutsch nicht als alleinige Muttersprache in die Wiege gelegt bekam. Meine Hausaufgaben durfte ich zwar manchmal durch den Besuch eines Nachhilfeunterrichtes unterstützen, aber trotzdem war das Problem von Lernen und Verstehen der Fächer in der Schule nicht gelöst. Klar, konnten meine Eltern als Portugiesen, die selbst die deutsche Sprache nicht wirklich beherrschten, diese Aufgabe nicht übernehmen.

Wenn ich diese Zeit reflektiere, kommt mir immer wieder der Gedanke: Wenn ich mal allein Hausaufgaben machen musste, vertiefte ich mich zu sehr in einer Fantasiewelt, die ich mir erschuf. Dies führte dazu, dass ich zu unkonzentriert war, um die Hausaufgaben zu erledigen.

Vielleicht lag es auch daran, dass ich diese Fantasiewelt brauchte, um die vielen furchtbaren Erlebnisse, die mir widerfahren waren, zu verdrängen. Durch diese Welt erschuf ich mir ein Ventil, in eine unbeschwerte Kindheit einzutauchen, von der ich weit entfernt war. Schule machte mir keinen Spaß, Haushalt schon zweimal nicht und auf meinen kleinen Bruder achtzugeben, war mir zu anstrengend, denn ich war selbst noch ein Kind.

Daheim herrschte ein undefinierbarer Tagesablauf, der durch die Augen einer Kinderseele alles andere als nachvollziehbar war.

Ich besaß zwar Spielzeug, ein paar Puppen, aber die waren für mich nicht so interessant. Klar, spielte ich auch mit meinem Bruder. Aber manchmal hatten wir verschiedene Ansichten, was das Spielen anbetraf. Am liebsten ging ich zu tollen Nachbarskindern – wenn ich durfte. Da verbrachte ich die beste Kindheit, die man sich nur wünschen konnte. Eines dieser Kinder lebte auf einem Bauernhof, da gab es Hühner,

Kühe, Hasen, sehr viele Katzen – es war für mich einfach ein Paradies. Wenn ich dort Zeit verbringen durfte, war ich frei von Verantwortung und Pflichten. Ich war einfach Kind in einer anderen Welt – in meiner Welt, in der ich zumindest für einige Stunden glücklich sein konnte. Schlechte Erinnerungen waren in dieser Zeit wie ausgelöscht. Mit diesen Kindern durfte ich Kind sein. Ich hieß nicht nur die **„Christina"**, ich war die **„Christinatel"** für sie. Mit diesen tollen Nachbarskindern, die auch meine besten Freundinnen wurden, fühlte ich mich sehr besonders und akzeptiert. Das war meine Rettung in dieser Zeit, Gott hat dafür gesorgt, dass genau diese Kinder mich zu sich aufnahmen und ihre Kindheit mit mir teilten, die ich zu diesem Zeitpunkt so sehr benötigte.

Für sie war ich ihre Entertainerin, die Spaß und Blödsinn machte. Meinen Gesang unterstützten sie mit ihren Instrumenten, Gitarre und Akkordeon. Ich war in ihrer Welt das glücklichste Kind, da konnte ich Energie tanken für die Verantwortung und Pflichten, die ich nach ein paar Stunden wieder auferlegt bekam. Für diese Zeit, die ich mit ihnen verbringen durfte, bin ich unendlich dankbar. Ohne sie wäre ich heute nicht in der Lage, zu erzählen, dass auch ich ein kleines Stück Kindheit hatte. An dieser Stelle möchte ich es nicht versäumen, zu berichten, dass ich zu den Kindern von damals bis heute eine sehr, sehr innige Freundschaft pflege, basierend auf unserer gemeinsamen Vergangenheit, aber auch auf unserem gemeinsamen tiefen Glauben an Gott – und dass er unsere Wege zum Guten lenkt.

Damals dachte ich, dass meine Mutter meine Stiefmutter wäre, denn in meiner Vorstellung als Kind waren Stiefmütter sehr streng. Heute weiß ich, dass sie auf ihre Art versucht hatte, mich auf das harte Leben vorzubereiten. Denn auch sie erlebte keine schöne Kindheit. Sie bemühte sich, mir auf ihre Weise Liebe zu vermitteln, aber es kam oft nicht so rüber. Denn sie war selbst überfordert mit ihren Alltagsaufgaben. Mein Vater wiederum konnte das eher kompensieren und war in der Lage, meinen Bruder und mich zu umarmen und zu küssen. Sofern seine Zeit es erlaubte, unternahm er mit uns tolle Sachen. Im Winter war es Schlittenfahren oder im Frühjahr Ausflüge mit dem Fahrrad. Manchmal fuhr unser Vater uns ins Kino, damit wollte er uns eine andere schöne Welt zeigen.

Meine Eltern gaben im Rahmen ihrer Möglichkeiten ihr Bestes, gute Eltern zu sein. Für sie bestand ihre Pflicht als Eltern daraus, den Kindern Kleidung und Essen sowie eine sichere Unterkunft und ein Bett zum Schlafen zur Verfügung zu stellen. **Jetzt sagst Du sicher: „Das ist auch das Mindeste, dass Eltern für ihre Kinder diesen Pflichten nachgehen sollten."** Aber die Kindheit meiner Eltern bestand genau aus diesen Voraussetzungen und Erziehungsaufgaben und doch bekamen sie nicht mal die Hälfte von dem, was ich als Kind bekam. Denn in ihrer Kindheit herrschten ganz andere Zeiten!

Meine Eltern versuchten trotzdem, uns darüber hinaus mehr zu geben. Ich weiß, meinem Bruder und mir hätte es viel mehr bedeutet, wenn sie uns mehr von ihrer Zeit *geschenkt hätten als materielle Güter. Die Überlegung meiner Eltern war, alles daran zu setzen, ein gutes Leben aufzubauen, indem sie möglichst viel arbeiteten.*

Schließlich sollte die Kindheit einer der besten Abschnitte Deines Lebens sein, ohne zu viele Pflichten und ohne zu viel Verantwortung tragen zu müssen. Eine unbeschwerte Kindheit und glückliche Jugend gehören zu den höchsten Gütern, die einem widerfahren können. Wenn Dir etwas Ähnliches passiert ist, das Deine Kindheit geprägt hat, denk daran: Wenn Deine Eltern Dir Liebe, Geborgenheit und Zuspruch verweigert haben oder nicht in der Lage waren, Dir diese wertvollen Güter entgegenzubringen, **„dann verzeih ihnen", denn sie wussten es vielleicht nicht besser!** Eltern zu sein, ist eine Lebensaufgabe und trotzdem haben sie sich für Dich entschieden, rechne ihnen das hoch an und schätze ihre Bemühungen.
Denn auch im Erwachsenendasein bleiben wir immer ihre Kinder. Eine schöne Kindheit prägt auch anders herum, ungeachtet von der Vergangenheit.
Als Erwachsener hast Du die Entscheidung, ob Du Deine negativ geprägten Erfahrungen in etwas Positives umwandeln willst oder nicht.
Falls Du selbst Kinder hast, dann reflektiere Deine eigene Kindheit. Erinnere Dich an Deine Erziehung, die vielleicht für Dich nicht gut war. Hier hast Du die Chance, es bei Deinen Kindern besser zu machen. Falls Du keine eigenen Kinder hast, so gibt es vielleicht andere Gelegenheiten, in Deinem sozialen oder beruflichen Umfeld bei Kindern und Jugendlichen Gutes zu bewirken. Vielleicht kannst Du ein kleines Stück Deiner eigenen Erfahrungen an sie weitergeben und diese Kinder dadurch bestärken.
Bleibe einfach in Dir ein klein wenig Kind und Du siehst das Leben ein klein wenig unbeschreiblicher. Denn bei Gott bist Du sein Kind und wenn unser Vater im Himmel seine Kinder strahlend und glücklich sieht, dann weiß Gott, dass seine Liebe in uns lebt.
Gott beschütze Dich und alle Kinder auf dieser Welt.

„Denn welche der Geist Gottes treibt, die sind Gottes Kinder."

Luther, Römer 8:14

Die Schule

…ist wichtig für Kinder und Jugendliche, vor allem die Vermittlung von Wissen und Bildung durch regelmäßigen und planmäßigen Unterricht. Neben der Wissensvermittlung ist der Schulalltag wichtig, um Kinder darin zu unterstützen, ein gesundes Selbstvertrauen zu entwickeln.

Damit Kinder und Jugendliche lernen, mit Problemen oder Konflikten verbal fertig zu werden, ist der Schulbesuch auch ein wichtiger Baustein. Bei der Vorgehensweise ist es für Heranwachsende wichtig, dass ihre Persönlichkeit und ihr Selbstbewusstsein gestärkt werden, um in prekären Situationen auf ein klares, mutiges **„Nein“** plädieren zu können.

Kinder zum Lernen zu motivieren umfasst unter anderem auch die Arbeit und die pädagogische Qualifikation der Lehrer. Bildung zu vermitteln, bedeutet mehr, als nur den Unterricht durchzuziehen.

Manche Lehrer übersehen, dass der eine oder andere Schüler Schwierigkeiten bei bestimmten Fächern entwickelt. Wenn der Lehrer seinen Schülern Lernstoff unter Druck einhämmern will, so werden die Schüler automatisch entmutigt. Oft nehmen die Kinder dann diese Schwierigkeiten mit nach Hause und erfahren dort in vielen Fällen keine Unterstützung durch die Eltern oder Erziehungsberechtigten. Hier ist es vorprogrammiert, dass die Noten der Kinder dementsprechend schlecht ausfallen und die Kinder im Notfall manchmal eine Klasse wiederholen müssen.

Die Begegnung mit meiner Schulzeit war ein Chaos. Ich wurde in Portugal eingeschult. Kannst Du Dich erinnern, dass ich in einem früheren Kapitel geschrieben habe, dass mich meine Eltern nach Portugal schickten, damit ich die Einschulung in ihrem Heimatland nicht verpassen würde?

Nach einem Jahr holten sie mich wieder zurück nach Deutschland. Da ich in Portugal die erste Klasse bestand, wurde ich in der deutschen Schule automatisch in die zweite Klasse versetzt. Da ich aber die deutsche Sprache fast verlernte hatte, hatte ich in der zweiten Klasse große Probleme und ich wurde nicht in die dritte Klasse versetzt. Ich musste die Klasse wiederholen. Zu meinem Pech hatte ich nicht nur ein Handicap im Unterricht. Ich wurde noch zusätzlich gehänselt – von den Mitschülern in der Schule, nach der Schule und auf dem Schulweg. Aus diesem Grund war ich meisten eine Einzelgängerin. Dies störte mich aber nicht wirklich, denn ich war an viel Schlimmeres gewohnt. Die schulischen Leistungen waren gerade mal so passabel, außer einige Fächer, die mir sehr lagen wie Musik, Sport, Zeichnen und Deutsch.

Jetzt fragst Du Dich sicher, warum gerade Deutsch? Ja, Deutsch! *Ich erlernte die deutsche Sprache relativ schnell. Denn ich hatte sie ja nicht ganz vergessen. Meine Lehrerin sagte immer:* ***„Christina, Du kannst tolle Geschichten schreiben, aber***

Deine Grammatik und Rechtschreibung ist unzumutbar. *" Wie dem auch sei, parallel zu meiner Regelschule besuchte ich einmal die Woche den portugiesischen Unterricht. Im Winter benutzte ich die öffentlichen Verkehrsmittel und in den warmen Jahreszeiten fuhr ich meistens mit dem Fahrrad.*

Jetzt erzähle ich Dir von einer Begegnung, die mich von da an bis zum Rest der Schulzeit immer begleitet hat.

Eines Tages war ich sehr spät dran. Um den portugiesischen Unterricht nicht zu verpassen, war ich mit dem Fahrrad unterwegs und versuchte, so schnell wie möglich zu radeln. Unterwegs stand ich dann an einer Kreuzung und wartete auf eine Möglichkeit, die Kreuzung zu überqueren. Das Warten ging mir zu lange und der Verkehr war extrem. Plötzlich dachte ich, da wäre eine Lücke frei, um die Straße zu überqueren. Genau in dem Augenblick, als ich das Pedal ansetzte und losfahren wollte, ging es nicht. ***Es blockierte förmlich!*** *Als hätte mir jemand das Fahrrad festgehalten. In diesem Augenblick fuhr ein rotes Auto an mir vorbei. Ich blickte zurück, um zu schauen, wer mir das Fahrrad festgehalten hatte.* ***Aber da war niemand!*** *Dann, nach kurzer Zeit, war die Straße wie leergefegt und erst dann konnte ich rüber fahren. Erstaunlicherweise war dann das Pedal wieder wie gelöst und frei drehbar.*

Die ersten Momente nach dem Losfahren konnte ich dies nicht richtig realisieren. Für mich war es so unglaubwürdig, was da gerade eben mit mir geschehen war. Je mehr sich meine Gedanken erweiterten, desto mehr wurde mir bewusst, dass ich meinem Schutzengel begegnet war, ***der mein Fahrrad festgehalten hatte!*** *So habe ich es in meinem Inneren gefühlt. Es hätte tragisch ausgehen können, diese Situation mit dem roten Auto. Mein Schutzengel war meine Rettung in letzter Sekunde.*

Eine andere Situation: Eines Mittags, als der portugiesische Unterricht beendet war, musste ich zur Bushaltestelle laufen, die Distanz betrug circa 1,5 Kilometer. Eine Stimme aus dem Nichts ertönte plötzlich und wiederholte sich ein paarmal. Diese Stimme sagte laut zu mir: ***„Christina, renn so schnell du kannst."*** *Ich hörte auf diese Stimme und rannte, so schnell ich konnte. Ich wusste nicht, warum ich das tat. Als ich nach einer Weile während des Rennens zurückblickte, sah ich zwei Männer, die hinter mir her-rannten. Meine Ausdauer beim Rennen war abrupt unverhältnismäßig stark. Diese übermäßige Kraft kam nicht von mir. Ich glaubte, es war wieder mal die Begegnung mit meinem Schutzengel, die mir die Kraft gab. Dann, an der Bushaltestelle angekommen und außer Atem, erwischte ich den Bus gerade noch, bevor der Busfahrer die Tür schloss. Ich setzte mich erschöpft und froh auf einen Sitzplatz und sah die Männer, die mit ihren Fingern auf mich zeigten, weil sie mich nicht erwischen konnten. Durch diese beiden Situationen wurde ich wieder daran erinnert, dass ich niemals allein bin, egal, wohin ich mich auch bewege.*

Irgendwie war es seit diesen Situationen für mich Tatsache, dass mein Schutzengel immer bei mir war und ist. Dies vermittelt mir ein gutes Selbstwertgefühl. Gott hat meinem Schutzengel die Aufgabe übertragen, immer und gut auf mich achtzugeben – in allen Lebenssituationen.

Eigentlich haben diese Erfahrungen, die ich Dir gerade geschildert habe, auf den ersten Blick nichts mit schulischen Leistungen und mit dem Titel dieses Kapitels zu tun. Aber erstens wollte ich Dir von weiteren Begegnungen mit meinem Schutzengel erzählen und zweiten geschah dies während meiner Schulzeit. Aufgrund dieser Vorkommnisse wurde mein Glaube in mir selbst gestärkt und die Gewissheit, dass ich vieles schaffen kann. Dadurch wurden meine schulischen Leistungen etwas besser, das Lernen machte mir mehr Freude und die Noten verbesserten sich. Die Lehrer lobten meine Leistung, sie gaben mir das Gefühl, dass ich in der Lage sei, den Schulalltag und die damit verbundenen Herausforderungen meistern zu können. Die Option, die Klasse wiederholen zu müssen, existierte, Gott sei Dank, nicht mehr. Ich schaffte meinen Abschluss und bekam danach einen Ausbildungsplatz zur Arzthelferin.

Mein Glaube an Gott hat mich in vielen kritischen Lebenssituationen gerettet und hat mir über schwere Zeiten hinweggeholfen.

Auch Du, lieber Leser, hast eine innere Stimme – alle von uns verfügen darüber, hör mehr auf diese innere Stimme. Denn es ist Deine Intuition, die Gott Dir geschenkt hat. Glaube nicht, dass Du versagst, mach es besser und gebe Dir stets Mühe. Dann wirst Du erfahren, es treffen viele Ereignisse auf Dich zu, die Deine missliche Lage verbessern.

Was immer Deine Vorstellungen und Träume beinhalten, versuche, sie zu verwirklichen, oder probiere es zumindest.

Es ist nie zu spät, Gott glaubt in Dich und an Deine Fähigkeiten. ***Tust Du es auch?***

Dies ist ein kleiner Gedankenanstoß für Dich, möglicherweise spornen Dich diese Fragen an **zur Verwirklichung Deiner ersten Schritte!** Vorausgesetzt, dass Du Deinen Traum schon längst realisiert hast. ***Glaube an Dich selbst, Gott glaubt auch an Dich!***

Mit diesem Thema Schule wollte ich auch versuchen, Dir zu vermitteln, dass Begegnungen mit Lehrern sehr unterschiedlich sein können. Nicht jeder verfügt über die Kompetenz, diesen verantwortungsvollen Beruf wirklich gut auszuüben. Andere wiederum unterstützen die Schüler und schaffen es, Wissen kindgerecht zu vermitteln und die Kinder zu unterstützen, nach deren Fähigkeiten und Bedürfnissen. Es reicht lange nicht aus, eine Diplomurkunde an der Wand hängen zu haben, welche bestätigt, welche Auszeichnungen man sich im Studium verdient hat.

Heutzutage kommt mir öfter der Gedanke, ich hätte noch besser sein können in der Schule. Allerdings versuche ich jetzt, mein Bestes zu geben, auch im Erwachsenenalter immer wieder dazu zu lernen in anderen Dingen, **„denn es ist niemals zu spät.“**

Auch im späteren Verlauf des Lebens kann man einiges erreichen, Gott gibt uns immer wieder eine neue Möglichkeit, Neues zu verwirklichen. Wir bekommen immer wieder die Chance, etwas zu erschaffen und von vorn zu beginnen.
Gott ist der beste Lehrer. Wenn Du es zulässt, wird Gott auch Dein Lehrer! Bewege Dich nach vorn, denn an derselben Stelle stehen zu bleiben, ist nicht der Sinn, den unser Vater im Himmel für Dich sieht.
Deshalb verliere den Mut nicht und beschreite Deinen Weg mit Gott zusammen, Du wirst sehen, wie wunderbar der Herr Dein Leben bereichert. Gott segne Dich.

„Behüte dein Herz mit allem Fleiß, denn daraus quillt das Leben."

Lutherbibel 4:23

Das Talent

Mit diesem Wort wird eine Eigenschaft bezeichnet, welche eine besondere Leistungsfähigkeit eines Menschen aufzählt. Das Talent eines Menschen bezieht sich spezifisch auf ein spezielles Gebiet, in welchem sich der Betreffende überdurchschnittlich gut bewegt und sich ausleben kann.
Woher kommt Talent? Ich bin mir sicher und glaube, dass Gott jedem Einzelnen von uns Menschen seit Geburt an eine oder mehrere Begabungen mitgegeben hat.
In der Wissenschaft wird über dieses Thema kontrovers diskutiert. Einige Wissenschaftler vertreten den Standpunkt, dass Talente nicht bei der Geburt entstehen, sondern Fähigkeiten im Laufe des Lebens angeeignet werden. Ein bestimmter Grad an Begabung bzw. Naturtalent sollte natürlich vorhanden sein, jedoch wird dies durch ständiges Wiederholen und Üben aufgebaut und dadurch ausgeprägt und gestärkt. Letztendlich kann auch Talent zu einer Berufung oder sogar zum Beruf werden. Ein Talent kann sogar zu einer Lebensaufgabe aufblühen. Entsprechende Mittel und Beziehungen bedeuten für den talentierten Menschen eine große Unterstützung.
Es gibt Menschen, die aus verschiedenen Gründen ihr Talent untergraben müssen oder mit Absicht verdrängen oder verschweigen. Dies kann beispielsweise passieren, wenn sie durch äußere Umstände, wie z. B. ihr soziales Umfeld, die Familie, gesellschaftliche Zwänge oder der mangelnde Glaube an sich selbst, ihre Begabung vernachlässigen oder gar aufgegeben. Ein klassisches Beispiel ist der kleine Junge, der Talent fürs Ballettstanzen besitzt und sich nicht traut, dies zu kommunizieren, aus Angst, von seiner konservativen Familie verhöhnt zu werden.
Muss man sich wirklich aufgeben? Wer sagt Dir, dass Du nicht eine andere Passion finden kannst, die Dich genauso erfüllt? Manchmal passieren Geschehnisse, die Du niemals gedacht hättest, die zu einer Begeisterung führen und Du Gefallen darin findest, indem Du es selbst ausprobierst. Es ist gut, wenn man sich öffnet für anderes, Du solltest Neues wagen, wenn Deine Neugierde Dich fängt und Dich auf neue Wege führt.
Frag Dich: ***„Macht es Spaß?“ – „Ergibt es Sinn?“ – „Erfüllt es mich?“ – „Macht es mich zu einem Ganzem?“*** Ich möchte damit ausdrücken, es existieren immer mehrere Möglichkeiten, herumzusitzen und abzuwarten, ist nicht wirklich der Sinn des Lebens.
Fähigkeiten auszuleben, ist auch eine wertvolle und sinnerfüllte Zeit, es macht Dich glücklich, Du vergisst Deine Alltags-Sorgen, Du kannst für eine gewisse Zeit abschalten und Deinen Alltag vergessen.

Du lebst in diesen Augenblicken für Deine Begabung – und zwar im Hier und Jetzt. Wenn dann andere sehen, wie Du aufblühst und gut darin bist, in Deinem Talent, kommt Dir mit Sicherheit Begeisterung entgegen.
Entgegenkommen von Begeisterung, die Wertschätzung anderer animiert Dich. Du möchtest Deine Fähigkeit noch weiter entfalten, um schließlich noch besser zu werden.
Meine Geschichte mit der Begegnung zum Thema „Talent“ begann als kleines Kind mit vier Jahren. Ich entdeckte das Tanzen. Mein Vater legte ab und zu eine Musik-Schallplatte auf und kaum erklangen die ersten Töne, konnte ich nicht mehr stillhalten. Für mich war Musik ein Instrument. Durch die Melodien und Rhythmen konnte ich das Tanzen auszuleben. Die erste Person, welche mir gesagt hat, dass ich Talent habe fürs Tanzen, war meine Sportlehrerin. Erst zu diesem Zeitpunkt ist mir bewusst geworden, dass Tanzen eine große Liebe ist, aber trotzdem hinterfragte ich kritisch mit meinen 12 Jahren: ***„Bin ich wirklich darin gut?“***
Trotz meiner Selbstzweifel habe ich dieses Lob seitens meiner Sportlehrerin angenommen.
Es motivierte mich, sodass ich vor dem Spiegel immer wieder neue ***„Tanz-Moves“*** *erlernte, die ich mir selbst ausdachte. Mein Tanzidol war* ***„Michael Jackson“*** *und auf der Basis seines Tanzstils versuchte ich, seine Tanzschritte zu kopieren. Den ein oder anderen Schritt bekam ich ganz gut hin, aber natürlich nicht so gut wie er. Was ich dabei gelernt habe, war, dass es wichtig ist, seiner eigenen Begabung eine individuelle Note zu verleihen, niemals eins zu eins zu kopieren. Es ist nicht falsch, ein Vorbild zu haben und einiges abzuschauen und zu übernehmen, aber wenn Du Deine Eigenheit beibehältst, wirkst Du demzufolge authentischer.*
Durch das Tanzen habe ich auf wunderbare Art und Weise herausgefunden, dass ich mir eigene Choreografien aus dem Steh-Greif mit Leichtigkeit ausdenken konnte. Also habe ich meine eigenen Tanzstile und -techniken entwickelt. Nach einer gewissen Zeit bekam ich immer öfteren die Möglichkeit, aufzutreten und mein Talent öffentlich vor Publikum unter Beweis zu stellen.
Bei meinem ersten Auftritt war ich 15 Jahre alt. Es war eine Veranstaltung, zu der ich eingeladen wurde. Die Anwesenheit so vieler Menschen verunsicherte mich. Ich war das nicht gewohnt und meine Angst hinter der Bühne konnte ich nicht wirklich einordnen. Aber zum Glück war mein Bruder an diesem wichtigen Tag ebenfalls anwesend und unterstützte mich. Dies gab mir Mut, Selbstvertrauen und Zuversicht, dass alles klappen würde. Als es dann so weit war und der Vorhang auf ging, bekam ich einen Adrenalinstoß, ein Gefühl, wie ich es noch nie in so einer Stärke empfunden hatte. Die Musik spielte und das Publikum blendete ich in diesem Moment aus. Nur ich, der Rhythmus der Musik und die Tanzschritte waren in mir drin. In diesem Augenblick tanzte ich mit ganzem Herzen und ganzer Seele, ich spürte, dass meine Vorstellung beim Publikum gut ankam.

Als der Tanz zu Ende ging, war der Beifall so überwältigend, dass sogar eine Zugabe geklatscht wurde. In diesem Augenblick fiel die ganze Spannung von mir ab und bisher ungeahnte Emotionen überwältigten mich wie eine große Welle. Meine Emotionen waren eine Mischung aus Dankbarkeit, Glück und Stolz. Natürlich hatte ich Unterstützung von meinem Vater, der den Auftritt organisierte und mir damit die Möglichkeit verschaffte, mein Talent zu zeigen. Auch mein Bruder mit seiner Entschlossenheit hat mich positiv motiviert und angetrieben. Meine Mutter hat sich unglaublich für mich gefreut. All das gab mir die Bestätigung, dass ich gut darin war. In diesem Augenblick war ich mir sicher: Das Tanzen war ab jetzt nicht nur ein Hobby für mich, sondern die Leidenschaft, für die ich brannte, und dadurch wurde ein Lebenswerk geboren.

Einige Zeit später entstand die Idee, mit Tanz-Interessierten meiner Altersgruppe eine Tanzgruppe aufzustellen. Eine ganze Weile lief dieses Vorhaben gut, es machte unglaublich viel Spaß, mit mehreren Menschen die Begeisterung und Leidenschaft fürs Tanzen zu teilen. Doch wie es eben so ist, wenn nicht jeder in der Truppe dieselbe extreme Begeisterung im Tanzen sieht und viele dies nur als willkommene Freizeitbeschäftigung betrachten, dann bricht eine Mannschaft mit der Zeit auseinander. Somit war es für mich immer wieder mühsam, erneut Tänzer zu finden, die sich gern regelmäßig in ihrer Freizeit Zeit nahmen fürs Tanzen.

In den kommenden Jahren habe ich das Tanzen weiterhin beibehalten, aber mit einer anderen Strategie: So unterrichtete ich beispielsweise an Schulen oder habe in einem Zentrum für Kinder und Jugendliche Tanzunterricht erteilt.

Was ich Dir vermitteln möchte: Wenn Du Deine Fähigkeit auslebst und es liebst, dann hab keine Zweifel oder Angst vor Veränderungen, die Dir möglicherweise entgegenkommen. Auch falls Du Beifall, Begeisterung oder Bejahung nicht immer bekommst. **Für Dich sollte es keine Rolle spielen!** Denn Dein Talent ist Deine Leidenschaft, die Freude daran sollte an erster Stelle stehen.

Die Anerkennung anderer Menschen ist eine willkommene Zugabe, das **„Sahnehäubchen“** sozusagen. Also hüte Deine Talente wie einen wertvollen Schatz und wenn Du sie ausleben willst, dann mache es in erster Linie für Dich. Denn Veränderungen sind immer fortwährend und beständig im Wandel.

Nimm die Wandlungen als einen weiteren Fortschritt. Veränderung und neue Herausforderung bringt eine Steigerung und die Möglichkeit, Dein Talent immer weiter auszubauen.

Gott schickt Dir Veränderungen nicht umsonst! Durch Veränderungen fordert er Dich heraus, um Dir zu sagen, dass Du mehr kannst und Dich auch trauen sollst. Dass Du vielfältig und besonders und einzigartig bist, dass Du alles schaffen kannst, wenn Du mit ganzem Herzen und all Deiner Liebe dabei bist. Aufgeben ist keine Option, denn unser Gott sieht immer, was Du fühlst und was Du Dir im Inneren wünschst. Der Herr ebnet Dir neue Wege, damit Du Deine Vielfältigkeit zu nutzen verstehst. Sehe Dein Leben als ein Kunstwerk. **Es ist Dein Kunstwerk!**

Mit Hilfe von Gott, der Dich in seiner Barmherzigkeit sehr liebt. Dass Du unserem Vater Freude entgegenbringst, dass Du mit Deinen Fähigkeiten, mit Deiner Persönlichkeit Dich zum Ganzen machst.

Gebe immer Acht auf das, was Dich ausmacht, wer Du bist! Was Du erreichen kannst, was Du positiv bewirken kannst in Dir selbst und in Deinem Umfeld. Trage die Liebe von Gott, Jesus und dem Heiligen Geist und Du bemerkst bei jedem Deiner Tage einen neuen Erfolg.
Der Herr sei immer mit Dir und segne Dich in Deinem Werke.

„Du tust mir kund den Weg zum Leben: Vor dir ist Freude die Fülle und Wonne zu deiner Rechten ewiglich.“

Luther, Psalm 16:11

Das Leben

…ist das größte Geschenk, welches uns Menschen gegeben ist. Allerdings neigen wir Menschen dazu, dieses große Geschenk und den Wert dieses Geschenkes zu vergessen und als zu selbstverständlich zu sehen.
Leben ist ein Privileg, aber wir blenden dieses Privileg allzu oft aus – meist bedingt durch die immerwährende Routine im Alltag.
Gott ist das Leben und Gott lebt in uns! Auch wenn es vielen Menschen nicht bewusst ist. Gott schenkt uns Leben, sodass wir mit unserem Geiste ein freies und selbstbestimmtes Leben führen können. Wir Menschen sind eigentlich betrachtet vollkommen in unserem Wesen. Schon allein die Tatsache, wie wir entstehen – durch die weibliche Eizelle, welche vom Mann befruchtet wird, teilen sich dann mehrere Zellen und dadurch beginnt ein neues, einzigartiges, wunderbares Leben. Es war Gottes Plan, dass Mann und Frau sich vereinen und daraus beginnt ein außergewöhnliches Wunder – das Leben! Also sind wir Menschen in unserer Entstehung vollkommen. Auch ein Neugeborenes, welches auf die Welt kommt, aber den Erwartungen der Eltern nicht entspricht, weil es vielleicht nicht ganz gesund ist, wird es trotzdem ihr Wunder. Auch Kinder, die mit einer Fehlstellung geboren werden, werden trotzdem mit Herz und Seele komplett geliebt. Denn alles Leben auf dieser Erde ist Gottes Wunder und verdient die vollkommene Liebe.
Hast Du Dir schon mal darüber Gedanken gemacht, dass Du als Erstes die Eizelle erreicht hast? Wenn man darüber nachdenkt, ist diese Tatsache eine Faszination, oder nicht?
In unserem Erwachsenendasein komplizieren wir unser Leben mit voller Energie. Obwohl wir ein Wunder sind und jeder auf seine ganz besondere Art im biologischen Aufbau durchaus perfekt gelungen ist, bringen wir es fertig, unser Leben nicht mit der Wertschätzung zu behandeln, die es verdient hat.
Leider machen wir uns das Leben allzu oft viel zu schwer. Durch negative Erfahrungen, in die wir hineinstürzen, neigen wir dazu, später in ähnlichen Situationen mit übertriebener und gänzlich ohne Vorsicht entgegenzutreten. **Wir reagieren meistens impulsiv und unüberlegt!**
Oft stehen wir uns selbst im Weg. Statt zu handeln, ziehen wir uns zurück, statt zu klären, weichen wir aus. Meistens ist es unser Verstand, der uns ständig im Weg steht. Entscheidungen, welche in unserem Leben einen großen Einschnitt oder einen Umschwung bewirken, fallen uns schwer, da wir befürchten, dass wir diese Veränderungen bereuen könnten.
Der Mensch ist bekannterweise ein Gewohnheitstier. Deshalb laufen wir gern im Kreis herum, weil das nicht fremd ist und alles, was außerhalb des Kreises sich

befindet, leitet unseren Gedanken direkt **„zu der falschen Erkenntnis: Nein, lass es sein, ist zu riskant!"**
Das ganze Leben besteht aus Begegnungen und Entscheidungen, den sicheren Weg kann Dir nur Gott geben. **Denn die Wege Gottes sind unergründlich!** Vertraue dem Herrn Dein Leben an, auch wenn die Wege manchmal felsig und steinig sind – aber sei versichert, Gott trägt Dich, wenn Du nicht mehr weiterkannst. Wenn Du in Deinem Innern weißt, dass Du etwas oder jemanden nicht mehr an Deinem Leben teilhaben lassen willst, dann lass nicht zu viel Zeit verstreichen und handle, es gibt keinen Grund für einen Aufschub.
Ich persönlich habe etwas gelernt im Leben. Ich habe mir selbst eine kleine Geschichte ausgedacht, um diese als Stütze zu sehen, oder einfach, um dieses Thema auf den Punkt zu bringen.
Stell Dir vor: *Mit Deiner Geburt bekommst Du ein unbeschriebenes Notenblatt. Deine Eltern nehmen es an sich, denn sie glauben, zu wissen, wie Deine Noten geschrieben werden müssen. Dabei entsteht Deine angebliche Melodie. Deine Eltern sind also wie Dein persönlicher Mozart. Es werden Regeln aufgestellt, die Du immer befolgen solltest, denn Deine Eltern glauben, dass Disziplin Dich im Jetzt oder in Deinen späteren Leben weiterbringt.*
Das Notenblatt nimmt Form an, aber die Noten, die geschrieben sind, klingen überhaupt nicht nach Dir. ***Es ist nicht Dein Song!*** *Trotz allem singst Du* ***„Dein Lied"*** *mit, im Glauben, dass es richtig sei. Es bedeutet aber nicht, dass alle Noten falsch sind, welche Deine Eltern für Dich geschrieben haben. Denk immer daran, Eltern versuchen immer ihr Bestes und meinen es gut. Im Laufe der Zeit beginnst Du, die Welt mit Deinen Augen zu sehen. Du hörst andere Melodien spielen, die Dir gefallen, die in Deinen Ohren schöner klingen und Deine Neugier erwecken.*
Du findest Anklang daran und entscheidest, Dein Notenblatt an Dich zu nehmen. Du entscheidest Dich dafür, Deine Noten umzuschreiben. Manche Akkorde bleiben bestehen, andere werden komplett geändert. Einige Töne klingen eventuell schräg, vielleicht ist auch Raum für Improvisationen. Mit diesem selbstbestimmten Handeln entdeckst Du: Das ist das freie Leben, Grenzen zu erfahren, mal was zu riskieren, aber dabei bedacht bleiben, anderen und sich selbst nicht zu schaden. Liebe Dich selbst, so kannst Du mit Deinen Mitmenschen Deine Liebe umso mehr teilen. Dies kann auf vielerlei Art und Weise geschehen: mit einem Lächeln oder mit freundlichen Worten, mit kleinen Hilfen, mit diversen Spenden. Wichtig ist es, zu versuchen, wann immer sich Gelegenheiten ergeben, ein guter Mensch zu sein. Mit diesen Noten machst Du schon vieles richtig. Gott sieht Dich besonders und besonders bedeutet auch, individuell, einzigartig zu sein und selten ist Seltenheit. So entsteht Dein Notenblatt auf eine beeindruckende Art und Weise.

Finde während Deiner Lebensreise heraus, wer Du bist und was Du brauchst. **Gott schickt Dir immer wieder Werkzeuge in Form von vielfältigsten Begeg-**

nungen! Diese sind nötig für seinen Plan, welchen er mit Dir vorhat. Vertraue der Liebe unseres Vaters, denn nur seine Liebe hält Dich im Gleichgewicht. Das Leben hat so viel zu bieten. Mit den richtigen Noten, die Du freiwillig auswählst, entsteht eine wunderschöne einzigartige Symphonie.
Siehst Du auch mal bewusster in Dein Spiegelbild? Wen siehst Du? Bist Du glücklich? Liebst Du Dich? Findest Du Dich für andere liebenswert? **Schon allein die Tatsache, dass Du ein Wunder bist, ist schon riesig!** Trage die Liebe von Gott, Jesus und vom Heiligen Geiste in Dir. So strahlst Du das schönste Licht aus. Menschen, die Dich neu entdecken, Dich gernhaben und Dich lieben, verbringen gern die Zeit mit Dir.
Suche Dir in Deinem Umfeld ganz bewusst Menschen aus, die wahrhaftig ehrlich zu Dir sind, die Dich akzeptieren, genauso wie Du bist, und nichts komplizieren. Menschen, die Dich unterstützen in Rat und Tat, die Dich vorwärtsbringen, wenn Du es benötigst, die Dir Gehör schenken und Dir Trost entgegenbringen. All das brauchst Du in Deinem Leben und Gott sorgt dafür, wenn Du seine Liebe mit Deinem ganzen Herzen annimmst.
Wir alle machen Fehler – niemand ist fehlerlos. Wer dazu neigt, sich zu bemitleiden oder sich als Opfer der Fehler anderer Menschen zu sehen, erhält dafür keinen Zuspruch von Gott.
Lerne aus dem, was nicht gut war, verbessere es, lenke Dich in die richtige Richtung und wenn Du nicht weißt, wohin, lass Dich führen von Gottes Hand. Bete und bitte darum an unsern Vater im Himmel.
Alle Mühe, die Du Dir gibst, wird belohnt, betrachte Dich stets als wertvoll und besinne Dich in allem, was Du tust. Lebe Dein Leben, wie Du es verdient hast, nicht mit schlechten Vorsätzen, sondern mit Ehrlichkeit. Unter diesem Gesichtspunkt wird sich diese Ehrlichkeit zu Dir selbst in Deinem Leben bewähren.
Stell dir die Fragen: ***„Was will ich?" – „Was brauche ich?" – „Was ermutigt mich?" – „Was macht mein Leben aus?"***
Stell Dir diese Fragen, wenn Du Dich in einer kritischen Situation befindest und schon viel zu lange verwirrt und gestolpert bist – wenn Du durch Menschen mit Konstellationen konfrontiert wirst, die Dich in solche Situationen hinein katapultieren. Das ist oft der Punkt, an welchem Du nicht bemerkst, dass durch diese Umstände Dein Körper und Deine Seele teilweise gravierenden Schaden nehmen. Dann hast Du Dein Notenblatt falsch verstanden, die Melodie ist dann geschrieben mit desorientierten Noten.

Wo ist da Deine Symphonie? **Sag nicht, es ist leichter gesagt als getan. Sag lieber, ich kann alles schaffen durch Gott mit seiner Liebe zu mir. Gott gibt mir Zeichen, um meinen rechten Weg zu beschreiten. Vergiss nicht, Dein Leben ist ein Wunder und ein Wunder ist eine beeindruckende, vollkommene Symphonie. Du bist in Gottes Angesicht sein Wunder, das lebt und mit seiner**

barmherzige Liebe Dich in die richtige Richtung bewegt. Gott segne Dich in Deinem Leben, dass Du viele Wunder erlebst.

„Bei Gott ist mein Heil und meine Ehre, der Fels meiner Stärke, meine Zuversicht ist in Gott."

Luther, Psalm 62:8

Die Schuld

Dieser Begriff wird in der Moralphilosophie in verschiedenen Zusammenhängen verwendet. Es beschreibt, dass Menschen in moralischer Hinsicht einen Verstoß gegen das Gewissen in ihrer freien Entscheidung begehen. Der Mensch handelt dabei entweder bewusst oder unüberlegt.
Manche Menschen bereuen ihr Fehlverhalten anderen gegenüber nicht wirklich. Sie nehmen sich alles heraus und handeln spontan und ohne nachzudenken entsprechend ihrer aktuellen Gemütslage. Ob sie andere Menschen durch ihre Handlungen verletzen, ob sie physischen oder psychischen Schaden hinterlassen, ob sie Angst und Drohungen verbreiten, spielt für diese Menschen keine Rolle.
Andererseits gibt es die Menschen, die Schuldgefühle besitzen und diese mit sich tragen durch bewusste oder unbewusste Fehlreaktion in ihrer Missetat. Sie reagieren mit einem ausprägten Gewissen, welches sich in ihrem Denken und ihrer Gedankenwelt manifestiert. Sie sind in der Lage, ihr Verhalten bewusst zu reflektieren. Denn in ihrem Handeln übernimmt das Gewissen die Oberhand. Sie wirken unkonzentriert, sie schwanken zwischen Scham und Angst, versuchen, ihre Tat zu verstecken, damit die Wahrheit sie nicht einholt.
Was ist mit den Menschen, welche in eine Schuldzuweisung hineinschlittern, wenn andere ständig auf sie einreden: **„Ich bin schuld." Ich bin an allem schuld!** Diese Menschen tragen Schuld, obwohl sie eigentlich gar nicht dafür verantwortlich sind. Abgesehen von der Tatsache, dass sie am falschen Ort, am falschen Tag und zur falschen Uhrzeit in einer bestimmten Situation anwesend waren.
Aber was bedeutet eigentlich der Begriff Schuld? Wer ist schuld? Was macht uns zu Schuldigen? Warum beschuldigen wir?
Menschen sind in ihrem Verhalten, in Reaktionen und Handlungsweisen weit davon entfernt, perfekt zu sein. Es ist allein unsere Entscheidung, wie wir den Menschen gegenüber auftreten. Dies geschieht, wenn wir beispielsweise negative Emotionen auf unsere Begegnungen übertragen und dabei Schlechtes weitergeben. Fakt ist, dass wir erwachsenen Menschen uns oft bewusst werden über eine Absicht, in der wir handeln. **„Aus Egoismus, aus Neid, aus eigenem Interesse"** versuchen wir, den Vorteil unserer Handlungsweise zu sehen und entscheiden, dementsprechend zu handeln. Wir tun dies in dem Wissen, dass dieses Handeln verletzend sein kann. Bei manchen Menschen ist das Gewissen stärker ausgeprägt als bei anderen. ***Woran liegt das?*** Fragst Du Dich nicht oft: **„Wie konnte er oder sie das nur tun?"**, und im selben Zug sagst Du zu Dir selbst: **„Ich hätte so was nie getan."**
Nun, manchmal geraten Menschen in außergewöhnliche Situationen. Diese Situationen können beispielsweise hervorgerufen werden durch undefinierbare Emotionen, durch ein schwaches Selbstbewusstsein, durch Komplexe oder schlechten

Einfluss oder aber auch im sozialen, beruflichen, gesellschaftlichen Umfeld, in solchen Situationen besteht dann die Gefahr, unüberlegte, eigennützige Taten zu begehen. Die Konsequenz dieses Handelns wird diesen Menschen oft erst viel später klar. Sie erkennen dann, dass ihr Verhalten im Handeln verkehrt war.
Diese Menschen versuchen wiederum, ihr Betragen auf verschiedene Art und Weisen gutzumachen, sofern die Möglichkeit gewährleistet ist. Ich will an dieser Stelle sicher nichts schönreden bezüglich dieser Menschen, die durch ihre mehr oder weniger schlimmen oder grausame Taten Schaden anrichten und anderen Menschen Leid zufügen.
Frag nicht: ja, aber? Wir Menschen sind so komplex in unserem Wesen, die Frage ist: ***„Warum tun Menschen schlechte Handlungen?*** In einigen Fällen ist es sicherlich so, dass sie in vollem Bewusstsein, Böses zu tun, handeln. Es geschieht aus Langeweile oder sogar aus Spaß. Oder weil sie in einer Gruppe sind und sich selbst beweisen müssen.
Es gibt leider zu viel Menschen, die fähig sind, Böses tun. Es ist für mich erschreckend, wenn ich immer wieder erfahre, dass auf dieser Welt durch Menschen schreckliches Unheil angerichtet wird. Wir neigen dazu, vorschnell zu urteilen über schlechte Geschehnisse, die durch Menschen verursacht werden. Es ist in dieser Hinsicht eine menschliche Reaktion, die sich auswirkt durch Mitgefühl. Durch eigene Erfahrung fordern wir Gerechtigkeit, indem wir sagen können: **„Schuldig.“**
Wenn ich über meine Begegnungen in der Vergangenheit reflektiere, die mir Böses und Schlechtes beschert haben, so wollte ich nur, dass die Gerechtigkeit siegt, um diese Schuldzuweisung einfach zu eliminieren.
Es gibt verschiedene Arten von Schuld. Zwischen Schuld haben, schuldig sein oder sich schuldig fühlen, gibt es große Unterschiede. Es gibt Menschen, die keine Verantwortung empfinden in ihrer Schuld.

Nun, ich habe mich in der Vergangenheit lange schuldig gefühlt, von der Kindheit an bis ins Erwachsenendasein. Es waren die Menschen, mit denen ich im Alltag zusammenlebte, sie gaben mir immer das Gefühl, schuldig zu sein. Manchmal mit Erklärungen, die widersprüchlich und in keiner Weise nachvollziehbar waren. Es spielte sich im Elternhaus ab, aber auch in der Schule, in der Ausbildung, in den Ehen, sogar ich selbst gab mir an allem die Schuld. Denn wenn man im Laufe der Zeit von zu vielen Menschen Schuldzuweisungen erfährt, dann glaubt man am Schluss selbst daran. Man redet sich ein: ***„Du bist selbst schuld, dass du keine bessere Tochter bist. Du bist selbst schuld, nicht besser in der Schule gewesen zu sein, bist selbst schuld, dass Deine zwei Ehen gescheitert sind, bist selbst schuld, dass Dein Leben ein Durcheinander und Chaos war.“*** *Diese Schuld habe ich lange mit mir getragen, das bedeutet jedoch nicht, dass ich keine Fehler gemacht habe. Sicher hätte ich vieles besser machen können und anders reagieren und handeln oder auch gewisse Situationen oder Handlungen vermeiden können.*

Letztendlich heißt es doch, aus Fehlern lernt man. Meine Vergangenheit steht heute ruhig und einsortiert in einem ***„imaginären Regal“****. Durch Gottes Liebe und Barmherzigkeit habe ich es geschafft, diese Schuld nicht mehr als meinen Begleiter zu empfinden. Die Menschen, die ich in unüberlegten Momenten bestimmt auch verletzt habe, haben mir vielleicht schon längst verziehen. Aber auch falls sie es nicht getan haben, wünsche ihnen Gottes Segen. Ich habe es mir zur Aufgabe gemacht, denen, die mir Unrechtes taten, aufrichtig und wahrhaftig zu verzeihen. Denn durch Jesus, unseren Erlöser, der für unsere Sünden gestorben ist, wird uns von unserem Vater auch verziehen.*
Du kannst alles analysieren, auch die Tatsache, warum Menschen Unrechtes tun, zugegeben, ich tat dies auch. Vielleicht fühlen sich die betroffenen Menschen schlecht und schuldig in ihrem Leben und sie möchten sich oftmals selbst beweisen, dass sie über Stärke verfügen. Sie picken dann die schwächeren Personen in ihrer Umgebung heraus und belasten sie anschließend, prallen mit ihren geballten negativen Emotionen auf diejenigen ein.

Solche Menschen, welche andere Menschen plagen, geben den Geplagten keinen Raum für Erklärungen. ***Warum sie ihre Taten vollziehen?*** Diese Menschen verschwenden keinen Gedanken daran, ob es fair ist, wie sie handeln. Sie verschwenden keinen Gedanken daran, um die bösen Taten abzubrechen oder abzuwenden.

Ich denke, wenn der Funke Menschlichkeit ihr Gewissen durchdringen würde, dann könnte es möglicherweise passieren, dass ihr Gewissen die Taten im gleichen Augenblick zunichtemachen würde. Sicher ist ihre Wut oder Unzufriedenheit erklärbar, die sie in schlechtes Handeln projizieren. **„Aber es ist natürlich trotzdem keine Entschuldigung.“**

Besitzen also Tyrannen doch ein Verantwortungsbewusstsein? Verfügen sie doch über ein Gewissen? Ich denke, es sind Menschen wie Du und ich, nur die Entscheidungen treffen sie nicht vorteilhaft.

„Ich wünsche allen Menschen Gottes Segen und dass sie es zulassen, sich von Gottes Liebe heilen zu lassen.“

Egal, wie Du Dich in Deinem Leben schuldig fühlst, aus Erfahrung sage ich Dir, es bringt Dich keinen Zentimeter weiter. Es ist menschlich, Schuld zu tragen und dass diese zu unserem Begleiter wird. Ich gebe Dir einen Rat: Strebe in Deiner Lebensweise nach Positivem, um Schlechtes zu überdenken, es verbessert Dein Leben. Das macht Dich zum guten Menschen. Gott will, dass Du Deine Fehler erkennst, sie einsiehst und daraus lernst. Er will, dass Du in der Lage bist, denjenigen zu verzeihen, die Dir Schlechtes getan haben.

Wichtig ist, dass Du Gott vertraust und keinen schlechten Gedanken aufkeimen lässt. Dass Du nicht denkst in diesem Leben, dass Deine schlechte Zeiten vergeudete Zeiten waren. Sondern es sind genau diese Zeiten, die Dich zur Dankbarkeit führen sollen. Zu der Erkenntnis, dass Du mit kleinen Dingen im Guten viel erreichen kannst und das immer wieder.

Gott segne Dich, Gott behüte Dich auf all Deinen Entscheidungen und Wegen. Gott soll Dich befreien von Deiner Schuld.

„Seid niemandem etwas schuldig, außer dass ihr euch untereinander liebt; denn wer den andern liebt, der hat das Gesetz erfüllt."

Luther, Römer 13:8

Die Eifersucht

Sie besteht aus einer Mischung verschiedener Gefühle und Verhaltensweisen, die ausgelöst werden durch Misstrauen. Zusätzliche Faktoren sind auch Neid, Angst, Ärger, Wut, sogar entfesselter Hass. Eifersucht ist ein sehr schlechtes Gefühl. Wenn diese negative Stimmung im Alltagsleben oder in einer Beziehung zu viel Raum beansprucht und sich in den Menschen einnistet, dann leiden Beziehungen darunter. Meistens entsteht Eifersucht zwischen Ehepartnern, Lebensgefährten, Begegnungen, Freundschaften oder unter Geschwistern. Also, kurz gesagt, betrifft das Phänomen **„Eifersucht“** die Menschen, die einem am nächsten stehen oder denen wir mit Nähe begegnen.

Die Angst, die mit der Eifersucht einhergeht, verleiht der Eifersucht Macht in der Auswirkung, dass ein Dritter im Bunde die vorhandene Beziehung zerstören könnte. Es gibt Menschen, die krankhaft eifersüchtig sind. In diesen schweren Fällen kann es dazu führen, dass es in der betreffenden Beziehung zu tätlichen körperlichen Angriffen kommt. Die Opfer leiden in vielen Fällen lange und lassen diese Tortur über sich ergehen.

Es ist sehr anstrengend, mit einem Partner zu leben, der eifersüchtig ist: Der oder die alles hinterfragt, weil das Vertrauen eigentlich gar nicht oder nicht mehr vorhanden ist. Diesen Menschen fällt es sehr schwer, dem angeblich geliebten Partner an seiner Seite das völlige Vertrauen entgegenzubringen. Dies stellt für eine gesunde Beziehung die Grundvoraussetzung dar. Möglicherweise liegt es daran, dass die betroffenen Personen eine ständige Verlustangst erleiden, welche sie dann dazu bringt, unangemessen überzureagieren. Gesagt wird, dass ein bisschen Eifersucht – ein gesundes Maß an Misstrauen – einer Beziehung Schwung verleiht. Manche, die einen eifersüchtigen Partner haben, provozieren sogar Situationen, welche zur Eifersucht des Partners führen, um dadurch die Bestätigung zu erlangen und dies als ihren Beweis anzusehen. Es soll zeigen, dass sie doch geliebt werden, dass sie wichtig und bedeutend sind oder einfach, dass diese Kontrolle über den Eifersüchtigen nicht verloren geht. Hört sich bizarr an, aber solche Beziehungen gibt es.

Ebenso existiert die Variante, dass die Menschen, welche durch ihr Verhalten Eifersucht entfachen, von sich selbst ausgehen. Dies tun sie, weil sie, wenn sie ihrerseits die Gelegenheit hätten, darauf eingehen würden.

Ich persönlich vertrete den Standpunkt, dass diese negative Emotion Eifersucht völlig überflüssig ist. Kein Mensch zieht einen Vorteil aus diesen Emotionen.

Auch keine Beziehungen benötigt diese Konstellation, denn sie ist unbrauchbar und zerstörerisch.

Hast Du Dich schon mal gefragt, ob Eifersucht Dich weiter bringt? Eifersuchtsszenen machen nur Ärger, ständig steht man unter Strom und ist ein dauerhafter Begleiter von mühsamem Stress.

Ist das gesund für eine Beziehung? Klare Antwort: **Nein!** Egal, welche Art von Beziehung. Dennoch gibt es Personen, die behaupten, eine gesunde Eifersucht schadet nicht.

Diese Einstellung kann ich persönlich in keiner Weise befürworten. Es ist für mich ein negatives Empfinden, pure Zeitverschwendung, dies gilt vor allem in Beziehungen, deren Basis auf Liebe aufgebaut ist, in diesem Fall dürfte Eifersucht nicht existieren.

Gott will doch nicht, dass Du schlechte Hintergedanken hast. Wenn Dir der Mensch, dem Du angeblich viel bedeutest, sagt **„Ich liebe Dich"** und Du aber im gleichen Gang denkst, dieser Mensch betrügen mich.

Worin liegt dann der Sinn, überhaupt eine Beziehung zu wollen oder zu führen?

Nur damit wir nicht allein sind? Liebe und Eifersucht passen gar nicht zusammen.

Eifersucht ist Gift für Beziehungen. Eifersucht kann einer Beziehung nur schaden, sie hat keinerlei Nutzen und letztendlich gehen unzählige Beziehungen aus diesem Grund auseinander.

Meine Begegnung mit dem Thema Eifersucht begann in meiner ersten Ehe. Ganz schlimm war es, als ich für eine sehr lange Zeit in der Klinik lag, aufgrund einer schwerwiegenden Lungenerkrankung. Die starke Medikation hatte meinen ganzen Hormonhaushalt durcheinandergebracht. Die Folge waren Entzündungen im Unterleib. Selbst der Toilettengang war schmerzhaft geworden und deshalb musste ich zusätzlich Antibiotika einnehmen.

Ich teilte damals meinem Ehemann dieses Problem mit, um auf Stärke, Verständnis oder sogar Zuspruch und Trost von seiner Seite zu hoffen. Doch an Mitgefühl war nicht zu denken. Stattdessen besuchte er mich einige Tage später in der Klinik und bestand darauf, dass ich meiner Pflicht als Ehefrau nachzugehen habe. Der Grund war, dass er seit Wochen keine Frau hatte und seine Bedürfnisse als Mann aufgrund dieser Erklärungen von mir aufforderte. Ich sagte ihm, ***„dass es nicht geht, vor allem fühlte ich mich erschöpft durch die Lungenerkrankung“****, auch wegen dieser Unterleibsentzündung, die sehr schmerzte. Mein Argumentieren und mein Flehen hatten ihm nicht weiter interessiert. Er kam mit der Drohung, wenn ich dies nicht gleich mit ihm ausführen würde, dann ginge er zu einer anderen Frau. Denn schließlich müsste seine Männlichkeit gestillt werden, er hatte es ja lange genug zurückgesteckt, seit ich in der Klinik lag.*

In meiner damals jungen Naivität und voller Angst, dass er mich verlassen würde, ließ ich mich auf sein massives Drängen ein. Dieses Prozedere wurde auf der Toilette des Zimmers vollzogen. Es war ein schrecklicher Moment, diese Sache durchzustehen. Es war ziemlich schmerzhaft und schwer auszuhalten. In meiner Verzweiflung und unter dem Einfluss der starken Schmerzen, die ich empfand, stieß ich ihn von mir weg. Danach war er missgelaunt und warf mir vor, dass ich jemanden anderen hätte. Zu meinem Glück klopfte es in diesem Augenblick an der Tür und natürlich machte er die Zimmertür auf. Da stand ein Patient, der auch in derselben Station wie ich stationär behandelt wurde und wollte mir seine Bücher ausleihen. In diesem Moment ist mein damaliger Ehemann komplett ausgetickt und er fühlte seine Vermutung, die durch seine Wahrnehmung aufgrund gekränkter männlicher Eitelkeit entstand, durch den Besuch des Mitpatienten bestätigt. Obwohl ich mit diesem Mitpatienten in keiner Weise auch nur annähernd eine körperliche Beziehung hatte. Unsere Gemeinsamkeit war ausschließlich das Ertragen und der Kampf gegen unsere Krankheit – wir saßen alle im selben Boot.

Nun, mein damaliger Ehepartner war voller Wut und drohte mir letztendlich mit Scheidung.

Mein persönliches Fazit dieser unschönen Geschichte: Für mich war dieses Eheleben mit diesem Menschen immer mit Angst und mit Schuld verbunden. Unsere Gemeinsamkeit entsprach in keiner Weise einem schönen oder harmonischen Miteinanderleben.

Es kam, wie es kommen musste: Es war unausweichlich, dass eine Scheidung vor der Haustür stand. Ich bin fest davon überzeugt, dass Gott mir diese Begegnung geschickt hat, als Werkzeug, um damit an die Tür zu klopfen, um dieses Geschehen zu unterbrechen.

Die Situation, die ich beschrieben habe, war nur eine von vielen Eifersuchtsszenen in diesem Ehebündnis. Jede Situation verschlimmerte es immer mehr und bewirkte bei mir das Gegenteil von Liebe und die Vorstellung einer lebenslang bestehenden, glücklichen Ehe war für mich nicht mehr realisierbar.

Gott will, dass Du Dein Leben nicht allein lebst! Begegnungen sollten Dich immer wieder mit positiven Erlebnissen weither bringen und Du sollst nicht vergessen, sie dabei auch zu schätzen.

Gott will, dass Du immer wieder neues Vertrauen entwickelst, wenn Du neu anfängst und nicht dazu neigst, alte Situationen mit neuen zu vergleichen. Vielleicht solltest Du dieses Problem genau zu diesem Zeitpunkt in Angriff nehmen, wenn Du aktuell das Gefühl der Eifersucht in Dir trägst und es in Deinem Leben immer präsenter wird. Dann überlege Dir, woran es liegt.

Ich gebe Dir einen Rat: Du kannst handeln, indem Du Deinem Gegenüber offen kommunizierst, wie Du Dich fühlst in einer Beziehung – was Dich genau umtreibt. Wenn dieser Mensch Dich versteht, dann bin ich sicher, dass Dein Gegenüber Dir die Angst nehmen kann und Dich beruhigt. Er wird Dir mit richtigen Worten ein sicheres Gefühl vermitteln können. Liebe und Vertrauen gehören zusammen, diese Verbindung macht alles viel einfacher in der Partnerschaft.

Sollte Dein Partner Dir den Anlass geben, Dich zu betrügen, dann frag Dich zuerst, ob die Liebe überhaupt wahrhaftig ist, die Dein Partner Dir schenkt. Dann entscheide Dich, ob Du an dieser Beziehung noch festhalten willst oder einen Schlussstrich ziehst.

Lass das Gefühl Eifersucht nicht über Dich herrschen!

Ein Neuanfang ist nie einfach, aber es wird für Dich gesorgt, ein neuer Weg wird für Dich vorbereitet, denn Tatsache ist: **Gott sieht Dich!** Vertraue auf Gott, dass er Dir immer wieder neue Begegnungen mit auf Deinen Weg schickt.

Schaufle Deine Angst beiseite, denn sie zerfrisst Dich Stück für Stück und zehrt an Deinen guten Eigenschaften. Zum Schluss mauerst Du Dich selbst ein in Deinen negativen Gedanken.

Du wirst dann immer eingeschränkt bleiben, ohne dass Du es wirklich bemerkst und alles, was Dich zu einer tollen Persönlichkeit macht, verschwindet nach und nach ins Nichts.

Diese gedankliche Gefangenschaft versperrt Dir Deinen Blickwinkel für das Wesentliche im Leben und zwar für das Licht sowie für die Liebe Gottes, welche Deinen Lebensweg erhellen, um die schönen Farben und Noten Deines Lebens nicht zu vergessen.

Ich wünsche Dir, dass Dich die Liebe von unserem Vater im Himmel erreicht. Gott segne Dich mit einzigartigen Begegnungen.

„Denn wo Neid und Streit ist, da sind Unordnung und lauter böse Dinge."

Luther, Jakobus 3:16

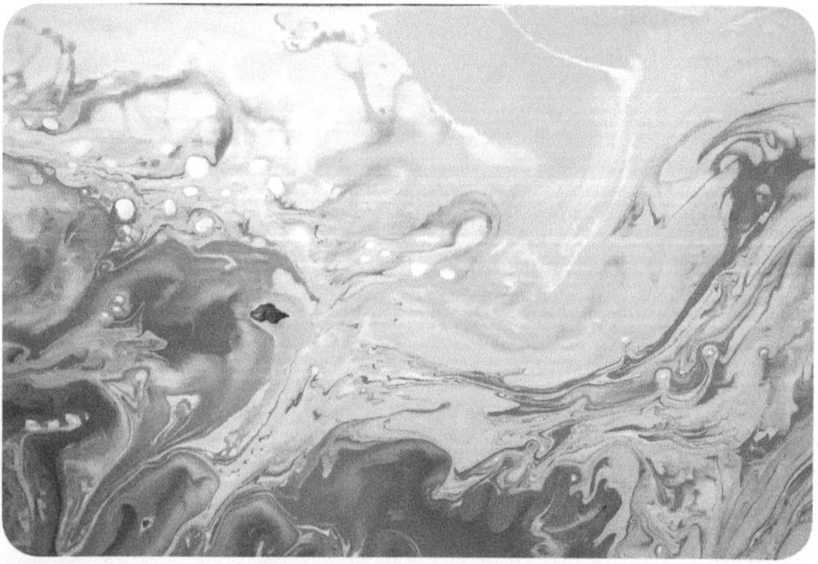

Der Freitod

...ist eine schreckliche und unwiederbringliche, endgültige Entscheidung, die Menschen in ihren Gedanken oder aus dem Gefühl der völligen Hoffnungslosigkeit in die Tat umsetzen.

In diesem Zustand der Verzweiflung denken sie, dass es das Beste und der einzige Ausweg wäre, ihr Leben zu beenden. Denn sie befinden sich in einen Ausnahmezustand und sind förmlich in dieser Erscheinung gefangen. Dies kann beispielsweise passieren durch Lebensprobleme, die unlösbar erscheinen, für einen längeren Zeitraum wird Angst und Versagen zu einer drastischen Emotion.

Sicher gibt es unterschiedliche Gründe für diese Verzweiflung. Vor allem für nicht Betroffene ist es meistens unerklärlich, warum Menschen diesen Weg einschlagen.

Situationen, die von den betreffenden Personen als unerträglich empfunden werden, führen nicht selten zu einer tiefen Depression. Dann entsteht über einen mehr oder weniger langen Zeitraum des Leidens hinweg die fatale Erkenntnis, es gäbe keinen Ausweg mehr und man fände keinen Sinn mehr, weiterzumachen.

Es gibt auch Menschen, die sterbenskrank sind und seitens der Medizin als aus therapiert gelten. Einige vertrauen sich dann freiwillig einem Hospiz an und werden dort durch Sterbebegleitung für den letzten Gang vorbereitet und diesen Werdegang kann man noch verstehen. Ein anderes Beispiel: Es gibt Menschen, die ihre Partnerschaft durch gewisse Gründe plötzlich beenden. Der Mensch, der verlassen wurde, entpuppt sich in dieser Situation als unerträglich. Dieser Verlust ist in der Empfindung für denjenigen nicht auszuhalten. Schon allein die Vorstellung, dass jemand anderes ihren Platz einnimmt, sprengt dann jegliches Verständnis für sein Gegenüber. Die aktuelle Situation zu akzeptieren oder real wahrzunehmen und anzuerkennen, ist für diese Menschen nicht möglich. Letztendlich scheint der letzte Ausweg für diese Menschen, aus freiem Willen ihr Leben beenden.

Egal, in welcher Art von Situation der Mensch sein Dasein beendet, es ist in allen Fällen unermesslich traurig. Für die Hinterbliebenen ist es unverständlich und unmöglich zu begreifen. Menschen, die solche Vorstellungen nicht in Erwägung ziehen, können gar nicht nachvollziehen, wie man überhaupt auf solche Überlegungen kommt. Dieses Thema möchten die meisten lieber einfrieren und auf Dauer verdrängen, sodass es absolut keine Chance und keinen Raum im täglichen Leben bekommt, es zu thematisieren. Denn wer will freiwillig über den Tod sprechen? **„Niemand“**, dies ist nur menschlich. Es liegt in der Natur aller Menschen und ist auch unser aller Selbstschutzmechanismus, gern gute Nachricht mit offenen Armen anzunehmen und die schlechten gar nicht erst aufkommen zu lassen.

Meine Geschichte zu diesem Thema: Ich hatte eine Begegnung: *In meiner Jugendzeit hatte ich einen Bekannten aus der Schule, ich kannte ihn nur flüchtig, aber man redete gern über ihn, weil er beliebt war in der Schule. Persönlich hatte ich nie näher mit ihm zu tun, bis er eines Tages im Schwimmbad an mir vorbeiging, als ich auf einer Bank saß. Er kam auf mich zu, lächelte mich freundlich an und fragte, ob es mir was ausmachen würde, wenn er sich neben mich auf die Bank setzt.*

Nie hatte er mir zuvor Beachtung geschenkt, wunderbarerweise sprach er mit mir an diesem Tag. Er kannte sogar meinen Namen. Vielleicht hatte er jemanden zum Reden gebraucht. Ich hatte intuitiv den Eindruck, dass er sich allein und verloren fühlte. Die Unterhaltung dauerte nur einen kurzen Augenblick und daraufhin stand er wieder auf und ging seine Wege. Eine Woche später erfuhr ich die schreckliche Nachricht. Er nahm sich das Leben, er sprang von einer Brücke kopfüber auf eine Bundesstraße, sein Kopf war vom Aufprall zerschmettert. Diese Nachricht traf mich wie ein harter Schlag, noch immer hatte ich seine freundlichen Worte in meinem Kopf.

Es war einfach nur erschreckend. Später erfuhr ich dann den Grund für seine Verzweiflungstat: Seine Freundin machte Monate davor Schluss mit ihm. Das war noch nicht der Auslöser, dieser war erst dann, als er erfuhr, dass seine Ex-Freundin einen anderen Freund hatte, da konnte er nicht mehr mit diesem Gedanken weiterleben. Wie verzweifelt muss er doch gewesen sein, diesen Schritt zu vollziehen.

Auch ich habe eine ganz persönliche, eigene Erfahrung zu dieser Thematik: *Als ich in der Lungenfachklinik für sehr lange Zeit stationär lag, war die Zeit dort schwer für mich. Einerseits war ich bedingt durch meine Krankheit und die stationäre Isolation überfordert. Ich hatte auch durch meinen Ehemann keine Hilfe, er konnte mir keine Stärke geben.* ***Im Gegenteil!*** *Er warf mir ständig vor, dass ich eine andere Beziehung hätte. Zusammen mit all meinen anderen Lasten, die ich nie verarbeitet hatte, ergab dies eine geballte Lawine, die kurz davor war, richtig ins Rollen zu kommen. Es kam dieser eine Tag: Wir telefonierten miteinander und der Ex-Ehemann griff mich mal wieder an, seine Intention war, mit mir zu streiten. Schuldsprüche und Ausbrüche der Unzufriedenheit und Wutausbrüche bestimmten dieses Gespräch.*

Weshalb noch weiter zuhören, dachte ich – in diesem Moment brach ich das Telefonat ab, ich sah aus dem offenen Fenstern raus, schaute, wie tief es doch sei. In diesem Moment, in diesen Sekunden schossen mir Gedanken durch den Kopf, wie: ***„Wenn ich jetzt springe, dann bin ich befreit“****, keine Schuld mehr, kein Versagen mehr, kein unglückliches Dasein mehr, keine Vergangenheit oder Gegenwart mehr. Kein krank sein mehr. Dann ist einfach alles vorbei.*

Plötzlich ging die Zimmertür auf, es war die Krankenschwester. Sie kam zur Routinekontrolle, um nach mir zu sehen, sie hatte nicht bemerkt, was ich vorhatte. Denn das Fenster war meistens auf während der warmen Sommerzeit. Sie fragte mich, ob ich was bräuchte und ob alles okay sei, und ging wieder. Ich setzte mich aufs Bett. Ich reflektierte über mein Vorhaben und war nur noch schockiert.

Wieder einmal hat Gott mich gerettet! *Gott schickte mir im richtigen Augenblick diese Krankenschwester ins Zimmer. Ich weinte über mich selbst. Denn da wurde mir klar, dass ich mich nicht genug liebte, sonst hätte ich diese fatalen und gefährlichen Gedanken nicht empfunden. An diesem Augenblick – genau in diesem Moment – nahm ich mir vor, dies zu ändern, mir selbst etwas wert zu sein, mich selbst zu achten und zu lieben, damit solche Gedanken keinen Raum mehr bekommen, egal in welcher Situation.*

Ich begann, mir eine Geschichte auszudenken, vielleicht hilft sie jemandem, den Du kennst oder auch Dir?

Stell Dir vor, Du hast eine große leere Leinwand vor Dir, in der einen Hand hältst Du einen Pinsel, in der anderen Hand eine Farbpalette. Die Leinwand ist Dein Körper, der Pinsel ist Deine Seele und die Farbpalette mit den leuchtenden Farben darauf sind Deine Eigenschaften. Jetzt fang an, Dich zu malen. ***Wüsstest Du schon, welche Farben Du benutzen würdest?***

Wenn Du Dich liebst, mit ganzem Herzen, so wie unser Gott es tut, wird es einfach für Dich sein. Wenn nicht, dann gebe Dich bitte nicht auf. Denn Du bist wertvoll in all Deinen Farben.

Male Dein ich auf die Leinwand. Dein Leben in Deiner Vergangenheit und in Deiner Gegenwart. Das Bild auf der Leinwand nimmt Form an, es zeichnet Dich aus, wer Du bist und wer Du sein kannst. Dieses Bild ist ein Spiegelbild Deiner Persönlichkeit. Auch mit all Deinem Kummer, Hoffnungslosigkeit, Trauer, Wut, Angst und den vielen Tränen, die geflossen sind. Das alles bist Du, das ist Dein Ich, Du bist geboren, um zu leben, solange wie möglich. Nicht wenn Du es beendest, das ist nicht der Sinn des Lebens.

Es kann sein, dass manche Menschen Dein Bild nicht mögen oder die Farben, die Du verwendest. Aber die Menschen, die es länger betrachten und es lieben, genau diese Menschen sind wahrlich diejenigen, die Dich so annehmen als die Persönlichkeit, die Du bist.

Glaube immer daran, dass Gott unser Vater Dich liebt, Dich leitet und führt. Nehme Zeichen intensiver wahr, die Deinen Lebensweg kreuzen. Sei nicht hoffnungslos, glaube nicht, dass es zu kräftezehrend und kraftraubend ist, Dein Bild zu malen. Gott wünscht sich von Dir Liebe – Freude und Licht, vor allem für die Tage, die für Dich dunkel erscheinen. Bete und bitte, dass Dein Weg erleuchtet wird.

Siehst Du nicht, wie schön Dein Bild geworden ist? Kein anderer kann das gleiche Bild malen wie Du. Denn Du bist einzigartig, Du existierst nur einmal auf dieser Welt. Auch Zwillingspaare sind zwar gleich aussehend und fühlend, aber trotzdem sind es eigenständige Individuen und Persönlichkeiten.

Sei Dein eigener Picasso steige auf den Berg und schau, wie schön diese Aussicht ist, auch wenn sie Ecken und Kanten hat. Niemand ist perfekt, das Leben verläuft nicht immer perfekt, aber jedes Leben auf dieser Erde ist jede Sekunde wert, es zu leben in all seinen Farben.

Gott würde weinen und wahrscheinlich zugleich zornig sein, wenn wir unser Leben selbst beenden. Wir alle auf dieser Erde haben Aufgaben zu erledigen, für uns selbst und auch für andere Menschen. Gib niemals auf und wenn Du unseren Vater im Himmel in Dir leben lässt, dann wirst Du erst recht nicht aufgeben. Das irdische Leben ist schon kurz, warum es verkürzen, das allein kann nur Gott entscheiden. Gott segne Dich auf all Deinen Wegen.

„Von David. Der HERR ist mein Licht und mein Heil; vor wem sollte ich mich fürchten? Der HERR ist meines Lebens Kraft; vor wem sollte mir grauen?“

Luther, Psalm 27:1

Die Therapie

Eine Therapie ist in vielen Fällen hilfreich, meist sogar notwendig für das Befinden von Körper und Seele. Ich möchte mich in diesem Abschnitt auf psychische Erkrankungen oder Belastungen fokussieren und diese erörtern. Ich möchte Menschen betrachten, die in therapeutischer Behandlung sind, weil ihr Krankheitsbild psychischen Störungen aufweist. Dazu zählen unter anderem Depressionen, Ängste, Essstörungen, Persönlichkeitsstörungen, Traumata. Suchterkrankungen, Zwänge oder psychosomatische Erkrankungen.

Es gibt unterschiedliche Therapieformen, manche Menschen werden stationär behandelt. Speziell bei akuten Krisen, die entweder körperliche oder seelische Ursachen haben, sind diese Patienten in spezifischen Kliniken gut aufgehoben. Der Vorteil daran ist, dass Tag und Nacht sofortige Hilfe gewährleistet werden kann. Andere Menschen nutzen die ambulante Therapieform und begeben sich in regelmäßigen Abständen zum Psychotherapeuten und erhoffen sich dort die nötige Unterstützung.

Wieso rutschen Menschen in so einen Zustand hinein? Gründe gibt es sicher genügend, manche Menschen können viel ertragen und psychisch aushalten. Aber über einen längeren Zeitraum hinweg ertragene negative Emotionen brennen sich tief in unsere Seele ein. Wenn wir dieser Sache nicht rechtzeitig nachgehen, besteht die Gefahr, dass uns eine bleibende, fortdauernde Traurigkeit oder andere irreversible psychische Schäden einholen, an denen wir – wenn sie unbehandelt bleiben – zerbrechen können. Dann fallen wir in tiefe Depressionen, diese können uns in eine weitere belastende Gefühlswelt hineinführen. Somit beginnt für uns ein Weg durch ein inneres Labyrinth, aus dem die meisten ohne fremde Hilfe nicht mehr herausfinden. Manche Menschen vertragen nicht viele Schicksalsschläge, bis es an ihrer Psyche zehrt, manche kompensieren ihr Leid, indem sie sich ihre Welt schönreden. In diesem Fall ist ihr Umfeld der Meinung, es sei alles okay, niemand nimmt das Leiden wahr. In dieser Situation gefangen unterdrücken viele Menschen gern ihre tatsächliche Lage. ***Was passiert dann?*** Negative Empfindungen und Verdrängungen kompensieren manche Menschen mit dem Konsum von Drogen.

Fühlst Du dich auch oft verloren und lebst mit einer tiefen Traurigkeit Tag für Tag? Was machst Du dagegen? Bist Du schon dabei? Oder verdrängst Du es lieber?

Doch Depressionen bedeuten nicht zwangsläufig Traurigkeit. Es gibt viele andere Krankheitsformen wie beispielsweise die chronische Apathie, diese Menschen sind nicht mehr in der Lage, Gefühle zu empfinden, andere Symptome von Depressionen sind geprägt durch Hyperaktivität und blindem Aktionismus.

Es ist immer die bessere Lösung, sich helfen zu lassen, Unterstützung findet man in der Regel zeitnah bei Beratungsstellen oder Ärzten. **Lass es nicht so weit kommen!** Bleibt Deine Krankheit zu lange unerkannt, wirst Du in einen Zustand hineinschlittern, in dem Dir nicht mehr geholfen werden kann.

Meine Begegnungen zu diesem Thema waren Menschen in meinem Umfeld, die auf dieses Thema in vielen Situationen fragwürdig reagiert haben: Elternteil, Freunde, Familienmitglieder, Ehemänner und andere Begegnungen.

Oft habe ich mich gefragt, warum, wieso, weshalb reagieren sie so seltsam oder in einem unkontrollierten Wutausbruch. Manchmal – ohne, dass in dem Moment etwas passiert ist – flossen die Tränen. Immer wieder habe ich diese Fragen gestellt, bis ich selbst hineingeschlittert bin. Es gab einen Wendepunkt: Der eine Tag, in diesem einen Moment wurde bei mir der Schalter umgedreht.

Entgegen meinen bisherigen Reaktionen fing ich an, mich zu wehren, um mich zu schlagen, meine Meinung zu äußern, mir nichts mehr gefallen zu lassen und schon gar nicht, irgendwas Verletzendes über mich ergehen zu lassen. Kurz gesagt, ich habe den Spieß umgedreht, indem ich mich gewehrt, sogar randaliert habe, in meiner Wut, die sich aufgestaut hatte. Mein erster Ehemann konnte es überhaupt nicht fassen, dass ich meine Stimme erhob und mich aktiv zur Wehr setzte. Meine Eltern hatten mich in diesem Verhalten nicht wider erkannt. Nun, kein Wunder, wenn man sich solange das meiste gefallen lässt und ganz leise und verängstigt spricht, wird die plötzliche Verhaltensänderung dann mit Erschrecken und Erstaunen kritisiert. Vielleicht war es einerseits gut, dass ich so ausbrach, denn so hatte ich den Mut, mich aus dieser Ehe abzulösen – und noch von vielem anderen.

In der zweiten Ehe hatte ich auch einen Moment, welcher mich zum plötzlichen Weinen gebracht hat. Ich gab mir anfangs immer Schuld und war der Meinung, diese Ehe verliefe schlecht durch mich. Ich entschied mich dann freiwillig zu einer Therapeutin einmal in der Woche und schilderte dort meinen Kummer und erklärte meine Gründe, warum ich einen Therapeuten aufsuchte. Im Laufe der Zeit und mit Fortschreiten der Therapie, in der meine erlebten, geprägten Geschichten aufgearbeitet und analysiert wurden, wurde mir klar, dass mir das guttat. Vor allem aber war ich stolz darauf, ohne Medikation auszukommen, sondern dass ich allein durch therapeutische Unterstützung den Ausgang aus diesem Labyrinth fand.

Im Wesentlichen habe ich die Therapie als eine gute Erfahrung durchlebt, die mir viel zurückgegeben hat, was ich in den vergangenen Jahren verloren habe, ***„nämlich mich selbst“.*** *Ich habe auch daraus gelernt, dass der Therapeut, welcher regelmäßig vor Dir sitzt und Dir zuhört und Dinge von Dir aufschreibt, ein guter Ratgeber war. Der ausschlaggebende Punkt war für mich persönlich die Erkenntnis, dass man selbst der eigene Therapeut ist, indem man unter anderem zulässt, dass Vergangenheit vergangen bleibt. Ein Therapeut ist kein Chirurg, der einen gebrochenen Fuß eingipst, er ist Dein Begleiter, er kann Dir nur Werkzeuge in die Hand geben, anwenden musst Du sie selbst.*

„Ich habe mir als Hilfe einen imaginären großen Raum vorgestellt, daraus folgt jetzt folgende Geschichte.“

Stell Dir vor, Du hast einen riesengroßen leeren Raum. Du stellst an allen vier Wänden Regale auf und jedes Regal ist sortiert nach Deinem ganz eigenen Alphabet, es wird daraus eine Bücherei. Die Bücher sind sortiert nach schlimmen Dingen, die Dir widerfahren sind, nach schönen Erlebnissen, nach Situationen, die Du immer noch verarbeiten solltest, nach Erlebnissen, in denen Du Dich schuldig gefühlt hast, nach negativem Ballast wie Angst, Wut, Unzufriedenheit, böse Gedanken, nach Träumen und Wünsche in Deinem Leben. ***Dann gibt es noch ein spezielles Regal, nur für die Bibel.***

Denn Gottes offenbarte Worte würden Dir helfen, den Eingang Deiner Bücherei mit Licht zu fluten, die Deine Seele zum Vorschein bringt. Wenn Du Deine Bücherei gut einsortierst hast, die Bücher am richtigen Platz sind und Du immer wieder jedes dieser Bücher in die Hand nehmen kannst, ohne dass Du zusammenbrichst oder Dich von Dir abwendest, dann leuchtet Dein Eingang umso mehr.

Sehe es als Deinen eigenen heiligen Ort, so das Du Heilung zulässt durch die Liebe von Gott, die in Deiner Bücherei mit Dir lebt. Deine ganzen Emotionen, Ärger, Ängste, Wut, Trauer, Traurigkeit, Lachen, Weinen und sogar immer noch das Kind in Dir sind in dieser Bücherei allgegenwärtig.

Gott sieht und fühlt alles, was Du empfindest. Gott schenkt uns allen Menschen dasselbe, die Seele, die so stark sein kann wie auch zerbrechlich und doch durch Gottes Liebe und Barmherzigkeit geschützt wird. Du hast viel mehr zu bieten, als in einer ständigen Verzweiflung zu leben.

Sag nicht, es ist zu schwer, ich komme aus diesen Depressionen nicht raus, mein Körper ist angeschlagen. Ja, das mag sein, ich verstehe Dich sehr gut. Aber aus eigener Erfahrung ist ein Rückzug oder gar Resignation keine Option. Solange

Dein Herz schlägt, solange Du Deine Bücherei am Leben erhältst, kannst Du durch Gottes Liebe Heilung bekommen und als Wunder ergibt sich der Ausweg. **Es ist niemals zu spät!**

Reiß Dich zusammen, sag es, wenn etwas gesagt werden muss, friss nichts in Dich hinein, verdränge nicht und lass es zu, dass Dir geholfen werden kann.

Gott wünscht sich, dass Du nicht zerbrichst. Weine, wenn Du weinen musst, lache und hab Freude soviel Du kannst, sag, was Du zu sagen hast, liebe Dich und Deinen Nächsten und glaube daran, dass es Menschen gibt, die Deine Bücherei besuchen und Dir gern zuhören, wenn Du davon vorliest. Lass Dich auch von Gott heilen, bitte und bete um Heilung, so werden Deine seelischen Schmerzen geheilt. Erwarte nicht, dass es auf einmal passiert, es geschieht Schritt für Schritt nach Gottes Willen. Denn Gott weiß, alles braucht seine Zeit, dies gilt auch für die Heilung. Gott segne Dich jeden Tag für gute Gedanken.

„Er liebt mich, darum will ich ihn erretten; er kennt meinen Namen, darum will ich ihn schützen. Er ruft mich an, darum will ich ihn erhören; ich bin bei ihm in der Not, ich will ihn herausreißen und zu Ehren bringen. Ich will ihn sättigen mit langem Leben und will ihm zeigen mein Heil."

Luther, Psalm 91:14-16

Die Scheidung

Eine Scheidung ist trauriger Weise eine Auflösung der Ehe. Die bevorstehende Scheidung ist für alle Beteiligten und für die ganze Familie eine große Hürde. Es ist kein einfacher Weg, diesen Schritt zu bewältigen. Diejenigen, die es hinter sich haben, wissen genau, was ich meine. Für diejenigen, denen es noch bevorsteht, begeben sie sich auf eine Barriere, in deren Rahmen oft leider ein Kampf unausweichlich wird.

In der Regel fängt es mit einem internen ehelichen Gefecht an, durch welches wir zu zerbrechen drohen. Durch konfliktbehaftete Gründe und schwerwiegende Probleme entzweien wir uns oft beim Zusammenhalt in der noch bestehenden Ehe.

Für Menschen, die sich die Liebe zueinander versprochen haben, sich geschworen haben, ein Leben lang füreinander da zu sein, wird die Einstellung zum jeweiligen Partner in Krisensituationen oft dadurch verändert, dass sich Krisen in den bestehenden Beziehungen vermehren und nicht unterbrochen werden. Dann gibt es die Wahl: **„entweder oder".**

Warum gibt es heutzutage so viel Auflösungen von Ehen? Liegt dies darin begründet, dass die Vorstellung, verheiratet zu sein mit demjenigen, der uns die Sicherheit gibt – für immer uns bis ans Ende des Lebens eine Art Sicherheit signalisiert? Oder aus ganz oberflächlichen Gründen, wie beispielsweise wirtschaftlichen Steuerbegünstigungen? Oder weil ein Kind unterwegs oder bereits geboren ist und dieses nicht in einer unehelichen Beziehung leben soll? Oder durch kulturelle Bräuche, die vorgeben, dass eine Heirat Voraussetzung ist für ein Zusammenleben zweier Personen ist?

Vielleicht wäre es besser, wenn Menschen gründlich darüber nachdenken, bevor sie diesen großen Schritt wagen. Wenn sie die moralischen Aspekte dieses Schrittes abwägen, vorher tief in sich gehen und ihre wahren Gefühle überprüfen. Möglicherweise würden dann einige Trauungen nicht vollzogen werden. Im Leben haben wir viele Begegnungen, die wir gleiten ließen. So manch eine davon wäre vielleicht im Nachhinein die Richtige gewesen. Dies trifft auch auf Begegnungen zu, die noch auf uns zukommen können.

An dieser Stelle möchte ich kurz erläutern, wann die Zivilehe ihre Geburtsstunde hatte. Sie entstand in Preußen durch Abgeordnete, die lange debattierten und durch eine mehrheitliche Abstimmung am 23.Januar 1874 entschieden hatten, das Gesetz der Zivilehe zur Beurkundung des Personenstandes einzuführen. Ein Jahr später hat das Deutsche Reich dies als Vorbild auch in ihren Statuten übernommen.

Abgesehen von der gesetzlichen Trauung, das bedeutet in unserem Kulturkreis der standesamtlichen Eheschließung, gibt es zusätzlich die kirchliche Trauung, das Heilige Sakrament vor Gott.

Die Eheschließung wird durch einen vorgeschriebenen Ritus in einer Kirche vollzogen.

Wann entstand eigentlich die kirchliche Ehe? Jedenfalls liegen die Wurzeln schon im Urchristentum und werden in der Bibel beschrieben.

In unserer Gesellschaft ist die Reihenfolge der beiden Eheschließungen gesetzlich geregelt. Vor der kirchlichen Trauung muss die standesamtliche Trauung erfolgen, denn diese ist Gesetzes relevant. Eine alleinige kirchliche Trauung wäre in vielen Belangen nicht gültig, z. B. Steuerrecht, Erziehungsrecht etc. ***Manchmal kam mir der Gedanke, warum die Menschen sich erlaubt haben, ein Gesetz zu erschaffen, dass in ihrer Gesetzgebung höher steht als das Gesetz von Gott?*** **„Diese Anmerkung als kleiner Gedankenstoß.“**

Eine Scheidung ist dann rechtskräftig und erst gültig, wenn das Amtsgericht das Scheidungsurteil verkündet. Erst zu diesem Zeitpunkt gelten die Ehepartner als geschiedene Leute. Trotzdem gilt im Christentum die kirchliche Eheschließung: **„Was Gott zusammenfügt, soll der Mensch nicht scheiden.“**

Aber bevor man sich entschieden hat, sich scheiden zu lassen, gibt es viele Hindernisse, welche das betroffene Ehepaar durchleben müssen. Zuerst das Trennungsjahr, welches gesetzlich vorgeschrieben ist. Wenn dann noch Zuwachs, also Kinder, dazu gehören, verkompliziert sich der Prozess. Diese ganze Trennungsphase gestaltet sich in der Regel sehr problematisch und ist mit emotionalem Schmerz verbunden, besonders für die Kinder.

Trotzdem bleiben Eheleute nach der Scheidung für immer verbunden durch die Kinder, sodass sie moralisch eine ständige Gratwanderung zwischen der neuen Trennungssituation und der gemeinsamen Verantwortung für die Kinder zu bewältigen haben.

Oberste Priorität hat es nun, einen Weg heraus zu finden, welcher sich so diplomatisch wie möglich gestaltet. Die Erziehung der Kinder gemeinsam immer zu einem Einklang zu bringen, ist keine einfache Sache. Grundsätzlich zehrt das

Trennungsjahr am Nervenkostüm, nicht selten hört man von Menschen, die in dieser Situation in Depressionen oder andere psychische Krankheiten verfallen. Der Streit wird in dieser Phase erst recht aufgebauscht, weil jeder der beiden Partner in seiner Verletzlichkeit sich verteidigen will.

Hinzu kommt der wirtschaftliche und rechtliche Aspekt, das bedeutet, wie und was wem gehört und wem was zusteht und wer das Sorgerecht für die gemeinsamen Kinder erhält. Dieser teilweise langandauernde Zustand der Klärung der Unsicherheiten ist fürs Allgemeinbefinden aller Beteiligten eine immense seelische Belastung. Auch körperlich wird es äußerst anstrengend und man wird unvermeidlich dadurch geprägt, ein **„gebranntes Kind"** zu werden.

Meine Erinnerung an die Begegnung mit der Scheidung rüttelt meine gesamte Gefühlswelt wieder in mir auf. Ich habe diese Problematik ganz gut in meinem Bücherregal einsortiert (siehe voriges Kapitel). Inzwischen bin ich wieder in der Lage, darüber zu reden, aber trotzdem setzt sich immer wieder der ***„Mensch"*** *in mir durch. Wie ich in den vorangegangenen Kapiteln erwähnt hatte, war ich zweimal verheiratet, die erste Scheidung gestaltete sich sehr langwierig, weil ich zuerst portugiesisch-standesamtlich getraut wurde und danach kirchlich.*

Wenn man dann aber in Deutschland geschieden wird, muss die Scheidung offiziell in Portugal nochmals vor Gericht beglaubigt werden. Mittlerweile hat sich – Gott sei gedankt – das Gesetz geändert. In diesem Trennungsjahr spiegelte sich das gleiche Drama ab wie in der Ehe – ***„katastrophal"****.*

Er versuchte mir weiterhin mein Leben zu diktieren und vorzuschreiben, im Sinne: ***„Wehe ich sehe dich mit einem anderen Mann, dann schlage ich ihn zusammen und danach Dich."***

Während der Trennungsphase behielt er trotzdem immer noch die Macht über mich und konnte mich manipulieren. Obwohl ich ihn verlassen hatte und er weinend und kniend mich gebeten hatte, dass ich alles rückgängig mache und bei ihm bliebe, hatte ich Angst, dass er mir zu nahekommen und mich angreifen könnte.

Er versuchte mich immer wieder zu überzeugen, dass er sich zum Positiven verändert hätte, mit der Absicht, dass ich zu ihm zurückkäme.

In manchen Situationen war er so verzweifelt, dass er illegale Substanzen konsumiert hatte und dadurch im Krankenhaus landete. Er stützte sich immer wieder auf die Behauptung, dass es mein Verschulden wäre, dass es bei ihm dadurch soweit gekommen war.

Ich war so dankbar, als endlich der Tag erschien, an welchem vor dem zuständigen Amtsgericht die Ehe rechtskräftig geschieden wurde.

Die gesamte Prozedur von meiner Entscheidung angefangen bis zum Richterspruch dauerte lange drei endlos erscheinende Jahre, die einzelnen Schritte – die Trennung, die Einreichung der Trennung, der lange Weg bis zum Richterspruch – alles war sehr mühsam. Ich muss mir eingestehen, dass meine Psyche in der Zeit ziemlich auf die Probe gestellt wurde, aber Gott gab mir sehr viel Kraft und hat mich gerettet.

Bei meiner zweiten Scheidung war es auf eine ganz andere Art anstrengend, vergleichbar mit einem ***„Monopoly-Spiel".*** *Ich kommunizierte meinem damaligen Ehepartner damals deutlich, dass ich nicht mehr weiß, ob ich ihn noch liebe. Sicherlich war diese Aussage verletzend für ihn, aber es waren Verletzungen, die von seiner Seite aus mir gegen über stattfanden, die mich dazu bewegten, in diesem Moment mein Empfinden klar und deutlich auszusprechen.*

Diese Enttäuschungen, die ich ihm gegenüber fühlte, waren so groß, dass in dieser Zeit an ein Verzeihen, an Vergebung überhaupt nicht zu denken war. In der Ehe sprachen wir immer wieder über Gott und beteten zusammen, aber viele seiner Verhaltensmuster waren aus Beobachtungsstatus heraus sehr fragwürdig. Damals wünschte ich mir sehnlichst, dass auch er für unsere Ehe kämpfen würde und die Gründe hinterfragen, warum unsere Ehe nicht funktioniert. Doch das Gegenteil passierte.

Durch sein verletztes Ego und bedingt durch meine Unsicherheit, ob ich ihn noch liebe, reagierte er mit der Einstellung: ***„Jetzt habe ich einen Freischein, mich umzuschauen für andere."*** *Da wir ein gemeinsames Haus hatten, entpuppte sich die Trennung als langwierig.*

Das Thema Trennung wurde in unserem Zusammensein und unseren Gesprächen nicht offiziell kommuniziert, kaum angedeutet. Vielleicht wollte er sich einfach ein Hintertürchen offenhalten, falls wir uns wieder zusammenfänden.

Wie ich es auch vermutete, geschah es. Es kam, wie ich es befürchtete, er wollte einen Neuanfang, und er hatte die Absicht, es mit uns nochmals zu probieren, ungeachtet meines Gefühlszustandes. Aber ich machte ihn klar, dass es erstens von meiner Seite aus zu spät sei und dass ich zweitens keine Probier-Packung sei, das ließ meine Würde und meine Achtung vor mir selbst nicht zu.

Wenn diese Einsicht während der Ehe stattgefunden hätte und ebenso seinen Bestrebungen, für unser gemeinsames Leben zu kämpfen, wer weiß, vielleicht würde ich heute nicht darüber schreiben. In meinem Innersten, in meinem Herzen war die Ehe an dem Tag beendet, ab der Sekunde, als er andere Frauen mit auf seinem Boot fahren ließ.

Kurz gesagt, eine Scheidung ist ein ziemlicher Bruch im Innern eines jedem, dem dies widerfährt. Man baut im Verlauf der gemeinsam verbrachten Jahre so viel auf, bis leider schließlich zum bitteren Ende, an dem man sich von allem trennen und loslassen muss.

Diese Phase zu verdauen und für sich selbst zu reflektieren und schließlich zu verarbeiten, braucht sehr viel Zeit. Viele Menschen verkraften es nicht, beginnen dann, sich selbst schlecht zu behandeln, sich mit falschen Begegnungen abzugeben, in dem Glauben, dass der Schmerz durch die Ablenkung gelindert und das verletzte Herz wieder Freude erfahren würde.

Sicher haben die meisten von uns glücklicherweise wertvolle Menschen an ihrer Seite, die uns in schweren Zeiten beistehen und Gott will ja, dass wir nicht allein sind.

Wir verfügen zu jedem Zeitpunkt über unseren freien Willen, wir sind zu jedem Zeitpunkt in der Lage, darüber zu entscheiden, welchen Weg wir als nächstes einschlagen. Dann sollten wir ihn wohlbedacht auswählen, damit wir nicht nochmals tief fallen, nachdem wir mühsam wider aufgestanden sind.

Verzeihen zu können, ist einer der wichtigsten Eigenschaften – sich von Wut oder Hass zu befreien, denn diese Gefühle tragen ausschließlich dazu bei, dass wir verbittern und uns selbst bemitleiden.

Bitte und bete, dass Gott Dich mit seinen Händen auf den richtigen Wegen führt, erwarte nichts, aber rechne mit allem, was auf dich zu kommt. Das Leben ist wie ein geschlossener Brief, den nur Gott kennt, Du selbst solltest mit Niederlagen nicht zu lange hadern und sie nicht nur für schlecht empfinden.

Erbaue Dein Leben zu einem Kunstwerk und mit der Liebe von unserem Herrn ist alles möglich. Gott segne Deine Partnerschaft, Deine Ehe reich an Liebe.

„Der Gott aller Gnade aber, der euch berufen hat zu seiner ewigen Herrlichkeit in Christus, der wird euch, die ihr eine kleine Zeit leidet, aufrichten, stärken, kräftigen, gründen."

Petrus, Luther 5:10

Der Egoist

Der Egoist will wahrlich ständig im Focus stehen und fortwährend seinen Mittelpunkt beibehalten. Er gibt anderen Mitmenschen keinen Raum, sich mitzuteilen. Diese Eigenschaft führt dazu, dass andere Mitmenschen in seinem sozialen Umfeld genervt sind oder sogar verletzt werden. Egoisten missbrauchen Menschen im eigenen Interesse, ziehen ihren Vorteil heraus und nutzen jede Gelegenheit, ohne dabei ein schlechtes Gewissen zu haben. **Völlig egal, wer dabei auf der Strecke bleibt!** Egoisten verfügen in den meisten Fällen über Verhaltensweisen entgegen den Willen anderer Menschen. Egoisten haben oft eine selbstgefällige Art, aber ihre Schwächen erkennt man daran, dass sie nicht fähig sind, Mitgefühl für andere zu zeigen, geschweige denn sich in Menschen hineinzuversetzen.

Sicher fallen Dir jetzt einige Menschen ein, auf die diese Beschreibung passt. Klar ausgedrückt: ein Egoist ist egoistisch, ein selbstherrlicher Mensch, er überzeugt andere penetrant und gern von seinem Wissen und seinem Können.

Menschen, die diese beiden Eigenschaften in ihrer Verhaltensweise vereint haben, sind ernst zu nehmen. Im Grunde sind es ich-bezogene Menschen bezüglich ihrer Eigennützigkeit, ihrem Eigeninteresse, ihrer Selbstsucht und ihrer Eigenliebe.

Durch diese Verhaltensmuster machen sich solche Menschen unsympathisch, weil sie Desinteresse gegenüber anderen Personen in ihrem Umfeld entgegenbringen. Wir begegnen Egoisten tagtäglich, es ist anstrengend, mit ihnen zu leben, diese Personen gibt es auch in Familien. Beispiele hierfür sind unter anderem der Ehepartner oder Verwandte, aber auch im beruflichen und sozialen Umfeld, z. B. Mitarbeiter, Vorgesetzte und Freunde. Von einigen der genannten Personen kann man sich lösen, aber sobald in der Familie Egoismus existiert, wird es schwieriger. Trotzdem können manche Menschen sich konsequent trennen und distanzieren, auch wenn es eine Person im familiären Umfeld betrifft. Jedenfalls erweist sich das Zusammenleben mit einem Egoisten und dessen damit verbundenen Eigenschaften als sehr problematisch. Vor allem das Vermeiden von Diskussionen oder Unterdrücken und Verdrängen von Reaktionen erfordert viel Energie. Denn egoistische Menschen sind meistens schlechte Zuhörer, sie erzählen gern nur von sich und sind selbst davon überzeugt, dass alles, was sie erzählen und wie sie es erzählen, korrekt ist.

Ich zitiere Oscar Wilde in der Erklärung der Egoisten: **„Wer egoistisch handelt, ist stets darauf bedacht, seine persönlichen Wünsche und Ziele zu erreichen.**

So leben, wie man es wünscht.“ *Diese Worte beschreiben genau die Begegnungen, die mir in meinem Leben zuteilwurden.*

Oft wird behauptet, ein gesundes Maß an Egoismus schadet nicht. ***Ist das wirklich so?*** Egoisten sind zielstrebig in ihrem Handeln, um ihre Ziele durchzusetzen, egal ob andere dabei zu Schaden kommen. Hauptsache, ihre Entschlossenheit bleibt nicht auf der Strecke. Meistens ist das Erreichte sowieso nicht genug und sie wollen immer noch mehr. Sie nutzen auch Beziehungen als Sprungbrett auf ihrem Weg, viel Dankbarkeit kannst Du von diesen Menschen nicht erwarten. Andere Menschen werden als Mittel zum Zweck betrachtet. Überheblichkeit und Arroganz sind dabei zusätzliche Schachfiguren, diese Menschen versuchen, mit einem freundlichen gefälschten Lächeln ihre Machenschaften zu kaschieren.

Meine Geschichte von Begegnungen mit egoistischen Charakteren begann schon in meiner Kindheit. In der Familie, Mitschüler, Ehepartner, angebliche Freunde und Arbeitskollegen. Ich beschränke mich an dieser Stelle auf ein paar Beispiele, die ich erlebt habe, nämlich in meiner Familie, die in Portugal lebt. Meine Eltern sind sehr ärmlich aufgewachsen. Als sie nach Deutschland auswanderten, ermöglichten sie sich ein besseres Leben. Sie mussten aber auch viel dafür tun, doch die Familie in Portugal war der Überzeugung, das Geld in Deutschland wäre leicht zu verdienen. In den laufenden Jahren ermöglichten meine Eltern es sich, sich selbst etwas aufzubauen in ihrer Heimat. Dabei vergaßen sie nie ihre Familie, besonders einen Bruder meiner Mutter, der körperlich eingeschränkt war, versorgten sie immer wieder mit guter Kleidung.

Jedes Jahr brachte meine Mutter ihm etwas mit, aber es fiel ihr mit der Zeit auf, dass die Kleidung, die sie im Vorjahr brachte, nicht mehr im Kleiderschrank meines Onkels vorhanden war. Sie fragte ihren Bruder, was mit den Sachen geschehen sei, doch er konnte keine befriedigende Antwort geben.

Gott wollte, dass meine Mutter eine Antwort auf diese Situation bekam. So kam meine Cousine mit ihrem Mann zu Besuch. Meine Mutter erkannte sofort an den Kleidern meines Cousins den Beweis für das seltsame Verschwinden der Kleidungsstücke. Meine Mutter hatte also auf diesem Umweg die Antwort bekommen. Sie stellte meine Cousine zur Rede, sie erwiderte: ***„Die Kleidung ist viel zu schade für Deinen Bruder!“***

Diese Geschichte hat meine Mutter psychisch umgeworfen und auch mich hat es sprachlos gemacht, dass es Menschen gibt, die nur auf ihren eigenen Vorteil bedacht sind und Menschen mit Behinderung – selbst was die Wahl der Kleidung angeht – bewusst ausgrenzen.

***Ein weiteres persönliches Beispiel zum Thema Egoisten:** Immer wieder hatte ich Mitschüler in der Klasse, die bei mir am Tisch saßen, aber nicht bereit waren, diesen mit mir zu teilen und die ganze Tischfläche für sich beanspruchten. Auch im Sportunterricht gab es immer wieder Mitschüler, die sich nicht neben mich setzen wollten. Aber da ich es gewohnt war und sowohl körperlichen als auch seelischen Terror des Öfteren erlebt hatte, war es völlig in Ordnung für mich, **„ein Einzelgänger zu sein"**.*

*Kinder können wirklich gemein sein, andere Kinder wissen sich oft nicht zu wehren und lassen es über sich ergehen. Diese Mitschüler von mir grenzten mich mit Absicht aus, denn damals war es so im Focus, dass **„Ausländer stinken". Wer auch immer diesen Kindern das eingebläut hat.***

Anderes Beispiel:** Meiner ehemaligen Ehepartner hatten ihren Egoismus mir gegenüber richtig ausgelebt. Ich hatte es versäumt, mich zu wehren und machte den Fehler, dies immer wieder zu akzeptieren und durchgehen zu lassen. Sie haben sich in ihrem Egoismus an mir ausgetobt, rein aus Eigeninteresse, selten haben sie hinterfragt, ob ihr Handeln oder ihre Entscheidungen für mich okay waren. **„Warum auch, Egoisten handeln nur für sich selbst."

***Die angeblichen sogenannten Freunde:** Wenn ich sie im Nachhinein reflektiere, hatte ich eine ganze Menge Begegnungen davon. Vielleicht habe ich diese Menschen magisch angezogen, weil ich mich selbst klein dargestellt habe.*

Manche davon gaben sich nicht gleich als Egoist zu erkennen, irgendwie hatten sie das Talent, einen Schleier der Freundlichkeit vor ihre wahre Persönlichkeit zu halten. Durch ihr Lächeln blufften sie voller Selbstüberzeugung und verblendeten mir so den Blick auf die Wahrheit. Somit sind gutmütige Menschen unter diesem Aspekt leider schnell zu überzeugen. Menschen, die durch ihren Egoismus und ihre Eigennützigkeit geprägt sind, haben bei meiner naiven Gutmütigkeit den Bogen oft überspannt – vergleichbar mit einem Kaugummi, der in alle Richtungen gezogen wird. Bis ich letztendlich gemerkt habe, was da vor sich ging, hatte ich durch meinen guten Willen sehr lange sehr viel mit mir machen lassen. Schlussendlich habe ich diese unehrlichen Bindungen dann doch im Sande verlaufen lassen.

Dann gibt es noch die lieben Arbeitskollegen, man kann nicht, man will nicht, man muss mit ihnen arbeiten, aussuchen kann man sie nicht.

Was in diesem Zusammenhang auffällig ist und oft ein Problem darstellt, ist die Tatsache, dass einige Kollegen es durch ihre Eigenliebe und Selbstüberzeugung für die anderen Arbeitskollegen schwer machen. Die Zusammenarbeit wird zum Drahtseilakt, deren Psyche wird ziemlich strapaziert. Egoistische Mitarbeiter können in ihrer

Wahrnehmung alles besser wissen und sind die Besten, ohne sie würde der Laden gar nicht laufen – ironisch gemeint.

In so einer Arbeitswelt ist es schwierig, Debatten zu unterdrücken oder vermeiden, man zwingt sich, drüber zu stehen und versucht dabei immer freundlich zu bleiben. In ihrer Selbstüberzeugung geben sie dir das Gefühl, nicht kompetent genug zu sein, um die Arbeit zu verrichten, um sich dann in Deinen Arbeitsbereich hineinzudrängen, um Dich zu belehren.

Sicher hast Du ähnliche Geschichten in Deinem Repertoire und stellst Dir die Frage, **„warum wir solche Begegnungen haben."** Ich denke, Gott will all seine Kinder zusammenführen, dazu gehören auch die schwierigen unter ihnen. So haben wir die Gelegenheit, diese schwierigen Kinder zu besänftigen und vielleicht schaffen wir es, dass sie diese Eigenschaften drosseln und in den Griff bekommen. Es ist für die egoistischen Menschen, die zusätzlich über eine zu große Selbstüberzeugung verfügen, schwierig, anderen mit Mitgefühl und Liebe zu begegnen. Dennoch – wenn Du ihnen Respekt entgegenbringst und möglicherweise den Mut hast, diplomatisch mit ihnen umzugehen, dann kannst Du sie auf ihr Verhalten hinweisen. Es gehört Mut und Willenskraft dazu, diesen Personen zu sagen, dass sie es bitte unterlassen sollen, in ihrem Verhalten ihre Mitmenschen unfair zu behandeln oder gar zu verletzen. Mit diesem Einsatz bringst du Mitgefühl und Liebe ein, möglicherweise wirst du zu guter Letzt doch noch positiv überrascht. Wenn aber diese anstrengenden Menschen Dein wohlwollendes Entgegenkommen nicht akzeptieren, dann lass sie weiter ziehen, bete für sie und wünsche ihnen Gottes Segen.

Wünsche ihnen, dass sie irgendwann auf den richtigen Weg kommen und die Liebe von unserem Vater im Himmel in sich hineinlassen. Dass auch diese Menschen den Heiligen Geist von Jesus Christus zulassen und sie in seine Arme fallen und dadurch Heilung verspüren. Vergiss nicht, es ist einfach für Menschen, die wissen, wo sie gerade stehen und das Vertrauen haben, wohin ihr Weg auch geht. Darum sind wir Werkzeuge Gottes und haben die Aufgabe, bei Begegnungen zu helfen, in Worten oder Taten. Das hat Jesus auch vorgelebt, denn für uns ist er gestorben und deshalb ist es ein kleines Opfer, das wir aufbringen können in der Hinsicht, hier zu helfen. Gottes Segen wünsche ich Dir und dass der Herr Dich begleitet und Dir Mut schenkt, in Worten und Taten.

„Tut nichts aus Eigennutz oder um eitler Ehre Willen, sondern in Demut achte einer den andern höher als sich selbst, und ein jeder sehe nicht auf das Seine, sondern auch auf das, was dem andern dient.“

Luther, Philipper 2:3-4

Die Lüge

...umspannt – nicht nur in der heutigen Zeit – die ganze Welt ausnahmslos! Alle Menschen sind fähig, es zu tun, in vielen Situationen sind Menschen nicht dazu bereit, die Wahrheit preiszugeben. Denn die Wahrheit empfinden sie subjektiv als Fehler oder das Aussprechen der Wahrheit als verbotene Handlung, die sie sich selbst nicht eingestehen wollen und befürchten dann die Konsequenz. Diese Konsequenz sind sie nicht zu tragen bereit, lieber entscheiden sie sich dann für die Lüge. Einige Menschen erhoffen, durch Lügen Vorteile zu erschleichen oder die Wahrheit zu vertuschen, damit diese nicht ans Licht kommt.

Wieso lügen Menschen? Sicher gibt es viele Gründe dafür. Gelogen wird auch aus Höflichkeit, aus Scham, aus Angst, aus Unsicherheit oder auch aus einer Notlage heraus – die berühmte **„Notlüge"** ist jedem bekannt. ***Sind dann also Lügen mit diesen Argumenten berechtigt oder erlaubt?***

Klar, es kann behauptet werden, es käme auf die Situation an, das bedeutet, die Lüge hat ihre Ursache vielleicht in einem Schutz vor sich selbst oder vor anderen Mitmenschen begründet. ***Ist dann Lügen berechtigt?*** Manche Menschen erzählen nur die halbe Wahrheit oder verdrehen die Wahrheit, weil sie glauben, der Gegenüber kann die wirkliche Wahrheit nicht ertragen. Unter diesem Aspekt vermeidet man Kritik oder die Reaktion der Verwunderung, Enttäuschung oder gar des Entsetzens seitens des anderen.

Oftmals sind Ängste im Spiel, welche begründet sind in der Annahme oder Befürchtung der großen Enttäuschung, die einem entgegengebracht wird, die in vielen Fällen sehr, sehr verletzend sein kann.

Ein bekanntes Sprichwort besagt: „Lügen haben kurze Beine", das bedeutet im Klartext in der **Praxis des Lebens:** Die Wahrheit kommt meistens ans Licht – früher oder später. Manchmal haben Menschen Geheimnisse. Um diese unter keinen Umständen preisgeben zu müssen, erfinden sie eine Notlüge.

Es gibt Begegnungen, in denen Menschen von Eifersucht und Neid beherrscht sind und dadurch belastet werden. Diesen unangenehmen Umstand projizieren sie auf jemanden, den sie im Fokus haben. Das bedeutet letztendlich, dass diese negative Verhaltensweise und das negative Gedankengut diese Person dazu bringen, in der Situation trauriger Weise über bestimmte Menschen Lügen zu verbreiten. Es steht auch in der Bibel geschrieben, genauer gesagt in den Zehn Geboten: **„Du sollst kein falsches Zeugnis geben wider Deinen Nächsten“**, also: Du sollst nicht lügen.

Aber wie es im Leben manchmal kommt, haben wir alle schon gelogen, aus unterschiedlichen Gründen – berechtigt oder unberechtigt. Keiner von uns kann sich davon freisprechen, diesen Punkt lasse ich an dieser Stelle unkommentiert dem Leser überlassen.

Auch ich habe gelogen, aus Angst, als Versager dazustehen, ich hatte gelogen, weil ich Scham oder Reue durch meine Handlungen und Taten empfand, ich hatte gelogen, weil ich Angst hatte, die Wahrheit zu sagen, ich hatte gelogen, weil ich das Entsetzen und die Enttäuschung meiner Gegenüber nicht erleben wollte.

Das Problem ist, wenn man beim Lügen ertappt wird und sich vornimmt, in der Zukunft die Wahrheit zu sagen, glauben die Menschen, welche zuvor von Dir belogen wurden, kein Wort mehr. Nicht umsonst existiert das Sprichwort: **„Dem, der lügt, dem glaubt man nicht, auch wenn er jetzt die Wahrheit spricht.“** Vielleicht liegt es daran, dass diese Menschen durch die Lügen zu viel verletzt worden sind, als dass noch ein Verzeihen zur Debatte stehen könnte.

Dann wird es schwierig, in der Gegenwart die Wahrheit zu sagen, weil man bemerkt, dass die Menschen, die man früher durch Lügen enttäuscht hatte, einem nicht mehr glauben. Obwohl man sich verändern und verbessern will, ändert diese Tatsache in der Sichtweise der anderen Menschen, die man schon einmal verletzt hatte, nichts. Es gibt auch den Zusammenhang zwischen Lug und Betrug. Wenn Menschen erkennen, dass sie über eine gewisse Zeit hinweg belogen und betrogen worden sind – und dies von Personen, von denen sie es niemals vermutet hätten –, sind sie umso mehr erschüttert. Von einem vermeintlichen Freund belogen zu werden, ist sehr hart.

Du fällst in eine Art Trance. In dem Moment ist die Tatsache, die Wahrheit herausgefunden zu haben, total unglaubwürdig und furchtbar. Die Menschen, welche dadurch emotional verletzt werden, sind mehr als gefährdet, sehr tief zu fallen und verlieren oft den Glauben an sich selbst und an alles um sich herum.

Meine Begegnungen im Zusammenhang mit Lügen erzähle ich anhand eines von vielen Beispielen, diese Erfahrungen haben mich oft enttäuscht. Manchmal dachte ich, es geschieht mir recht, denn ich habe auch gelogen. Durch dies habe ich sehr gut nachvollziehen können, wie es sich anfühlt, belogen zu werden.

Ein Beispiel zum Thema Lügen, das mich persönlich betraf, war in der Zeit meiner zweiten Ehe. Wir waren zusammen in der Stadt unterwegs und zogen durch die Lä-

den, ohne Ziel, irgendwas einkaufen oder erledigen zu wollen. Irgendwann hielten wir an einem Brillengeschäft an und gingen hinein, in der Neugierde, Sonnenbrillen anzuschauen. Da war eine nette Mitarbeiterin, die uns gefragt hat, ob sie uns behilflich sein kann. Wir ließen uns beraten und ich bemerkte im Gespräch zwischen der Verkäuferin und meinen Ex-Ehemann ein unterschwelliges Flirten. Ich habe die Signale deutlich von beiden Seiten wahrgenommen. Sowohl die Andeutungen im Lächeln, das Augenzwinkern als auch die fröhliche Unterhaltung hat mich in dieser Situation zum Nachdenken gebracht.

Nun, nachdem wir das Geschäft wieder verließen, wollte ich dieses Geschehen nicht weiter vertiefen. Je mehr ich darüber nachdachte, desto lächerlicher empfand ich es doch, mir überhaupt darüber Gedanken zu machen.

Ein paar Wochen später gingen ich und mein Ex-Ehemann erneut in die Stadt, um Lebensmittel einzukaufen. Wie der Zufall es wollte, begegnete mein Ex-Ehemann als erstes zwischen Regal und Gang dieser netten Mitarbeiterin aus dem Brillengeschäft, die damals mit ihm geflirtet hatte.

Er stand einige Minuten allein mit ihr, da ich mich in einem anderen Gang umschaute und die beiden hatten die zwei freien Minuten zum Flirten. Als ich ums Eck bog, erschrak sie, setze einen Schritt zurück, schaute mich mit einem entsetzten Blick an und ich verstand sofort, was da in ihr vorging.

Sie verabschiedete sich überaus hektisch und auffällig eilig und verschwand mit schnellen Schritten. Fragend schaute ich meinen ehemaligen Mann an und sagte: ***„Was war das jetzt?"*** *Seine Antwort darauf:* ***„Keine Ahnung."*** *Da ich ihn sehr gut kannte und sein Verhalten gut einschätzen konnte, sagten meine Gedanken zu mir:* ***„Vielleicht hat die dumme Ehefrau es nicht bemerkt, was da läuft."*** *Meine Intuition löste in mir eine innere Unruhe aus. Später daheim fragte ich ihn erneut, was da vorgefallen sei, seine Aussage war:* ***„Ich war letztens auf dieser Party mit meinen Kollegen und sie war auch da, es lief gute lateinamerikanische Musik und ich hab mit ihr getanzt, vielleicht hat sie sich Hoffnungen gemacht."*** *Ich antwortete mit tiefer Überzeugung:* ***„Eine Frau, die sich Hoffnung macht – so was entsteht nicht ohne Grund, ohne Nährboden, sondern ihre Hoffnung wurde unterstützt, indem Du ihr das Gefühl gegeben hast, dass Du zu haben bist. Und dies trotz der Tatsache, dass Du verheiratet bist. Nur so kann ich ihr Verhalten nachvollziehen, ihr gebe ich keine Schuld, Du bist derjenige, der falsche Signale gesetzt hat."***

In dieser Situation fühlte ich mich unsagbar betrogen und belogen von ihm, es hat mich sehr verletzt. Seine Aussage hat mich ziemlich wütend gemacht, weil er meine Intelligenz schlicht und einfach untergraben wollte. Denn er verwechselte oft meine

Gutmütigkeit mit Dummheit – und so was tut besonders weh. Verständnis brachte ich ihm in keiner Weise entgegen. Obwohl er mit mir verheiratet war, nahm er sich trotzdem die Freiheit, sich ins Vergnügen zu stürzten.

Er hatte gezeigt, dass er sich durch sein Verhalten seiner Verantwortung für die Ehe nicht bewusst war. In seiner Wahrnehmung sitzt die stupide Ehefrau zu Hause und vertraut darauf, dass der Ehemann mal mit seinen Freunden einen schönen Abend verbringen will. Der innere Trieb, seinerseits Freiheit zu empfinden, übermittelte er oft an andere Geschöpfe, das war einer der Gründe, die zur Scheidung führten.

Viele Begegnungen, die mir im Laufe meines Lebens zuteilwurden, hatten mit Beobachten zu tun: Im Beobachten dieser Menschen, wie sie sich beharrlich wiederholten und den folgenden Satz sagten:

„Ich bin immer ein ehrlicher Mensch!" Das war für mich schon ihre erste Lüge – moralisch richtig und korrekt wäre der Satz: **„Ich versuche, immer ehrlich zu sein!"**

Was tun, wenn Menschen Dich anlügen? Die direkteste und vermeintlich einfachste Lösung besteht darin, diese Menschen sofort zur Rede zu stellen, vielleicht bemerken sie nur dadurch ihr Fehlverhalten.

Sicher ist es menschlich, dass wir ab und zu lügen. Klar – wir sollten und dürften dies nicht tun – aber jeder hat seine Gründe, die dazu führen, dass man sich trotzdem in speziellen Fällen zu einer Lüge hinreißen lässt.

Gott versteht Deine Angst, in manchen Situationen oder Ausnahmefällen aus einer Not heraus die Wahrheit zu verstecken – dennoch möchte er nicht, dass Du langfristig diesen Weg einschlägst.

Wenn Du die Wahrheit nicht sagen kannst, dann sag lieber gar nichts und erkläre den beteiligten Personen offen und ehrlich, dass Du im Moment den Mut nicht hast, die Wahrheit preiszugeben.

Bete und bitte zu Gott, dass er Dir den Mut und die richtigen Worte gibt, um dann zu einem späteren Zeitpunkt die Wahrheit zu verkünden. Belügen und betrügen verletzt sehr. Darum verzeihe denjenigen, die Dich geblendet haben mit einer Lüge.

Das ursächliche Problem beim Lügen ist: Du belügst Dich im Augenblick der Lüge in erster Linie selbst. So lädst Du Schuld auf Dich. Dies ist in jeder Hinsicht kontraproduktiv und nicht gut für Dein seelisches Befinden. Also behandle Dich gut, belüge Dich nicht selbst, so lebst Du viel freier und musst Dich nicht sorgen, dass die Lüge dich irgendwann einholt und Dich erwischt.

„Lebe Dein Leben so, wie es ist, nehme dein ‚Ich' in jedem Augenblick bewusst wahr, nur so bleibst Du der Mensch, der Du bist."

Glaube daran, dass Gott Dich darin unterstützt, in schwierigen Zeiten der Wahrheit entgegentreten zu können. Glaube daran, dass er Dich dabei trägt, wenn Du darum bittest. Gott wünscht sich von Dir, dass Dein Leben, das Du lebst, nicht durch Lügen entsteht und durch diese Lügen geprägt wird.

Gott segne Deinen Eingang und Ausgang in allem, was Du in Deinem Alltag bewegst.

„Wenn wir sagen, dass wir Gemeinschaft mit ihm haben, und wandeln doch in der Finsternis, so lügen wir und tun nicht die Wahrheit."

Luther, 1 Johannes 1:6

Die Einsamkeit

...ist wohl ungewollt ein Begleiter des Menschen. In vielen Fällen schlittert man durch unvorhersehbare Ereignisse, Schicksalsschläge oder durch Trennungen in dieses extreme Empfinden hinein.

Menschen, die sich tagtäglich mit dem Gefühl der Einsamkeit auseinandersetzten müssen, verfallen oft in Depressionen und manifestieren sich in negativen Gedanken. Menschen, die sich daraufhin in ihrem Inneren in dieser Einsamkeit festfahren, schotten sich mehr und mehr von ihrer Außenwelt und ihrem sozialen Umfeld ab.

Warum reagieren wir so? Ich denke, eine der Hauptursachen der Einsamkeit ist, dass unsere depressive Neigung im Falle z. B. einer Trennung zur Einsamkeit führen kann und wir die Kontrolle verlieren, die Depression und die damit verbundene Einsamkeit selbst kontrollieren zu können.

Einsamkeit beinhaltet automatisch den Gedanken, dass man sich allein fühlt. Betroffene erledigen alles allein z. B. allein schlafen, aufstehen, essen, die alltäglichen Dinge wie Einkaufen, Erledigungen und vieles mehr. Viele Menschen führen in solchen Situationen Dialoge mit sich selbst. Auch Situationen, die uns nicht loslassen, führen nicht selten zu der fatalen Erkenntnis, nicht mehr weitermachen zu wollen, alles erscheint so sinnlos. ***Ist man dann deswegen ein labiler Mensch? Haben wir keine Kraft, drüber zu stehen? Wie können wir die Einsamkeit durchbrechen?*** Nun, es gibt einige Möglichkeiten, aus dieser Einsamkeit heraus zu kommen. Allerdings liegt es in den Händen eines jeden Einzelnen, diesen Schritt zu gehen – oftmals funktioniert dies nicht ohne fremde Hilfe.

Es ist einfach, zu sagen, **„wo ein Wille ist, ist auch ein Weg“**, aber wenn man schon mittendrin in der Falle der Einsamkeit sitzt, statt nur dabei gefangen von schädlichen Emotionen, die uns oft erst nach einiger Zeit bewusst werden und wir uns quasi selbst dabei zuschauen, entsteht letztendlich ein innerer Käfig, in welchem wir uns eingesperrt fühlen. Sich aus dieser Lage zu befreien, erfordert sehr viel Mut, Kraft, Wille und Liebe für sein eigenes Leben. Der Punkt ist, wenn man anfängt, zu resignieren inmitten des Gefühlschaos, ist es echt nicht einfach, sich wieder selbst zu finden. Es gibt Menschen, die in ihrer aktuellen Lebenslage feststecken und sich allein raus boxen müssen. Manchmal gibt es unerwartet neue Lebensabschnitte, in denen man keine Wahl hat und gezwungen ist, nur diesen einen Ausweg zu gehen.

In diesem Fall erübrigt sich der Gedanke an die Einsamkeit, weil keine Zeit oder kein Platz vorhanden ist für solche Emotionen, denn man muss ja funktionieren. ***Sind diese Menschen dann bessere Kämpfer?*** Ich weiß nicht, ob man das so ausdrücken sollte, ich denke nicht, denn diese **„Stehaufmännchen"** verdrängen oftmals ihr ganzes Empfinden, wie Unzufriedenheit, Unglück, Unmut etc. Diese Gefühlsregungen werden einfach beiseitegeschoben, um keine Schwäche zu zeigen. Eines der schlimmsten Dinge, die ein Mensch sich selbst antun kann, ist, dies alles zu unterdrücken. Durch neue Situationen, die auftauchen, die unangenehm einwirken, fühlt man sich erschöpft, weil das alte Gefühl noch im Nacken sitzt. ***Was also tun?***

Aus Erfahrungen kann ich Dir sagen, alles holt Dich irgendwann wieder ein, die ganzen Altlasten sprengen **„Dich"** dann bei Seite. Der Verdrängungsmechanismus hat plötzlich keine Chance mehr. Bei diesem Sturz ist der Schmerz unberechenbar, unerwartet unangenehm und es saugt Dich aus mit all Deinen übriggebliebenen Kräften, die Du eigentlich fürs Leben brauchst.

Erinnere Dich an das Kapitel Freitod, die Geschichte mit dem Malen des eigenen Bildes des Lebens und den eigenen Farben, mit denen Du Dein Leben mit Begegnungen und Persönlichkeit ausdrückst.

Stellt dir vor, Dein Bild ist so groß, wie Du es bestimmst. Hast du ein großes Bild, hast du Großes vor, hast du ein kleines Bild, hast du kleine Ansprüche gestellt. Ein gut gemeinter Rat: Besser ist es für Dich, Dir ein großes Bild vorzustellen, denn ein kleines Bild hält Dich klein und das muss nicht sein.

Auf die Leinwand, die Du bemalst mit Deinen Farben, hast Du sicher Deine Begegnungen auch hinzugefügt, welche in Deinem Leben ein- und ausgegangen sind und Dich ein Stück Deines Lebensweges begleitet haben. Um Deine Leinwand schöner zu schmücken, brauchst Du einen Bilderrahmen, der Deine Leinwand umrandet. Dieser Rahmen dient dazu, Deine Grenze anzusehen, denn jeder Mensch hat seine Grenzen der Belastbarkeit, wenn es zu viel wird. Dieser Bilderrahmen, mit Deinem Bild ausstaffiert, macht Dich vollkommen mit all Deine Facetten, wer Du bist. Bemerkst Du aber, dass die Farbe über den Bildrahmen hinausläuft oder tropft, ist es nicht gut für Dich. Denn somit werden Deine Grenzen überschritten. Also entferne diese Farben, die schwerwiegend Dein Bild verwahrlosen, denn die Gefahr besteht, dass, wenn Du es nicht tust, Deine leuchtende Farben verwischen.

Was möchte ich Dir mit dieser Metapher vermitteln? Ganz einfach: lass alles in Dein Bild hinein, integriere farbenfroh, was Dir guttut, aber lasse Deine strahlenden Farben nicht durch Unreines zur Unkenntlichkeit erlöschen. Zeige bewusst –

durch die Setzung eines Rahmens –, wo Deine Grenzen sind, es liegt an Dir, ob Du Deine Schwelle ausdehnen kannst oder nicht.

Sicherlich gibt es unangenehme oder verletzende Situationen, in welche Du hineingerätst, aber die gehören leider zum Leben. Versuche, genau diese negativen Erlebnisse nicht zu lange Dein Leben beherrschen zu lassen.

Ich erzähle Dir von meiner Einsamkeit, die mich in verschiedenen Lebensabschnitten begleitet hat. Angefangen hat dies in der Kindheit, als meine Eltern mich in guter Absicht nach Portugal geschickt hatten, um die Einschulung dort zu vollziehen. Nicht nur die schlechte Behandlung, die mir dort widerfahren war, war prägend, sondern noch zusätzlich die Tatsache, dass ich als Kind nie verstanden habe, warum meine Eltern mich fortgeschickt haben. Als Kind bin ich dadurch in eine Situation gezwungen worden, die kein Kind erleben möchte – von meiner Familie getrennt zu sein und allein wegzugehen. Diese Zeit war für mich zerstörerisch und traumatisch, da ich dies auch als Erwachsene bis heute zwar nie verstanden habe, aber inzwischen gut verarbeiten konnte.

Danach erlebte ich meine zwei Ehen, ich bin zwar verheiratet gewesen, aber das Gefühl, verheiratet zu sein, konnte ich nicht so richtig empfinden. Denn es schlich sich unerwartet heimlich eine Einsamkeit in die Ehen hinein. Verheiratet zu sein bedeutet doch Gemeinsamkeit und nicht zu viel Egoismus nach dem Motto ***„Jeder für sich"!***

Diese Zeit war verletzend und der Schmerz in der Seele, der sich dadurch bei mir manifestierte, war unberechenbar. Ich habe oft nur noch funktioniert, die aktuelle, wenn auch demütigende Situation akzeptiert und oft alles unterdrückt. Dabei habe übersehen, dass dieses Alleinsein mich komplett einschloss. Nach den Scheidungen meiner beiden Ehen hatte ich jeweils entschieden, erst mal eine ganze Weile allein zu bleiben – dann holte mich die Einsamkeit ein. Ich fühlte mich völlig verlassen, obwohl es meine Wahl war, meine eigene Entscheidung, die Ehen zu beenden, und ich auch froh darüber war, einen Neubeginn für mich zu starten. Trotzdem überkam mich eine tiefe Traurigkeit, dass ich einsam, allein und verlassen dastand. Es ist wirklich ein Phänomen, wozu die Psyche in der Lage ist und in einem Menschen bewirken kann, wenn man in einer Phase der Zerbrechlichkeit steckt.

Was hat mich gerettet? Was glaubst Du? *Gott hat mich gerettet aus den schlimmen und erdrückenden Gedanken. Gott gab mir den Anstoß, den richtigen Weg zu erkennen. Gott hat mir begreiflich gemacht, dass allein zu sein auch was Gutes ist, um Energie zu tanken, die ich verloren hatte. Gott gab mir den Mut, die Kraft und den Willen und viel Liebe, um meinem Leben Liebe zu schenken. Gott gab mir neue Begegnungen, die mir als Werkzeuge dienten, im Kampf gegen die Einsamkeit, mir* *den Ansporn gaben, mein Bild mit neuen Farben zu gestalten. Gott gab mir das Gefühl der Freiheit, die Fähigkeit, mich frei zu bewegen, indem er mir die Richtungen gewiesen hatte, die für mich im positiven Sinne wegweisend waren. Gott gab mir mit seiner Liebe den Antrieb, von ganzem Herzen zu verzeihen. Gott verdanke ich mein Leben, meine Gedanken und meine neuen Wege, die ich heute noch gehe.* **„Gott hat mich gerettet.“**

Wer wäre ich ohne die Liebe unseres Vaters im Himmel, ein verlorenes Kind, erfasst, gefangen und überfallen von Einsamkeit ohne Antrieb zum Leben. ***Siehst Du Dich auch in dieser Einsamkeit?*** Dann verabschiede Dich am besten gleich von ihr. Sie verleiht viel Kummer, beansprucht Deine wertvolle Zeit und die Freude, das Leben umarmen zu wollen. Es ist menschlich. Wenn wir traurig sind, ist es in diesem Augenblick auch menschlich, mal den eigenen Weg zu verlassen oder gar zu verlieren, es ist menschlich, in der Hoffnungslosigkeit zu weinen und nicht zu wissen, wo und wohin es weitergehen soll.

Aber vergiss nicht, Du bist ein Mensch und ein Kind Gottes, er will nicht, dass Du zu lange im tiefen Fall fällst. Bete und bitte um seine Kraft, die Dich aufweckt, damit Du Dein wunderschönes großes Bild weither malen kannst. Groß zu sein, geht nur durch die Liebe von Gott, Jesus und des Heilige Geistes. Verzeihe denjenigen, welche Deine Einsamkeit und Deinen Schmerz hervorgerufen haben. So wird auch Dir verziehen und Dein Leben kann sich frei bewegen und entfalten – so wie das farbenfrohe Bild, das Du malst. Gott segnet Dich und bereichert Dich mit vielen Dingen und Begegnungen, die sich positiv auf Dein Leben auswirken.

„Fürchte dich nicht, ich bin mit dir; weiche nicht, denn ich bin dein Gott. Ich stärke dich, ich helfe dir auch, ich halte dich durch rechte Hand meiner Gerechtigkeit.“

Luther, Jesaja 41:10

Das Verzeihen

…ist eine sehr große Hürde, die jeder Mensch mal gegangen ist oder noch geht und manche Menschen nicht gehen wollen? Verzeihen ist ein großes Wort, das mit vielen Emotionen verbunden ist. Der Mensch hat es ziemlich schwer damit, von ganzem Herzen zu verzeihen. Es sind emotionale Bindungen, die wir haben oder auch fremde Begegnungen, mit denen wir immer wieder im Laufe unseres Lebens konfrontiert werden. Begegnungen sind teilweise gut, manchmal aber nicht so gut für uns. Eine Redewendung besagt: **„Verzeihen ist eine Eigenschaft des Starken."** Verzeihen ist etwas sehr Gutes und Befreiendes für uns Menschen. Zu verzeihen, erlöst uns von Wut, Hass, Angst, Verbitterung, Enttäuschung und Schmerz, befreit Körper und Seele. Doch Menschen begreifen gar nicht, dass Verzeihen uns ein befreites Leben verleiht.

Wieso können viele Menschen nicht verzeihen? Fällt es ihnen so schwer? Diejenigen haben so viel körperlichen und seelischen Schmerz erlitten und befinden sich letztendlich vor einem Trümmerhaufen. Dieser Trümmerhaufen hinterlässt bei einigen Menschen eine fatale Einstellung: Sie verurteilen, ohne zu verzeihen, nach der Devise: **„Diese zu verzeihen, haben sie gar nicht verdient!"**

Was ist mit Dir? Hast Du nicht auch schon Dinge getan oder gesagt, welche einen anderen Menschen verletzt haben? Würdest Du nicht gern einen inneren Frieden fühlen wollen, wenn derjenige Dir verzeiht? Oder sollten Taten und Aussagen vielleicht in bestimmten Stufen aufgelistet werden, wie ein Diagramm mit verschiedenen Farben, anhand derer erkennbar ist, wie bösartig oder bedenklich Geschehnisse analysierend und dargestellt werden. Je nach Schwere der Handlungen erfolgt dann die Strafe. Es ist menschlich, dass Menschen verurteilen, es ist auch menschlich, dass wir uns nach einer Missetat verteidigen wollen oder sogar fähig sind, Rache zu üben und auf Gerechtigkeit bestehen. ***Ist es dann menschlich, das Recht auf Rache oder erzwungene Gerechtigkeit selbst in die Hand zu nehmen?*** Sicher ist es wichtig, dass wir Menschen wissen sollten, was richtig und falsch ist. **Denn Gott gab allen seinen Kindern die gleiche Intuition, wir hören nur nicht darauf!** Ja, es gibt böse Menschen, die wirklich Böses tun und wir dann den Schutz des Gesetzes in Anspruch nehmen, um Gerechtigkeit durch den starken Arm des Gesetzes zu erlangen. Dies geschieht beispielsweise durch Vollzugsmaßnahmen, im Rahmen derer Menschen für lange Zeit von der sozialen Gesellschaft entzogen werden, damit ihnen während des Aufenthaltes im Gefängnis ihr Vergehen bewusst wird.

Es gibt Menschen, die im Gefängnis saßen und unmittelbar nach der Entlassung in die Freiheit wieder zum Wiederholungstäter werden. Viele Menschen sind der Meinung, **„sie oder er sollten lebenslänglich hinter Gitter bleiben".** Denn sie wollen und bestehen auf ein geschütztes Zuhause und ein sicheres Leben in der Gesellschaft. In dieser Hinsicht ist es eine menschliche Reaktion, denn es ist ein Urinstinkt, dass wir Menschen, die uns Böses tun, vertreiben wollen und schon gar nicht in der Umgebung solcher Menschen leben möchten.

Weißt Du eigentlich, wie viel Länder es gibt, in denen bis heute die Todesstrafe erlaubt ist?

Es gibt zehn Staaten (Stand 2020), in denen das Gesetz der Todesstrafe bis heute gilt, das bedeutet, der Staat hat das Recht, andere Menschen für ihre Taten zum Tode zu verurteilen.

Nun in der Bibel – im Alten Testament – wird beschrieben, dass Todesstrafe als selbstverständlich dargestellt wurde, sie wird nicht angezweifelt. Am Beispiel von Menschenraub, bei Schlagen oder Verfluchen der Eltern, bei Zauberei und Fremdgötterverehrung wurde dies mit dem Tode bestraft. Aber kaum war die Menschheit erschaffen, geschah zwischen Brüdern ein Mord **„Kain ermordet Abel."** *Gott bestrafte diese Handlung nicht nur mit dem Tod, sondern wollte alles Lebendige auf Erden aufgrund der zerstörerischen Boshaftigkeit der Menschen mit einer Sintflut auslöschen. In der Bibel steht:* ***„Wer Menschenblut vergießt, dessen Blut soll um des Menschen Willen vergossen*** **werden;** ***denn Gott hat den Menschen zu seinem Bilde gemacht"*** *(Luther, Mose. 9: 6).* Nun, ich verstehe, wenn einer diese Handlung geschehen lässt, dann soll er mit dem Tode bestraft werden!

Was ist dann mit Jesus Christus? *In der Bibel des Neuen Testaments hat Jesus eine Ehebrecherin begnadigt.* **Viele Menschen wollten sie steinigen! Jesus:** ***„Als sie ihn beharrlich so fragten, richtete er sich auf und sprach zu ihnen: „Wer unter euch ohne Sünde ist, der werfe den ersten Stein auf sie."*** *(Luther, Johannes 8: 7)*

Da wollte keiner den ersten Stein werfen, weil Jesus mit seiner Liebe und Barmherzigkeit und in seiner wundersamen Tat Maria Magdalena aufgeholfen hat.

Was war denn mit den vielen Menschen, die darauf bestanden, Jesus kreuzigen zu lassen, als Pilatus nach ihrer Zustimmung fragte. Jesus, der den Leidensweg gegangen und die schwere Last vom Kreuze tragen musste, dann auf dem Golgatha - Hügel das Kreuz aufgestellt und daran festgenagelt wurde, eine qualvolle Todesstrafe. Trotzdem sagte und betete Jesus, bevor er starb: ***„Vater, vergib ihnen, denn sie wissen nicht, was sie tun!" Und sie verteilten seine Kleider und warfen das Los darum.*** *(Luther, Lukas 23: 34.)*

Gott war zornig und bedeckte den Himmel mit einer Finsternis. Aber er bestrafte keine Menschen mit dem Tode. Obwohl sein Sohn Jesus Christus ermordet wurde, nur weil er den Menschen seine Wunder und Heilungen geben wollte und Gottes Wort verkündete. Um zu sagen: ***„Gott, unser Vater existiert!“****, hat Gott uns verziehen, denn Jesus ist für unsere Sünden gestorben.*

Einige Begegnungen haben meine Seele auseinandergerissen, sowohl durch seelische als auch körperliche Verletzungen. Denn ich war nicht bereit, die Enttäuschungen, die aus diesen Begegnungen resultieren, zu vergessen und den Personen zu verzeihen, die für die Enttäuschungen verantwortlich waren. Der Schmerz saß so tief, dass kein Platz war, in der Liebe ihnen zu vergeben. Denn Hass, Verbitterung, Angst, Enttäuschung und die Unruhe in mir waren so dominant, dass ich dabei keinen Frieden fand und dies mich noch mehr zerbröckelte als die schlimmen Geschehnisse, die in der Vergangenheit lagen. Eines Tages wachte ich auf und fühlte mich kraftlos, ich betete zu Gott: ***„Bitte, Gott, schenk mir Seelenfrieden, ich kann so nicht mehr.“*** *Er antwortete mir nicht, ein paar Tage später fragte ich Gott wieder:* ***„Was soll ich denn tun, damit ich endlich Ruhe finden kann, bitte hilf mir, Gott.“*** *Gott antwortete:* ***„Verzeihe!“***

Zuerst dachte ich, Gott scherzt! *In meinem Selbstgespräch sagte ich:* ***„Was?“*** *Denen Verzeihen, die mir Böses angetan haben, die ihre Taten leugneten, die mich ausgelacht haben und gelogen, sodass die Wahrheit über ihre Taten nicht ans Licht kam und die Taten nicht bestraft werden konnten.* ***Denen soll ich verzeihen?*** *Gott antwortet auf mein Selbstgespräch und sagte:* ***„JA!“***

Eine Zeit lang konnte ich das nicht verstehen und überhaupt nicht akzeptieren, doch der Hass in mir und die Unruhe wurden immer schlimmer. Dann entschied ich mich nach langer Zeit, zu verzeihen, nicht einfach nur als leere Worte, sondern von ganzem Herzen. Verzeihen fiel mir unglaublich schwer. Aber durch Gottes Barmherzigkeit und Geduld habe ich es geschafft, zu verzeihen, denn auch Gott hat meine Sünden verziehen.

Ich kann Dir versichern, dass Verzeihen die größte Heilung für Deine Seele und für Dein Leben darstellt. Du kannst wieder schlafen, hast keine Albträume mehr, keinen Drang mehr, über die Erlebnisse zu erzählen, keine bösen Gedanken mehr über diese Begegnungen. Heute habe ich endlich meinen Seelenfrieden in mir, denn sonst wäre ich gar nicht in der Lage, dieses Buch zu schreiben.

Mit diesem Kapitel möchte ich Dir gern auf den Weg geben, wenn Du noch nicht verziehen hast, dann ist es noch nicht zu spät. Verzeihe mit ganzem Herzen, schließe Frieden mit Deinen Begegnungen. Wenn Du verzeihen kannst, aber den Kontakt zu den betreffenden Personen nicht unbedingt pflegen willst, ist es in

Ordnung. Übergib es Gott in seine Hände, bitte und bete um Heilung in Dir und für den anderen. Falls eine alte Begegnung Dir entgegenkommt, hast Du die Kraft und Liebe mit Respekt diesem Menschen entgegenzukommen.

Hab keine Furcht – denn wenn Du es zulässt, ist Gott, Jesus und der Heilige Geist immer bei Dir. Halte Dich an dem Glauben fest der beständigen Liebe in Dir, die Dich zum besseren Menschen macht und ausmacht. **„Folge nicht dem schlechteren Beispiel anderer!“**

Das Neue Testament wurde geboren durch Jesus Christus. Denn Jesus hat für uns gelebt und ist für uns gestorben. Obwohl er schon im Voraus wusste, dass einer seiner Jünger Namens Judas ihn verraten hat, trotzdem hat Jesus ihm vergeben. Sicher, in der Phase tiefster Verletzung ist Verzeihen schwierig, aber Gott hilft dir dabei. Du hast die Zeit, Deinen Schmerz zu verändern, um den Weg anzunehmen, zu vergeben. Befreie Dich von Schlechtem und von negativem Gedanken, denn diese zerstören Dein schönes Bild so wie ein Messer, das Dein Dasein zerstückelt. Vergiss nicht Dein Bücherregal, wenn Du verzeihst, schließe das Buch und ordne es ein, wo es Dich nicht mehr stören kann, sondern in Ruhe steht. Trage die Liebe in Dir, nur die Liebe rettet Dich und Gott ist die Liebe. Der Friede sei immer mit Dir.

„Und richtet nicht, so werdet ihr auch nicht gerichtet. Verdammt nicht, so werdet ihr auch nicht verdammt. Vergebt, so wird euch vergeben.“

Luther, Lukas 6:37

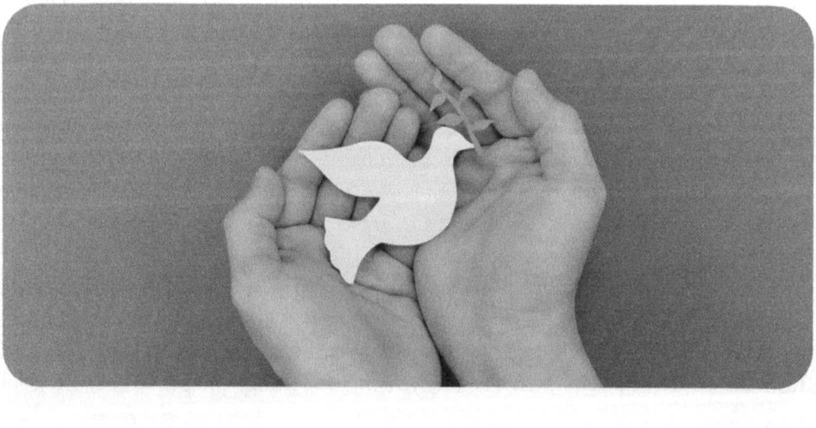

Die Geduld

…ist eine Tugend, welche – wenn Menschen in der Lage sind, diese Tugend gut zu beherrschen – in den meisten Bereichen des Lebens zielführend wirken kann. Wer viel Geduld tragen kann, kann mithilfe dieser Ausdauer probe einen Herzenswunsch ermöglichen. Letztendlich ist das Ergebnis des Aushaltens der Geduld die Belohnung, dass das erwünschte Ziel erreicht wird.

Wie oft harren wir aus, um etwas zu bekommen, was beispielsweise einer temporären schwierigen finanziellen Situation geschuldet augenblicklich nicht machbar ist. Ein Beispiel ist, wir warten sehnsüchtig auf ein Wiedersehen oder auf eine Nachricht. Ständig sind wir durch äußere Umstände dazu gezwungen, uns in Geduld zu üben. Einer der häufigen Gründe ist, dass es uns nicht möglich ist, im Hier und Jetzt – in diesem Augenblick – das Ziel zu erreichen. Mit Geduld mäßig ans Limit zu kommen, kann auch schwer an den Nerven zehren, bedingt durch zu viele wiederholte Situationen, die sich nicht bessern. Dadurch wird die Geduld ständig auf die Probe gestellt. Im direkten Zusammenhang mit Begegnungen ist zwangsläufig Geduld unausweichlich, zum Beispiel am Anfang einer Partnerschaft, hier wird von beiden Partnern in der Phase der Annäherung viel Geduld abverlangt. Erst über einen längeren Zeitraum hinweg zeigt sich das wahre Gesicht der Beziehung, weil wir bemerken, wie oft man massenweise darüber hineingeschaut hat.

Oftmals wird durch antrainierte Verhaltensmuster oder Gewohnheiten in der Partnerschaft im Umgang miteinander der Bogen überspannt und man findet erstmals keinen Ansatzpunkt, sich gegen diese Grenzüberschreitung zu wehren. Erst wenn die Geduld aufgebraucht ist, reagieren wir gereizt und weisen unser Gegenüber darauf hin, dass man gewisse Verhaltensmuster nicht akzeptieren und noch weniger aushalten oder ertragen kann. Dies kann beim betreffenden Partner spontan Irritationen auslösen, da er oder sie es nicht gewohnt ist, dass das Verhalten kritisiert wird. Plötzlich erfahren diejenigen Gegenwehr und Ablehnung, die es bis dato nicht gewohnt waren.

Meistens muten wir uns selbst viel zu viel zu! Dies geschieht aufgrund der inneren Bestrebung, sich von der besten Seite darzustellen, keine Schwäche zu zeigen oder der Selbstsuggestion zu unterliegen: **„Das geht schon, so schlimm ist es nicht!“** Stattdessen ist es zielführend, auf Deine Seele – oder nenne es die innere Stimme – zu hören, wenn sie sagt: **„Tu dir das nicht an und lass es doch nicht zu!“**

Menschen, die Charakter- bedingt eine ausgeprägte Gutmütigkeit haben, sind meistens sehr geduldig und haben oft nicht den Mut, in prekären Situationen sofort zu kontern oder sich verbal zur Wehr zu setzen, denn sie vermeiden Konfrontationen, so gut es geht.

Es gibt Menschen, die in ihrem Verhalten andere Mitmenschen bis zur Grenze ihrer Geduld belasten **oder sogar provozieren!** Es sind meistens Egoisten, diese haben einen gewissen Anflug von Arroganz. Denn sie wissen ganz genau, wie sie die Gutmütigkeit anderer Menschen über die Grenze hinaus belasten.

Das ist nicht fair! Leider gehen solche Menschen oftmals sogar noch einen Schritt weiter, zu ihrem Vorteil gehen sie nicht selten – zumindest moralisch – über Leichen, nur zu ihrem eigenen Gewinn.

Mein Erfahrungswert und Tipp: *Jeder, der sich bezüglich seiner Geduld ausgenutzt fühlt, sollte sich in einem Gedankenexperiment eine symbolische Waagschale für Situationen in seinem Lebensweg ausdenken.* ***Wie groß dann die Waagschalen auf der Waage sein sollten, bestimmt jeder selbst!*** *Jetzt stell Dir Deine Waage vor, sie repräsentiert Deine Geduld, lege in die eine Schale Deine guten Eigenschaften hinein, sodass diese Schale auf dem Boden aufliegt, weil die andere Schale leer ist.*

Jetzt fragst Du Dich sicher, warum? *Die noch leere Schale fängt Deine Begegnungen oder Situationen ein, die Du erlebt hast und alle erlebtem Momente, die Deine Geduld herausgefordert haben. Aber wenn das Gewicht in dieser Schale mit diesen unnötigen, unangenehmen Begegnungen oder erlebten Situationen sich immer mehr und mehr anhäuft, weil Du es zulässt in Deiner Gutmütigkeit, gewinnt die bisher leere Schale an Gewicht, sodass sich ausgleichend dazu die andere Schale mit Deinen tollen Eigenschaften anhebt. Denn die negativ-gefüllte Schale überwiegt an diesem Punkt das Gewicht der Schale, welche Deine Gutmütigkeit repräsentiert. Das bedeutet, Du lässt es zu, dass man Dich verwüstet und Dein* **ICH** *wird zugeschüttet mit Leid und Schmerz.* ***Exakt an dieser Stelle stellt sich die Frage, wie Du es schaffen kannst, dass die „gute Schale" wieder an Gewicht gewinnt und sich dem Boden nähert.***

Glaube an Dich selbst, hab keine Angst, Dich zur Wehr zu setzen, trage Liebe von Gott in Dir. Denn sie macht Dich stark und selbstbewusst, Gott möchte nicht, dass Du leidest wegen anderen Menschen, er will, dass Du aufstehst und Dein Leben und Deine Seele schützt.

Lass Dich nicht klein halten von Menschen, die Dir keine Liebe oder Respekt entgegenbringen, sondern versuche ihnen zu zeigen, wie man mit Liebe umgeht. Halte Dich wertvoll, das bedeutet in keiner Weise, dass Du Dich selbst auf ein virtuelles Podest erheben sollst, sondern es bedeutet sinnbildlich: **„Ich bin es wert, geliebt zu werden, denn Gott, mein Vater liebt mich.“** Du kannst in Deinem Leben, wie Dein Gefühl es Dir vermittelt, neue Grenzen aufstellen, Du allein bestimmst, in welchem Umfang andere Menschen in Dein Leben eingreifen können, wie weit sie Deine Geduld strapazieren dürfen und dadurch Macht über Dich ausüben können.

Meine Erfahrung, was Geduld betrifft: *Ich habe sehr viel Geduld vergeudet an Personen, die mich nicht wirklich wertschätzten als Mensch und immer forderten, kritisierten, manipulierten. Menschen, die innerhalb ihrer egoistischen Persönlichkeit nur auf ihren Vorteil bedacht waren. Mit einem solchen Menschen war ich verheiratet, leider ist es schwierig, in der Ehe einfach abzuhauen, mit dem Gedanken, nicht mehr zurückzukehren zu wollen.* ***Kennst du das Gefühl? „Mir reicht`s, so geht es nicht mehr weiter, meine Geduld ist am Ende.“*** *In der Ehe den Kraftakt zu leisten, miteinander einen Mittelweg zu gehen, erwies sich in meinem Falle als ein nervenzehrendes Geduldspiel.*

In dieser Zeit empfand ich die Ehe als Gefängnis! *Dieses innere Empfinden, gemeinsam durchs Leben zu gehen mit seinen Höhen und Tiefen, war mir in dieser Situation nicht möglich. Durch Unehrlichkeit wurde für mich das Symbol der Ehe zertrampelt. Meine Geduld und die damit verbundene Hoffnung, dass sich alles zum Besseren wenden könnte, war aufgebraucht.*

Auch sogenannte Freunde haben durch vielerlei Begegnungen meine Wege gekreuzt. Diese ***„Freunde“*** *waren in der Lage, in der Anfangszeit unseres Kennenlernens mit ihrem Schauspieltalent sich von der besten Seite zu zeigen. Ich selbst war so verblendet durch das geschickt präsentierte Schauspiel und bemerkte nicht die Maske, die sie trugen. Dadurch fanden diese Menschen den Weg in mein Inneres, nutzten meine Gutmütigkeit aus und ich fühlte mich regelrecht ausgesaugt.*

Wenn ich diese Zeit innerlich reflektiere, komme ich immer wieder zu dem Schluss: ***„Oh, wie warst Du blöd, Christina, so vieles hast Du zugelassen gegen Deinen Willen.“*** *Tja, man lernt nie aus, inzwischen verfüge ich über ausreichend Mut und Kraft, die Dinge klar zu sagen, wie sie sind – sobald mein eigener Willen boykottiert oder gar mit Füßen getreten oder ignoriert wird.*

Rückblickend war es sicherlich kein Fehler, auch diese Menschen kennenzulernen, denn es war eine gute Lehre, eine wertvolle persönliche Erfahrung, um heute zu erkennen, wann es wert ist, Geduld einzusetzen und diesbezüglich auch an seine eigenen Grenzen zu gehen und wann nicht.

Ein Geduldspiel für Dich: *Stell Dir vor, Du stehst mitten in der Wüste, aber vor Dir Teilen sich zwei Wege. Beim Begehen des ersten Weges wird Dir gesagt:* ***„Wenn Du diesen Weg entlangläufst, verspreche ich Dir, dass keine Hürden Deine Pfade durchkreuzen werden!"*** *Beim zweiten Weg wird Dir erklärt:* ***„Solltest Du diesen Weg auswählen, verspreche ich Dir, dass einige Überraschungen für Dich bereitliegen, dass Du aber zum Schluss an Stärke und Weisheit gewinnst!" Welchen Weg wählst Du?*** *Ich denke, Deine Neugierde führt Dich dazu, den zweiten Weg zu wählen.*

Du trittst den Marsch an, gleich darauf fließt einen Bach vor Dir, den Du überqueren musst. Die angenehme Kälte des Baches kühlt Dich ab von der prallen Sonne. Beim weiter Marschieren kommen Dir freundliche Begegnungen entgegen, die Dich einladen, um zu rasten. Nach der Rast läufst Du weiter. In der Ferne siehst Du Bäume, die Schatten spenden. Es steht sogar eine Hängematte für Dich bereit. Du legst Dich hinein und ruhst Dich aus, Deine Gedanken sagen zu Dir: ***„Ich habe den richtigen Weg ausgewählt!"*** *Nach Deinem Ausruhen läufst Du weiter durch die Wüste und bist freudig gespannt, was als nächstes kommt. Doch plötzlich rutschst Du unkontrollierbar einen Abhang hinunter. Am Ende des Abhangs erholst Du Dich vom Schreck. Du schaust hoch und siehst, in welchem Ausmaß an Dilemma Du gerade steckst. Eine Felsspalte hat Dich verschluckt. Da wieder raus zukommen, wird ein richtiger Kraftakt werden. Jetzt wird Deine Geduld gefordert, Du beginnst, eine der Spalten zu erklimmen, doch immer wieder rutschst Du hinab. Einmal warst Du fast oben am Ziel, doch trotzdem bist Du wieder heruntergerutscht. Zigmal hast Du es versucht, doch Deine Kraft hat irgendwann nachgelassen und Deine Geduld war gebrochen. In diesem Felsspalt sitzt Du nun verzweifelt mit Tränen im Gesicht. Spontan wendest Du Dich an den Vater im Himmel und sprichst:* ***„Bitte, Vater, hilf mir hier raus, denn ich weiß nicht, wie."*** *Gott sagt:* ***„Laufe die Felsspalte entlang."*** *Du antwortest entmutigt:* ***„Ja, aber da vorn ist es so dunkel, ich traue mich nicht."*** *Gott spricht:* ***„Du bittest mich um Hilfe, ich zeige Dir den Weg und trotzdem misstraust Du meinen Worten?"*** *Gewissenhaft stehst Du auf und läufst den Weg entlang der Spalte, das Dunkle entpuppte sich zu einem Tor. Du öffnest es und vor Dir ist keine Wüste mehr, sondern eine Oase in all ihrer Pracht, freundlichen Menschen begegnest Du und fühlst nur noch Dankbarkeit und Liebe. Erschöpft und voller Freude, befreit zu sein von der misslichen Lage, kniest Du nieder und sagst zu Gott:* ***„Danke, Vater, dass Du mich gerettet hast, vergib mir, dass ich Dich infrage gestellt habe, aber eine Frage habe ich noch an Dich: Wieso bin ich in dieser Felsspalte gewesen?"*** *Gott antwortete:* ***„Ich vergebe Dir, mein liebes Kind, ich hatte Dir einen schönen Weg vorbereitet, doch ich hörte nicht einmal ein Danke von Dir bis jetzt, ich wollte, dass Du daraus lernst. Du sollst nicht ungeduldig warten auf das nächste gute Ereignis, sondern Dich in Geduld üben, vertrauen und danken für die Wege, die ich Dir bereitlege."***

Unser Vater im Himmel verfügt über eine unbändige Geduld für Dich in allen Angelegenheiten Deines Lebensweges, die Du nicht zu Deinem Vorteil in der Lage bist, allein zu bewältigen.

Geduld ist genauso wichtig wie Dein Leben, denn Geduld ist ein Prozess, den Du durchlaufen musst, um Situationen mit der notwendigen Weisheit und Klarheit bestehen zu können.

Gott will nicht, dass Du Dich opferst für Menschen oder Dinge, die Dich nicht weiter bringen.

Durch Deine gottgegebene Intuition bist Du Dir ganz genau bewusst, wann es wert ist und es Sinn macht, Geduld aufzubringen. Vergiss nicht, Gott lenkt Deinen Kompass in die Richtung, die am besten für Dich ist. Vertraue darauf, dass es funktioniert, denn wenn Du zweifelst, verliert Deine gute Schale auf der Waage an Gewicht. Zu große Lasten, welche Du nicht tragen kannst, lege in unseres Vaters Hände, er wird wissen, wie er Deine Sorgen zum Positiven umwandelt. Gott segne Dich in Deiner Geduld, damit Du darauf vertraust, dass unser Vater im Himmel Dich sieht und Dich führt. Unser Vater im Himmel hat für all seine Kinder eine unbändige Geduld, sowohl auch für Dich. Gott segne Dich auf Deinem Lebensweg mit seiner Geduld und Liebe, die in Dir wohnt.

„Wer geduldig ist, der ist weise; wer aber ungeduldig ist, offenbart seine Torheit."

Luther, Salomos 14:29

Das Loslassen

...ist für uns Menschen keine einfache Handlung – vorausgesetzt, wir beherrschen diese Eigenschaft überhaupt. Wir Menschen tun uns schwer damit, loszulassen – von Familien, Bekannten, Partnern, Freunden, unseren Tierlieblingen oder auch materiellen Dingen, die mit einem moralischen Hintergrund verbunden sind. Wenn wir Menschen diesen Gedanken loszulassen versuchen und ihn in Angriff nehmen wollen, bedeutet es nicht, dass man dies oder das loswerden will oder aufgeben oder einfach die Änderung durch das Loslassen hinnehmen will, wie es ist. Sondern es handelt sich um einen aus der Vernunft heraus geborenen Entschluss, den man für sich selbst fasst, oftmals um sich von Gedanken oder bestehenden Gefühlen wie Verbitterung, Wut oder Trauer zu befreien.

Du bist bestimmt sicher auch schon in der Situation gewesen, nicht loslassen zu können. ***Oder bist Du noch dabei, loszulassen? Vielleicht willst Du Dich gar nicht damit auseinandersetzen?*** Wie auch immer, es ist in extremen Situationen ungemein belastend, erstmals das Geschehene zu akzeptieren. ***Dann es zu betrauern und zu verarbeiten und dann sollte man loszulassen?*** Es ist wirklich nicht einfach, glaube mir, es ist ein Prozess, den schafft man nicht allein. Meine Erfahrung in Bezug auf das Thema Loslassen: Allein sich damit auseinander zusetzten, war für mich nicht zu bewältigen.

Geschafft habe ich es nur mit dem Glauben an Gott. Den Herrn zu bitten, mir einen anderen Weg zu ebnen, danach war der Gang nicht mehr schwerwiegend. Bevor ich diesmal meine Erfahrungen darstelle, möchte ich Dir lieber eine Geschichte erzählen, die ich mir selbst ausgedacht habe. Dabei half es mir, selbst darüber klar zu werden, wie wichtig es ist, das Loslassen an Gott zu übergeben. Möglicherweise bringt es Dich zu einer anderen Einstellung, was das Loslassen betrifft.

Stell dir vor, diese Geschichte wird Dir zu Deiner Heilung verhelfen. *Also, Du bekommst jetzt einen großen Rucksack. Darin befinden sich zwei Liter Wasser, etwas zu essen, wie Konserven und Brot, Schlafsack, Taschenlampe, Feuerzeug, ein kleiner Topf mit Besteck, Seife, Handtuch, Kleidung zum Wechseln. Außerdem einen extra Sack Deiner Lasten und die Bibel. Mit diesem schwer bepackten Rucksack trittst Du eine Reise zu Fuß an, sie beginnt auf der Chinesischen Mauer. Dieses monumentale Bauwerk erstreckt sich auf mindestens 6.000 km.*

Bevor es losgeht, wird Dir gesagt, es gibt alle 20 km Wasser und alle 40 km etwas zu essen, ansonsten bist du auf Dich allein gestellt. Also wirst Du nicht verdursten oder verhungern. Am Ziel der Reise verspricht man Dir Erkenntnis und eine Belohnung, die Dich zu Deiner Überraschung führt.

So, jetzt beginnst Deine Reise, Du genießt die Aussicht über die Mauer und die Natur beeindruckt Dich, Du bist völlig entspannt. Du verschwendest keine Gedanken an Deine Vergangenheit und fühlst Dich recht wohl auf dieser Reise. Jetzt fragst Du vielleicht ***„Warum sollte ich kilometerweit zu Fuß laufen?“***

Ich sag Dir, warum. Allein Deine Neugierde auf die bevorstehende Belohnung treibt Dich in dieser Hinsicht an. Im Laufe der Wanderung bemerkst Du, dass Du nicht allein auf dieser Reise bist. Immer wieder stößt Du auf unterschiedliche Begegnungen verschiedenster Art: Mal triffst Du freundliche Menschen, einige Gehen für sich ihren Weg, wieder andere lassen sich nicht ansprechen. Was Dir auch noch auffällt, ist, dass sie auch Rucksäcke tragen, aber die Rucksäcke vermitteln den Eindruck, dass sie unterschiedliche Größen und Gewichte haben. Natürlich fragst Du Dich selbst: ***„Ist mein Rucksack auch so schwer oder haben diese Menschen mehr Werte mitbekommen als ich?“*** *Deine Gedanken drängen sich unwillkürlich auf, ohne dass Du weißt, warum.*

Die Dämmerung bricht an, die müden Beine erschweren langsam das Gehen, also beschließt Du, bevor es Nacht wird, zu ruhen. Du machst es Dir gemütlich im Rahmen der Möglichkeiten der vorhandenen Dinge im Rucksack. Eine Begegnung mit einem noch größeren Rucksack als Deinem macht auch Rast, total erschöpft, außer Atem, setzt sich Dir gegenüber und fängt an, seinen Rucksack auszupacken. Dies ist das Erste, was Du wahrnimmst, als diese Begegnung den Sack der Lasten auspackt, welcher Deiner Beobachtung zufolge ziemlich schwer sein muss. Aus Interesse fragst Du diese Begegnung höflich: ***„Geht es Ihnen gut?“*** *Die Begegnung erwidert:* ***„Na ja, das Laufen war kein Problem, aber die Last wurde immer schwerer beim Laufen, war doch ziemlich drückend auf meinem Rücken, übrigens, duzen wir uns einfach.“***

Du fragst: ***„Darf ich Deine Last mal hochheben?“*** *Die Begegnung antwortet:* ***„Ja, gern, nur zu.“*** *Du versuchst mit aller Kraft, seinen Sack der Last hochzuheben, schaffst es aber nur ein paar Zentimeter vom Boden hoch und sofort setzt Du ihn ab, wegen des Gewichtes. Du fragst entsetzt:* ***„Puh, Du hast den ganzen Weg diese Last getragen?“*** *Die Begegnung erwidert:* ***„Jeder hat sein Kreuz zu tragen, der eine mehr, der andere weniger.“*** *In diesem Moment wird Dir klar, es gibt auch andere Menschen, die noch weit Schlimmeres ertragen mussten auf ihrem Weg mit ihren Rucksäcken.*

*In der Nacht, nachdem Dein Magen befriedigt war mit warmem Essen, hast Du Dich hinlegt, ummantelt vom Schlafsack, wärmend umhüllt. Du schließt Deine Augen mit den letzten leisen Gedanken: **„Wo führt diese Reise mich hin?“***

*Am nächsten Morgen bei Sonnenaufgang weckt Dich Vogelgezwitscher, Du öffnest die Augen und begreifst erst die Situation, als hättest Du vergessen, wo Du Dich befindest. Du rappelst Dich auf und siehst die Begegnung, wie er schon fleißig sein Hab und Gut in seinen Rucksack hineinpackt. Da Du Gefallen daran gefunden hast, in dieser Begleitung zu sein, packst auch Du in Windeseile Deinen Rucksack. Die Begegnung läuft zu und Du gleich hinterher, merkst aber, dass der Rucksack Deines Begleiters nur noch halb voll ist. Du blickst zurück und siehst, dass der Sack der Last Liegenlassen wurde. Du sagst: **„Warte mal, Du hast was vergessen, den Sack!“***

*Die Begegnung antwortet: **„Nein, habe ich nicht, ich hab keine Lust mehr, ihn weiter auf meinem Rücken zu tragen, denn der Weg ist noch lang.“** Du sagst: **„Ja, aber das sind doch Deine persönlichen Erinnerungen, da kann jeder hineinschauen!“** Die Begegnung erwidert: **„Ich gehe diesen Weg schon zum dritten Mal und bin nie am Ziel angekommen, ich bin es leid, mich ständig im Kreis zu drehen. Dieser Sack der Last wird immer schwerer, ich habe mich entschieden, loszulassen und mich davon zu befreien, außerdem weiß ich, dass Gott es für mich trägt, denn heute Nacht habe ich die Bibel ein wenig gelesen und da stieß ich auf einen Satz, der mich zum Nachdenken gebracht hat.***

***„Darum sage ich euch: Sorgt euch nicht um euer Leben, was ihr essen und trinken werdet; auch nicht um euer Leib, was ihr anziehen werdet. Ist nicht das Leben mehr als die Nahrung und der Leib mehr als die Kleidung?“** (Luther, Matthäus 6:25)*

*Nachdem er diesen Satz zitiert hat, erinnerst Du Dich sofort, dass Du auch eine Bibel hast. Die Begegnung spricht während des Laufens weiter: **„Der Herr, unser Vater ist allgegenwärtig und barmherzig. Das Leben ist zu wertvoll und zu kurz hier auf dieser wunderschönen Erde, vor allem durch die schwere Last konnte ich die Farben dieser Aussicht über die Mauer kaum genießen. Ein gut gemeinter Rat an Dich, was auch immer Dir widerfahren ist, hier hast Du die Möglichkeit, das Gleiche wie ich zu tun, übergebe Deine Lasten an Gott.“***

*Du erwiderst: **„Das kann ich nicht, die Verletzungen sitzen zu tief.“** Die Begegnung fragt Dich prompt: **„Kannst Du nicht oder willst Du nicht? Versuch es doch, oft überrascht man sich selbst.“***

*Plötzlich verschwindet diese Begegnung, wie in Luft aufgelöst. Du erschreckst und traust Deinen Augen nicht. Nachdenklich zögernd läufst Du weiter, dann hältst Du kurz an, öffnest doch Deinen Sack der Last, nimmst etwas raus, was Du gerade loslassen kannst und schreitest weiter. Nach einer Weile wirkt der Rucksack immer noch zu schwer, ein penetranter Schmerz verbeißt sich richtig tief in Deine Schultern während des Laufens. Also packst Du wieder etwas aus dem Sack der Last heraus, aber irgendwie ist der Rucksack nicht leichter geworden. Im Ärger über Dich selbst triffst Du eine Entscheidung und sagst laut vor Dich hin: **„Jetzt reicht`s mir, blöder, doofer Sack der Last, weg mit Dir!“** Beim energischen Herausziehen der Lasten aus dem Sack kam die Bibel direkt mit heraus, wunderbarer Weise fällt die Bibel schon aufgeschlagen auf den Boden. Kniend nimmst Du die Bibel genauso aufgeschlagen, wie sie auf dem Boden gelandet ist, in die Hand und liest den folgenden Satz:*

***„Alle eure Sorgen werft auf ihn; denn er sorgt für euch.“** (Luther, Petrus 5: 7)*

Diese Offenbarung war die Befreiung Deiner Last. In diesem Augenblick legst Du Deinen Sack der Last ab in die Hände unseres Vaters. In der gleichen Sekunde wirst Du an einen anderen Ort katapultiert. Keinen langen und beschwerlichen Weg mehr, keine Mauer, keinen Rucksack, keine Sorgen, keine Last, nur pure Liebe und Befreiung in Dir. Die Aussicht ist wie ein Traum, nur eine schöne grüne Wiese mit Blüten und in der Ferne eine Silhouette, die auf Dich zu kommt.

*Es ist die Begegnung von der Mauer, die Du kennengelernt hast. Die Begegnung sagt zu Dir: **„Na, hast Du doch ein Stück von der Bibel gelesen, das freut mich für Dich.“** Du antwortest: **„Danke, dass Du da warst.“** Die Begegnung sagt: **„Gott hat mich als Werkzeug genutzt, um Dir zu helfen und meine Belohnung dafür war die Befreiung und das richtige zu tun.“** Du fragst: **„Wo ist meine Belohnung, die mir versprochen wurde?“** Die Begegnung lächelte und sagt: **„Sieh Dich doch um, Du hast keine Mauern mehr links und rechts von Dir, keinen Weg mehr, der Dir vorschreibt, in welche Richtung Du läufst. Auf der Seite von Gott befreit er Dich von Lasten und öffnet Dir mehrere Wege, innerhalb derer Du selbst entscheiden kannst, wohin Deine Reise geht.***

Ist das nicht eine große Belohnung?" *Du antwortest:* ***„Ja, jetzt, wo Du es sagst, wird es mir auch bewusst. Ich spüre in diesem Moment, wie Gottes Liebe durch mich hindurch dringt und mir das dringende Gefühl verleiht, ein besserer Mensch sein zu wollen."***

Nun, lieber Leser, ich hoffe, dass diese Geschichte in Dir Positives erweckt hat, jeder Mensch hat sein eigenes Tempo, um etwas zu verarbeiten und um loszulassen. Wichtig ist es nur, dass Du auch irgendwann loslassen kannst. Sonst hast Du ständig diese Mauer links und rechts von Dir, die Dich einschränkt beim Erleben und Leben.

Liebe Dich und quäle Dich nicht lange mit Altlasten, lass die Liebe von Jesus, unserem Gott in Dir leben. So bist Du niemals allein und gute Begegnungen sind oft von Gott gesandt. Wenn Du fragst, wer diese Begegnung in der Geschichte war – wer weiß, vielleicht war sie in Deiner Vorstellung, Dein Schutzengel oder Jesus Christus? Der Herr sei immer mit Dir und seine Kraft des Lebens soll in Dir wohnen und leben. Gott segne Dich auf all Deinen Wegen.

„Der Herr ist nahe bei denen, die zerbrochenen Herzens sind und hilft denen, die ein zerschlagenes Gemüt haben."

Luther, Psalm 34: 18

Der Traum

…begleitet uns Menschen Tag und Nacht. Es gibt viele Arten von Träumen. Eine Art des Träumens findet tagsüber statt, wenn wir uns verträumt unsere Visionen vorstellen, die wir verwirklichen wollen und real werden lassen. Dann gibt es Träume, die wir als Déjà-vu Erlebnis bezeichnen, das bedeutet, dass wir ein gegenwärtiges Ereignis schon mal erlebt haben, der erste Gedanke, der dann in den Kopf schießt, ist: **„Das habe ich schon mal geträumt oder gar real erlebt!"** Dann gibt es die Träume, die uns im Schlaf begegnen, die manchmal so real sind, dass wir – wenn wir uns danach im Wachzustand befinden – froh oder auch traurig sind, dass es nur ein Traum war und nicht im realen Leben passiert ist. Wenn wir Schlimmes im Alltag erlebt haben und es nicht verarbeiten konnten, übernehmen wir das Geschehene nicht selten unterbewusst mit in die Schlafphase. Das faszinierende dabei ist, dass das Unterbewusstsein das Geschehen verarbeitet und manchmal wirkt der Traum viel angenehmer als die reale Situation des Erlebten. Nicht zuletzt existieren Träume, die uns etwas mitteilen, übermitteln wollen, aber wir selbst nicht wirklich etwas damit anfangen können. Erst wenn eine Situation aufgetreten ist, beginnt man darüber nachzudenken, automatisch hebt sich ein bestimmter Traum aus der Erinnerung in den Vordergrund, den wir dann möglicherweise besser deuten und verstehen können.

Was auch immer Träume uns vermitteln wollen, ich bin mir absolut sicher, Träume wollen uns etwas berichten, egal, ob es eine Wunschvorstellung ist, die wir gern realisieren wollen, oder ein vor kurzem wiederholt aufgetretener Tagesablauf, welcher in einem vergangenen Traum bereits einmal vorgekommen ist. Oder es handelt sich bei dem Traum um nicht verarbeitete Situationen, in denen Träume es uns erleichtern, mit unserem Schmerz besser klar zu kommen. Durch Träume schenkt uns Gott die Wahrnehmung für das Leben, damit wir intensiver darauf achten, was auch immer auf uns zukommen könnte oder kann.

Meine Begegnungen mit Träumen umfassen alle Variationen, welche ich gerade aufgezählt habe. Natürlich habe ich im Laufe der Zeit Begegnungen gehabt, in denen das Träumen zur Sprache kam. Diese Gespräche waren für mich ziemlich spannend, denn beim Reflektieren meiner Träume entdeckte ich erstaunlich viele Parallelen zu den Träumen meines Gesprächspartners.

Dadurch fühlte ich mich nicht allein mit meinem Gefühl oder meiner Intuition, kurz gesagt, ich war nicht die Einzige, die Träume in unterschiedlicher Art und Weise als Nachricht empfand.

Nun, ich erzähle Dir jetzt kurze Geschichten, die mir wirklich passiert sind. Bei der ersten Begebenheit, die mir jetzt sofort einfällt, war ich bereits im Alter von 14 Jahren – zuvor muss ich aber noch erwähnen, als Kind war ich ein ständiger Tagträumer. Dies hat sich mit zunehmendem Alter nicht verändert, außer dass ich eine wundersame Stimme hörte, die mir Zahlen oder Wörter zuflüsterte, trotzdem beängstigte mich diese Stimme in keiner Weise. ***Dies hört sich jetzt vielleicht für Dich unheimlich an, aber möglicherweise kennst Du das auch?***

Meine Familie und ich, also meine Eltern und mein Bruder, waren an einem sonnigen Sonntagmittag mit dem Auto unterwegs. Mein Vater fuhr das Auto, meine Mutter auf dem Beifahrersitz, ich saß hinten mit meinem Bruder. Während der Autofahrt unterhielt sich mein Bruder mit unserem Vater. Mein Bruder war und ist schon immer ein sehr wissbegieriger Charakter und hat das Bedürfnis, die Dinge im genausten Detail zu hinterfragen.

Ich dagegen war mehr die ruhige Persönlichkeit, also tauchte ich während der Autofahrt oft in meine Gedanken und Träume ein. Plötzlich hörte ich eine leise Stimme in meinem Ohr, die flüsterte: ***„Es passiert am 5. Mai 1995!“*** *Das wiederholte sich ein paarmal, dann hörte es auf. Es verwirrte mich, aber ich war nicht wirklich verängstigt, ich traute mich nicht, es jemandem zu sagen, denn meine innere Stimme sagte:* ***„Wer sollte und würde mir das überhaupt glauben?“***

Aber an diesem Datum geschah tatsächlich ein einschneidendes Erlebnis in meinem Leben. Am 5. Mai 1995 musste ich in eine Lungenfachklinik eingeliefert werden aufgrund der Diagnose einer Lungen-TBC. ***Unglaublich, oder?***

Als ich in der Klinik war, träumte ich, dass meine Arbeitsstelle, in der ich damals tätig war, nicht mehr sicher wäre. Das passierte dann auch, mein Arbeitsvertrag wurde nicht verlängert.

Ein anderes Beispiel aus meinem Erwachsenenleben: Ich träumte, dass meine Eltern, die in ihrer Heimat Urlaub machten, mich anriefen und mir berichteten, das meine Tante verstorben sei. ***Auch dieses Szenario ist eingetroffen!*** *In einem anderen Tagtraum war ich in der Stadt, um ein Geburtstagsgeschenk einzukaufen. Ich befand mich in einem Geschäft, in dem viele Menschen in den Gängen durcheinander wuselten. Wieder flüsterte mir diese Stimme ins Ohr:* ***„Pass auf, er ist um die Ecke.“*** *Ich konnte zuerst nichts damit anfangen. Doch dann ging ich um die Ecke am Ende des Regals stand plötzlich mein Vergewaltiger vor mir, der Mensch, der mich mit meinen damals neun Jahren missbrauchen wollte. Mein Herz schlug so kräftig, dass ich ihn am liebsten erschlagen wollte, doch ich wusste, er konnte mir nichts mehr antun und er lief von mir weg.* ***Auch in diesem Falle hat die Stimme mich gewarnt!***

Ein anderes Mal fuhr mich mein Vater in die Stadt, ich musste zum Arzt wegen einer Knieverletzung, die ich beim Tanztraining erlitten habe. Im Warteraum sitzend bis ich an der Reihe kam, träumte ich mal wieder ins Leere und sah, wie ich einen Gehweg entlangging und hinter mir zwei Männer liefen, die mich verfolgten, und wieder hörte ich die Stimme, die leise sprach: ***„Gefahr!"***

Als der Arzt mit der Untersuchung fertig war, machte ich mich auf den Weg zu dem Treffpunkt, den ich zuvor mit meinem Vater verabredet hatte. Als ich den Gehweg entlangging, sagte wieder diese Stimme: ***„Gefahr!"*** *Ich machte ein Schulterblick nach hinten, während ich lief, dann sah ich zwei Männer, die immer näher auf mich zu kamen. Innerhalb kurzer Zeit waren sie sehr nah hinter mir, sie lachten mich aus und einer von ihnen stieß mich an meiner Schulter, sodass ich kurz mein Gleichgewicht verlor, das Gelächter ging weiter und einer sagte:* ***„Na, kleines Mädchen, so allein, komm mit uns mit!"***

Ich ignorierte ihre Bemerkungen, denn ich sah, dass mein Ziel vom Treffpunkt nah war, an dem mein Vater auf mich wartete. Glücklicherweise beobachtete und erkannte mein Vater von der Ecke aus, in welcher prekären Lage ich mich befand. Mein Vater ging mit seinem strengen Blick und mit seiner stolzen Größe von 1,93 m direkt auf die Täter zu und erschreckte sie mit der Aussage: ***„Ihr könnt mit mir Spaß haben."*** *Die beiden suchten das Weite und die Situation war geklärt.* ***Unfassbar, oder?***

Eine andere Situation: *Eine sehr gute Freundin, eigentlich eine meiner Herzendschwestern, war schwanger, schon in den ersten Wochen war ihr immer übermäßig übel und sie musste kurzzeitig ins Krankenhaus. Da sie noch in den ersten Schwangerschaftswochen war, konnte kein Arzt erkennen, ob es ein Mädchen oder Junge wird, aber ich träumte von meiner Freundin, dass sie ein Mädchen bekäme. Gleich am Tag darauf, als ich sie besuchte, sagte ich zu ihr, dass sie ein Mädchen erwartete.* ***Dies ist eingetroffen, sie brachte ein gesundes, wunderschönes Mädchen auf die Welt!***

Ein weiterer Traum, von dem ich Dir berichten möchte, hat mich ziemlich geprägt. Ich schlief ein und träumte, dass meine Mutter und mein Bruder mich bei meiner Arbeitsstelle aufsuchten, um mir zu sagen, dass Vater aufgrund seiner Krankheit sterben würde. Als ich nach dem Traum aufwachte, begleiteten mich diese Worte über Tage hinweg, denn ich merkte schon Monate zuvor, dass mit meinem Vater etwas nicht stimmte. So passierte es, dass Vater im Krankenhaus stationär behandelt wurde. Eine Vielzahl an Untersuchungen bestätigten die Diagnose Magenkrebs. Den Kampf gegen diese Krankheit konnte mein Vater nicht gewinnen, denn der Krebs hatte schon ziemlich gestreut. Eines Morgens befand ich mich bei der Arbeit und war konzentriert in meine Aufgaben vertieft – trotzdem hörte ich diese energische Stimme: ***„Geh an Dein Handy!“****, und das mehrmals hintereinander. So tat ich das auch, ließ alles liegen und stehen, ging an meinen Schrank und mein Handy klingelte genau in den Moment, als ich es in die Hand nahm. Meine Mutter war es, sie weinte und schluchzte:* ***„Komm schnell, Christina, Vater liegt im Sterben.“ Es war und ist für mich auch heute noch die schlimmste Mitteilung, die ich je erlebt habe.***

Doch jetzt die schönste Geschichte: *Ich wollte schon lange ein Buch schreiben, ich träumte sogar davon, dass ich es mache. Ich hatte auch schon früher einmal damit angefangen, aber wieder aufgehört.*

Denn irgendwie erschien mir damals das Niedergeschriebene nicht wirklich mit meinem Herzen im Einklang. Danach war viel Zeit verstrichen, denn ich hatte ein riesengroßes Chaos in meinem Leben abzuarbeiten.

Als meine Lebenslage sich beruhigt hatte, kam eine klare Stimme, sie artikulierte sich deutlich und unterschied sich von der gewohnten Stimme, die ich immer hörte: ***„Schreib Dein Buch“****, ich ignorierte es zuerst. Doch die Stimme wiederholte sich:* ***„Schreib Dein Buch.“ Dann kapierte ich, es war Gott, der zu mir sprach!***

Wie ***Gott*** *eben beharrlich ist, ließ er nicht locker und verfolgte mich in Abständen.* ***„Schreib Dein Buch.“*** *Eines Tages antwortete ich:* ***„Ich muss erst Geld sparen, denn ich brauche einen Laptop, um dieses Buch zu schreiben.“*** *Ich dachte, ich hätte Gott beruhigt und er ließe mich in Ruhe, aber das ging ihm zu lange. So nutzte er einen guten Freund von mir als Werkzeug, sodass ich dann zu Weihachten von ihm einen Laptop geschenkt bekam.* ***Gott hat echt Humor!***

Ich wusste trotzdem immer noch nicht, wie ich dieses Buch beginnen sollte und dachte, Gott wird mich zur gegebenen Zeit führen. Eines schönen Tages ging ich in die Stadt, nach langem Flanieren durch die Geschäfte machte ich Rast auf einer Sitzbank. Während ich so saß, beobachtete ich die unterschiedlichen Menschen. Omas mit Enkelkindern, Väter, die ihre Kinderwagen schoben, Kinder mit ihren Rucksäcken, Freundinnen, Pärchen, eilende Menschen, alle waren unterwegs.

Plötzlich, aus dem Nichts, bekam ich von Gott die Eingebung: Betitele das Buch ***„Begegnungen“****.*

Ist doch der Hammer, findest Du nicht auch? *Seit ich das Buch begonnen habe, legt mir Gott, unser Vater, die Eingebungen und Wörter, wie ich sie schreiben soll.*

Bis heute glaube ich an diese Stimme und ich glaube auch an meine Tagträume sowie an die Träume im Schlaf, denn sie vermitteln immer wieder Nachrichten, die ich im Voraus wissen sollte, so deute ich es für mich. Auch wenn ich manchmal überlege im Hinblick darauf, was diese Träume zu bedeuten haben, fühle ich große Dankbarkeit, denn durch diese Traum- Begegnungen konnte ich in den laufenden Jahren meine Intuition deutlich sensibilisieren.

Gott lässt uns nicht im Stich, ich glaube, es sind unsere Schutzengel, die Botschaften von Gott zu uns transportieren. Denk jetzt bitte nicht, ich wäre eine Art Medium, denn das bin ich auf keinen Fall. **Alle Kinder Gottes auf dieser Erde haben diese Stimme im Ohr und auch diese zu deutenden Träume.** Das Problem liegt darin begründet, dass die meisten Menschen nicht hinhören wollen, ihre Träume nicht wahrhaben wollen und vergraben diese wunderbare Gabe im Nichts. Mein Rat an Dich, hör und sehe genauer hin, auch Du hast Intuition, verleugne sie nicht, sondern erhebe sie in den Vordergrund, denn sie gehört zu Dir, sie ist ein Teil Deiner Persönlichkeit.

Unser Vater im Himmel ist allgegenwärtig, seine Barmherzigkeit, seine Liebe, seine Heilung, sein gelobtes Wort, seine Botschaften, die er uns jeden Tag mitgibt, sind unsere Rettung. Gott gibt uns den freien Willen zu entscheiden, auf was wir hören, was wir sehen wollen oder was wir glauben und annehmen. Nur die Liebe in uns, welche wir von unserem Vater mit ganzem Herzen tragen, lässt es zu, genauer hinzusehen. In unserem Glauben sind wir geschützt vom Bösen und von Unheil.

Unser Vater im Himmel segne Dich Tag und Nacht in Deinen Gedanken und Träumen.

„Darum werft euer Vertrauen nicht weg, welches eine große Belohnung hat.“

Luther, Hebräer 10: 35

Die Intelligenz

…ist für Menschen ein faszinierendes Werkzeug. Denn in unsere Lernfähigkeit, die uns fesselt, können wir mithilfe unseres Ehrgeizes tolle Dinge auf die Beine stellen. In unserer Wissbegier besteht die Möglichkeit, mittels interessanter Informationen unseren Wissensdurst zu stillen. Einfach erklärt, Intelligenz bedeutet verstehen. Intelligenz ist ein hervorragendes Instrument, das wir nicht immer gut überlegt nutzen. ***Was meine ich wohl damit?*** Es gibt Menschen, die in der Absicht eines wohlüberlegten, guten Vorhabens ihre Intelligenz ausschöpfen. Dann gibt es allerdings andere Menschen, die ihre Intelligenz für negative Handlungen ausnutzen. Es ist bedauernswert und schade, wenn Menschen ihre wunderbare Gabe – die Intelligenz – nicht für gute Dinge einbringen.

Schon von Kindesbeinen an machen es sich die meisten Eltern zur Aufgabe, ihre Kinder zu fördern – mit jeglichen Herausforderungen, mit der gut gemeinten Absicht, die Intelligenz ihrer Kinder aufzubauen und mit ihrem Talent zu kombinieren. Daran ist auch nichts Falsches, solange Kinder Spaß darin finden. Jetzt stellt sich in diesem Zusammenhang die Frage: **„Gibt *es einen Maßstab für Intelligenz, gibt es Kategorien von Menschen, die sich durch Intelligenz hervorheben?***

Sind es die hoch-studierten Menschen, beispielsweise: Professoren, Doktoren, Wissenschaftler, Historiker, Ingenieure, Dozenten oder Menschen mit anderen akademischen Graden, die dies absolviert haben?“

Sicherlich hat jeder aus den genannten Berufsrichtungen viel dafür getan, um sich einen der genannten Titel zu erarbeiten. **Dies steht außer Frage!** Aber was ist mit den Menschen, die nicht irgendeinen Titel vor ihrem Namen haben. ***Sind sie dann weniger intelligent?*** Fakt ist, wenn wir zum Beispiel mit einem Professor eine Unterhaltung führen und beruflich nichts miteinander gemein haben, merken wir sofort beim Austausch der Informationen, dass der Professor in einem völlig anderen Level der Rhetorik und Wortgewandtheit formuliert. Das heißt aber nicht, dass wir über weniger Intelligenz verfügen. Trotzdem fühlen sich manche in so ein Gespräch übermannt und andere wiederum gehen mit großem Interesse entgegen – **unter dem Aspekt, dabei genau zuzuhören und dazu zu lernen!**

Menschen, die einer dieser Titel führen, die ich aufgezählt habe, verfügen ganz klar über ein hohes Maß an spezifischem Fachwissen. **Es ist sehr wichtig, dass es solche Menschen gibt, die dieses Fachwissen vermitteln und einsetzen!** Ihr fundiertes Wissen können sie an andere Menschen weiter geben. **Für viele Wis-**

senschaftler ist ihr Beruf eine Berufung! Ihr Wissen ist hochspezifisch auf ihrem Gebiet, einige schaffen es, in ihrem Bereich etwas Spektakuläres zu erfinden, zu erforschen oder zu konstruieren und damit Positives für die Menschheit, Umwelt etc. zu bewirken.

Letztendlich sind wir alle intelligente Lebewesen, nur viele Menschen fordern ihre Gedanken nicht ausreichend heraus. Sondern sie lehnen sich gemütlich zurück in der Sicherheit: **„Der andere wird es schon richten!"** Aufgrund meiner Erfahrung mit Begegnungen habe ich mit hierzu eine Meinung gebildet. Ich denke, es gibt – ***„Buch - gescheite Menschen und Lebens - gescheite Menschen!"*** **Am wunderbarsten ist es, wenn man Menschen kennt, die über beides verfügen!**

Die Eigenschaft der Intelligenz sollte man nicht nur auf irgendwelche Formeln, Gleichungen oder Bücher, die Allgemeinwissen vermitteln, reduzieren. Ein wichtiger Aspekt der Intelligenz, den wir Menschen manifestieren sollten, ist, die Weisheit zu erkennen, dass wir mit unserem Leben ständig auf die Probe gestellt werden. Daraus ziehen wir Erfahrungen und werden diese für die Zukunft als **„Werkzeug"** dabeihaben.

Es wiederholen sich immer wieder Situationen in unsere Leben nur auf einer anderen Art und Weise! *Möglicherweise gehst Du wieder darauf ein?* Dann kann es sein, dass es wieder passiert, dass Du aus der Bahn geworfen wirst! Ist dies der Fall, hast Du Dir nicht intensiv genug über Deine Lebenslagen Gedanken gemacht. **Du hast Deine Erfahrung nicht wirklich in Weisheit umgewandelt! *Wofür nutzt Du dann Deine Intelligenz?***

Nun, ich erzähle Dir an dieser Stelle ein paar Situationen mit solchen Menschen, die ständig meine Intelligenz untergraben haben. Meine Gegenwehr war meist dadurch gekennzeichnet, dass ich still, leise, beobachtend und abwartend reagiert hatte. In meiner Kindheit haben Familienmitglieder mich oft als dumm bezeichnet. Als Kind glaubst Du solchen Falscheinschätzungen dann auch. Vielleicht war das auch einer der Gründe, dass ich in der Schule nicht besonders gut war. Meine Noten waren in bestimmten Fächern meist miserabel. Zusätzlich wurde ich in der Regel von Lehrern unterrichtet, die nicht wirklich auf einzelne Schüler und deren Lernschwierigkeit eingegangen sind.

Jahre später – während der ersten Ehe – bin ich seitens meines ehemaligen Ehemannes als dumm bezeichnet worden. Da ich es aber schon von Kindesbein an gewohnt war, so bezeichnet zu werden, habe ich es weiterhin geglaubt. Während meiner zweiten Ehe bin ich zwar nicht als dumm bezeichnet worden. Aber dafür waren die Handlung vom ***„Gegenpart"*** *äußerst intelligent ausgetüftelt, in der Annahme, dass ich es nicht* *bemerke, wie er seine egoistischen Taten vollziehen wollte –* ***dies ist auch eine Art indirekte Verdummung!***

In beiden Scheidungen versuchten beide Ex-Ehemänner, mich zu täuschen, um mich zunichtezumachen. Auch sogenannte Freunde nutzten meine Gutmütigkeit aus, versuchten, mich abzulenken mit ihrem Pokerface, in der Hoffnung, dass ich ihr Vorhaben nicht hinterfragen würde. So vielen Menschen bin ich begegnet, nahestehenden oder fremden Personen. Viele hatten eine vorgefertigte Meinung über mich: ***„Die ist dumm und naiv, die kann nichts, was hat sie in ihrem Leben schon erreicht und sie wird es auch nie zu was bringen!"***

Zu ihrer Überraschung habe ich im ***„Schutz"*** *meiner Stille ihren Lug und Betrug durchschaut und habe sie dies dann auch wissen lassen.* ***Wie sie es dann von mir erfahren haben!*** *Ich fand es schon immer ziemlich respektlos, wie Menschen sich zum Erreichen eigener Vorteile so verhalten, obwohl sie vor der Fassade Dinge zu mir sagten wie:* ***„Ich liebe Dich"*** *oder* ***„Ich hab Dich sehr lieb"*** *oder* ***„Das würde ich Dir nie antun".***

Also…Zuneigung und Liebe funktioniert nach meinem Verständnis von Intelligenz nicht so!

Ich möchte nicht behaupten, dass diese Menschen in meinem Leben schuld daran waren, dass ich mich dumm gefühlt habe. Im Gegenteil, ich hätte, statt in der Stille zu schweigen, abzuwarten, zu beobachten und alles zu ertragen, doch meine Stimme erheben sollen.

Trotzdem habe ich es doch geschafft – durch den Glauben an unserem Vater im Himmel. Mit seiner Liebe habe ich gelernt, mich zu lieben. ***Denn zu glauben, dass ich dumm bin durch Aussage anderer Menschen, war falsch!*** *Ich habe nicht studiert, aber ich bin glücklicherweise zweisprachig aufgewachsen.* ***Heute bin ich sehr stolz darauf!*** *Vielleicht bedeutet dies für manche Menschen keine Höchstleistung, aber es gehört zu mir. Ich habe meinen Schulabschluss trotzdem gemeistert, eine Lehre abgeschlossen habe jegliche Hürden, die mich zerrissen haben als Lehre in Lebenserfahrung umgewandelt. Eine Zeit lang erteilte ich Tanzunterricht für Kinder, lebe in der festen Überzeugung, nicht dumm zu sein und schreibe dieses Buch. Eventuell ist es genau diese Tatsache, die dafür verantwortlich ist, dass mein Leben bis jetzt zwar kein klassisches Meisterwerk darstellt.* ***Aber es ist mein persönliches, eigenes, individuelles Kunstwerk und darauf bin ich stolz!***

Nur durch Gott habe ich dies alles bewältigt, seine Liebe hat mich gerettet!

Nun, andere Begegnungen in meinem Lebensweg wussten es leider nicht besser. Ob negative Äußerungen, kontraproduktive oder verletzende Handlungen – ich habe ihnen allen verziehen.

Niemand ist auf dieser Welt dumm, vielleicht hat man Angst, seine Meinung angemessen und klar zu vertreten. Vielleicht ist man eingeschüchtert, vielleicht ist man überfordert, vielleicht ist man durcheinander. Vielleicht sieht man keinen Ausweg und vielleicht kann man gerade keine Entscheidung treffen. **Aber man ist nicht dumm!**

Lass es Dir von niemandem einreden, denn Gutmütigkeit wird oft mit Dummheit verwechselt! Unerfahrenheit wird oft mit Naivität verwechselt! Menschen, die einen als dumm bezeichnen, sind unzufrieden mit sich selbst und benötigen einen Lückenbüßer zur Kompensation ihrer eigenen Defizite. Sie projizieren ihre Probleme auf andere Menschen, zu deren Nachteil. Menschen, die die Gutmütigkeit anderer zu ihrem Vorteil ausnutzen, untergraben dadurch ihre eigenen guten Eigenschaften. Deshalb verrennen sie sich in Taten, Äußerungen oder Handlungen, welche sich verletzend für andere auswirken können und nicht selten schlimme emotionale oder psychische Folgen der Betreffenden mit sich ziehen.

Mein Leben hat viele Geschichten. Viele dieser Geschichten waren nicht immer schön, aber sie gehören alle zu mir, sie haben mich in den verschiedensten Facetten geprägt und mich zu dem gemacht, was ich jetzt bin. Deshalb habe ich genau diese Geschichten umgewandelt in Weisheit. Dies geschieht, um vielleicht neue Begegnungen durch meine Erfahrungen mit Gutmütigkeit und Liebe zu ermutigen. **Jedes Schlechte beinhaltet auch etwas Gutes! Nur mit Gott habe ich es überlebt!** Alte negativen, emotionalen Lawinen können mich nicht mehr überrollen. **Weil ich weiß, dass mein Vater im Himmel mich rettet!**

Deshalb bin ich der Mensch, der ich bin, habe meine Intelligenz nicht mehr untergraben lassen, nutze sie in vollen Zügen. Denn ich habe eine Stimme, die ich jederzeit erheben kann und die etwas zu sagen hat.

Auch Du hast etwas zu sagen, wenn Du die Liebe unseres Vaters zulässt, sei versichert, dass vieles in Deinem Leben einfacher funktionieren wird. All Deine Gaben sind gesegnet und Du begegnest Deiner Intelligenz mit ganz anderen Augen. Lass Dich nicht einschüchtern, nutze Deine Erfahrungen als wichtige und wertvolle Lehrzeit, die Dich zu Weisheit bringt. Wenn wiederholte Geschehnisse auf Dich einprasseln, falle nicht erneut darauf hinein, sondern nimm das Geschehen mit auf einen anderen Weg, den Gott Dir niederlegt.

Gott schenkt uns zu jedem Zeitpunkt die Chance, unser Leben zu korrigieren, also nutze sie auch. Nutze Deine Intelligenz, um Dein Leben zu einer unglaublichen Geschichte zu gestalten. Denn Gott freut sich über all seine Kinder, die das Leben verstanden haben, denn durch ihre Gaben möchte Gott daran teilhaben. Gott segne all Dein Vorhaben in Taten und Du kannst behaupten, dass Deine Worte, die Du aussprichst und Dein Handeln davon gezeichnet ist, dass Gott immer bei Dir ist.

„So geht nun sorgfältig darauf, wie ihr euer Leben führt, nicht als Unweise, sondern als Weise, und kauft die Zeit aus, denn die Tage sind böse.“

Luther, Epheser 5: 15-16

Der Reichtum

…ist für viele Menschen nicht wirklich vor ihrer Haustüre zu finden. ***Was ist Reichtum? Viel Geld? Viel Besitz?*** Sicherlich ist die Tatsache, beispielsweise Geld zu besitzen, für alle Menschen beruhigend. Rechnungen werden bezahlt, man kann sich was gönnen und sich Wünsche erfüllen. Mit der Familie einen schönen Urlaub gestalten oder mit ein wenig Eigenkapital und einem zusätzlich aufgenommenen Kredit ein Eigenheim erschaffen. Geld kann auch Gutes bewirken, man kann damit andere Menschen unterstützen. **Man kann auch spenden für Einrichtungen wie das Kinderheim, das Tierheim oder für Notunterkünfte für Obdachlose.** Reichtum kann ein finanziell unabhängiges und sorgenfreies Leben erzeugen, bei dem es keine Einschränkungen gibt, diese sind gar nicht erwähnenswert. Es existiert eine kleine Bevölkerungsschicht reicher Menschen, die wissen gar nicht mehr, wohin mit ihrem Reichtum. Diese Tatsache soll kein Vorwurf oder gar eine Vorverurteilung sein. Sicher haben viele von ihnen wahrscheinlich Einiges dafür getan, um da anzukommen, mit dem Ziel, der Armut keine Chance zu geben. Es ist ein beruhigendes Gefühl, keine Gedanken mehr an finanzielle Sorgen verschwenden zu müssen. Es gibt auch reiche Menschen, die viel Unterstützung und Spendenarbeit leisten oder sich für einen guten Zweck einsetzen. Reichtum wird oftmals verstanden als das Vorhandensein von Überfluss gegenständlicher, materieller Werte. Reichtum ist quantitativ auf Wohlstand und Lebensstandard bezogen. So denke ich, würden die meistens Menschen es empfinden und erklären. Doch ich möchte mit dem Thema Reichtum auf etwas anderes hinaus.

Im Rahmen meiner Begegnungen mit Reichtum habe ich bezüglich des Themas Reichtum einige Menschen getroffen. Die Betreffenden waren nicht wirklich Millionäre, aber schon ziemlich wohlhabend. Kennengelernt habe ich aber den Begriff Reichtum auf einer anderen Art, wie es mir meine Eltern vorgelebt haben.

Meine Eltern erzählten, sie kamen aus ärmlichen Verhältnissen, so arm, dass meine Mutter nicht mal Schuhe besaß und sie lief jeden Tag barfuß zur Schule. Mein Vater schlief im selben Bett mit seinen Eltern und Geschwistern. Dies hatte den Grund, dass der Wohnraum, in dem mein Vater mit seiner Familie lebte, alles in einem Zimmer vereint. Küche, Esstisch, Bett etc., wenn man dies mit viel Humor beschreibt, könnte man es als ***„all-inklusive“****-Wohnraum beschreiben. Deshalb ist alles, was sich meine Eltern erarbeitet, gespart und erbaut haben, nur durch ihre eigene Kraft hervorgegangen. Es wurde ihnen nichts geschenkt.* ***Deshalb war und ist es ihr Reichtum!***

Auch ich habe Reichtum erfahren auf zwei verschiedenen Ebenen. Wie ich es schon mal erwähnt hatte, in einem anderen Kapitel, betrifft es meine zweite Ex-Ehe. Es hatte sich die Möglichkeit ergeben, mit finanzieller Unterstützung ein Haus zu bauen. Mit viel Hilfe beider Familien konnten wir dieses Haus errichten und sparten dadurch einiges an Geld.

Das Haus wurde fertiggestellt durch sehr viel wertvolle und harte Arbeit, die mein Vater und mein Schwiegervater miteingebracht hatten. Darum war es für mich umso schlimmer, dieses Haus bei der Trennung und anschließenden Scheidung zu verkaufen. Es war nicht das Haus selbst, was mir Schwierigkeit bereitet hatte, mich davon zu lösen. Sondern es waren die Kunstwerke meines Vaters, die er in diesem Haus integriert hatte. Mich davon zu trennen, fiel mir sehr schwer. Seine Hände, die jede Wand berührt hatten und jedes Meisterwerk, welches er mit sehr viel Liebe zum Leben erweckte. Vor allem ein selbst gemachtes Herz in einer Wand hatte er miteingebracht, worauf er sich mit seinen Initialen verewigte. ***Das war mein Reichtum!***

Diesen wunderschönen Reichtum loszulassen, fiel mehr unglaublich schwer. Da mein Vater zu dieser Zeit nicht mehr lebte, verinnerlichte ich in mir, dass er in diesem Haus weiterlebte. Da unser Haus mit einem großen Vorgarten ausgestattet war, hatten wir zwei Labradorhunde, die zwei waren mein Ein und Alles. Mit ihnen konnte ich bei Spaziergängen abschalten. Ich konnte tief ein- und ausatmen und die Aussicht der Felder und Wälder genießen. ***Auch das war mein Reichtum!***

Ein Raum im Keller, der umgestaltet wurde, in dem eine komplette Spiegelwand integriert war, wurde zu meinem eigenen Tanzraum. ***Das war mein Reichtum!***

Hinterm Haus befand sich eine Terrasse, die fast so groß war wie meine erste 1-Zimmer-Wohnung. Ausgestattet war diese mit Liegestühlen, Tisch und Stühlen sowie einem riesigen Sonnenschirm. Dies vermittelte den Eindruck, als wäre man im Urlaub in einem vornehmen Hotel oder einer gehobenen Appartementanlage. ***Das war mein Reichtum!***

Unser Haus verfügte über einen Kaminofen, der im Winter stets fast den ganzen Wohnbereich mit einer angenehmen Wärme umgab, sodass man keine Decke brauchte. ***Das war mein Reichtum!***

Aber letztendlich, trotz der schönen Erlebnisse und Eindrücke, die ich als Reichtum empfand, hat sich bei mir das Gefühl eingeschlichen, dass die Ehe in die falsche Richtung verlief. Ich konnte dann all diese Reichtümer nicht mehr richtig wahrnehmen. Was nutzte mir diese Art von Reichtum, wenn dabei der Seelenfrieden zerbröckelte. Wenn Du Liebe gibst, aber keine Liebe mehr entgegengebracht wird. So entstanden dann im Laufe der Zeit letztlich solche Gedanken der Erkenntnis: ***„Der größte***

Reichtum, den ich erfahren durfte, verdanke ich bis heute meinem Vater im Himmel, er schenkte mir seine barmherzige Liebe, Gesundheit und Seelenfrieden.“ *Denn ohne Gottes Liebe wäre ich nur ein halber Mensch und ohne Gesundheit kann man allen Besitz dieser Welt nichts ersetzen und ohne Seelenfrieden findet man die Ruhe nicht und kann somit auch nicht verstehen, was für ein Reichtum es ist, am Leben zu sein und dieses Leben zu leben.*

Stell Dir vor, Du bist auf einer einsamen Insel gestrandet. Möchtest aber gerettet werden, vor Dir stehen zwei große offene Schatztruhen. Davor liegt ein Brief, den Du öffnen darfst. In diesem Brief findest Du eine Erklärung, welche Gegenstände sich darin befinden und auf was Du achten solltest!

Liebe/r Gestrandete/r,

in einer der Schatztruhen sind zwei Kilo Goldbarren, Autoschlüssel und Hausschlüssel für Dein Eigenheim, schöne Kleidung und ein Geldbeutel voller Kreditkarten sowie eine Landkarte. In der anderen Schatztruhe ist ein zehn Meter langes Seil, ein aufblasbares Schlauchboot mit zusammen-steckbaren Rudern, ein Schlafsack, ein Fünf- Liter Wasserkanister, ein Kompass und eine Landkarte. Jetzt denkst Du sicher, von jeder Schatztruhe kannst Du Dir das heraussuchen, was Du haben willst. Aber der Clou dabei ist, berührst Du eine der Schatztruhen oder den Inhalt, verriegelt sich automatisch die andere Schatztruhe, die nicht berührt wurde. Danach versenkt sie sich tief im Sand, so als hätte sie nie existiert. ***Also hast Du eine Entscheidung zu treffen. Welche davon nimmst Du?***

Ich bin mir sicher, dass Du intelligent genug bist, um genau zu erkennen, welche Schatztruhe Dich am besten von dieser Insel retten kann!

Was ich damit vermitteln will: Als ich die Entscheidung treffen musste, wie viel ich von meiner zweiten Ex-Ehe behalten könnte, hätte ich das Haus, in welchem ich eine Zeit lang noch wohnen durfte, auf Biegen und Brechen behalten können. Aber die Gesundheit hätte darunter gelitten, für den zusätzlichen Arbeitsaufwand, für die Deckung der Kosten. Vielleicht hätte ich andere Optionen wählen können. Aber ich war schlicht und einfach erschlagen vor diesem Trümmerhaufen und wollte einen Schlussstrich darunter ziehen. Das Problem war auch, meine Hunde waren einander gewohnt. Dann passierte es – gerade in dieser schwierigen Zeit geriet ich in eine ausweglose Situation, weil ich einen der geliebten Hunde einschläfern lassen musste, wegen Krankheit. Mei-

*ne Überlegung war dann: „**Wenn ich jetzt aus finanziellen Gründen noch mehr arbeiten muss, dann ist mein anderer Hund zu viel allein.**" Deshalb musste ich vor dem Auszug des Hauses meinen Liebling mit viel Tränen in die guten Hände einer anderen Familie geben. Denn innerhalb einer kurzen Zeitspanne eine Mietwohnung zu finden, in der ein Haustier erlaubt war, war leider nicht realisierbar. Erschwerend kam hinzu, mein Ex-Mann wollte den Hund gar nicht behalten.*

Der Schmerz, diese wunderbaren Reichtümer abzugeben, hat mich eine Weile fast verzweifeln lassen. Doch Gott gab mir viel Kraft in dieser schweren Zeit und Zuversicht. Gott war ganz dicht bei mir, er hatte meinen Schmerz solange getragen, bis ich nicht mehr daran dachte und ich den Schmerz nicht mehr fühlte. Mit Gottes Segen baute ich mir neue Reichtümer auf, welche nicht über das Besitzen von viel Geld definiert waren. Doch die Liebe Gottes wuchs immer mehr, meine Gesundheit blieb durch diese Entscheidung verschont und mein Seelenfrieden hatte sich erholt.

Das war und ist mein neuer Reichtum!

Finanzieller Reichtum ist grundsätzlich nichts Übles, damit kann man viel Gutes bewirken, für sich selbst und andere. Doch man sollte immer mit Bedacht sich zuerst selbst anschauen und sich hinterfragen: **Was kann ich tragen, was brauche ich und was nicht? Was ist wichtig und was ist unwichtig? Was bringt mich vorwärts auf Dauer und was schränkt meine Lebensfreiheit ein? Gott wünscht uns immer das Beste, so auch unseren Reichtum, aber horten sollten wir nicht, sondern auch etwas abgeben für die, die es brauchen. Denn unser Vater sorgt für uns auf unserem Weg, wenn wir verlieren oder gewinnen. Sei versichert, egal, was Du verlierst, bete und bitte den Herrn und Neues gewinnst Du dazu. Das Alte wird nicht ersetzbar sein, doch vertraue Gott. Er wird Dich führen zu dem, was Dich von Neuem glücklich macht. Dein Vater im Himmel ist das Reich, die Kraft, die Herrlichkeit bis in Ewigkeit. Ich wünsche Dir Gottes Segen auf all Deinen Wegen und dass der Herr Dich befüllt mit seinem Reichtum.**

„Wer Geld liebt, wird vom Geld niemals satt, und wer Reichtum liebt, wird keinen Nutzen davon haben. Das ist auch eitel."

Luther, Prediger 5: 9

Der Plan

Einen Plan zu haben, bedeutet für uns Menschen sehr viel, denn wir sind fokussiert darauf, Pläne zu brauchen, sie zu nutzen und zu verwirklichen.

Alles, was Menschen planen, sollte **„strikt nach Plan gehen!"** Für Menschen, die durch und durch organisiert sind und die dies auch zur Verwirklichung ihres Lebensalltags brauchen, ist Planen so essenziell in ihrem tagtäglichen Ablauf.

Sollten allerdings spontan Abweichungen auftreten, beispielsweise durch Unpünktlichkeit, oder es tauchen ungeplante Vorkommnisse oder möglicherweise nicht realisierbare Ereignisse auf, die monatelang voraus sicher geplant wurden, dann führen diese nicht geplanten Abweichungen den Menschen zu Enttäuschungen und Ärgernissen. Letztendlich besteht die Gefahr, dass die Motivation verloren geht.

Warum ist es für den Mensch so wichtig, zu planen? Wieso brauchen wir unbedingt einen Plan? Weshalb glauben wir, ohne Planen schaffen wir es nicht ans Ziel?

Sicher ist es wichtig und essenziell für die Durchführung eines Plans, Schritte zu durchdenken, dass berühmte **„Was wäre, wenn"-Szenario** durchzuspielen, welches man dann im aktuellen Geschehen umdenken kann, um im Notfall auf einen **„Plan-B"** zurückgreifen zu können und es damit versuchen.

Ein Beispiel: Ärzte, die Operationen durchführen, müssen diese perfekt durchorganisieren, denn ein Menschenleben liegt in ihren Händen. Aber traurigerweise kann es passieren, dass Patienten bei einer OP nicht überleben, trotz durchstrukturierten Plan und leider haben Ärzte in diesen Fällen – wenn auch selten – keine Lösung. Keine Erklärung und auch trifft sie keine Schuld, da viele externe Parameter wie z. B. Vorerkrankungen etc. eine Rolle spielen.

Ein weiteres Beispiel: ***Ein Architekt zeichnet ein Objekt, hat alles gut durchdacht, geplant und nach bekannten und erlernten Algorithmen berechnet. Dann wird das aufgezeichnete Objekt durch einen Plan sichtbar, es wird weitergereicht zum Bauingenieur, damit der Bau beginnen kann. Aber trotz der penibel strukturierten Planung kann auch ein Bau eines Gebäudes schiefgehen, beispielsweise durch ungeplante äußere Einwirkungen oder limitierende Faktoren, die zum Zeitpunkt der Planung nicht einbezogen werden konnten.***

Ein Beispiel aus einem komplett anderen Bereich: Profisportler trainieren ihren Körper für ihren bevorstehenden Wettkampf mit dem Ziel, zu gewinnen. Was ist, wenn Sportler den Wettkampf nicht antreten können, weil ihr Körper plötzlich krank wird? Ist der ganze Trainingsplan umsonst gewesen?

Hast Du nicht auch schon Pläne gehabt und sie konnten nicht in dem Maße stattfinden oder verwirklicht werden, wie du es geplant hast? Anstelle dessen nur mit anderen Bedingungen, die Dir nicht wirklich gefallen, sondern missfallen? Bedingungen, auf welche Du dann aber trotzdem eingegangen bist, weil Du denkst und glaubst, es geht nicht anders, denn Deine Möglichkeiten sind eingeschränkt.

Da bin ich mir sicher, solch eine Situation passiert uns allen hier auf Erden!

An dieser Stelle stellt sich die Frage: Ist dann planen eine gute Sache?

Sicher ist Planen nichts Schlechtes. Aber sei nicht enttäuscht, wenn es nicht funktioniert.

Du weißt, Gott hat den größeren Plan mit uns allen und auch mit Dir!

„Coronavirus – Covid-19“ ist derzeit in aller Munde, auch du hast Dich mit Sicherheit schon damit näher beschäftigt. Dieses Virus, welches sich allein durch das Vorhandensein einer DNA, aus der es besteht, in Wirte in Form menschlicher Zellen verbreitet und sich auf Kosten derer Gesundheit vermehrt. Jedes Virus benötigt eine geeignete Wirtszelle, um sich zu vermehren. **Dieses Virus führte im Frühjahr 2020 dazu, dass eine weltweite Pandemie ausgerufen wurde – mit fatalen Konsequenzen! Viele Menschen haben ihren Job verloren und ihre Existenz. Eine noch immer steigende Anzahl von Menschen ist bereits gestorben durch dieses Virus! *Ist das irgendein Plan?*** Da ich dieses Buch *(aktueller Stand dieses Kapitels: Dezember 2020) inmitten* des Verlaufs der Pandemie schreibe, kann ich weder persönlich eine Antwort finden, noch würde ich mich anmaßen, fachlich eine Antwort auf die letzte Frage zu geben.

Aber ich weiß, Gott ist da, er ist immer da und er ist auch bei Dir. Bete und Bitte zu Gott, Jesus und zum Heiligen Geiste und ein Weg steht für Dich bereit, weil unser Vater der Einzige und Bemächtigte ist, der beeinflussen kann, dass Pläne funktionieren. Gib Dein Leben in die Hände unseres Vaters, bitte im Namen Jesus, dass er Dich durchdringt mit seiner Liebe mit dem Heilige Geist und Dich führt auf richtigem Wege.

Meine Begegnung zum Thema Plan: Ich habe zu viele Erfahrungen miterlebt, in denen mein Plan nicht funktioniert hat. Ich erzähle nur ein Beispiel von vielen, denn ich habe mir noch eine Reise für Dich ausgedacht. ***Aber zuerst meine Geschichte****:*

Wie Du weißt, habe ich ein Haus bauen lassen, in dem ich mit meinem zweiten Ex Ehemann wohnen wollte. Ein Traum wurde Wirklichkeit für mich, es war noch nicht konstruiert und ich träumte schon, dass wir zusammen darin alt und glücklich werden könnten. Der Plan war ein Holzständerbau. Der Bau begann zuerst mit dem Fundament, danach wurden die fertiggestellten Holzstaffel aufgerichtet, mithilfe eines Krans. Der Kran stand dann über ein Wochenende auf einer Wiese, die aber weich und durchnässt war, weil es stark geregnet hatte an diesem Wochenende. Der Stand des Krans wurde instabil und er kippte direkt über den fast fertiggestellten Holzständerbau. Gott sei Dank befand sich niemand in der Nähe oder im Bau. Dieser geplante Bau ging nicht auf. Ich fragte mich, ob das ein Zeichen war. Denn es geschahen noch andere schlimme Geschehnisse, welche den Bau des Hauses zurückwarfen. Als das Haus endlich fertig war mit vielen Hindernissen, dachte ich, dass endlich die ersehnte Ruhe eingekehrt wäre. Trotzdem gab es auch danach viele Turbulenzen rund um den Hausbau, aber auch in der Ehe. Die innere Stimme sprach immer wieder zu mir: ***„Du wirst hier nicht alt.“*** *So ist es auch eingetroffen,* ***ich weiß inzwischen auch, warum.*** *Ich habe nicht zu Gott, zu Jesus, zum Heiligen Geist gebetet. Zu wenig „Danke“ sagte ich, hatte alles als selbstverständlich angesehen und angenommen. Ich habe Gott nicht in mir leben gelassen und deshalb wurde dieser Weg für mich unterbrochen. Manchmal ist es gut, Schicksale durchleben zu müssen, um erst danach zu verstehen, worauf es im Leben ankommt. Ein Plan kann nur eine Richtlinie sein. Nicht mehr und nicht weniger.*

Stell Dir Deine gewünschte Reise vor: *Deine Reise beginnt mit einem vollgepackten Auto. Du programmierst Dein Navi auf das Ziel ein, das Du erreichen willst, um dort einen schönen Urlaub zu verbringen. Du fährst los, lässt Deine Lieblingsmusik laufen, bist voller Vorfreude, Du genießt die Autofahrt, als wärst du monatelang kein Auto mehr gefahren. Die Sonne scheint von einem strahlend blauen Himmel. Deine Gedanken träumen vor sich hin und Du malst Dir schon aus, wie es sein wird, an diesem besagten Ort die frei geplanten Tage zu verbringen. Hunderte Kilometer hast Du schon hinter Dir und die Luft erweckt den Eindruck, als könnte man schon das Meer riechen.*

Du kannst es kaum abwarten, das Ziel endlich zu erreichen! *Plötzlich hörst Du einen lauten Knall und das Auto fährt sich sehr schwergängig. Du hältst rechts an, steigst aus und siehst, dass einer der Reifen platt ist.*

Also muss der Reifen gewechselt werden! *Der Kofferraum ist so voll, dass Du die Hälfte des Inhaltes herausnehmen musst, um an den Ersatzreifen zu gelangen. Gesagt getan, es ist alles gut gegangen, Du steigst wieder ein und fährst los.*

Auf einmal flackert Dein Navi-Gerät, Du hältst wieder das Auto an, um zum schauen, was mit dem Navi los ist. Nach mehreren Versuchen des Ein- und Ausschaltens geht das Gerät letztendlich gar nicht mehr an. Gestresst und verzweifelt denkst Du: ***„Mist, und jetzt?"*** *Dein Handy hat auch zusätzlich noch ziemlich schlechten Empfang. Ein fremdes Land, Du kennst die Gegend nicht, hast keine Ahnung, wo und wie Du den besagten Ort finden solltest.*

In der Hoffnung, Dich auf Dein logisches Denken und Deinen gesunden Menschenverstand verlassen zu können, fährst Du los. Du hoffst, dass Du eine Tankstelle oder eine Ortschaft erreichst, um die nötige Hilfe zu erlangen. Eine alte, heruntergekommene Tankstelle findest Du dann. Erleichtert fragst Du den Tankwart nach dem Weg. Der Tankwart aber versteht Dich nicht, er spricht nicht Deine Sprache. Die Kommunikation beschränkte sich auf den Einsatz von Händen und Füßen, auf Gestik und Mimik. Auf einer Landkarte zeigt Dir dieser Mann die Ortschaft, welche Du ursprünglich erreichen wolltest. Doch zu Deinem Erstaunen liegt diese in einer ganz anderen Richtung, weil Du Dich verfahren hattest. Du willst endlich das Meer sehen und der Tankwart schreibt Dir auf, dass Du nur 10 km entfernt wärst vom Meer. Also bedankst Du Dich, bekommst die Landkarte und fährst los. Innerhalb kurzer Zeit erreichst Du die Sicht zum Meer und in dem Moment ist es Dir egal, dass es nicht die besagte Ortschaft ist, die Du ursprünglich in Deinem Plan erreichen wolltest. ***Denn die Aussicht spricht Bände!***

Du entdeckst in der Nähe vom Strand kleine Bungalows, die zum Vermieten bereitstehen, und nimmst dies in Anspruch. Du verbringst dort die wundervollste und heilsamste Zeit Deines bisherigen Lebens. Du hast erkannt, dass ein Plan nur ein Plan bleibt, hast gespürt durch Begegnungen, dass Gott es wollte, dass Du sie triffst. Viele Erkenntnisse und Unterhaltungen haben Dich Gott nähergebracht.

Du beginnst aufgrund solcher Begegnungen und Erfahrungen, alles mit anderen Augen zu sehen, anders zu fühlen. Du beginnst, anders zu handeln, Du hast endlich verstanden, ***„es soll alles in meinem Leben geschehen, wie mein Gott es will." Denn Gott weiß, welcher Plan für mich am besten ist.*** *Daher sollte ein Plan Dir nicht mehr Dein Leben vorschreiben, sondern höchstens als grobes Muster zur Vorbereitung dienen. Du solltest zu Gott dankend beten, dass die Mühen Deines Bestrebens nach seinem Willen geschehen sollen. Du hast Deine Reise mit einem Plan begonnen, alles in Deinem Kopf spielte sich durchplant ab. Doch zum Schluss entpuppte sich diese Reise als ein wundervolles und unerwartetes Ereignis für Dich. Erkannt hast*

Du auch, dass unser Vater im Himmel Dein Navi ist, wenn Du es zulässt, lenkt er Deinen Weg. ***Denn Gottes Plan ist der allerbeste!***

Solche Dinge geschehen immer wieder in unserem Leben und dann denken wir: **„Wieso, warum, weshalb ich?"** Gott will Dich doch nicht ärgern, er will, dass Du ihn auf Deinem Weg mitnimmst. Die Tatsache, dass Dinge, die in Deinem Leben schiefgehen, hat einen Grund und manchmal wiederholt sich manches, damit Du daraus lernst. Aber glaube nicht, dass Du abermals eine erneute Chance bekommst, bis Du es endlich begreifst.

Fühle Dich gesegnet mit Deinem Leben und mit der Tatsache, dass Du lebst. Auch wenn manches nicht so läuft, wie Dein Plan es vorsieht. **Dankbarkeit ist das Schlüsselwort.**

Diese schwere Zeit, welche wir alle derzeit bestehen müssen, bedingt durch das Corona - Virus, hat uns allen gezeigt, was wirklich im Leben zählt.

Ich persönlich habe mich bis zum heutigen Tag, an dem ich diese Zeilen verfasse, nicht mit diesem Virus angesteckt, sehe aber wohl, was es anrichten kann.

Es bleibt mir die Hoffnung, dass möglichst viele Menschen erkannt haben, dass nicht der Konsum materieller Güter für ein erfülltes Leben nötig ist, sondern dass der Zusammenhalt und die Menschlichkeit in solchen Zeiten um ein Vielfaches mehr bewirken kann. Ich wünsche uns allen, dass wir endlich aufwachen und dass alle zusammen zu Gott schauen, ihn bitten und beten, dass er das Böse von uns fernhält. Wir sind alle seine Kinder, **„ER"** liebt uns alle gleich.

Werde doch Werkzeug Gottes, wenn Du es noch nicht geworden bist. Du wirst sehen, welche Wunder in Deinem Leben geschehen werden.

Gib Dein Leben Jesus Christus, der große Gesalbte, lass Dich formen vom Heiligen Geist. Denn Jesus ist der Weg, ist die Wahrheit und ist das Leben. Glaube an Jesus, denn er ist der Einzige gewesen, der für unsere Sünden gestorben ist. Nur durch Jesus gelangen wir alle zum Vater im Himmel.

Jesus wird kommen, denn wir befinden uns in der Endzeit, das ist der Plan Gottes. Menschen, die an Jesus glauben, werden nicht gerichtet. Ich wünsche Dir großes Verstauen und Zuversicht in unseren Vater im Himmel. Ich wünsche mir für Dich, dass Du weißt, dass Gott einen einzigartigen Plan jeden Tag für Dich bereithält. Gott segne Dich, Gott begleite Dich, Gott stärke Dich mit seiner Liebe.

„O welch eine Tiefe des Reichtums, beides, der Weisheit und Erkenntnis Gottes!

Wie gar unbegreiflich sind seine Gerichte und unerforschlich seine Wege!

Denn wer hat des HERRN Sinn erkannt, oder wer ist sein Ratgeber gewesen?

Oder wer hat ihm etwas zuvor gegeben, das ihm werde wieder-vergolten?

Denn von ihm und durch ihn und zu ihm sind alle Dinge. Ihm sei Ehre in Ewigkeit!“

Amen.

Luther, Römer 11: 33-36

Die Dankbarkeit

…ist ein grandioses Wort, es ist von weitreichender Bedeutung, wenn Menschen von ganzem Herzen **„Danke“** sagen. ***Sagen wir alle oft genug „Danke“? Sind wir bewusst dankbar? Oder nehmen wir unser Leben als Selbstverständlichkeit hin, sodass ein Danke in Vergessenheit gerät? Sagst Du jeden Tag „Danke“ zu Deinem Nächsten? Zeigst Du Dankbarkeit und sagst „Danke“ zu unserem Vater im Himmel? Was bedeutet für Dich das wunderbare Wort „Danke“?***

Ich kann nicht für andere sprechen oder aus der Sicht von anderen Urteilen, wie oft oder ob sie genug **„Danke“** sagen. Oder ob sie ihr gesprochenes Wort **„Danke“** tief im Inneren auch so meinen.

Schon als Kinder wird uns beigebracht: **„Sag immer Danke, wenn du etwas bekommst.“** Vielleicht sagt man es auch nur aus Höflichkeit, um zu verhindern, dass der Betreffende nachtragend oder undankbar ist. Viele Menschen verwenden dieses Wort aber auch aus reiner Routine, als Floskel sozusagen, ohne dabei die Dankbarkeit, das Empfinden im Herzen, das hinter diesem Wort steht, wirklich zu fühlen und zu empfinden.

Das Wort **„Danke“** wird oftmals aber auch von Herzen kommend verwendet, weil ein anderer was für uns getan hat und wir es ihm damit mitteilen möchten: **„Danke, dass es Dich gibt.“**

Es gibt Menschen, die erwarten ein Danke und damit verbunden im Gegenzug eine Handlung. Oder eine Art Gegenleistung, die ihnen in irgendeiner Form einen Vorteil verspricht oder zum Erfolg führt. Nur das zählt für sie als **„Danke“**.

Für materielle Dinge wie Geld, aber auch Macht, Anerkennung oder einen Titel möchten viele Menschen belohnt und gedankt werden. Du kennst sicher das Sprichwort **„Eine Hand wäscht die andere“**. Leider gibt es zu viel Menschen, die ihr Bestreben an diesem Sprichwort orientieren. Im Sinne, **„wie du mir, so ich Dir“**. Andere Menschen wiederum freuen sich einfach von Herzen und sie bedanken sich ehrlich bei ihrem Gegenüber. Dieses **„Danke“** ist in ihren Herzen verwurzelt. Denn dieses ehrliche **„Danke“** schenkt die Bestätigung, etwas Positives bewirkt zu haben. Dies kann in vielfältigster Form geschehen: beispielsweise durch Unterstützung in einer schwierigen Lebenslage, durch eine kleine Geste der Freude, ein kleines Geschenk oder durch spontane Eigeninitiative. Solches kann für Menschen etwas Wunderbares, Besonderes in ihrem Leben bewirken.

Wir Menschen sind fähig, unter solchen Aspekten Wunderbares hervorzubringen. So sollte es immer sein! Unser Vater im Himmel freut sich natürlich über unser selbstloses Handeln, denn das zeigt, dass wir „Liebe" in uns tragen.

Meine persönliche Begegnung mit dem Thema Dankbarkeit hatte ich in meiner subjektiven Beobachtung oft als selbstverständlich dargestellt. Ich bin im Laufe meines Lebens vielen Menschen begegnet, die meine Mühe oder mein Entgegenbringen nicht wertgeschätzt haben. Eigentlich soll man auch keine Dankbarkeit erwarten, wenn man für andere Menschen etwas Gutes tut. Trotzdem freut sich jeder Mensch natürlich, ein Danke zu hören, denn es bekräftigt einen selbst, etwas richtig gemacht zu haben. Durch solche Begegnungen habe ich gelernt, dass auch ich zu wenig ***„Danke" zu Gott sage*** *und dass ich das in der Gegenwart und der Zukunft des Öfteren tun sollte.*

Hier beginnt die Zeitreise deines Lebens: *Stell Dir vor, Du bekommst ein Buch, darin steht Deine Vergangenheit, aber auch die Gegenwart und Zukunft geschrieben. Durch diese Informationen ist dieses Buch umso spannender für Dich, als wenn es nur die Vergangenheit beschreiben würde! Es wird Dir gesagt: „So steht es geschrieben, so wird es theoretisch passieren – doch Du hast die Erlaubnis, es zu lenken und es zu kontrollieren."*

Natürlich liest Du als Erstes die Kapitel über Deine Zukunft, damit Du die Möglichkeit hast, in der Gegenwart die Gelegenheit zu ergreifen, zu entscheiden, die Zukunft dahingehend zu verändern, wie es Dir gefällt. Du machst die ersten Versuche mit kleineren Begebenheiten und es beweist, dass es funktioniert. Alles läuft scheinbar wie am Schnürchen, dieses Buch ist so wertvoll für Dich geworden, dass es nicht mehr wegzudenken ist. Keine Hürden, keine seelischen Verletzungen mehr, es warnt Dich vor Menschen, die Dich ausnutzen. ***Es sagt Dir alles voraus!***

Du entscheidest, was Du vermeiden willst, was geschehen soll und was nicht, alles liegt in Deinen Händen, nichts Schlechtes kann Dir mehr widerfahren. Für Dich ist das natürlich eine Abkürzung geworden, so kannst Du Dein Leben sorglos erleben. Denn Deine Gedanken haben nur noch Positives, Du lachst viel, Du bist permanent glücklich, Du bist Dir in allem, was Du tust, sicher, Du hast keine Angst mehr vor der Zukunft.

Doch die Begegnungen, die Dir entgegenkommen, besitzen nicht so ein Buch wie Du. Bei einer Unterhaltung mit Dir haben sie das Bedürfnis, ihre Sorgen und Ängste zu erzählen. Du wiederum kannst diese negative Einstellung überhaupt nicht nachvollziehen oder gar verstehen. Du bemerkst bei diesen Begegnungen, dass die

Unterhaltungen sich einseitig anfühlen. Denn Du weißt schon gar nicht mehr, wie das Empfinden sich anfühlt, verzweifelt zu sein. Du hast durch das Buch komplett vergessen, was es heißt, echte Probleme zu haben oder gar am Abgrund zu stehen. Aber Du sagst zu Dir: ***„Mir ist nur wichtig, was morgen ist, und ich habe die Macht, es vorher zu verändern.“*** *Mit diesem Satz legst Du Dich schlafen.*

In Deinem tiefen Schlaf träumst Du, dass Du ***Jesus*** *begegnest und freust Dich,* ***ihn*** *zu sehen.*

Jesus unterhält sich mit Dir über Gott und die Welt! *Die Unterhaltung mit Jesus schenkt Dir viel Liebe und Zuversicht. Dann sagt Jesus zu Dir:* ***„Ich weiß, dass Du ein Buch hast, in welchem Dein Leben steht, ich weiß auch, dass Du des Öfteren in der Gegenwart andere Wege gegangen bist, um Deine Zukunft angenehmer zu ordnen.“*** *Du fragst Jesus:* ***„Ist es ein Verbrechen, dieses spezielle Buch zu besitzen und mein Leben so zu gestalten, wie ich es wünsche?“*** *Jesus lächelt Dich an und spricht:* ***„Nein, es ist kein Verbrechen, dass Du Deine Wünsche verwirklichen willst. Aber ist Dir nicht aufgefallen, dass andere Menschen auf Dich zukamen mit ihrem Kummer und Du hattest kein Mitgefühl für sie?“***

Beschämt antwortest Du: ***„Ich konnte es nicht nachvollziehen, warum diese Menschen bei unseren Begegnungen so jammern, mir ist auch kein tröstendes Wort eingefallen, um sie aufzumuntern.“*** *Jesus fragt Dich:* ***„Was wäre, wenn Du dieses Buch nicht mehr hättest?“*** *Du antwortest verängstigt:* ***„Ich weiß nicht, ich glaube, ich könnte nicht mehr ohne dieses Buch auskommen!“***

Jesus erwidert: ***„Ich merke, dass Du Angst hast, vertraust Du mir nicht?“***

Du sagst: ***“Ja, ich vertraue Dir, Du bist Jesus!“*** *Jesus spricht:* ***„Wenn Du Dich fürchtest vor der Zukunft, dann liebst Du Dein Leben nicht, es macht mich traurig, dass Du meinem Vater – der auch Dein Vater ist – nicht vertraust. Du solltest glauben, dass er Wunderbares vorhat mit Dir. Auch wenn Du Felsen erklimmen musst, Gott trägt Dich und erleichtert Dir Deinen Weg. Auch wenn Du traurig bist, verletzt oder verzweifelt. Gott nimmt Dich in seine Arme. Ich bin sicher, der Tag wird für Dich kommen, an dem Du lachst und glücklich bist, weil Du endlich erkennst, dass Gott, unser Vater immer bei Dir ist und Dich getragen hat in Deinen schweren Zeiten. Spätestens dann wirst Du dankbar sein für Dein Leben, dass Du alles erleben konntest mit Höhen und Tiefen, denn nur so schätzt Du Dein Leben umso mehr. Also sei auch dankbar für die nicht so guten Erlebnisse in Deinem Leben. Denn Angst ist nicht Liebe, denn vollkommene Liebe treibt die Angst aus.“***

Erschrocken wachst Du auf. Dein erster Gedanke, der Dir durch den Kopf schießt, ist: ***„Ich hab mit Jesus gesprochen!“*** *Diese Erkenntnis verwundert Dich zuerst. Trotzdem spürst Du den Drang, nachzuschauen, ob das Buch noch daliegt, wie Du es hinterlassen hast. Du nimmst es in die Hand und schlägst es auf und traust Deinen Augen nicht. Es steht nichts mehr über Dich geschrieben, denn es ist die Bibel und Du liest die Passage:* ***„Euer Herz erschrecke nicht! Glaubt an Gott und glaubt an mich!“*** *(Luther, Johannes: 14:1)*

Mit dieser Offenbarung wird dir plötzlich klar, dass Jesus wirklich bei Dir war und durch das Geschriebene in der Bibel wollte Jesus Dir noch etwas sagen. Dir ist auch klar geworden, dass Du dieses Buch Deines Lebens nicht brauchst. Du weißt genau, dass die Bibel die Wahrheit spricht, in Hoffnung, Ermutigung, Frieden und Liebe. Im Vertrauen überlässt Du Deine Zukunft Gottes Händen.

Mit dieser Geschichte möchte ich Dir vermitteln, egal, was Du erlebt und überlebt hast, Gott ist immer bei Dir. Es spielt keine Rolle, was die Zukunft Dir bringt, vertraue darauf, dass Gott alles so wendet, wie Du es brauchst. Bete und Bitte, wenn Du nicht weiterweißt, unser Vater im Himmel hört Dir zu und vergisst Deine Bitte nicht. Durch die Liebe, die Du zulässt, macht es Dich stark und schenkt Dir Zuversicht.

Jetzt möchte ich gern die Gelegenheit wahrnehmen, mich bei Gott zu bedanken.

Lieber Vater im Himmel

Ich bin mir sicher, dass ich Dir zu wenig Dank gesprochen habe.
Danke, mein Vater, für alles in meinem Leben,
Du hast mich gelehrt, auf engen Pfaden zu gehen.
Danke, dass Du mich durch Stein, durch Felsen, durch Abgrund gehen lassen hast.
Damit ich erkenne, ohne Dich bin ich verlassen.
Danke, dass ich zu Dir beten und bitten kann und Du mich erhörst.
Danke, mein lieber Vater, dass es Dich gibt.
Danke, dass Du meine Fehler und Sünden vergeben hast und vergibst.
Danke, dass Du Deinen Sohn geschickt hast, um Deine Worte zu offenbaren.
Danke, dass Dein Sohn Jesus für unsere Sünden gestorben ist.
Danke, Vater, dass Du in mir mit Deiner großen Liebe Dankbarkeit erzeugst.
Danke, Vater, dass ich durch Dich alles, was mich ausmacht, bin, wer ich bin.
Danke, dass ich von ganzem Herzen „Danke" sagen kann.
Denn Du bist die Kraft, die Herrlichkeit bis in Ewigkeit, ***danke.***

Amen

Jetzt danke ich Dir, lieber Leser, dass Du dieses Buch liest und ich hoffe, dass die Geschichten Dein Herz berühren. *„Schön, dass es Dich gibt."* Lebe Dein Leben in Dankbarkeit, denn Gott freut sich, dass Du mit seiner Liebe lebst. Gott umarmt Dich, Gott segne Dich, Gott sei mit Dir.

„Und alles, was ihr tut mit Worten oder mit Werken, das tut alles im Namen des Herrn Jesus und dankt Gott, dem Vater durch ihn."

Luther, Kolosser 3: 17

Das Vertrauen

Die Begegnung mit dem Vertrauen ist bei Menschen verschieden ausgeprägt. Anderen Menschen blindes Vertrauen entgegenzubringen, wird nach meinen Beobachtungen in heutigen Zeiten immer seltener. Denn wir leben leider in einer Welt, in welcher Menschen das Vertrauen der anderen sehr oft missbrauchen. Einem Fremden zu vertrauen, wird es heutzutage leider immer seltener, denn Hintergedanken in Form von Bedenken und Misstrauen halten uns davon ab, blindes Vertrauen einzugehen.

Diese Bedenken manifestieren sich in Gedanken wie z. B.: ***„Ich kenne diese Person nicht."*** – ***„Wer weiß, ob sie oder er mich reinlegt?"*** ***„Was führt derjenige im Schilde?"*** So ist auch die Redensart **„Vorsicht ist die Mutter der Porzellankiste"** erklärbar.

Warum bekommen Menschen solche Gedanken? Sicher nicht ohne Grund, meistens sind vergangene Erlebnisse und negative Erfahrungen, welche uns widerfahren sind, Gründe dafür, dass wir Unsicherheit verspüren, was dazu führt, dass wir zur Vorsicht tendieren.

Wie und warum entsteht dieses Misstrauen? Ein plausibles Argument für mangelndes Vertrauen ist, dass Menschen sich immer wieder gegenseitig belügen und betrügen. Also kann es den Menschen nicht übel genommen werden, dass Reaktionen entstehen in Form von Misstrauen, Bedenken und Vorbehalten. ***Hast Du völliges Vertrauen in die Menschen, die Dir begegnen? Was bedeutet Vertrauen für Dich? Ist Vertrauen wichtig für Dich?***

Vertrauen ist wichtig! Es ist eine emotionale Ebene, die wir gern aufbauen, um ein sicheres Gefühl in uns zu tragen. Damit wiegen wir uns in Sicherheit in allen Facetten unseres Lebens. Menschen brauchen eine Vertrauensbasis, es gibt ihnen die Chance, das Gefühl der Liebe durch entgegengebrachtes Vertrauen zu erleben. Vertrauen transportiert dem Menschen ein Stück Menschlichkeit, die wir alle so sehr brauchen.

Hast Du Vertrauen zu Gott, zu Jesus, zum Heiligen Geist? Wenn Du unseren Vater im Himmel nicht infrage stellst, freut mich das sehr für Dich. Aber auch falls Du noch manchmal Zweifel hast, dann reflektiere Deine Lebensgeschichte und frage Dich, **„warum"** bestimmte Ereignisse passiert sind. Sicher erkennst Du, dass Du des Öfteren gebrochen wurdest in Deinem Vertrauen zu Menschen. ***Hast Du gebetet zu Gott und ihn zu bitten, dass er dir hilft und Dich stärkt? Dass Dich Gott unterstützt und dass Du völliges Vertrauen hast zum Vater im Himmel, „dass sein Wille geschehe?"***

Meine Begegnungen mit dem Thema Vertrauen sind geprägt von Kämpfen, die ich immer wieder führen musste – mit den Menschen, die in der jeweiligen Zeit und den entsprechenden Situationen an meinem Leben teilgenommen haben. Ich bin sehr oft tief gefallen, weil das Wort ***„Misstrauen"*** *nicht in meinem Wortschatz vorkam. Manche nannten mich naiv und dumm, weil ich immer wieder auf Menschen reinfiel, die mein blindes Vertrauen für ihre Vorhaben ausgenutzt haben. Ich sah den Menschen immer zuerst als* ***„gut",*** *war frei von jeglicher Art von Vorurteilen, sondern versuchte, die Menschen zu behandeln, wie auch ich es mir wünschte, gern behandelt zu werden – mit* ***„Respekt und Liebe".***

Doch wenn ich gemerkt habe, dass mein Vertrauen missbraucht und für andere Zwecke ausgenutzt wurde, war das Geschehene schon passiert – schließlich saß ich immer wieder da, mit einem Brocken, den ich zu tragen hatte, mit seelischem Schmerz in meinem Herzen. Auch ich habe zu wenig gebetet zu meinem Vater im Himmel, dass er mir hilft, mit den Menschen und Dingen vorsichtiger umzugehen und zu agieren.

Heute kann ich sagen, dass ich trotzdem den Menschen mit Respekt und Liebe entgegentrete, meine innere Stimme sagt mir inzwischen situativ, bei wem ich besser Vorsicht walten lassen sollte. Denn mein Vater im Himmel ist bei mir und hilft mir, das Richtige zu tun.

Jetzt kommt eine Aufgabe für Dich! *Stell Dir vor: Du bist eingeladen worden ins beliebteste, größte und meist besuchte Museum der Welt.* ***„Der Louvre"*** *in Frankreich – in der Hauptstadt Paris. Du stehst am Haupteingang, sofort siehst Du die große Glaspyramide und noch weitere Pyramiden im Vorhof des Louvre stehen und schon in diesem Augenblick kannst Dir vorstellen, wie groß es sein könnte, wenn Du die Reise beginnst, dieses Museum zu erforschen.*

Man empfiehlt Dir, einen Plan des Louvre zu besorgen, damit Du Dich besser orientieren kannst. Denn das Museum ist nicht nur groß, sondern riesengroß, es nimmt viel Zeit in Anspruch, um die ganzen antiken Kunstwerke zu bewundern. Es wird Dir erklärt, dass an einem Tag alles zu sehen, nicht zu schaffen wäre, es gibt unzählige Kunstwerke zu betrachten. So ist es vorprogrammiert, dass die

Füße irgendwann im Laufe der Besichtigung beginnen zu ermüden, aufgrund der langen Wege und des stehenden Ausharren vor den Kunstwerken. Du ergatterst Dir einen Plan mit dem Gedanken: ***„Ich werde es einfach genießen, mal schauen, wie weit komme.“***

Du läufst hinein und alles, was Du siehst, wirkt auf Dich sehr beeindruckend, als wärst Du plötzlich in ein anderes Zeitalter versetzt worden. Du betrittst viele verschiedene Räume und bewunderst die Statuen und Gemälde, von denen Du bisher nie gehört, geschweige denn sie gesehen hast. Außer ein ganz spezielles Gemälde: Es schenkt Dir ein einzigartiges Lächeln, es handelt sich um das berühmteste Kunstwerk der Welt: ***„Mona Lisa“,*** *gemalt von Leonardo da Vinci in der Hochphase der italienischen Renaissance Anfang des 16. Jahrhunderts.*

Zu Deinem Erstaunen ist dieses Gemälde nicht so groß, wie Du es Dir in Deiner Vorstellung ausgemalt hast. Es kommt Dir vor, als hätte es nur die Größe eines DIN-A2-Blattes. Dieses stattliche Gemälde ist eines der größten und berühmtesten Attraktionen der Kunstwelt.

Du läufst weiter, es kommt Dir eine kleine Gruppe von Menschen entgegen. Sie erzählen von der ***„Legende des Belphegor“. Du wirst hellhörig und bleibst stehen, um die Geschichte zu hören!*** *Eine Frau erzählt, es wäre zwar nur eine Legende, aber angeblich würde ein Gespenst im Louvre umher spuken und so bekam das Gespenst den Namen* ***„Belphegor“****. Sie sagte, auch viele Menschen würden dieser Legende keinen Glauben schenken, andere wiederum wären überzeugt vom Schlossgespenst.*

Doch da gab es noch etwas: den roten Mann der ***„Tuileries“****. Es war einmal ein Hofbediensteter, der ermordet wurde von* ***„Katharina von Medici“****. Dieser Mann schwor vor seinem Tod, Rache zu üben. Er erschien der Königin mehrmals in Geistesgestalt in rot verschmierten Kleidern. Auch die Königin* ***„Marie Antoinette“*** *sah den kleinen roten Mann, auch* ***„Napoleon“*** *hätte ihn der Legende nach mehrmals gesehen. Sogar als der Palast 1871 abbrannte, sah man ihn am Fenster inmitten der Flammen.*

In Deinen Gedanken lächelst Du mit den Worten: „Soll ich diesen Geschichten trauen?“

Müde von der langen Prozedur des Gehens und Stehens hatten Deine gestressten Beine das dringende Bedürfnis, sich auszuruhen und Du fandest einen Platz, an dem Du Dich hinsetzen konntest.

Es schlich sich Müdigkeit in Deine Augen, Du hast die Idee, Deinen Pullover zu zerknüllen und als Polster zu verwenden. Du lehntest Dich zurück und zwischen der Wand und Deinem Kopf befand sich dieser Pullover als Kissen. Automatisch schließt Du Deine Augen, um nur kurz innezuhalten und Dich auszuruhen. Du hörtest die Schritte und Stimmen der Menschen, die immer leiser wurden, erlebte Bilder zogen an Deinem inneren Auge vorbei wie ein Film, der Dich langsam, aber sicher in einen tiefen Schlaf überführte.

Im Rausch des Träumens wirkte alles ziemlich real, als wärst Du wach! *Es beginnt damit, dass Du aufwachst und Du im Louvre ganz allein sitzt, keine Menschen mehr, die hektisch um Dich herumlaufen, keine Stimmen, die Du hörst, alle waren verschwunden. Erschrocken stehst Du auf und sprichst mit Dir selbst:* ***„Oh je, warum habe ich so fest geschlafen, jetzt ist sicher der Louvre geschlossen und ich komme hier heute nicht mehr raus.“*** *Von weitem hörst Du eine Stimme und denkst, dass es möglicherweise ein Mitarbeiter ist, der Dir helfen kann, aus dem Louvre wieder herauszukommen. Du folgst dieser Stimme. Als die Stimme noch näher kommt, stehst Du vor einer Tür, die verschlossen ist. Diese Stimme sagt plötzlich:* ***„Nutze den Schlüssel, der vor Deinen Füßen liegt.“*** *Da liegt tatsächlich ein Schüssel vor Deinen Füßen und Du traust Deinen Augen nicht. Auf einmal erinnerst Du Dich an die Geschichten der Geister, die ihr Unwesen treiben, und Du fragst Dich spontan:* ***„Gibt es diese Geister doch?“*** *Da aber Dein Drang, aus dem Gebäude herauszukommen, größer war, als dem Spuk Vertrauen zu schenken, nutztest Du den Schlüssel, um die Tür aufzuschließen. Du gehst hinein und beim Weiterlaufen knallt die Tür hinter Dir zu. Du versuchst, die Tür zu öffnen, doch sie ist verriegelt und der Schlüssel steckt noch im Türschloss. Es bleibt Dir also nichts anderes übrig, außer weiter zu laufen. Beim Gehen schaust Du in den riesigen Raum hinein, der sich plötzlich zu einem Labyrinth verwandelt. Du traust wieder Deinen Augen nicht und fragst Dich:* ***„Was passiert hier mit mir?“*** *An den Wänden des Labyrinths sind Bilder angebracht, Du beachtest zuerst gar nicht, was die Bilder zeigen, denn Du wolltest unbedingt den Ausgang finden. Doch beim genaueren Hinschauen siehst Du Dich in den Bildern.* ***Sie erzählen Deine Lebensgeschichte!***

Du kommst aus dem Staunen nicht mehr raus! *Du folgst den Bildern, sie zeigen Deinen Kummer, Deine Verletzbarkeit, Deinen Ärger, Deine Wut, Dein Misstrauen. Plötzlich aber stehst Du in einer Sackgasse, also machst Du kehrt. Du versuchst, einen anderen Gang entlang zu gehen, Du stellst fest, in diesem Gang verläuft Dein Leben besser und dieser andere Weg gibt Dir das Gefühl, dass der Ausgang des Labyrinths nah ist. Doch dann passiert erneut eine unerwartete Wendung in Deiner Lebensgeschichte, welche in den Bildern dargestellt wird. Die Tatsache, dass Dein Schicksal Dich wieder zu Fall bringt.* ***Wieder stehst Du vor einer Sackgasse!*** *So läufst Du weiter im Erblicken der Bilder Deines Lebens und die Sackgassen scheinen kein Ende mehr zu neh-*

men. Du hast das Gefühl, Du drehst Dich immer weiter im Kreis herum und findest den Weg aus dem Labyrinth nicht mehr hinaus. Dein Vertrauen fühlt sich gebrochen an und Du glaubst, den Ausgang niemals zu finden. Du lehnst Dich mit dem Rücken an die Wand, eine innere Panik macht sich in Dir breit und Du rutschst langsam in eine Sitzposition, Deine Hände legst Du über Deinen Kopf und in Deiner Verzweiflung kommen Dir die Tränen. In diesem Augenblick wird Dir bewusst, dass dieses Labyrinth Dein Leben ist und Du eingesperrt bleibst. Weil Du immer wieder Niederlagen erleben musstest und hast auch das Vertrauen verloren zu Deinem Leben. Aus einer Intuition heraus schreist Du: ***„Gott, hilf mir doch hier raus!"***

Doch es kommt keine Antwort. Du aber, in Deiner Entmutigung schluchzend, sprichst wieder zu Gott: ***„Bitte, Vater, zeig mir den Weg, mein Leben übergebe ich in Deine Hände. Ich weiß, ich hätte es schon längst machen sollen, doch ich hatte das Vertrauen zu Dir verloren. Weil ständig irgendetwas in meinem Leben schiefging. Ich gab Dir die Schuld, dass Du mir nicht geholfen hast, meine schlimmen Schicksale zu verhindern. Bitte, Herr, vergib mir, dass ich so gefühlt habe."***

Plötzlich erscheint ein warmes, helles Licht vor Dir und Gott spricht: ***„Mein liebes Kind, ich liebe Dich und ich vergebe Dir. Aber ich war sehr traurig, dass Du das Vertrauen zu mir verloren hast, Du hast geglaubt, ich wäre nicht bei Dir gewesen. Aber Du hast nicht mehr zu mir gebetet, um zu bitten. Darum war ich still und ließ Dich in Deiner Handlung gewähren – in der Hoffnung, dass Du zu mir zurückkehrst."***

Du trautest Deinen Ohren und Augen nicht, dass Gott so real war und mit seinen Worten voller Liebe zu Dir spricht. Du sagtest mit tiefstem Herzen: ***„Nie wieder, mein Vater, will ich mein Vertrauen zu Dir verlieren, ich vertraue Dir voll und ganz, zeig mir den Weg, den Du für mich bestimmt hast."*** *Überraschenderweise öffnet sich das Labyrinth und es führt ein Weg hinaus in den Vorhof mit den Glaspyramiden. Zuletzt sagt Gott noch zu Dir:* ***„Geh, mein Kind, hab Vertrauen zu den Wegen, die vor Dir stehen, ich werde Dich führen und wenn Du fällst, bin ich da und trage Dich."*** *Plötzlich weckt Dich ein Wachmann auf, der im Louvre arbeitet, total desorientiert schaust Du Dich um und erkennst, es war ein Traum mit Gott. Doch die Worte Gottes bleiben in Deinem Herzen, für Dich war es kein Traum, es war die Offenbarung für Dein Herz.*

Vertrauen ist ein wichtiger Bestandteil Deines täglichen Lebens, vertraue vor allem der inneren Stimme, die Gott Dir gegeben hat. Ohne Vertrauen

kommst Du immer wieder in eine Sackgasse und Dein Leben entpuppt sich als ein nicht enden scheinenden Labyrinth. Sicher gibt es immer wieder Situationen, in denen mit Deinem Vertrauen gespielt wird, und Du begegnest Menschen, die mit Deinem Vertrauen spielen und es missbrauchen. Sprich mit unserem Vater im Himmel und mit Jesus und lass den Heiligen Geist Dich durchdringen mit Heilung und Liebe. Im Misstrauen haben Menschen schlechte Gedanken und Vorurteile, durch das Vertrauen ist die Liebe präsent und führt uns auf den richtigen Weg. Vertraue darauf, dass unser Vater im Himmel bei Dir ist und vertraue auch auf Jesus, Du wirst sehen, was für wundersame Wandlungen in Deinem Leben geschehen werden. Ich wünsche Dir die Gewissheit, dass Dein Vater im Himmel Dich über alles liebt, Du bist sein Kind, Du bist für ihn das Wertvollste auf der Erde. Gott segne Dich und Gott begleitet Dich immer.

„Wenn du durch Wasser gehst, will ich bei dir sein, und wenn du durch Ströme gehst, sollen sie Dich nicht ersäufen. Wenn du ins Feuer gehst, wirst Du nicht brennen, und die Flamme wird Dich nicht versengen.“

Luther, Jesaja 43: 2

Die Entscheidung

Sie zu treffen, ist hundertprozentig bestimmend und essenziell für unser Leben. ***Was versteht man unter dem Begriff „Entscheidung"?*** Es ist die Wahl einer Handlung, die zu dem Ziel führt, welches für uns richtig erscheint.

Entscheidungen zu treffen, fällt uns mal schwerer und ein anderes Mal leichter. Jeder von uns hat sicher im Verlauf des Lebens Fehlentscheidungen getroffen. Manchmal erscheinen uns Entscheidungen in dem Moment, in dem wir sie treffen, richtig und erst im Nachhinein erweisen sie sich als Fehlentscheidungen. Doch auch Fehlentscheidungen sind Entscheidungen. Zu Entscheidungen gehören viele Faktoren, wie beispielsweise emotionale Verstrickungen, moralische Gebundenheit, Verpflichtungen, Verantwortungen oder versprochene bzw. erzwungene Handlungen. Durch wiederholte Erfahrungen im Leben können wir uns oftmals besser entscheiden und es fällt uns leichter, auch kurzfristig notwendige Entscheidungen zu treffen. Manchmal, in neuen Situationen, stecken wir bei Entscheidungen in einer scheinbar ausweglosen Lage und fühlen uns überfordert, hilflos und außerstande, entscheiden zu können. Ich persönlich empfinde, das Wort **„Entscheidung"** hat eine große Bedeutung in unserem Leben, mit der wir uns jeden Tag aufs Neue auseinandersetzen müssen.

Hast Du nicht schon mal solche Tage gehabt, in denen Du am Ende des Tages erkennst, dass der Verlauf des Tages gezeigt hat, Du hättest die Entscheidungen anders treffen können?

Ich nenne Dir ein konkretes Beispiel: ***Man bewegt sich in einem Gedanken-Kino voller Fragen: „Hätte ich diese Person nie kennengelernt, wäre mir das nicht passiert, hätte ich mir doch keinen Kredit geholt, hätte ich mich nicht überreden lassen, hätte ich doch bloß auf meine innere Stimme gehört, warum habe ich mich so entschieden?"*** Entscheidungen sind Verstrickungen, die manchmal nicht sofort und im Augenblick der Entscheidungsfällung sichtbar sind, zu welchem Verlauf das Endergebnis hinführt und welche Folgen es für die jeweilige Situation mit sich zieht.

Meine Begegnungen mit Entscheidungen sind sehr vielseitig, ich kann Dir versichern, vieles hätte ich anders entscheiden können. **Hier einige Beispiele aus meinem Leben:**

Angefangen hat es damit, dass ich nicht zu jung hätte heiraten sollen und ich hätte besser den Charakter und die Lebenseinstellung meines damaligen Partners genauestens beobachten müssen! Ich hätte mich nicht in diesem Umfang unterdrücken lassen sollen, wie es letztendlich geschehen ist und mich stattdessen dafür entscheiden sollen, mit viel mehr Ehrgeiz das Tanzen zu verfolgen! Auf die zweite Ehe hätte ich mich gar nicht einlassen sollen! Ich hätte mich selbst als wertvoller empfinden müssen! Nicht mein Leben zu träumen, sondern meinen Traum zu leben! Mehr Gott zu vertrauen, ich hätte mehr und intensiver daran glauben sollen, dass Gott mir die Wege geöffnet hätte!

Aber wie es eben ist, danach habe ich vieles bereut, meine Entscheidungen betreffend, die ich mir hätte sparen können. Doch das Bereuen der getroffenen Entscheidungen hat mich dann auch sehr verbittert und als Schlussfolgerung hat diese negative Einstellung mein Leben beeinflusst. Eine der besten Entscheidung in meinem Leben war, zurückzukehren zu Gott, weil ***ER*** *der Einzige und Mächtigste ist, der alles geradebiegen kann. Der Herr gab mir viel Kraft, das Bereuen loszuwerden. Durch meinen Vater im Himmel habe ich es verstanden, mein Erlebtes umzuwandeln in Weisheit. Durch Erfahrungen, für die ich mich entschieden habe, die meine Lebensrichtung bestimmt haben, wurde durch Gottes Liebe und Barmherzigkeit mein Leben neu ausgerichtet.*

Oft ist es am besten, wenn Menschen sich auf null reduzieren und mit Gott sich neu erschaffen lassen und durch die Wege, die ***ER*** *für uns bereithält, sich einfach darauf einlassen. Ich versichere Dir, es geschehen lauter Wunder in Dir und mit Dir. Vor allem mit unserem Vater im Himmel wird es nicht langweilig. Im Gegenteil, die pure Freude, Vertrauen und Liebe treten stark in Dein Leben ein. Überlasse Entscheidungen dem Herrn. Du wirst sehen, Dein Leben wird die größte Liebe Deines Lebens und das durch Gottes Werke und durch seinen Willen. Dieses Buch, das ich gerade schreibe, mit der Absicht, viele Menschen damit zu erreichen, ist immer Gottes Plan gewesen. Obwohl ich eine lange Zeit nicht zu Gott geschaut habe, trotzdem hat mein Vater im Himmel mich nie aufgegeben. Er hat gewusst, dass ich zu ihm zurückkehre und mich für unseren Herrn entscheide. Deshalb kann ich dieses wundervolle Werk nur mit Gott zusammen zum Leben erwecken.*

Es stellt sich nun die Frage: Wie kann man im Leben Entscheidungen besser treffen?

Nun, es ist schwierig, zu wissen, auf die richtige Entscheidung gesetzt zu haben, vielleicht müssen manchmal unerklärliche Geschehnisse passieren, damit wir das Leben mit all unseren Entscheidungen schätzen und verstehen.

Ich erzähle Dir eine Unterhaltung mit Gott. ***Wenn Du jetzt fragst, ob ich seine Stimme gehört habe?***

Die Antwort darauf: Jeder Mensch kann Gott hören, wenn wir es zulassen und es annehmen. Seine Stimme, die bestimmend ist, hörst Du und fühlst Du.

Wenn ich reflektiert auf mein Leben zurückschaue, so denke ich heute nicht mehr daran, dass vieles nicht gut war. Diese Gedanken haben dazu geführt, weil ich viel über Gott nachdachte.

Ich habe Gott gefragt: ***„Wieso verläuft mein Leben schief?"*** *Seine Antwort war stets:* ***„Du hast Dich so entschieden."***

Ich fragte Gott erneut ***„Weshalb warst Du nicht bei mir, als ich Fehlentscheidungen getroffen habe?"*** *Seine Antwort lautete:* ***„Du hast mich nicht zu Dir gelassen."*** *Wieder fragte ich Gott:* ***„Warum hast Du mir kein Zeichen gegeben, um Dich war zunehmen?"*** *Gott antwortete:* ***„Das habe ich doch, ich habe Dir immer Steine auf Deinen Weg gelegt, damit du betest und bittest."*** *Das hat mich dazu gezwungen, bewusst darüber nachzudenken. Gott hat mir Zeichen geschickt, nur ich habe diese Zeichen übersehen. Immer dann, wenn ich sie übersehen hatte, entschied ich mich nicht richtig. Gott schickte mir Menschen als Werkzeuge, die über ihn gesprochen haben. Ich aber habe Gott überhört und die Folge davon war, dass die nächste Entscheidung erneut falsch war. Gott begleitete mich bei den Dingen, die ich gern machte. Aber dies funktionierte nicht für lange Zeit. Anstatt zu beten und zu bitten, entschied ich mich wieder für eine Fehlentscheidung. Dieser Weg ging lange und bis ich es verstanden hatte, war schon viel zerbrochen und nicht mehr gutzumachen. Das Einzige, was blieb, war, zu beten und zu bitten und darauf zu hoffen, dass Gott mir verzeihen und mich erhören möge.*

Eines Tages, es war an einem Sonntagnachmittag, saß ich allein das letzte Mal auf den Stufen noch vom eigenen Haus, welches ich am nächsten Tag abgeben musste, da es nach unserer Scheidung verkauft wurde. Mir flossen die Tränen durch mein Gesicht und ich bat meinen verstorbenen Vater um Verzeihung, dass ich das Haus verkaufen musste. Denn mein Vater hatte sehr viel seiner wertvollen Arbeitskraft in dieses Haus investiert. Er hatte so viel für mich getan. Mein Gewissen war so betrübt und schwer. Gott bat ich um Hilfe, Kraft und Zuversicht auf meinen neuen Lebensweg, den ich antreten würde. Du wirst es nicht glauben, aber genau in diesem Augenblick ging eine unendliche Liebe durch mir hindurch und ich verspürte einen tiefen Frieden, der mich so erleichterte. Dies geschah, obwohl ich am nächsten Tag umziehen musste, in eine Mietwohnung. Spät am Abend saß ich im Wohnzimmer auf einem Stuhl und um mich herum waren lauter Kartons aufgestapelt – als wäre mein Leben und die verschiedenen Situationen und Geschehnisse darin verpackt. Trotzdem betrachtete ich es für mich nicht wirklich als große Aufgabe, mich da durchzuarbeiten. Denn durch die Liebe und den Frieden, den ich erfahren hatte, habe ich gelernt, loszulassen. Die

Entscheidung war sowieso gefallen und alles ging seinen Gang, so wie sich die Erde immer weiterdreht. Mit der Zeit empfand ich diese Entscheidung doch als richtig, denn Schritt für Schritt trat Neues, Gutes in mein Leben ein.

Ein kleines Gedankenexperiment: *Stell Dir vor, es liegt ein Blatt Papier vor Dir, vollgeschrieben mit Dingen, die Du wissen willst. Du bist beim Lesen gefesselt, beeindruckt davon, wie dieses Geschriebene sich entwickelt. Du bemerkst, dass es Deine Lebensgeschichte ist, die Du gerade in den Händen hältst und mit Spannung liest. Du willst unbedingt wissen, wohin Dich Dein weiteres Leben noch führen wird. Doch auf einmal kommt ein Windstoß und wendet dieses Blatt Papier. Du kannst es selbst nicht mehr wenden, weil Du nicht bemächtigt bist, zu wissen, was morgen ist, denn das kann nur Gott. Jetzt stehst Du da und fragst Dich:* ***„Warum durfte ich es überhaupt lesen, wieso hat Gott es zugelassen, warum hat er mich mit diesem geschriebenen Blatt eingefangen, damit ich es dann wieder verliere?"***

Möglicherweise hat Gott entschieden, einen anderen Weg für Dich bereitzuhalten. Denn der alte Weg hat Dich zu sehr blind gemacht für das Wesentliche im Leben. Viel zu oft bist Du gestolpert und vielleicht tiefer gefallen als notwendig, die Verletzungen, die Dir zugefügt worden sind, waren nicht mehr tragbar. Zu Entscheidungen gehört auch Veränderung. Am Anfang sind sie befremdlich und beängstigend, doch im Laufe der Zeit entdeckt man, dass es eine Entscheidung war, die zu einer positiven Wendung geführt hat.

Egal, welche Entscheidungen Du für Dein Leben gefällt hast, ob sie verletzend waren für Dich und für andere. Ob es Dir schwerfielen, etwas loszulassen, ob die Unsicherheit Dich zu einer Entscheidung geführt hat. Ob Du Dir sicher bist oder nicht, für welchen Weg Du Dich entscheidest.

Die Begegnung mit der Entscheidung ist jeden Tag präsent, glaube und bitte Gott darum, Dich dabei zu unterstützen, das Richtige zu tun. Denn das Leben ist wie ein geschlossener Brief, den Du nicht öffnen kannst. Nur Gott allein weiß, was darin steht.

Also sei zuversichtlich beim Treffen Deiner Entscheidungen. Überdenke sie gut, handle nicht aus Angst oder gezwungen aus Pflicht. Behaupte niemals, Du hast keine Wahl, Du allein hast die Entscheidung zu verantworten, Du entscheidest, welche Farbe Du für Dein Bild auswählst, ob sie dazu passt oder nicht. Wenn der Frieden und die Liebe Gottes mit Dir sind, werden Dir Entscheidungen leichter fallen. Hab Vertrauen, dass Gott Dich auffängt, wenn

Du mal stürzt. Vergiss nicht: Die erste und wichtigste Entscheidung, welche Du zu treffen hast, ist die Entscheidung, zu glauben, dass Gott, Jesus und der Heilige Geist bei Dir sind. Gott segne Dich bei Deinen Entscheidungen und er wird Dich immer auf rechte Wege führen.

„Also hat Gott die Welt geliebt, dass er seinen eingeborenen Sohn gab, auf dass alle, die an ihn glauben, nicht verloren werden, sondern das ewige Leben haben. Denn Gott hat seinen Sohn nicht gesandt in die Welt, dass er die Welt richte, sondern dass die Welt durch ihn selig werde."

Luther, Johannes 3:16-17

Der Neuanfang

Einen Neuanfang im Leben gehen manche Menschen mit größter Vorfreude an, andere wiederum mit der größten Sorge, wie es wohl weitergeht. ***Was ist ein Neuanfang? Ist es ein neuer Job?***

Vielleicht in eine andere Stadt umziehen oder in ein anderes Land auswandern? Möglicherweise mit der neuen Beziehung zusammenzuziehen? Oder auch ganz andere Dinge, die für den Menschen einen gewagten Schritt bedeuten? Neuanfang kann auch bedeuten, dass der Mensch seine Lebenseinstellung drastisch verändert oder auch verändern muss. Neuanfang ist eine Begegnung, die uns erst mit der Zeit die Antwort gibt, ob es gut war oder nicht. Wir sind grundsätzlich neugierig auf Veränderungen, die uns bevorstehen. Erst danach bestätigt es sich dann, ob der Neuanfang eine richtige Entscheidung war.

Wie oft hast Du in Deinem Leben neu angefangen? Schon ein paarmal? Viel zu oft? Oder noch nicht wirklich? Mutig ist derjenige, der ständig Neues wagt und der einen Weg findet, mit gutem Optimismus aus den verschiedenen Situationen heraus darauf zuzugehen. Es erfordert viel Kraft und Zuversicht, um konstant positiv zu bleiben, speziell, wenn es dabei am Anfang Schwierigkeiten gibt bei einem Neuanfang. Ein Neuanfang ist ein neuer Start, den man unbedingt meistern

will, um an seinem Ziel anzukommen. Es gibt Menschen, die Angst haben, einem Neuanfang zu wagen, ihn in die Tat umzusetzen und tatsächlich unwiderruflich zu beginnen, weil sie in gewohnten Mustern verstrickt sind. Denn die Begegnung mit dem Neuanfang würde genau diese Muster unterbrechen. **Menschen sind eben Gewohnheitstiere!** Jeder sollte natürlich für sich selbst entscheiden, welchen Weg er beschreitet, aber ein neuer Anfang kann sich lohnen und hinterher kann es gut sein, dass das Gewohnte in der Vergangenheit auch vergangen bleibt.

Meine Begegnungen mit dem Neuanfang habe ich in verschiedenen Lebenseinschnitten erfahren. Als Kind habe ich erleben müssen, was es bedeutet, meinen ersten Schultag in einem anderen fremden Land beginnen zu müssen. Die Tatsache, erstmals bei fremden Menschen bleiben zu müssen und eine Sprache zu verstehen und täglich anwenden zu müssen, die ich noch nicht so gut beherrschen konnte, war eine große Herausforderung.

Dann, ein Jahr später, war ich in Deutschland zurück, es begann wieder ein Neuanfang. Ich musste erneut die deutsche Schule beginnen, die deutsche Sprache teilweise neu erlernen, die ich schon fast vergessen hatte. Ich musste meine deutschen Sprachkenntnisse auf den Stand bringen, welcher für meine einheimischen Mitschüler selbstverständlich war. Dann hatte ich zwei Klassen wiederholt und wieder begleitete mich das Gefühl, dass ich abermals von vorn anfangen muss.

Diese Zeit erwies sich als sehr mühsam. ***Aber ich hatte mein Hobby: Tanzen!*** *Tanzgruppen, die ich mit Leidenschaft aufbaute, und Choreos, welche ich mit den Tänzern eingeübt hatte. Aus verschiedenen Gründen haben sich viele der beteiligten Tänzer nach einer Weile aus der Gruppe verabschiedet. Es war schwierig, so eine Gruppe konstant beizubehalten, vor allem war es sehr mühsam, immer wieder von vorn zu starten. Gleichzeitig hatte ich eine neue Ehe geschlossen, ich dachte, ein neues Leben beginnt und dies ist auch schiefgegangen, denn auch bei der zweiten Ehe widerfuhr mir eine erneute Enttäuschung.*

Der beste Neuanfang war, erstmals allein zu leben in meinem eigenen Reich. Keine Diskussionen mehr, keine Rechtfertigungen mehr, keine Verpflichtungen mehr – einfach für mich allein zu sein. Die Aufgabe, um mich selbst zu kümmern, mich selbst zu finden, keine Gedanken zu haben, die mich plagten. In dieser langen Pause des Alleinseins hatte ich die Einstellung, keine neue Beziehung eingehen zu wollen. Das waren meine Grundeinstellungen nach meinen schlechten Erfahrungen und meinem Neuanfang – in der ersten Zeit für mich zu sein. Es tat mir gut, diesen Neuanfang nur mit mir zu teilen.

Sollte sich es jetzt für Dich egoistisch anhören, nun, für mich war dieses Gefühl, frei zu sein in der Begegnung Neuanfang, pure Lebensfreude. ***Halleluja!*** *Mein Leben hatte ich* *endlich für mich, ich musste mich von niemandem bestimmen lassen, die Sorgen wurden weniger, meine Traurigkeit verblasste, meine innere Unruhe verwandelte sich in Ruhe und somit hatte ich meine Farbpalette und meinen Pinsel in meinen eigenen Händen.*

Ich hatte diese Freiheit für lange Zeit nicht mehr, denn ich ließ es zu, mir von den anderen genau diese Freiheit aus meinen Händen wegreißen zu lassen. Für mich hatte es sich gelohnt, dadurch konnte ich den Blickwinkel neu ausrichten und aus einer anderen Perspektive heraus das Leben betrachten. Ich war wieder in der Lage, mein Bücherregal neu einzusortieren, denn aufgrund der teilweise massiven Erschütterung der Emotionen sind viele Bücher aus dem Regal herausgefallen. Ich baute meine neue Welt auf, genau so, wie ich bin und sein will.

Bis irgendwann Menschen kamen und stehengeblieben sind und ihnen gefallen hat, wie meine bunte Welt aussah. Diese wunderbare Menschen, die mir das Gefühl gaben, wichtig und wertvoll zu sein und mir immer wieder vermittelten, dass ich besonders bin. Mit dieser Sichtweise und Bestätigung habe ich mich selbst neu kennengelernt. Durch dieser Erkenntnis habe ich herausgefunden, dass ich um einiges mehr schaffen kann, als ich es mir vorher zugetraut habe.

Ist Dir nicht schon mal aufgefallen, dass sich in uns Menschen bedeutende Tage in unserem Leben manifestieren, sei es durch einen ganz speziellen Tagesablauf oder schön erlebte Augenblicke!

Sind wir an diesen Tagen besonders geneigt, uns darauf zu fokussieren, genau diese „Highlights“ in unserem Kalender anzukreuzen?

Sicher gibt es auch die berühmte **„Kehrseite“** der Medaille, es sind die Tage, die zu den Unvergesslichen zählen, die aber durch schreckliche Geschehnisse, welche sich ereignet haben, geprägt werden. Diese Tage hinterlassen negative Spuren und bleiben in unserem Gedächtnis unwiderruflich gespeichert und prägen uns ein Leben lang.

Am liebsten möchte man diese Vorkommnisse auslöschen, über einen Neuanfang will selbstverständlich keiner einen Gedanken verschwenden. ***Wenn etwas so Furchtbares passiert und man es nicht mehr rückgängig machen kann, wo soll man dann anfangen?***

Im ersten Moment braucht man manchmal erst mal nichts, außer sich mit Gott zu unterhalten, das hat mir geholfen. Denn alles hat seine Zeit, alles braucht zuerst kleine erste Schritte für den nächsten Schritt. Bis die Erinnerung zunehmend in den Hintergrund des Vergessens rückt, erst dann kann man neue Gedanken zulassen, wie ein Neuanfang aussehen würde.

Ich hatte eine Begegnung mit einem Traum, dieser Traum erzählte mir eine interessante Geschichte. **Ich nehme Dich mit auf diese Reise und es soll jetzt zu Deinem Traum werden!**

Stell Dir einen Ozean vor, den Du um Dich herum siehst, weil Du auf einer Insel stehst, die Dir bekannt vorkommt. Wenn Du anfängst, die Insel zu erforschen, erkennst Du Gewohnheiten, welche Dir bekannt vorkommen, Deine Lieblingsstellen, an denen Du gern Deine Zeit verbringst. Dann gibt es bestimmte Stellen auf der Insel, denen Du nicht zu nahe kommst, weil Wellen mit einer Gewalt auf die Felsen preschen und Du Dich dieser Gefahr nicht aussetzen willst.

Dann gibt es bekannte Menschen, die auf dieser Insel wohnen und eine schöne Zeit mit Dir gemeinsam gestalten. Sind sehr organisiert, alles hat seinen Platz und bestimmte Stellen der Insel erfüllen einen bestimmten Zweck. Dann gibt es eine stattliche große Brücke, die zu einer anderen Insel führt. Auf dieser Nachbar-Insel befinden sich auch Menschen. In Deiner Neugierde bist Du schon gespannt, was es dort alles zu erkunden gibt. Also gehst Du über diese Brücke. Nach einer Weile erreichst Du die andere Seite der Insel. Beim Überqueren der Insel fällt Dir auf, dass die Insel anders aussieht, weniger felsig, es befinden sich dort mehr Pflanzen und Palmen. Die Menschen begrüßen Dich herzlich und es fällt Dir auf, dass sie anders sind, es ist offensichtlich, dass diese Menschen so ungeplant durchs Leben gehen. In der Beschreibung dieser Menschen sind diese eher unstrukturiert, jeder macht, was er will, und doch erweckt das Gesamtbild den Eindruck, dass sie zusammen harmonieren. Diese Erkenntnis wirkt auf Dich sehr sympathisch.

Irgendwann entdeckst Du wieder eine Brücke. Diese Brücke führt zu einer Höhle, Du empfindest das spontane Bedürfnis, Dir diese Höhle unbedingt anzuschauen. Also bist Du über diese Brücke gelaufen und entdeckst, dass auf der anderen Seite der Brücke auch Menschen leben. Du läufst diesen Menschen entgegen. Weil die Sonnenstrahlen nur begrenzt hinein fluten, haben die Menschen dort viele selbstgemachte Lampen aufgestellt, überall dort, wo Licht benötigt wird. Wenn Du es von weitem betrachtest, sieht es aus, als wären es Glühwürmchen, überall verteilt auf ihre Posten. Die Menschen sind sehr gastfreundlich und laden Dich freundlich ein, zum Essen zu bleiben, aus Zutaten, welche sie selbst angebaut und geerntet haben. Das Essen ist Dir wohl bekommen, nach dem leckeren Essen brauchtest Du einen Verdauungsspaziergang. Du siehst einen Weg mit aufgestellten Lichtern, die Dir die Richtung zeichnen. Am Ende der Höhle, wo die Sonne den Ausgang ausleuchtet und Du behutsam hinausschreitest, erscheint zu Deinem Wunder nochmals eine Brücke, welche direkt vor Dir liegt und mit dem Ausgang verbunden ist.

*Du fragst Dich in diesem Augenblick natürlich: **„Hat das kein Ende mit den Brücken?“** Da aber der Mensch von Natur aus wunder-witzig ist, überquerst Du auch* *diese Brücke auf die nächste Insel – aber diese Insel besteht nur aus Sand um Dich herum. Lediglich ein großer Hügel aus Sand und Du schaust einfach nur fasziniert in die Ferne und stellst fest, dass es genauso weitergeht mit den Inseln und Brücken. Bis zum Ende des Horizonts, Du bist erstaunt und möchtest gern verstehen, was das alles auf sich hat. Du läufst bis zur nächsten Brücke und diesmal liegt ein Brief für Dich auf dieser Brücke, worauf dein Name steht. Du nimmst den Brief an Dich, setzt Dich in den Sand, öffnest ihn und fängst an zu lesen.*

Hallo,

wie gehst es Dir? Hoffe doch, gut! Wie war Deine Reise bis jetzt? Haben Dir die verschiedenen Eindrücke gefallen? Ich hoffe doch! Du fragst Dich sicher, warum das alles hier? Nun, Deine Gedanken haben mir verraten, dass Du Ängste hast und dass Du nicht sicher bist in Deinen Entscheidungen. Außerdem fühle ich, dass Du von vorn anfangen solltest, aber Dich trotzdem scheust vor einem Neuanfang! Immer sagst Du Dir ständig, dass Du noch Zeit brauchst, dass Du lieber stehenbleibst und lieber nichts Neues in Deinem Leben wagst.

Jetzt sag ich Dir was! Deine Ängste sind unberechtigt, denn Du hast Dich weiter gewagt, indem Du Dich entschieden hast, die Brücken zu überqueren und jedes Mal, wenn Du auf einer anderen Insel warst, hast Du von vorn angefangen. Du hast immer wieder unermüdlich die unbekannten Eindrücke aufs Neue zugelassen, also das bedeutet, jeder Schritt, jedes Überqueren einer neuen Brücke ist ein kleiner Neuanfang!

Eine Frage: Glaubst Du und vertraust Du Gott, unserem Vater im Himmel?

Es freut mich für Dich, wenn dem so ist, denn mit Gott bist Du auf dem guten Weg, nicht stehen zu bleiben. Du hattest ausreichend Zeit, Dich von Deinem Schmerz zu erholen, also vertraue und wage Dich weiter nach vorn. Beeindrucke Dich selbst mit allem, was Gott Dir geschenkt hat an Gaben und entfalte Dich von Neuem durch einen Neuanfang. Trage nicht lange Kummer in Dir, bete und bitte an Gott, Jesus, den Heiligen Geist um Kraft und Heilung, damit Deine Zeit auf Erden wunderbare Spuren hinterlässt.

Ich wünsche Dir weiterhin eine schöne Zeit auf den Inseln und lebe. Ich wünsche Dir Gottes reichen Segen und vor allem, dass Du weißt, dass Dein Vater im Himmel Dich über alles liebt.

Liebe Grüße

Dein Traum

„Ich habe es dir nicht geboten: Sei getrost und unverzagt? Lass dir nicht grauen und entsetze Dich nicht; denn der HERR, dein Gott, ist mit dir in allem, was du tun wirst.“

Luther, Josua 1:9

Die Zeit

…ist ein wertvolles Gut, von dem wir Menschen empfinden, dass wir immer zu wenig zur Verfügung haben. Zeit ist etwas, das ständig und unwiederbringlich voranschreitet, nicht stehenbleibt und sicher nicht auf uns Menschen wartet. Manchmal vergeuden wir wertvolle Zeit, manchmal haben wir keine Zeit, manchmal wissen wir nicht, was wir mit der Zeit anfangen sollen. Viele Menschen beklagen sich über Stress und Zeitmangel. ***Haben wir nicht die Möglichkeit, unsere Zeit ausgeglichener zu organisieren und zu koordinieren?*** Möglich wäre dies sicherlich, aber wer nimmt sich heutzutage schon die Zeit, jeden Tag den Tagesablauf so zu strukturieren, dass jede Minute genutzt und durchgeplant ist. In der Regel ist es die Personengruppe der Berufstätigen oder Familien mit Kindern, die einen Tagesplan brauchen, um die täglich anstehenden Alltagsaufgaben strukturiert und pünktlich zu meistern. Dann gibt es wiederum Menschen, die ihren Alltags-Trott aus purer Gewohnheit automatisch und routinemäßig bewältigen, was bei ihnen ganz gut funktioniert. Es gibt auch weniger durchstrukturierte Menschen, die ihre Zeit nicht gern im Voraus planen, diese Menschen sind eher spontan orientiert und leben das Leben so, wie es gerade kommt. Wie auch immer, so sind Menschen in ihren Lebensablauf unterschiedlich. ***Aber was ist wirklich wichtig für uns Menschen mit der Begegnung „Zeit"?*** Gut, dass es bei Gott bezüglich des Themas Zeit anders aussieht.

Von Geburt an beginnt die Zeit zu verrinnen und abzulaufen – für jeden von uns. **Hört sich jetzt drastisch an, aber genau so ist die Realität!** Als Kind nimmst Du den Faktor Zeit nicht richtig war, außer bei großer Vorfreude, wenn beispielsweise ein besonderes Ereignis wie ein Geburtstag, Weihnachten oder andere aufregende Dinge anstehen. Kinder nehmen oft wahr, dass die Zeit viel zu langsam vorwärtsgeht. In der Jugendzeit liegt der Fokus der Aufmerksamkeit eher im Sinne, dass sie es kaum abwarten können, wann sie **„endlich 18 Jahre"** alt sind. Wie Du sicher selbst weißt, ist ein Jugendlicher per Gesetz nicht berechtigt, bestimmte Dinge tun zu dürfen. Wenn dann die Zeit endlich gekommen ist, das gesetzliche Alter der Volljährigkeit erreicht zu haben, fehlt aber trotzdem meistens das Gefühl für die Zeit, zu begreifen, was es bedeutet, Zeit zu haben – oder auch nicht.

Durch meine Begegnungen mit der Zeit habe ich sehr schnell die Tragweite dieses Themas verstanden, aber nicht durch Alltagsstress oder Planung. Sondern durch die Erfahrung, die ich Dir in den vergangenen Kapiteln bereits erzählt habe. Es war eine sehr lange Zeit, in der ich in einer Fachklinik stationär behandelt wurde, aufgrund meiner schweren Krankheit – in der Hoffnung, in dieser Klinik geheilt zu werden. Eine solche einschneidende Erfahrung, die mit einem harten und langen Leidensweg einhergeht, wenn das eigene Leben ernsthaft kritisch gefährdet ist, sieht man die Zeit zum Leben mit ganz anderen Augen. Meine Gedankengänge in der Zeit während meiner stationären Behandlung waren manchmal für mich sehr beängstigend. Ich war noch so jung und befürchtete in manchen Augenblicken schon, dass ich vielleicht sterben muss. Die Ergebnisse der wöchentlichen Kontrollen meines Gesundheitszustandes wurden über eine lange Zeit hinweg nicht besser, die Ärzte waren verzweifelt und ratlos. Sie versuchten unermüdlich, immer wieder aufs Neue, andere Konstellationen der Medikation einzustellen, denn meine permanent schlechten Laborergebnisse sprachen für sich, sie waren besorgniserregend. Die Ärzte und Krankenschwestern schenkten mir immer wieder zuversichtliche Worte, damit ich mich nicht aufgeben würde. In dieser Zeit wünschte ich mir nur das Gefühl, erleben zu dürfen, wie es sich anfühlt, gesund zu sein. Denn ich verbrachte zu viel Zeit mit meinen verzweifelten Gedanken. Ich war nur auf meine kranke Lunge fokussiert und statt mich auf die kleinen Dinge zu freuen, mauerte ich mich in meinem Selbstmitleid ein. Man verfällt schleichend in eine Depression, natürlich war dieser Zustand nicht wirklich hilfreich.

Eine Geschichte will ich Dir erzählen, es ist die Geschichte, wie ich aus diesem negativen Gemütszustand herausgekommen bin. Die Klinik war ausgestattet mit einer Kapelle und es gab auch Nonnen, die im Rahmen ihres Seelsorge Angebots die Patienten sehr unterstützen. Die Stationsschwester erkannte bei mir, dass ich mental und psychisch ziemlich am Boden war, also rief sie eine Nonne, um zu versuchen, mir seelsorgerisch zu helfen und meine Situation zu erleichtern. In meinem Zimmer, welches ich mir mit zwei anderen Patientinnen teilte, verbrachte ich den Nachmittag allein, wie so oft. Es klopfe an der Tür, die Tür ging auf und eine Nonne kam herein. Ziemlich erstaunt schaute ich sie an, aber durch ihre liebe und freundliche Begrüßung fühlte ich mich sofort wohl. Ich möchte sie nicht als typische Nonne bezeichnen, obwohl sie es war, ich nenne sie an dieser Stelle Schwester Maria, dies ist nicht ihr wirklicher Name.

Sie schob einen Stuhl zu mir ans Bett und setzte sich zu mir. Die erste Frage, die ich ihr stellte, war: ***„Haben Sie denn keine Angst, von mir angesteckt zu werden?“*** *Sie lächelte und antwortete:* ***„Ich mache diesen Beruf schon so lange und bin nie angesteckt worden, wahrscheinlich hat der Herr mich gesegnet, damit ich diesen Beruf gelassen ausübe.“*** *Sie redete mit sanfter Stimme weiter:* ***„Sie haben einen schönen Namen, Christina. Ich kannte mal eine Frau, die auch Christina hieß, ein ganz besonderer Mensch.“*** *Ich sagte:* ***„Meine Mutter gab mir diesen Namen, weil eine gute Freundin von ihr auch so hieß.“*** *Schwester Maria sagte:* ***„Oh, das ist schön, dann hat Ihre Mutter Sie sehr gern gehabt.“*** *Ich antwortete:* ***„Ja.“*** *Schwester Maria fragte:* ***„Glauben Sie an Gott, den Herrn, Jesus, den Heiligen***

Geist?“ *Mit einer zögernden Antwort sagte ich:* ***„Ja.“*** *Schwester Maria redete ruhig weiter:* ***„Hmm, ich denke, ich sollte Ihnen eine wahre Geschichte erzählen von Jesus, unserem besten Freund, als er auf dieser Erde gewesen ist.“***

Ich fragte: ***„Eine Geschichte von Jesus?“*** *Schwester Maria antwortete mit freundlicher und warmer Stimme:* ***„Ja, genau, Jesus, diese Geschichte steht sogar in der Bibel geschrieben, aber ich erzähle es Ihnen mit meinen Worten.“*** *Ich war fasziniert von ihren Worten und schon sehr gespannt auf diese Geschichte von Jesus, also nickte ich mit dem Kopf und hörte ihr zu.*

Schwester Maria fing an zu erzählen: ***„Jesus war früh klar geworden, dass er kein gewöhnlicher Junge war. Erzählt wird, dass er im Alter von 30 Jahren sein Lebenswerk im Dienste Gottes begann, mit einer unbändigen Kraft und Gelassenheit verkündete Jesus die Botschaft, das Reich Gottes ist nah. Jesus ließ sich durch nichts aus der Ruhe bringen, er hatte so eine starke Bindung durch die Liebe zum Vater im Himmel, dass er dem Herrn ganz und gar vertraute. Jesus vollbrachte viele Wunder bei den Menschen, besonders für die Kranken. Da gab es ein junges Mädchen, das im Sterbebett lag. Jesus wurde zu ihr gerufen und auf dem Weg dorthin hielt eine Frau Jesus an und bat ihn um Heilung. Jesus nahm sich die Zeit für ihre Gesundheit, bevor er zu dem Mädchen ging. Jesus ließ sich nicht von seiner Tagesplanung unter Druck setzen. Denn Jesus wusste, dass Gott den größeren Plan wusste. Jesus nahm sich immer die Zeit für jeden, der zu ihm kam, aber auch für sich selbst.***

In der Bibel wird im Lukasevangelium erwähnt, dass Jesus auch gern mal für sich allein war, um zu beten und mit Gott zu reden, Jesus nahm sich einfach die Zeit.“ *Ich sagte:* ***„Also war Jesus viel mehr als nur jemand, der Wunder vollbringt.“*** *Schwester Maria antwortete mir:* ***„Wenn Sie es so sehen, dann glaube ich, haben Sie meine Erzählung verstanden.“*** *Sie sprach weiter:* ***„Gott ist bei Ihnen Christina, ich bin mir sicher, es hat einen Sinn, warum Sie hier sind. Sie sollen vielleicht über Ihr Leben nachdenken oder sich einfach die Zeit nehmen, um innere Ruhe zu finden.“*** *Dann ergänzte sie noch:* ***„Ich habe gehört, dass Ihr Ehemann keine einfache Person ist. Möglicherweise hat Gott dafür gesorgt, dass Sie eine Pause bekommen, sodass sich Ihre Seele und Ihr Körper erholen können. Sie werden wieder gesund, haben Sie Vertrauen. Sprechen Sie doch mit Jesus, unserem Vater im Himmel. Sie werden sehen, das wird Ihnen helfen. Sie werden gesund hier heraus spazieren und noch vieles in Ihrem Leben bewegen.“***

„Was halten Sie davon, dass wir beide jetzt zusammen beten?“

Mit Tränen in den Augen sagte ich: ***„Ja, sehr gern.“*** *Schwester Maria schaute mich an mit einem warmen Blick und sagte:* ***„Also, dann beten wir zusammen das Vaterunser.“***

Vater unser im Himmel, geheiligt werde Dein Name. Dein Reich komme. Dein Wille geschehe, wie im Himmel so auf Erden. Unser tägliches Brot gib uns heute. Und vergib uns unsere Schuld, wie auch wir vergeben unseren Schuldigern. Und führe uns nicht in Versuchung, sondern erlöse uns von dem Bösen. Denn Dein ist das Reich und Kraft und die Herrlichkeit in Ewigkeit.

Amen.

Weinend saß ich auf dem Bett und Schwester Maria betete weiter für mich: ***„Vater, im Namen Jesus, ich bitte Dich um Heilung für Christina. Ich lege Dir ihre kranke Lunge in Deine Hände. In Deinem Wort steht es geschrieben, das Gebet des Glaubens, das dem Kranken helfen wird, und Du, der Herr, ihn aufrichten wirst.“*** *Dann auf einmal betete Schwester Maria ganz leise, für mich nicht verständliche Worte vor sich hin.*

Ich spürte, dass diese Zeit, die ich mit Schwester Maria verbrachte, mich erleichterte und ich fühlte tiefe Dankbarkeit dafür, dass sie für mich betete. Als sie das Gebet fertig gesprochen hatte, sagte sie abschließend: ***„Gott segne Sie, Christina, und Ihre Gesundheit. Wenn Sie mich brauchen, nehme ich mir gern die Zeit für Sie, haben Sie keine schlechten Gedanken mehr, denn Jesus ist bei Ihnen. Nutzen Sie Ihre Zeit hier für Ihre Genesung und Ruhe.“*** *Sie verabschiedete sich mit ihrem angenehmen Lächeln und ging aus dem Zimmer. Ich bin mir sicher, dass Gott sie zu mir geschickt hatte und ihre Worte seine Worte waren. Ich bin dankbar, durch Schwester Maria von Gott gelernt zu haben, was Zeit bedeutet. Ich hatte danach noch ein paar weitere Gespräche mit Schwester Maria, die mit ihren Worten immer mehr mein Inneres stärkte. Durch sie fühlte ich Gott ganz nah bei mir, denn sie sprach durch* ***„IHN“*** *mit mir. Meine Genesung wurde danach wie ein Wunder immer besser und stabiler.*

Also: Zeit in Deinem Leben ist ein Geschenk, nutze die Zeit nicht mit Schlechtem, sondern nutze und bereichere die Zeit mit Gutem in Deinem Leben. Alles hat einen Sinn und die Antwort darauf ist, dass allein die Zeit, die dir Antwort gibt. Denn unser Vater im Himmel hat nicht umsonst seinen Sohn auf die Erde geschickt.

Jesus Christus hat uns Menschen gezeigt, dass wir Vertrauen zum Vater haben sollten, wir sollen uns keine Sorgen machen, ob wir Zeit haben, Dinge zu tun, die uns zum ganzen Dasein ausmachen. Gott segne Deinen Lebensweg und ich wünsche Dir, dass „ER“ Dir die Zeit schenkt, Dich zu entfalten.

„Ein jegliches hat seine Zeit und alles Vorhaben unter dem Himmel hat seine Stunde: Geboren werden hat seine Zeit, sterben hat seine Zeit, pflanzen hat seine Zeit, ausreißen, was gepflanzt ist, hat seine Zeit.“

Luther, Prediger 3: 1-2

Die Sorgen

Welche Menschen auf dieser Welt sorgen sich nicht? Die Begegnung mit der Sorge wird für jeden von uns zu einer ständigen Begleitung, die unausweichlich an uns Menschen haften bleibt. So ist es typisch menschlich, dass wir uns sorgen – an jedem einzelnen Tag unseres Lebens.

Was machen die Sorgen mit uns Menschen? Durch welche Faktoren und Situationen wird dieses Gefühl der Sorge ausgelöst? Es gibt grundsätzlich sehr viele verschiedenste Arten von Sorgen. Einige Beispiele: Sorge gibt einem das bedrückende Gefühl der Unruhe und Angst, welches spontan oder schleichend durch eine unangenehme, schwierige Lage verursacht wird. Oder man sorgt sich um jemanden anderen, der einem nahesteht, man sorgt und bemüht sich um dessen Wohlergehen.

In vielen Fällen machen wir uns darüber Sorgen, was die Zukunft bringt, oder wir sorgen uns um bevorstehende Ereignisse, die für unsere weitere Zukunft entscheiden sind und unser Leben neu definieren können. Es gibt Sorgen in der Familie, in der Ehe, Sorgen um die Kinder, die Partnerschaft und um wertvolle und langjährig bestehende Freundschaften.

In der heutigen Zeit nicht zu unterschätzen sind auch Existenzsorgen, das bedeutet die Sorge, dass Menschen große Angst davor haben, alles zu verlieren.

Andererseits gibt es wiederum Menschen, die sich unnötig Sorgen machen, weil sie sich im Voraus in ihren Gedanken negative Situationen oder Szenen vorstellen und sich davon beherrschen lassen. Das typische Szenario des Gedankenkinos: **„Was wäre, wenn vielleicht – vielleicht auch nicht."** Ich glaube, dass sich die Art und Weise, wie sich die Sorge im Einzelnen manifestiert, von Mensch zu Mensch stark unterscheidet.

So entstehen beispielsweise Sorgen aus Gewohnheit oder aus Erfahrungen, möglicherweise liegt es auch an den Persönlichkeitszügen des Menschen, um wen oder was oder warum sie sich sorgen.

Die Tatsache, dass wir uns Sorgen machen, mahnt uns immer wieder zur Vorsicht mit dem Umgang mit Situationen oder Menschen. Wenn wir uns sorgen, tragen wir damit gleichzeitig auch eine Verantwortung, die zu einer großen Belastung führen kann. Sorgen können das Leben ziemlich einschränken und ein innerlicher Stress ist vorprogrammiert und unvermeidbar.

Wieso ist das so? Die Sorge – so reflektiere ich es für mich – ist ein sehr starkes Gefühl, das wir nicht sofort loslassen können. Oftmals gehen wir lieber diesen Leidensweg des **„sich Sorgens“**, bis wir letztendlich die Kraft verlieren. In solchen Fällen führt dies irgendwann zu einer Resignation und erst dann wird diese Sorge fallen gelassen. Und genau dann, wenn dieser Zeitpunkt erreicht ist, und wir uns über einen längeren Zeitraum hinweg zu viel Sorgen gemacht haben, kann dies gesundheitlich bedenklich werden – beispielsweise in eine Angststörung übergehen.

Eine bekannte Weisheit besagt: **„Wer in dem Gestern heute sah, dem geht das Heute nicht allzu nah, und wer im Heute sieht das Morgen, der wird sich rühren, wird nicht sorgen.“**

Meine Begegnung mit den Sorgen habe ich von Kindesbeinen an kennengelernt. Eigentlich sollte ein Kind keine Sorgen haben und sorgenfrei aufwachsen dürfen. Als Kind war ich in der Position der Verantwortung, auf meinen Bruder aufzupassen, wenn meine Eltern arbeiten waren. In dieser damaligen Situation schlichen sich in mir drin automatisch Sorgen ein, ich sorgte mich meinen Eltern gegenüber, diese Bürde gut meistern zu können.

Wenn beispielsweise mein Bruder etwas Verbotenes anstellte, versuchte ich, die Spuren zu verwischen, um Ärger mit unseren Eltern zu vermeiden. Gleichzeitig bauten sich innerlicher Stress und Angst in mir auf, weil mein Gewissen sehr präsent war und sich innerlich sehr laut bemerkbar machte. Diese Kombination von Sorgen, Stress, Angst und Gewissensbissen begleitete mich über Jahre hinweg. Das Leben mit solchen Emotionen genießen zu können, war für mich undenkbar. Denn ich hatte ständig das Gefühl der Sorge im Nacken, ich musste mit allem vorsichtig sein und hatte stets im Hinterkopf, bloß nicht über die Grenze zu schlagen.

Was ist meistens die Pointe einer Geschichte? Es kommt sowie so, wie es kommt! Sich ständig Sorgen zu machen über die Zukunft und im Voraus über die Zukunft zu urteilen, bringt niemanden weiter. Denn letztendlich entpuppt sich die Situation komplett anders als die Vorstellung, die wir zuvor in unseren Gedanken verankert hatten. Zum Schluss geht das Geschehen seinen vorbestimmten Weg. Natürlich kennt niemand auf dieser Welt seine Bestimmung, nur Gott allein **„weiß Deinen Plan und plant Deinen Weg“.** Wenn Du unserem Vater im Himmel vertraust, vertraue darauf, dass Dein Weg großartig wird, auch wenn er mit Steinen und Felsen gepflastert ist.

Luther, Matthäus 6-34: ***„Darum sorgt nicht für morgen, denn der morgige Tag wird für das Seine sorgen. Es ist genug, dass jeder Tag seine eigene Plage hat.“***

Eine Geschichte für Dich:

Stell Dir vor, Du stehst irgendwo im Nirgendwo, um Dich herum ist nichts. Keine Nähe, keine Ferne, kein Horizont, es ist hell und doch nicht. Die Sicht ist trüb wie im Nebel und doch nicht, als wäre es eine weiße Wand um Dich herum, die etwas vor Dir verbirgt. Du hörst wunderschöne Posaunenklänge, die Dich sofort in Sicherheit wiegen und eine angenehme sanfte Stimme fragt Dich: ***„Möchtest Du gern Deine Sorgen loswerden?"***

Du fragst: ***„Wer bist Du?"*** *Die Stimme fragt Dich erneut:* ***„Willst Du all Deine Sorgen loswerden?"*** Zögernd erwiderst Du: ***„Ich verstehe nicht, wie das gemeint ist."***

Die sanfte Stimme spricht erklärend: ***„Wirf all Deine Sorgen auf mich und ein Wunder wartet auf Dich!"*** *Du überlegst einen kurzen Moment lang und erwartungsvoll willigst Du diesem Vorschlag ein.*

Auf einmal durchfährt Dich ein plötzlicher starker Windstoß. Du kannst nicht verstehen oder gar begreifen, was es gerade mit Dir macht. Als würdest Du schweben und doch berühren Deine Füße den Boden. Du fühlst Dich so unsagbar leicht wie eine Feder. Wenn Du jetzt Engelsflügel hättest, dann würdest Du davonfliegen. Wie ein Vogel, der den Antrieb des Windes in Anspruch nimmt und durch seine ausgebreiteten Flügel dabei die Freiheit genießt, dem Himmel nahe zu sein. Genau so fühlst Du Dich mit einer Freude und Erleichterung, die Du kaum fassen kannst. Du kannst es nicht begreifen, warum diese Empfindung Dich gerade segnet.

Plötzlich enthüllt diese weiße Wand einen Weg vor Dir! *Der Weg, den Du siehst, wirkt auf Dich wie ein steil aufsteigender Berg. Die Stimme spricht erneut zu Dir:* ***„Besteige diesen Weg, hab keine Angst, denn ich bin bei Dir."*** *Du vertraust zwar der Stimme, aber trotzdem stellst Du wieder die Frage:* ***„Kannst Du mir bitte sagen, wer Du bist?"*** *Die sanfte Stimme antwortet:* ***„Ich bin Gottes Bote, unser Vater im Himmel hat mich zu Dir gesandt, Dich auf diesem Weg zu begleiten, damit Du seine Botschaft bekommst."***

In diesem neu gewonnenen Vertrauen besteigst Du diesen Weg, Schritt für Schritt kletterst Du den steilen Berg hinauf. Was Dir aber seltsam vorkam, dass Du nur den Weg vor Dir gesehen hast. In Deiner Neugierde wolltest Du wissen, wie hoch Du schon beim Besteigen dieses Weges gekommen bist. Du konntest aber nichts sehen, denn wenn Du

Deinen Blick in alle Richtungen gewendet hast, links und rechst von Dir, war immer noch diese weiße Wand da. Der Aufstieg dieses Weges wird immer mühsamer und anstrengender für Dich. Völlig außer Atem bleibst Du immer wieder mal stehen, um kurz Kraft zu tanken, um den weiteren Anstieg bewältigen zu können. In Deiner eigenen Wahrnehmung kommt Dir dieser Weg sehr lang vor, Du hast das Gefühl, er würde nicht mehr enden. Darauf fragst Du die sanfte Stimme: ***„Wie lange geht dieser Weg noch?"*** *Die Stimme beruhigt Dich und sagt:* ***„Nicht mehr lange, Du hast es bald geschafft!"*** *Trotz der inneren Leichtigkeit, die Du durch diese Worte empfindest, werden Deine Beine immer schwerer für die letzten Schritte, die noch zu gehen sind.*

Dann endlich erreichst Du das Ende dieses Weges, dieses erkennst Du dadurch, dass kein Weg mehr vor Dir ist. Neugierig fragst Du die Stimme: ***„Was kommt nun, der Weg ist nicht mehr da, wohin jetzt?"***

Auf einmal öffnet sich diese Wand um Dich herum, die Sicht wird klar und Du kannst endlich die Ferne sehen, in allen Richtungen. Voller Erstaunen erblickst Du, dass Du in jeder Himmelsrichtung viele kleine und große Berge siehst. Auf jeder Spitze dieser Berge stehen Menschen und auch Engel stehen neben diesen Menschen. Es hat den Anschein, als würden diese Engel persönlich jedem einzelnen der jeweiligen Menschen gehören.

Auch Du siehst Deinen Engel, der Dich in diesem Moment anlächelt. Genau dieser Engel entpuppt sich als die sanfte Stimme, die die ganze Zeit zu Dir sprach. Dein Engel sprichst zu Dir:

„Die Botschaft von Gott, die ich Dir überbringe, ist wie folgt: Schau Deinen Berg an, wie groß er geworden ist im Laufe Deines Lebens. All das sind Deine Sorgen gewesen! Dein Vater im Himmel wollte nicht mehr, dass Du diese Belastung von all diesen Sorgen noch länger mit Dir trägst. Umso mehr freut er sich, dass Du ihm Deine Sorgen abgegeben hast. Siehst Du all diese Menschen um Dich herum, denen ergeht es wie Dir! Gott wünscht sich von Dir, dass Du betest und bittest und darauf vertraust, das „ER" Deine trübe Sicht verschwinden lässt. Dass Du in der Zukunft nicht mehr negativ urteilst über Dinge, welche noch gar nicht passiert sind. Du sollst wissen, dass „ER" bei Dir ist, wenn Dich wieder eine Sorge überfällt. Denn Du bist sein Kind und „ER" ist Dein liebender Vater und immer darauf bedacht, dass es Dir gut geht. Gott wünscht sich für Dich, dass Du an seiner Seite gehst und dabei immer das Gefühl hast, Du wärst dem Himmel nah.

Dein himmlischer Vater wünscht sich für Dich, dass Du sein Kind bleibst für immer bis in die Ewigkeit. Belaste Dich nicht mit Sorgen, sondern fühle

Dich mit Gott leicht wie eine Feder. Habe keine Angst, sondern blicke mit Zuversicht auf die Zukunft, die schon seit Deiner Geburt für Dich bereitliegt. Du wirst von „IHM" sehr geliebt, so wie Du bist, diese Liebe, lass sie in Dir wohnen, denn sie heilt und macht Dich immer wieder von Neuem gesund. Die alten Sorgen bleiben in dieser Welt für immer verborgen. Ich bin der Bote Gottes, ich bleibe immer an Deiner Seite und bewache Deine Tage und Nächte, so ist der Wille unseres Herrn. Wenn Du willst, können wir hier noch eine Weile zusammen verweilen, bevor Du wieder zu Deinem Leben zurückkehrst."

Während Du Deinem Engel zugehörst hast, liefen Dir die ganze Zeit dicke Tränen über Dein Gesicht wie ein kleiner Wasserfall. Dein Engel sprach die Worte Gottes, die Dich so berührt haben und Du hast es so dringend gebraucht, sie zu hören. Du warst sehr dankbar für diese Botschaft. Dann setzt Du Dich mit Deinem Engel hin, der Dich sanft und liebevoll mit einem seiner Flügel umarmt. Zusammen betrachtet ihr die mächtige Himmelspracht, von Gott erschaffen, die Dir hilft, Deine Gedanken dabei neu zu sortieren. Du hast endlich verstanden, was Gott sich von Dir wünscht.

Ich hoffe, dass diese Geschichte Dein Herz berührt hat, denn auch Du hast sicher die Begegnung mit der Sorge jeden Tag aufs Neue. ***Ist Dir schon mal bewusst geworden, dass Deine Sorgen Unruhe in Dir weckt?*** Ist Dir dabei aufgefallen, dass diese Unruhe in keiner Weise eine Lösung für Dich bereithält, damit die Sorgen verschwinden. Natürlich gibt es Situationen im Leben, in welchen Sorgen automatisch auftauchen, man kann nichts dagegen tun. Durch Veränderungen oder Informationen, die in diesem Moment auf uns einprasseln, sind wir im ersten Augenblick vollkommen überfordert und lassen unwillkürlich zu, dass die Sorge uns übermannt. Aber trage sie nicht allein, bete und bitte zum Vater im Himmel oder im Namen Jesus Christus und dem Heiligen Geist, der Dich durchdringt. Du wirst sehen, die Angst der Sorge wird kleiner und das Problem bekommt einen direkten Weg zur Lösungsfindung.

Gott ist bei Dir, wenn Du ihn bittest, denn „ER" ist Dein liebender Vater, „ER" will sein Kind beschützen. Gott hat mich gerettet, seit ich „IHM" meine Sorgen in seine Hände lege. Seit diesem Zeitpunkt ist mein Leben reich an Liebe und Zuversicht. Ich wünsche dasselbe für Dich, lege Deine Sorgen ab, übergebe sie dem Herrn und Du wirst erleben, wie schön sich das anfühlt, von Deinem Vater im Himmel getragen zu werden. Gott segne Dich auf all Deinen Wegen, auf dass Dich immer das Gefühl begleitet, Du wärst dem Himmel nah.

„Sorgt euch um nichts, sondern in allen Dingen lasst eure Bitten in Gebet und Flehen mit Danksagung vor Gott kund werden! Und der Friede Gottes, der höher ist als alle Vernunft, wird eure Herzen und Sinne in Christus Jesus bewahren."

Luther, Philipper 4: 6-7

Der Perfektionist

Ist Perfektionismus ein Charakterzug der Menschen? Oder wird er in der Kindheit vorgelebt und dadurch permanent insistierend eingetrichtert? Führt möglicherweise Perfektionismus in einigen Fällen zu einer Art psychologischen Folter für den betroffenen Menschen und seine Mitmenschen?

Ich nenne an dieser Stelle das Beispiel, das ich in einer Begegnung mit dem Perfektionismus in der Kindheit erlebt hatte: Das Kind versucht das Beigebrachte der Eltern anzunehmen und umzusetzen. Wenn es dem Kind gelingt, der Erwartung einer perfekten Leistung seitens der Eltern gerecht zu werden, dann weiß das Kind, es wird nicht mehr kritisiert oder betraft, sondern nur noch gelobt, das Kind fühlt sich sicher und bestätigt. Das ist die Vorstellung eines Kindes. Ich selbst war dieses Kind, an diesen Gedanken erinnere ich mich, wenn ich an meine Kindheit denke. Ich hatte stets das Bestreben, meiner Mutter zu gefallen und ihre Erwartung zu erfüllen, um die Anerkennung zu erlangen.

Durch langes Beobachten kam mir der Gedanke, dass vielleicht dieser Grundgedanke der Menschen eine Schwäche darstellen könnte, nur sind viele Menschen außerstande, diese öffentlich zu zeigen. Also ist der Mensch darauf bedacht, das Ziel zu erreichen, den Perfektionisten auszuleben. Ob es dem Menschen immer gelingt, ist die andere Frage. Ein berühmtes Sprichwort lautet:

„Niemand ist perfekt." Wir Menschen sind von Natur aus ein duales, polarisiertes Wesen! Wir sind sowohl stark als auch schwach! Wir sind sowohl mutig als auch ängstlich oder feige! Wir sind sowohl ehrlich als auch unehrlich! Dies gestehst du Dir ein, wenn Du Dich neutral reflektierst und ehrlich zu Dir bist. Wir selbst legen die Messlatte unserer Ansprüche sehr hoch. In der Interaktion des Zusammenlebens mit unseren Mitmenschen, die möglicherweise eine andere Sichtweise haben, können Barrieren entstehen. Diese Barrieren lösen Missverständnisse und Diskussionen aus. Es gibt Menschen, die regelrecht davon besessen sind, alles richtig und perfekt zu machen, sodass sie letztendlich nicht wirklich in der Lage sind, ein Vorhaben zu beenden, denn sie sind immer noch der Überzeugung, es könnte ja noch perfekter gehen. Natürlich gibt es Berufe, in denen Perfektion erfordert wird, besonders, wenn Menschenleben davon abhängen.

Die entscheidende Frage ist: Wo liegt der Ursprung des Perfektionismus? Liegt es doch in der Erziehung? Sollten wir Menschen uns vom Perfektionismus befreien?

Meine erste Begegnung mit dem Perfektionismus habe ich schon in der Kindheit erlebt. Als Kind verfügt man natürlich nicht über die breitbandige Sichtweise eines Erwachsenen. Darum ist umso komplizierter für ein Kind, nach zu vollziehen, warum Erwachsene so darauf bestehen, perfekt zu sein.

Als Kind habe ich darunter gelitten, ich habe immer versucht, mir keine Fehler zu erlauben. Aber trotzdem – die vermeintlich erwarteten richtigen Entscheidungen zu treffen, gelang mir nicht oft. Perfektionismus in verschiedensten Formen begleitete mich ständig, in der Schule war ich ein Außenseiter. Die anderen Schüler wollten nichts mit mir zu tun haben, die Ausnahme bildeten diejenigen Mitschüler, welche ebenfalls Außenseiter waren. Das alte Sprichwort:

„Gleich und gleich gesellt sich gern"** hatte für mich hier eine Bedeutung gefunden. **Weshalb die meisten Schüler mich ignorierten haben?** Ich denke, der Hauptgrund lag darin, dass ich ein ausländisches Kind war. Schon in der damaligen Zeit gab es Vorbehalte und viele Pro, aber auch Kontra Stimmen Ausländern gegenüber. Mein Vater hatte die Chance ergriffen, als Gastarbeiter einen Arbeitsplatz in Deutschland anzunehmen. **Deutschland hatte ab dem Jahr 1961 die ersten Gastarbeiter eingestellt für Arbeiten und Tätigkeiten, welche aufgrund der durch den Krieg dezimierten männlichen Bevölkerung ohne fremde Hilfe nicht zu leisten waren – das Thema war der Wiederaufbau.

*Ich fühlte mich bis zum Erreichen des Erwachsenenalters nicht perfekt. Diese Tatsache spiegelte sich in meinem Leben wider. Dadurch, dass es sich meiner Ansicht nach nicht perfekt zeichnete. Ich versuchte, auf Biegen und Brechen alles richtig zu machen, zu allem **„Ja"** zu sagen, keine Meinung zu äußern, vor allem fühlte ich mich permanent schuldig. **Diese Lebenseinstellung hat mein Leben regiert!** Ich wollte mich nicht mehr als Versager fühlen und überdies auch noch meinen Minderwertigkeitskomplex loswerden. Es stellt sich daher die Frage: **Wodurch und wann habe ich angefangen, es zu ändern?** Natürlich hat Gott mich in meinem Selbstzweifel gerettet.*

Eine Geschichte: Ich tauche einfach mitten hinein und lasse Dich daran teilhaben:** Stell Dir vor, es gibt zwei Welten. In der einen Hälfte der Welt leben alle Menschen unter perfekten Bedingungen. Perfektes Aussehen, perfektes Wohnen, sie haben einen perfekten Beruf, perfekte Kinder, perfekte Partner und Freunde, die Gesellschaft ist perfekt. Perfektionismus ist bei diesen Menschen ein Muss wie die Luft zum Atmen. **Alles sieht einheitlich aus, ihr Tagesablauf ist makellos, diese Welt ist vollkommen perfekt!

In der anderen Hälfte der Welt leben Menschen in verschiedenen Kulturen. Sie sehen verschieden aus, haben verschiedene Ansichten. Nicht immer gelingen ihre Vorhaben nicht alles verläuft nach Plan, sie treffen Fehlentscheidungen. Aber sie haben trotzdem zusammen eines gemeinsam, und zwar ihre Verbundenheit in dieser Welt. Nun, auf dieser Seite der Welt treffen sich jeden Tag sieben gut befreundete Jugendliche. Sie sind zusammen aufgewachsen, ihre Kultur ist unterschiedlich, aber die gegenseitige Akzeptanz beruht auf Gegenseitigkeit, sie betrachten sich als gleichwertig. Ihr gemeinsamer Treffpunkt ist immer derselbe Platz – eine gewaltige Mauer, welche sich über mehrere-Kilometer hinweg erstreckt. Diese Mauer dient als Trennwand oder als eine Grenze zur perfekten Welt, sodass keiner dort hinein dringen kann.

Eines Tages treffen sich die Jugendlichen an dieser besagten Mauer. Wie so oft tauschen sie sich im Gespräch aus und fragen sich, was sich wohl auf der anderen Seite der Mauer befindet. Plötzlich vernehmen sie ein lautes, zischendes Geräusch, welches aus der Richtung der Mauer kommt. Es bewegt sich ein Stück dieser Mauer sehr langsam. ***Es öffnet sich ein Spalt!*** *Die Jugendlichen erschrecken und zugleich sind sie erstaunt. Einer von ihnen sagt energisch: „**Kommt alle mit, das ist die Chance, sich anzusehen, was sich auf dieser Seite der Mauer verbirgt!**“ Zwei der Jugendlichen zögern anfänglich, aber sie lassen sich letztendlich von den anderen doch überreden. Also gehen sie zusammen hinein.* ***Sie sind überwältigt von dem hellen Licht und der Klarheit der Sicht!*** *Wie schön doch alles ist, so geordnet und sauber wie ein perfektes, auserlesenes Gemälde. Die Natur spricht durch das Zwitschern der Vögel und durch den leichten Wind, der die Haut streichelt. Eine schöne grüne, saftige Wiese mit farbenprächtig blühenden Blumen ist so einladend, dass man sich darauf zu legen möchte.*

Die Jugendlichen sind sprachlos, sie können die Schönheit dieser Welt nicht begreifen. Zwei Jugendliche allerdings können nicht alles eins zu eins so erfassen wie die anderen. ***Es gibt einen Grund!*** *Das eine Mädchen ist blind, der andere Junge ist taubstumm, aber trotzdem sind sie froh, sich überreden zu lassen. Das Einzige, was alle gleichzeitig gemeinsam wahrnehmen können, ist der angenehme Blütenduft der Wiese.*

Doch plötzlich kommt eine Eskorte der Schutzwache, sie werden beauftragt, die Jugendlichen in Gewahrsam zu nehmen. Die Jugendlichen sind in diesem Augenblick sehr verängstigt. Denn die Schutzwache hat eine dominante, Furcht einflößende Präsens. Sie wurden abgeführt zum Oberhaupt, der diese Institution regiert und bewacht. Die Jugendlichen werden in ein mächtiges imposantes Gebäude gebracht. ***Eine weiße Vorhalle mit riesigen Säulen!*** *Fast am Ende der Halle kann man ein paar Stufen und einen Thron erkennen, auf welchem das wartende Oberhaupt sitzt. Mit seinem weißen, maßgeschneiderten Gewand erhebt sich das Oberhaupt und läuft die Stufen langsam hinunter.*

Die Jugendlichen werden in einer Reihe aufgestellt, sodass das Oberhaupt sie genauestens betrachten kann. Er läuft die Reihe entlang und hält sich ein weißes Tuch unter seiner Nase. Er ist sehr erstaunt, wie unterschiedlich diese jungen Menschen doch aussehen. Von der Hautfarbe, Körpergröße oder dem Gewicht, auch die Gesichtszüge sind unterschiedlich. Als Erstes begrüßt das Oberhaupt die Jugendlichen mit einem scharfen Unterton:

***„Seid gegrüßt, ihr unerwünschten Eindringlinge."** Gleich darauf spricht das Oberhaupt direkt den taubstummen Jungen an: **„Wie seid ihr in unsere Welt eingedrungen?"** Der taubstumme Junge antwortet in Gebärdensprache:*

„Die Mauer hat sich einfach geöffnet!"** Das Oberhaupt fragt: **„Hast Du keine Stimme?"** Ein anderer Jugendlicher antwortete für ihn: **„Lukas ist taubstumm, er kann zwar von den Lippen lesen, aber antwortet in Gebärdensprache."** Das Oberhaupt erwidert: **„Hmm, interessant und dieses Mädchen, wieso schaut sie mich so seltsam an, was ist mit ihren Augen?"** Derselbe Junge antwortet darauf: **„Das ist Hanna, sie ist blind, von Geburt an."** Mit prüfendem Blick schaut das Oberhaupt durch die Reihe direkt in die Gesichter der Jugendlichen: **„Ihr seht alle so unterschiedlich aus! Du, zum Beispiel, was ist das für eine Hautfarbe? Dunkel, braun oder schwarz? Was ist mit Dir? Deine Augen Form, sind es asiatische Gene? Du, Dein Körper ist so breit, wieso? Dieser Junge hier ist mindestens zwei Köpfe größer als ich, wie ist das möglich? Aber Du, Du könntest einer von uns sein, wie ist Dein Name?"

*Derselbe Jugendliche, der für seine Freunde die Stimme bis jetzt erhoben hat, antwortet: **„Ich heiße Jesus."** Das Oberhaupt erwidert: **„Jesus? So einen Namen habe ich nie gehört."** Jesus kommentiert sanft erklärend: **„Im heilige Buch der Bibel, steht die wahre Geschichte Jesus, wie er den Menschen das Wort Gottes offenbarte!"***

*Das Oberhaupt sagt: **„Aha, die Bibel, dieses Buch soll heilig sein? Habe ich mal flüchtig davon gehört, in dieser Bibel steht angeblich die Wahrheit! Ich habe allerdings dieses Buch nie gelesen, bist Du dieser Jesus aus der Bibel?"** Jesus antwortet: **„Nein, bin ich nicht, aber Jesus lebt in mir, denn ER ist der Weg, die Wahrheit und das Leben."** Das Oberhaupt überlegt kurz und spricht: **„Du, Jesus, darfst bei uns bleiben, Du hast meine Neugierde erweckt und passt perfekt in diese Welt! Die anderen gehen wieder zurück, sie sind nicht perfekt für diese Welt. Wachen, führt sie ab!"** Jesus erwidert: **„Nein, ich werde nicht bleiben, meine Freunde sind meine Familie, sie haben ein warmes Herz. Denn die Liebe Gottes wohnt in jedem Einzelnen von uns. Unser Vater im Himmel liebt uns so, wie wir sind. Egal, wie wir aussehen oder welche Makel wir haben, durch Gottes Augen sind wir für IHN perfekt."***

Das Oberhaupt sagt in seiner Arroganz: ***„Eure Welt ist schmutzig und unrein, Krankheiten verbreiten sich in Eurem Umfeld. Ihr vernichtet euch gegenseitig. Schaut euch an, wie fehlerhaft ihr seid, schaut mich an, erkennt ihr den Unterschied?“*** *Jesus antwortet mit einem* Lächeln: ***„Diese Frage müssen wir uns Gott sei Dank nicht stellen. Mag sein, dass unsere Welt nicht wie eure ausschaut, aber durch Gottes Liebe sehen wir auch nicht den Unterschied. Gott segne Dich, Herr Oberhaupt!“***

Wenn auch Du in Deinem Leben das Gefühl hast, nicht perfekt zu sein, dann hast Du die Liebe unseres Vaters noch nicht zugelassen. Bete und bitte darum, befreie Dich von diesem Anspruch, perfekt sein zu müssen. Lass es zu, dass Jesus in Dir lebt, und Dein Leben erstrahlt in einer Vollkommenheit. Solange Dein Herz mit Liebe spricht und handelt, ist Dein Agieren mit Gottes Willen perfekt. Allein die Tatsache und das Bestreben, perfekt sein zu wollen, ist eine anstrengende Vorstellung. Jesus ist für Deine Sünden gestorben – ist das nicht ein perfektes Geschenk für Dich?

Sei gesegnet mit Gottes Liebe, sei zuversichtlich durch Gottes Wege. Denn Gott ist die Wahrheit in Deinem Leben und macht Deinen Lebensweg abenteuerlich perfekt.

„Der HERR segne Dich und behüte Dich; der HERR lasse sein Angesicht leuchten über dir und sei dir gnädig; der HERR hebe sein Angesicht über Dich und gebe dir Frieden.“

Luther, 4 Mose 6: 24 -26

Der Erfolg

Jeder will ihn haben, jeder Mensch strebt danach. Wenn Menschen Erfolgserlebnisse erleben, dann haben sie in ihrer Wahrnehmung auf jeden Fall ihr Ziel erreicht. Erfolg manifestiert sich unter anderem in Parametern wie beispielsweise der persönlichen Entwicklung, dem Erfinden neuer Dinge, etwas Neues zu erschaffen oder dem Erreichen eines lang ersehnten Ziels. Erfolg macht glücklich und stärkt unser Selbstbewusstsein. ***Was beutet Erfolg aber ganz konkret in unserem Leben? Bedeutet es, dass wir immer danach streben und uns bemühen, unser Leben auf unsere ganz individuelle Art zu verwirklichen?*** Immer dann, wenn wir Erfolg erfahren durch positive Ergebnisse, treibt dieser Erfolg uns an und wir sind bestrebt, immer noch mehr davon zu bekommen und diese Erfahrung immer wieder zu erleben.

Wer möchte sie nicht, diese Begegnung mit dem Erfolg? **Diese Umfrage hätte vermutlich eine Quote von null Prozent!**

Hast Du viel Erfolg in Deinem Leben? Oder bist Du eher jemand, der sich als Pechvogel sieht? Es gibt Menschen, die meistens Glück haben, als hätten sie einen Geheimmagneten, welcher mit einer Leichtigkeit den Erfolg an sich zieht. Manchen Menschen fliegt der Erfolg regelrecht vor die Füße, andere wiederum erreichen Erfolg durch die Pflege und das Vorhandensein von Beziehungen. Wieder andere müssen penetrant dafür kämpfen. So oder so, unabhängig davon, in welcher Form der Erfolg auf einen zukommt, die Bestätigung, dabei etwas erreicht zu haben, inspiriert natürlich uns alle dazu, weiterzumachen.

Meine Begegnungen mit dem Erfolg könnte ich Dir zwar aufzählen, speziell die Dinge, die ich für mich als Erfolg bezeichne. Doch möchte ich Dir gern erst mal eine andere Inspiration mitgeben zum Thema Erfolg. Diese Sichtweise – wie ich sie für mich sehe – erweckt vielleicht Deine Neugier.

In der Bibel steht im Alten Testament, wie Gott die Erde erschuf. Sicher hast Du schon davon gehört oder gelesen, aber ich erzähle es Dir hier mit meinen eigenen Worten. Wie erfolgreich unser Vater im Himmel diese Erde errichtet hat.

Gott erschuf am ersten Tag die Welt, doch es war ihm zu dunkel und zu leer, also sprach Gott: „Es soll hell werden!" Gott freute sich über die Helligkeit und nannte es „Tag" und die Dunkelheit „Nacht".

Am nächsten Tag erschuf Gott den Himmel, der sich über der Erde öffnete, mit den Wolken ergab dies einen schönen Anblick für Gott. So war der zweite Tag vorüber.

Am Tag darauf sprach Gott: „Das Wasser soll zurückweichen", damit Land entsteht durch die Erde und durch das Wasser, also das Meer. Doch damit war es für Gott noch nicht befriedigend, also bemächtigte Gott, dass Bäume, Büsche, Gräser und Blumen das Ganze schmücken, sodass alles grün und bunt aussieht auf der Erde. Mit dem dritten Tag war Gott ganz zufrieden!

Am vierten Tag sagte Gott: „Im Himmel sollen zwei Lichter leuchten." Ein Licht für die Sonne – den Tag – und eines für die Nacht – der Mond. Doch Gott ergänzte noch kleine Lichter hinzu, dies waren die Sterne.

Am fünften Tag sprach Gott: „Im Wasser und in der Luft sollen Tiere leben." Er sagte zu ihnen: „Vermehrt euch und bevölkert die Meere und die Luft." Mit den großartigen Lebewesen beendete Gott diesen Tag.

Am folgenden Tag sagte Gott: „Auch an Land soll es Tiere geben." Und Gott erschuf die Tiere, die das Land bevölkerten und freute sich über sie. Auch zu diesen Tieren sprach Gott: „Vermehrt euch und verbreitet euch über die ganze Erde aus." Dann sagte Gott: „Jetzt will ich noch etwas erschaffen, das mir ähnlich ist." Und Gott erschuf die Menschen, auch über sie freute er sich.

Alles, was er in den letzten sechs Tagen erschaffen hatte, sah sich Gott an, und für ihn war alles sehr gut. Doch am siebten Tag ruhte sich Gott von seiner erfolgreichen Arbeit aus und sagte:

„Dieser Tag gehört mir!" Er ist ein heiliger Tag, also ein Ruhetag.

Amen

So sind wir Menschen alle gesegnet, auf dieser Erde leben zu dürfen, mit all ihren Wundern, mit der Vielfalt an Farben und den unterschiedlichsten einzigartigen Tieren. Die Sonne, die für Mensch und für die vielfältige Tierwelt mit ihrer Wärme uns immer wieder ***„auftankt"*** *und mit Kraft und Energie versorgt, erhält durch die Wunder der Natur stets den Kreislauf des Lebens aufrecht. Das durchdringende Licht der Sonne ermöglicht uns die weite Sicht und dabei entdecken wir die ganze Schönheit unseres Daseins hier auf Erden in all ihrer Pracht. Die Wolken, die wie Wattebäusche durch den Himmel streichen, es scheint, als würden sie manchmal sogar fiktive Figuren zeichnen. Wolken, die uns allen den Regen geben – uns Menschen und der Erde so wie* *allen großen und kleinen Lebewesen. Während des Sonnenuntergangs verleiht uns das Licht opulente Farben am Himmel in einem warmen zusammengesetzten orangen - roten Lichtspiel. Danach durchdringt die Nacht die Umgebung und ist nur so dunkel, wie der Mond scheint. Der nächtliche Himmel ist erleuchtet durch ein schimmerndes Licht und die Sterne sind am Himmel wie funkelnde Diamanten. Wir Menschen schauen immer wieder gern fasziniert auf dieses glitzernde Himmelszelt und haben das Gefühl, dass die Sterne zum Greifen nahe sind. Unser Vater im Himmel hat uns nach diesen ganzen Wundern zuletzt erschaffen, er wollte uns zuerst ein überwältigendes Zuhause schaffen.*

„Der Beginn des Erfolgs ruht bei Gott.“ Unser Vater im Himmel konstruierte mit Erfolg diese wunderschöne Erde, in der wir wohnen und unser Leben tagtäglich erleben dürfen. Wir Menschen rennen dem Erfolg hinterher, weil wir denken, dass es so sein muss, weil wir glauben, einen Status in unserer erfolgsorientierten Gesellschaft haben zu müssen. Auf Biegen und Brechen die Konkurrenz bei Seite zu drängen, ist leider zu oft das Ziel unserer Bestrebungen nach Erfolg. Jeder hat das Bestreben, der erste, der schnellste zu sein, am besten der ein-zigste **„auf dem Treppchen des Erfolges“.**

Ich erzähle Dir meinen persönlichen Eindruck mit der Begegnung des Erfolgs:
In meiner Vergangenheit fühlte ich mich stets als Pechvogel. Ich sah andere Menschen, denen ihr Vorhaben meistens gelang, verglich mich damit und sah mich in meinem Dasein als Versager. Heute weiß ich, mit Gott an meiner Seite, dass man sich nicht mit

anderen vergleichen soll. Aber damals fühlte ich mich als ein permanenter Verlierer, weil mir im Leben sehr wenig gelang und sich selten Erfolge ergaben.

Einige Beispiele: Ich wollte eine bessere Tochter sein, eine gute Schülerin, meine Ehen gingen schief, meine Erkrankung hat mich belastet, es war die Summe aller negativ geprägten Geschehnisse, die mir widerfahren sind, die bewirkte, dass ich mich so fühlte. Ich hatte die Einstellung und hatte geglaubt, dass ich minderwertig bin und bleibe. Einige nahestehende Menschen bestätigten auch dieses Gefühl durch ihr Agieren und Kommunizieren durch die Art des Umgangs mit mir. Das Einzige, was mir die Empfindung schenkte, wertvoll zu sein, waren meine Tanzauftritte, die danach mit Applaus belohnt wurden. Dieses Erfolgserlebnis zu fühlen, war wie ein zartes Streicheln auf meiner Seele. Das war wohltuend und aufbauend, es war, als wäre dieses kleine Teil das Einzige, das brauchbar zu sein schien.

Statt zu Gott zu beten und um Hilfe zu bitten, ging ich weiterhin sehr lange blind diesen beschwerlichen Weg entlang. Bis irgendwann der Punkt erreicht war, an welchem ich nicht mehr laufen konnte durch die schwere Last, die ich hinter mir zog und meine Kraft immer mehr verschwand. Dann blickte ich in meine Vergangenheit zurück und meine Gedanken sagten eindeutig: ***„Das ist doch nicht alles im Leben."*** *Wenn es Gott gibt, dann will er doch sicher, dass jedes seiner Kinder ein Leben führt mit den Gaben, die es in seiner individuellen Art auch nutzen kann. Ich wollte mein Leben von Grund auf ändern, also sprach ich zu Gott:* ***„Vater im Himmel, ich habe lange nicht zu Dir gesprochen, bitte verzeih mir, bitte hilf mir und zeig mir den Weg, den Du für mich bestimmt hast."*** *Gott antwortete mir durch Begegnungen, die sprachen über ihn in Zeichen, in Zufälle oder durch Fügung.*

Ich sage Dir, mit Gott ist alles möglich. Es fasziniert mich immer wieder, wie Gott weiterhin seinen Plan umsetzt in meinem Leben. Alles funktioniert, manchmal stolpere ich noch, aber Gott hält meine Hand fest, sodass ich nicht tief stürze. Heute umhüllt mich Erfolg, aber nur mit Gott an meiner Seite. Ich schreibe dieses Buch mit Gott, ich bin in einer Musikband als Leadsängerin mit Gott. Ich fühle mich sehr wertvoll und geliebt durch Gott. Dinge, die ich mache, gelingen mir auf Anhieb mit Gott. ***Der Erfolg ruht bei Gott, unserem Vater im Himmel! Gott hat mich errettet!*** *Ich bin so dankbar, dass ich Gott an meiner Seite habe, der mich jeden Tag mit seiner Liebe umhüllt, die ich nie wieder hergeben will. Sein Applaus ist dauerhaft. Wenn Du zulässt, dass Gott an Deiner Seite lebt, dann wird Deine Seele jeden Tag aufs Neue gestreichelt von* ***„IHM"****.*

Sicher ist es sinnvoll, nach Deinen eigenen persönlichen Wünschen zu streben, aber Du solltest immer darauf bedacht sein, Dich mit großer Dankbarkeit gesegnet zu fühlen durch die Tatsache, diesen Erfolg errungen zu haben, denn es ist nicht nur durch Deine eigene Kraft geschehen – dieser Erfolg. Wichtig ist auch, sich von Herzen am Erfolg anderer Menschen zu erfreuen, ohne Neid und Eifersucht. Keiner ist Konkurrent, jeder ist individuell und wir alle auf dieser Erde sind besonders und wir sind vor allem Kinder Gottes. Denn jeder Tag, an dem Du morgens aufstehst und in Deinen Tagesablauf hineingehst mit allem, was Du im Guten erledigst, ist Dein Erfolg. Wenn Du dann am Ende dieses Tages im Bett liegst und Dich Dein Ruheschlaf einholt, so ist dies Dein persönlicher Erfolg. Alle anderen Formen des Erfolgs, wie beispielsweise materielle Erfolge und Auszeichnungen, sind lediglich eine Art Zusatz Bonus.

Weißt Du, was mich am meistens traurig macht? Es macht mich unendlich traurig, dass es auf dieser Welt zu viel Krieg gibt, welche als Erfolg angesehen werden. Zu viele Menschen mussten in der Geschichte der Menschheit in unzähligen Kriegen unnötig ihr Leben lassen. Kriege verursachen zu viel Leid, zu sehr herrscht das Böse. Die Macht derer, die nichts Gutes tun, ist schon viel zu lange eine wahrlich beschämende Form des Erfolgs auf Erden. Diese Erde, die Gott für uns Menschen erschaffen und erbaut hat und die sich im Laufe der Zeit immer weiter entwickelt hat, so viele verschiedene Kulturen, die darin leben – dieses Wunderwerk hat es nicht verdient, diesen **„falschen Erfolgen“** zum Opfer zu fallen. Wir sind seine Kinder, aber permanente Auseinandersetzungen reißen uns auseinander. Gott wollte mit diesem Zuhause, das er für uns erschaffen hat, erreichen, dass wir unseren Erfolg miteinander teilen und uns nicht durch sinnlose Konkurrenzkämpfe spalten lassen. **Jeder Mensch hat sein Wissen, seine Talente, Begabungen und sein individuelles Können!** Dies alles haben wir nicht umsonst mit auf unseren Lebensweg bekommen, denn dies alles soll immer weitergegeben werden – von Generation zu Generation.

Ich sehe Erfolg nicht nur im Alltag, sondern ich definiere ihn auch als Privileg, geboren zu sein und diese Erde kennenlernen zu dürfen, dies ist im übertragenen Sinne ein Erfolg. Zu wissen, dass es Gott, Jesus Christus, den Heiligen Geist, die Mutter Gottes und die Engel gibt, an die ich fest glaube – **das ist für mich Erfolg!** An unseren Vater zu glauben, bringt mich zu dem Erfolg, zu erreichen, was ich gern verwirklichen will mit **„IHM“** zusammen.

Sorge Dich nicht, denn Gott sorgt für Dich auch auf all Deinen Erfolgswegen. Es gibt immer wieder diese Tiefpunkte im Leben – das ist wohl wahr –, aber wenn Du sie überstehst und es wieder aufwärts geht, dann ist dies auch eine Form des Erfolgs. Gott segne Deine Gaben und lebe Du sie aus mit Gott zusammen und Dein Leben entpuppt sich zum größten Erfolg. Gottes Angesicht sei Dir immer zugewandt und der Friede sei immer mit Dir.

„Denn wenn der gute Wille da ist, so ist jeder willkommen nach dem, was er hat, nicht nach dem, was er nicht hat."

Luther, 2 Korinther 8: 12

Die Liebe

Ist das höchste Geschenk, das wir Menschen bekommen haben durch unseren Vater im Himmel.

Jeder Mensch will geliebt werden, denn die Liebe ist zwar unsichtbar und doch sichtbar. Es gibt verschiedene Arten, die Liebe zu empfinden, Elternliebe, Geschwisterliebe, Liebe in Freundschaften, Liebe zu sich selbst, Liebe zu Tieren und die eine große Liebe. Wenn uns diese Liebe zuteilgeworden ist, können wir uns gesegnet fühlen. Liebe ist ein heilsames Gefühl, das unsere Seele immer wieder von Neuem gesund werden lässt, wenn uns durch Einschnitte im Leben der Boden unter den Füßen weggezogen wird.

Ohne die Liebe wären wir verlorene Kinder auf dieser Welt, trotzdem gibt es leider noch genug Menschen, die Liebe nicht gewähren lassen. Denn wenn sie es zulassen würden, dann gäbe es kein Böses auf dieser Erde. Die Liebe macht alles zu einem Ganzen, die Liebe vereinigt und sichert den Zusammenhalt, die Liebe ist stärker als das Böse, die Liebe macht uns Menschen menschlich. Die Begegnung mit der Liebe ist niemals umsonst, sondern bleibt immer – egal, in welcher Situation und Lebenslage man sich befindet – der Höhepunkt in unserem Leben.

Sich geliebt zu fühlen, sich geborgen, aufgehoben zu wissen und dabei besonders zu sein bei den Menschen, die uns die Liebe entgegenbringen, ist etwas sehr Großartiges. Es sollte uns bewusst sein, dass Liebe ein wertvoller Schatz ist. Auch wenn wir Liebe weitergeben, durch Hilfsbereitschaft, durch Fürsorge für unsere Mitmenschen, durch Freude und Trost diese Liebe zu geben, macht es uns zu einem vollständigen Menschen. **Das ist, was Gott sich von uns wünscht!**

Meine Begegnung mit der Liebe habe ich in verschiedenen Phasen meines Lebens erlebt. So viele Menschen sind in mein Leben eingetreten – doch die Liebe war nicht bei all diesen Begegnungen echt. Wenn man Liebe entgegenbringt und diese wird mit den Füßen getreten, schmerzt diese Erfahrung tief im Herzen. Trotz solcher Rückschläge ist es wichtig, weiter Liebe zu schenken, denn Jesus hat es uns vorgelebt.

Gott hat uns erschaffen und von Geburt an geliebt, doch er hat Jesus, seinen Sohn, auf diese Erde geschickt, damit Jesus den Menschen die Liebe sichtbar macht.

Als Beispiel einer Begegnung zum Thema Liebe erzähle ich Dir ein Gespräch, das ich mit einem Menschen hatte. Ich halte es für möglich, dass ich während dieses

Gespräches bei der Begegnung diesen Menschen vielleicht zum Nachdenken gebracht habe. Ich kann Dir nicht mehr im Detail sagen, wie und wann während des Gesprächs diese Unterhaltung eine Wendung nahm. Bis heute habe ich diese Situation noch im Hinterkopf, wie ich mit dieser Begegnung damals plötzlich aus dem Nichts auf ein völlig anderes Thema kam. Dieser Mensch sprach mich an, was mich ziemlich wunderte. Wahrscheinlich lag es daran, dass ich wusste, dass diese Begegnung nicht gläubig war. Die Unterhaltung mit der Begegnung wendete sich abrupt zu einem anderen Verlauf dieses Gesprächs. Es kam zu einer überraschenden und besonderen Frage.

Ich wurde gefragt: ***„Glaubst Du eigentlich an den ganzen Mist, das mit Gott, und der ganze Aufruhr, der um ihn gemacht wird?“*** *Ich schaute die Begegnung an und sagte:* ***„Ja, ich glaube an Gott und den ganzen Aufruhr, der gemacht wird.“*** *Mein Gegenüber reagierte entsetzt:* ***„Meinst Du das wirklich ernst? Weswegen denn? Wo ist denn dieser tolle Gott? Beweise es mir, zeig ihn mir in irgendeiner Form.“***

Komischerweise hat mich die Reaktion der Begegnung nicht verwundert – statt zu antworten, stellte ich die Frage: ***„Glaubst Du an die Liebe?“*** *Die Begegnung antwortete:* ***„Was hat das jetzt damit zu tun?“*** *Ich fragte weiter:* ***„Hast Du nicht Kinder?“*** *Die Begegnung reagierte genervt:* ***„Ja, habe ich.“*** *Ich fragte:* ***„Sicher liebst Du Deine Kinder?“*** *Die Begegnung sagte mit Überzeugung:* ***„Meine Kinder sind mein Ein und Alles, natürlich liebe ich sie, ich würde alles für sie tun.“*** *Meine nächste Frage:* ***„Wo ist denn diese Liebe? Beweise es mir, zeige sie mir in irgendeiner Form.“*** *Die Begegnung wirkte durcheinander:* ***„Ja, wie soll ich Dir die Liebe zeigen oder gar beweisen? Das fühle ich in mir!“*** *Ich entgegnete:* ***„Schön für Dich, dass Du Liebe fühlst, also glaubst Du doch an die Liebe! Auch wenn Du für Dich denkst, nicht an Gott zu glauben, ich glaube, Gott ist dir viel näher, als Du es zugeben würdest. Denn Gott ist Liebe, wenn er nicht existieren würde, würden wir auch nicht existieren und wären nicht fähig, zu lieben. Gott liebt Dich und mich und alle Menschen auf dieser Erde, weil wir seine Kinder sind.“*** *Die Begegnung schaute mich nur an und sagte dazu:* ***„Ist mir egal, ich kenne diesen Gott nicht, hab ihn noch nie gesehen, am besten wechseln wir das Thema.“*** *Nun, ich erwiderte kein Wort mehr, ich respektierte die Ablehnung in diesem Gespräch und wünschte der Begegnung im Stillen Gottes Segen.*

Solchen Menschen begegnete ich ein paarmal, die Gott verleugneten und schon gar nicht an ihn glaubten. Schade ist es natürlich, wenn Menschen Gott nicht näher an sich heranlassen, denn die Erfahrung der starken Liebe unseres Vaters macht uns glücklich und gütig. In der Bibel gibt es einen schönen Vers über die Liebe:

Luther, 1 Korinther 13: 4-5

Die Liebe ist langmütig und freundlich,
die Liebe eifert nicht, die Liebe treibt nicht Mutwillen,
sie bläht sich nicht auf,
sie verhält sich nicht ungehörig, sie sucht nicht das ihre,
sie lässt sich nicht erbittern,
sie rechnet das Böse nicht zu.

Liebe ist eine Stimme, die Deine Gedanken in Richtung des Guten lenkt, die Liebe führt Dich zu Entscheidungen, die Dein Leben zum Positiven wandeln. Die Liebe ist ein Wunder und lässt Wunder geschehen. Die Liebe bedeutet auch hören, zuhören und verstehen. Die Liebe ist eine Hingabe, die Dein Bild noch mehr verschönert in all Deinen Farben. Die Liebe lässt uns die richtigen Worte aussprechen und die Auswirkung kommt wohltuend bei den Menschen in Form von Liebe an. Liebe kann zwei Herzen verbinden und eine große Liebe entstehen lassen. Liebe ist Vergeben und Verzeihen mit ganzem Herzen. Nun habe ich etwas Persönliches für Dich, Zeilen, die nur an Dich gerichtet sind!

Ein Gedicht für Dich!

Die Liebe soll sein Dein Licht, denn es erhellt Deine Sicht.
Lass die Liebe in Dir wohnen, sei versichert, es wird sich lohnen.
Liebe begeht Heilung in Deinem Herzen, es erlischt all Deine Schmerzen.
Liebe gehört ins Leben, damit Du sie erlebst auf all Deinen Wegen.
Dass Du nicht bleibst allein, drum glaube und lass sie hinein.
Unser Vater im Himmel hat die Liebe geboren, damit die Menschen sich nicht fühlen verloren.
Auch wenn Gott die Liebe heil gesprochen, sind doch Menschen daran zerbrochen.
Ist Dein Glaube stark genug, kommt sie sicher bei nächstem Atemzug.
Sieh Liebe, als wäre sie das Wahre und Einzige, es ist von Gott gesprochen als Allerheiligste.
Mit dieser Liebe läufst Du in Deinem Leben, so wird Dir auch zurückgegeben.
Denn die Liebe Gottes ist das Reich der Herrlichkeit und der Barmherzigkeit bis in Ewigkeit.
Amen

Trage dieses Gedicht in Deinem Herzen, ganz besonders in schweren Zeiten, die Du vielleicht durchmachst.

Ich wünsche mir, dass es Dir hilft, mit Deinen Sorgen oder wenn Du Dich verloren fühlst. Die Begegnung mit der Liebe ist eine der besten Erfahrungen, die jeder erlebt. Doch zuerst sollst Du Dich ganz und gar selbst lieben, damit Du bereit dafür bist, anderen Menschen Liebe zu schenken.

Trage die Liebe in Deinem Herzen, trage sie immer mit Dir und in Dir. Gott wünscht sich nichts sehnlicher, als dass seine Kinder auf Erden seine barmherzige Liebe im Herzen tragen. Gott segne Dich, Gott begleitet Dich, Gott ist mit Dir. Gott liebt Dich über alles, weil Du sein geliebtes Kind bist.

„Ihr Lieben, lasst uns einander lieb haben; denn die Liebe ist von Gott, und wer liebt, der ist aus Gott geboren und kennt Gott. Wer nicht liebt, der kennt Gott nicht; denn Gott ist Liebe."

Luther. 1 Johannes 4: 7-6

Die Tiere

...werden von vielen unserer Mitmenschen nicht wirklich wertgeschätzt. Tiere, die mit uns zusammen leben, werden zu unserem Familienmitglied. ***Warum schaffen wir Menschen uns Tiere an? Warum denken wir, dass wir die Tiere brauchen? Was geben uns Tiere genau?*** Nun, Tiere haben zwar ihre eigene Sprache, doch anhand ihres Verhaltens sind wir oft in der Lage, zu erkennen, was sie uns vermitteln wollen. Es liegt in ihrer Natur, in unserem Alltag durch ihre kommunikative und spielerische Art, uns in ihre Welt hinein zu schleusen.

Unsere Tiere machen uns glücklich, sie zaubern mit einer Leichtigkeit ein Lächeln in unser Gesicht. Tiere freuen sich, wenn wir nach Hause kommen, sie zeigen auf ihre Art, wie sie uns vermissen.

Tiere, die mit uns leben, beschenken uns mit ihrer zuvorkommenden Freundlichkeit auf ihre Art mit ihrer Liebe. **Sie zeigen ganz klar, was sie brauchen!** Für mich persönlich sind sie die ehrlichsten Lebewesen auf dieser Welt. Wir Menschen könnten uns von dieser Ehrlichkeit eine Scheibe abschneiden. Natürlich haben Tiere keine Probleme oder Alltagsstress in dem Sinne, wie wir Menschen Stress und Sorgen erleben. Doch vielleicht könnten wir uns gerade aus diesem Grund vieles abschauen, um ein wenig gelassener durchs Leben zu gehen. Möglicherweise würden – für uns große, bedeutende – Dinge ein klein wenig kleiner und weniger problematisch erscheinen.

Leider gibt es viele Menschen, die nicht zu den Tierliebhabern gehören, unter anderem auch manche Tierbesitzer, die weder artgerecht noch vorbildlich mit ihren Tieren umgehen, Massentierhandlung für die Zucht, Massentierhaltung für unsere Nahrung. Es gibt auch Personengruppen, die es zum Sport machen, aus reinem Spaß oder aus Selbstprofilierung, Tiere zu jagen und zu töten und sich dann als Krönung mit dem erlegten Tier fotografieren zulassen. **Grausam!**

Tiere sind von Gott erschaffen worden, also stehen die Tiere unter Gottes Schutz. Tiere sollte man respektieren und artgerecht behandeln und sie in keiner Form missbrauchen oder ihnen Schaden zuführen. Gott hat uns einige Tiere gegeben für unsere Nahrung. Als Nahrungsquelle sind aber nicht alle Lebewesen vorgesehen, das möchte ich aber an dieser Stelle nicht vertiefen. Falls du es genau wissen möchtest, steht näheres dazu in der Bibel – Mose 3 Kapitel 11.

Meine Begegnungen mit Tieren behalte ich in guter Erinnerung, aber ich habe auch tief eingeprägte Bilder im Kopf, die mich betrübten. In meiner Kindheit hatte ich das Glück, neben einem Bauernhof aufzuwachsen. Ein großes Geschenk begegnete mir als Kind. Ein Mädchen in meinem Alter, die Tochter der Bauern, durfte ich kennenlernen und daraus entstand eine tiefe Bindung zueinander. Bis zum heutigen Tag blieb unsere Freundschaft gesegnet. So oft hielt ich mich dort auf, zusammen mit weiteren Nachbarskindern, wir teilten alle miteinander eine wichtige und schöne Zeit. Es war eine faszinierende Tierwelt für mich als Kind und mitzuerleben, wie Tiere in ihrem Wesen agierten.

Als Kind habe ich allerdings auch eine andere Seite der Tierhaltung gesehen. Meine Eltern wollten immer die Sommerferien in ihrer Heimat verbringen, zusammen mit meinem Bruder und mir. Wir besuchten die Mutter meiner Mutter im Norden Portugals, die Menschen lebten dort in ärmlichen Verhältnissen, zumindest habe ich es so empfunden. Eigentlich war ich gern da, denn die Menschen waren sehr freundlich und die Kinder spielten gern mit meinem Bruder und mir. Was mich aber als Kind immer wieder aufs Neue schockierte, waren die vielen Streuner, Hunde und Katzen. Abgemagert, schmutzig, verhungert, sie hatten keine Bleibe und kein Zuhause! Ich war durch mein Leben in Deutschland nicht daran gewohnt, solche Umstände zu sehen. Bei einigen Tieren konnte ich sofort erkennen, dass sie krank waren. Durch starke Blessuren am Körper, die sich entzündeten, führten diese Krankheiten zu teilweise schweren und irreversiblen Schäden und sogar lebensgefährlichen Handicaps der Tiere. Es führte dazu, dass die Tiere sich nicht mehr fortbewegen konnten und somit verstarben sie, weil sie in ihrem Zustand keine Flüssigkeit oder Nahrung mehr zu sich nehmen konnten und sicherlich auch durch starke körperliche Schmerzen. Es war einfach schrecklich. Für die Menschen in dieser Ortschaft war es eine völlig normale Lebensweise der Tiere, sie kannten nichts anderes und waren an den Anblick gewohnt.

Es gab zwar Menschen, die ihre Essensreste an die Tiere auf dem blanken geteerten Boden verfütterten, mit der Absicht, den hungernden Tieren zu helfen. Trotzdem tat es mir schon als Kind sehr weh, zu sehen, wie Hunden und Katzen tagtäglich um ihr Leben kämpften. Es gab nicht wirklich eine Organisation oder Einrichtung, um die Tiere medizinisch und durch die Zuggabe regelmäßiger Nahrung aufzupäppeln und ihnen anschließend ein gutes Zuhause zu vermitteln. Die Katzen hatten nicht wirklich ein festes Zuhause, sie suchten sich ihre eigene Bleibe – zumindest für eine Weile. Sie suchten nach Standorten, an denen es Futter gab! Dennoch haben Katzen bekanntlich einen eigensinnigen Charakter, sie ließen sich nicht aufhalten in ihrer Freiheit, weiter zu ziehen.

Die Hunde sind in ihrem Wesen deutlich anders. Sie brauchen eher intensiver den Menschen an ihrer Seite. Sicher gab es Menschen, die Hunde in ihrem Zuhause ge-

halten haben, diese erfüllten allerdings hauptsächlich den Zweck, Wache zu halten und ungebetene Gäste aggressiv fernzuhalten.

Angekettet mit wenig Spielraum, sodass die Hunde nicht ausreichend Auslauf hatten, waren die Tiere automatisch durch diesen Zustand kampfbereit. Es war dort überhaupt nicht die Art Hundehaltung, wie ich es aus Deutschland kannte. Hier stehen Menschen als Hundebesitzer in aller Frühe auf, um ihren Hunden den nötigen Auslauf zu gewährleisten, oder sie besuchen die Hundeschule, um ihre Schützlinge artgerecht zu halten. Im Laufe der Jahre ist mir ein altes Sprichwort immer klarer geworden: ***„Andere Länder, andere Sitten."*** *In dieser Hinsicht bin ich überzeugt, dass nicht in jedem Land und in jedem Kulturkreis gleichermaßen die Tiere als Familienmitglieder anerkannt werden, sondern in vielen Fällen als Mittel zum Zweck gehalten werden.*

Ich erzähle Dir noch ein anderes Beispiel, welches mir mit meinem Hund widerfahren ist! Mein zweiter Ex-Ehemann und ich hatten ein Grundstück, auf dem sich unser Haus befand. Ein großer Teil des Grundstücks war umzäunt, sodass genug Platz war für unsere zwei Hunde. So konnten die beiden auch tagsüber draußen bleiben und den Tag genießen. Als Besitzer geht man davon aus, dass dieser Bereich das eigene Reich und somit sicher vor Fremden ist.

Eines Tages kam ich von der Arbeit nach Hause und fand meine Hündin am Boden liegend, mit Kurzatmigkeit. Ich brachte sie sofort zum Tierarzt, dort wurde sie umgehend notfallmäßig versorgt. Als ich meine Hündin nach ein paar Tagen abholen durfte, erklärte mir der Tierarzt, wie dieser Notfall zustande kam. Sie wurde mit Absicht vergiftet, entweder mit Frostschutzmittel oder Rattengift. Die Symptome wahren eindeutig, sodass der Tierarzt eindeutig auf eine Vergiftung schließen musste. Er erklärte mir, dass es eine langwierig geplante Aktion war, also dass das Gift der Hündin mehrmals zugefügt wurde. Trotz der Behandlung, mit welcher der Tierarzt versuchte, die Gesundheit zu stabilisieren, gab er mir keine große Hoffnung. Tatsächlich war meine Hündin nicht mehr dieselbe, sie war antriebslos, nicht mehr agil, sie wollte nur noch liegen und schlafen. Die Gesundheit war durch das Gift deutlich geschwächt, das Gift hat die inneren Organe angegriffen, sodass ich sie letztendlich einschläfern musste. Das war ein sehr schwerer Gang, ich konnte es nicht glauben, dass mein Tier nicht richtig alt werden konnte und irgendwann durch Altersschwäche einschläft und im Hundehimmel weiter Leben darf.

Es schmerzte sehr, sie loslassen zu müssen, aber ich wollte sie nicht weiter leiden sehen und ließ mich vom erfahrenen und kompetenten Rat des Tierarztes überzeugen, dass der letzte Ausweg das Einschläfern sei. Gott sei Dank war mein anderer Hund nicht betroffen, er hatte auch einen anderen Charakter als meine Hündin. Er war sehr lieb, aber nicht wirklich zutraulich zu fremden Menschen, vielleicht war das seine Rettung, dass er kein Gift von fremden Menschen gefressen hat. Ich konnte auch nicht begreifen, dass Unmenschlichkeit so unberechenbar und grausam sein konnte. Meine Vermutung war, dass irgendein Nachbar meine Hündin vergiftete, weil sie durch das Bellen als ruhe- und friedenstörend gesehen wurde. Leider konnte ich niemanden anzeigen, ich hatte ja keine Beweise, nur Vermutungen. Für eine offizielle Anzeige bei der Polizei reichte dies natürlich nicht aus.

Meine Hündin war für mich die personifizierte-pure Lebensfreude, sie war so freundlich zu allen Menschen, sie war so anhänglich und kuschel bedürftig. Sie war mein Engel auf vier Pfoten, die mich aufmunterte, wenn sie spürte, dass es mir nicht gut ging. Sie besaß die Gabe, mich abzulenken von meinem Kummer, und brachte mich jedes Mal dazu, in ihre Welt einzutauchen. Sie war eine meiner allerbesten Freundinnen, denn sie schenkte mir so viel Liebe, ohne diese zurückzufordern. Sie war immer da für mich, sie ließ mich nie im Stich. Sie war Licht für mein Herz, sie war meine Familie, mein ein und alles. ***Ruhe in Frieden, meine liebe Sirah.***

Ich habe Dir schon in einem vorigen Kapitel erzählt, dass ich einen meiner Hunde hergeben musste, bedingt durch den Umzug, weil das Haus verkauft wurde. In der Zeit danach besaß ich eine ganze Weile keine Tiere, ehrlich gesagt wollte ich zu diesem Zeitpunkt auch nicht. Es hat so weh getan, dieses Loslassen meiner letzten Lieblinge, dass ich geglaubt habe, es nicht mehr verkraften zu können, nochmals Ähnliches durchzumachen. Doch meine Liebe zu Tieren war zu groß und mit der Zeit vermisste ich es, Tiere um mich zu haben. Also entschied ich mich diesmal in der Wahl meiner vierfüßigen Lebensgefährten für eine Katze. Ich gab ihr den Namen ***Mia!*** *Doch da sie nur reine Hauskatze werden sollte, holte ich als Gesellschaft für sie noch mal eine zweite Katze dazu, damit die* ***Mia*** *nicht allein bleibt. Diese Katze bekam den Namen* ***Lucy!*** *Aber das reichte noch nicht, also kam noch eine dritte dazu, die* ***Kira!***

Drei Katzen mit unterschiedlichen Charakteren, aber sie sind alle drei aus meinem Leben gar nicht mehr wegzudenken. Ich bin froh, dass ich mich wieder dafür entscheiden konnte, Tiere in mein Leben zu lassen. Das sind die besten Therapeuten der Welt, sie bringen einen zum Lachen und sind immer präsent durch ihre Lebensfreude. Katzen suchen die Nähe zum Menschen immer dann, wenn sie was brauchen, sie unterhalten mich mit ihrer Miau - Sprache, doch ansonsten sind sie ihre ganz eigene, individuelle Persönlichkeit.

Gott hat wirklich wunderbarer Geschöpfe zum Leben erweckt, sie erfüllen bei uns Menschen ihre Aufgaben in so vielen Formen. Unser Vater im Himmel hat sich dabei etwas gedacht, die individuellen Gaben der Tiere sollten bei uns Menschen Positives bewirken. Auch wenn wir uns manchmal einsam fühlen, durch unsere tierischen Familienmitglieder ist dieses Gefühl des Al-

lein-Seins deutlich reduziert oder sogar komplett gelöscht. Tiere können in uns Optimismus erwecken und die Wirkung löst in uns bedingungslose Liebe für sie aus. Ihre Liebe heilt unsere Gedanken und schenken uns dabei Kraft, damit wir neue und gute Gedanken zulassen. Gott segne alle Tiere auf dieser Welt. Dass alle Tiere ein gesegnetes Leben haben bei ihren Menschen, die zu ihrer Familie werden.

„…und Ahab sprach zu Obadja: Auf! Zieh durchs Land zu allen Wasserquellen und allen Bächen, ob wir Gras finden, uns die Rosse und Maultiere erhalten können, damit wir keines der Tiere töten müssen.“

Luther, König 18:5

Das mangelnde Selbstwertgefühl

Dieses belastende Gefühl tragen viele Menschen in sich. Diese Empfindung ist in sehr vielen Fällen sehr geprägt in der Psyche des jeweiligen Menschen verankert, die über eine lange Zeit hinweg zu vielen Belastungen ausgesetzt wurden, wenn beispielsweise – bedingt durch Konflikte oder demütigende Situationen – zu viel **„auf der Seele herumgetrampelt"** wurde.

Die Psyche des Menschen hat einen sehr empfindsamen Kern. Wenn die Psyche negativ beeinflusst wird, kann es sehr viel Schaden anrichten. Die Folgen einer belasteten Psyche hat viele Ursachen und füllt die Regale der wissenschaftlichen Psychologie. In diesem Kapitel möchte ich auf die Auswirkung einer belasteten Psyche auf das Selbstwertgefühl eingehen. In vielen Fällen liegt der Beginn und Ursprung des mangelnden Selbstwertgefühls in der Kindheit der Betroffenen, meine Annahme wird dabei gestützt durch die Erfahrung in meiner eigenen Kindheit.

Wenn ein Kind im Kindesalter ständig kritisiert, gehänselt, abgelehnt oder psychisch und physisch missbraucht wird und zusätzlich ständig mit Misserfolgen zu kämpfen hat, dann ist es kein Wunder, dass dies schwerwiegende Spuren hinterlässt – auch Jahre später noch. Oft sind Menschen im Erwachsenenalter immer noch sehr geprägt von ihrer Vergangenheit. So bleibt das mangelnde Selbstwertgefühl treu an der Seite des jeweiligen verletzen Menschen, der es schwer hat, davon loszukommen. Denn das Gefühl, davon überzeugt zu sein, **„nicht gut genug zu sein"**, sitzt sehr tief in der Seele der Betroffenen.

Manchmal fühlen sich Menschen so ohnmächtig mit dem Gefühl, nicht wertvoll zu sein, dass sie dann an einem verzweifelten Punkt ankommen, an welchem sich dieses Gefühl trauriger Weise in ihren Gedanken manifestiert, nicht mehr Leben zu wollen. An diesem Punkt besteht die Gefahr, dass einige dieser Menschen schlussendlich Suizid begehen. Wenn ein Mensch es wagt, diesen Schritt umzusetzen, hat die Verzweiflung in Ausweglosigkeit umgeschlagen, der Betroffene ist der festen Überzeugung, es ist zu viel passiert, um eine andere Lösung zu finden. **Der Glaube zu Gott wäre hier für diese Menschen die größte Hilfe!** Denn der Vater im Himmel weint um jedes seiner Kinder, welches diesen Schritt vollzieht.

Was bedeutet für uns Menschen das mangelnde Selbstwertgefühl? In welcher Weise schränkt dieses Gefühl unser Leben ein? Durch meine Erfahrung weiß ich, was es auslösen kann, mit diesem Gefühl zu leben. Sich selbst so einzuschätzen, dass man allgemein oder in einer bestimmten Tätigkeit möglicherweise gut ist, obwohl man diese sehr gern macht, aber nicht überzeugt davon ist, es anderen zu zeigen, das kann überproportional belastend sein. Menschen besitzen von Natur aus die Tendenz, sich mit anderen Menschen zu vergleichen. Wenn man dann von seinem Gegenüber den Eindruck bekommt, dass derjenige besser ist, schaltet sich sofort das mangelnde Selbstwertgefühl ein. Dies schränkt definitiv unser Leben ein, vieles, was wir gern machen, verstecken wir genau aus diesem Grund, weil wir nicht an unsere Fähigkeiten glauben, weil wir denken, andere können das besser. Man möchte aus diesem Grund sein eigenes Versagen vor anderen verstecken. Mangelndes Selbstbewusstsein manifestiert sich auch in der Unsicherheit, die unwillkürlich immer wieder zum Vorschein kommt, also bleibt man lieber still und leise, möglichst ohne aufzufallen, im Hintergrund.

Dann gibt es aber auch die Kehrseite der Medaille. Menschen, die völlig von sich selbst überzeugt sind und sich sehr gern auf ein Podest stellen. Sie verfügen über einen unerschöpflichen Vorrat an überzogenem Selbstwertgefühl. Aufzufallen um jeden Preis, ist ihre Devise – jeder soll sie sehen und hören.

Ein altbekanntes Sprichwort besagt: **„Hochmut kommt vor dem Fall."**

Es steht auch in der Bibel über den Hochmut geschrieben: **„Denn Gott widersteht den Hochmütigen."** Diese Menschen könnte man umgangssprachlich auch als Angeber bezeichnen, passend dazu gibt es ein Zitat: **„Die lautesten Menschen haben oft nicht die leiseste Ahnung."**

Jeder Mensch auf dieser Erde hat individuelle Gaben, die meisten haben sogar eine ganze Vielfalt an Fähigkeiten, Talenten und Kreativität. Jeder Mensch sollte diese Gaben nutzen und keine Angst davor haben, sie auch zu zeigen. Mit Gott zusammen wirkt alles vollkommen, auch mit Ecken und Kanten.

Ich erzähle Dir meine Begegnung mit dem mangelnden Selbstwertgefühl:

Bezüglich der Erinnerung in meiner Kindheit hast Du schon einiges erfahren von mir, auch von den negativen Erlebnissen. Ich trug immer dieses Gefühl in mir, nicht wertvoll genug zu sein. Die Strenge meiner Mutter hat einen wesentlichen Teil dazu beigetragen. Aber dies war nicht der einzige Faktor. Es kamen noch andere Erlebnisse dazu. Ein Beispiel: Nach der Schule auf dem Heimweg bin ich jeden Tag von drei Jungen, die ungefähr in meinem Alter waren, gehänselt worden. Sie haben bei-

spielsweise meinen Schulranzen gepackt und daran herumgezerrt, mir den Fuß gestellt, damit ich stürze, oder mich geschubst, sodass ich das Gleichgewicht verlor, auch Schimpfwörter haben nicht gefehlt. ***Es war immer eine Tortur!***

Auch der Unterricht in der Schule fiel mir schwer, besonders in sehr wichtigen Fächern wie Mathe und Deutsch waren meine Noten eine Katastrophe. Ich fühlte mich immer als dumm, wenn ich zum Beispiel eine Mathearbeit zurückbekam und die Note sah. Ich schämte mich zutiefst, ich musste unglücklicherweise die Noten meinen Eltern vorzeigen, denn ich brauchte ihre Unterschrift als Bestätigung für die Lehrer. Manchmal versuchte ich sogar, die Unterschrift meiner Mutter zu kopieren, damit ich nicht ihre Standpauke anhören musste. Denn meine Mutter sagte immer: ***„Wie kann das sein, Dein Bruder ist jünger als Du und ist viel besser in der Schule, Du bist selbst schuld, wenn Du Dich nicht anstrengst in der Schule und irgendwann in einer Fabrik landest zum Arbeiten.“*** *Dieser Satz hat mich immer wieder erneut heruntergezogen, ich fand auch keine Erklärung oder Rechtfertigung für die schlechten Noten. Vielleicht wollte sie mich damit wachrütteln, aber damit hat sie das Gegenteil bewirkt.*

Ich schildere Dir eine andere Situation, die mich ziemlich schlecht dastehen ließ. Eine Schulkameradin lud mich zu ihrem Geburtstag ein. Diese Einladung überraschte mich, denn erstens war sie kein Außenseiter in unserer Klasse und zweitens eine Deutsche. Mit dieser Nachricht lief ich freudig nach Hause, selbst die Jungs, die mich hänselten auf dem Nachhauseweg, konnten meine Freude nicht zerstören. Ich berichtete es gleich meinen Eltern, sie freuten sich und erlaubten mir, zu diesem Geburtstag zu gehen. Als der besagte Tag gekommen war, fuhr mein Vater mich zum Haus meiner Schulkameradin. Ich stieg aus dem Auto aus, mein Vater wünschte mir viel Spaß und fuhr weiter. Als ich dann an der Haustür klingelte, machte die Mutter dieser Schülerin die Tür auf und bombardierte mich gleich mit Fragen: ***„Wer bist Du? Hat meine Tochter Dich eingeladen? Du bist aber keine Deutsche?“*** *Ich, als zehn jähriges Kind, war durch diese Fragen überfordert und antwortete:* ***„Ich bin in derselben Klasse wie Ihre Tochter und bin Portugiesin.“*** *Diese Mutter antwortete sehr überzeugend:* ***„Ich mag keine Ausländer und ich erlaube es auch nicht, dass in mein Haus Ausländer hineinkommen.“*** *Mit diesen Worten knallte sie die Haustüre zu, in dem Moment konnte ich nicht nachvollziehen, wieso diese Frau so ablehnend war. Also lief ich geschockt, traurig und verzweifelt nach Hause, Gott sei Dank wohnte dieses Mädchen im selben Dorf wie ich. Aber auf dem Nachhauseweg kam in mir sofort dieses mangelnde Selbstwertgefühl hoch und hob sich in den Vordergrund meines Gefühlslebens. Ich fühlte mich durcheinander und machte mir Sorgen, wie ich es meinen Eltern erklären sollte. Ich wusste nicht, ob ich mich schämen sollte, dass ich eine Portugiesin war. Als ich es dann meinen Eltern berichtete, was geschehen war, nahm mein Vater mich an die Hand und verlangte, dass ich das Geburtstagsgeschenk mitnehme, und wir* *fuhren mit dem Auto nochmals zu dieser Schulkameradin. Mein Vater und ich standen vor dieser Tür, mein Herz schlug mir bis zum Hals, weil mein Vater sehr aufgebracht war. Mein Vater betätigte die Klingel. Kurz darauf öffnete wieder die Mutter meiner Schulkameradin die Türe und erschrak, meinen Vater zu sehen mit seinem strengen Blick. Mein Vater ließ die Frau erst gar nicht zu Wort kommen und sagte mit ruhiger Stimme:* ***„Wir leben in Deutschland und ja, wir sind Ausländer, aber Respekt sollten alle Menschen haben, auch die Deutschen. Also, meine Tochter wurde eingeladen zum Geburtstag und hier ist das Geschenk für Ihre Tochter. Wir Ausländer wissen, was Anstand bedeutet, wissen sie es auch?"*** *Mit dieser Frage ließ mein Vater die Frau stehen, wir stiegen ins Auto und fuhren nach Hause. Auf der kurzen Heimfahrt sagte mein Vater noch zu mir:* ***„Schäme Dich niemals, dass Du eine Portugiesin bist."***

Diese Geschichte hat mich noch sehr lange in meinen Gedanken verfolgt.

Aber es gab in meiner Kindheit auch schöne Vorkommnisse, die ich erleben durfte. Ich war unsagbar dankbar, das Tanzen als Hobby und Leidenschaft zu haben, es schenkte mir das Gefühl, wertvoll zu sein. Es war für mich immer Balsam für die Seele, sobald ich anfing zu tanzen. Denn in dieser Welt gab es keine Ängste und Hemmungen.

Menschen, die meine Kindheit auch positiv geprägt haben, waren die Nachbarfreundinnen, die mit mir viel Zeit verbrachten, die unter anderem auch gemeinsam mit mir musizierten. Ich war die Sängerin und sie spielten ihre Instrumente als Begleitung. Das war eine sehr schöne Zeit und tat mir auch sehr gut, denn diese Freundinnen lobten immer meinen Gesang. Eine dieser Freundinnen ermutigte mich sogar, bei einem Gesangswettbewerb mitzumachen, sie war überzeugt, dass die Chancen für mich, zu gewinnen, gut stünde. Mit diesem Glauben ließ ich mich darauf ein. Doch es kam anders: Im Wettbewerb war eine Mitstreiterin, die noch zusätzlich zum Gesang Gitarre spielte – dieses Mädchen gewann den Wettbewerb. Natürlich war ich enttäuscht, nicht weil ich verloren hatte, sondern weil ich mich durch die Niederlage bestätigt fühlte, doch nicht so gut zu sein, wie meine Freundinnen es behaupteten.

Trotzdem haben diese Nachbarskinder mich immer akzeptiert, wie ich war und wer ich war, und mich wertgeschätzt. Auch heute noch haben wir eine wunderschöne tiefe Bindung zueinander. Deshalb sind diese zwei Freundinnen sehr wichtige Menschen und ***„meine Schwestern"*** *geworden und* ***„das mit ganzem Herzen".***

„Ich habe Euch sehr, sehr, sehr lieb. Danke, dass es Euch gibt. Euer Dasein bereichert mein Leben ungemein. Gott hat unsere Freundschaft für alle Zeit gesegnet."

Wenn wir die Gelegenheit dazu haben, musizieren wir zusammen, um Gott zu preisen und zu loben.

„Danke, meine lieben Schwestern, dass Ihr da seid.“

Auch im Erwachsenenalter hatte ich noch viele unangenehme Geschichten erlebt, aber ich erzähle Dir nur eine davon, die mich sehr geprägt hat.

In meiner zweiten Ehe erlebte ich eine sehr verletzende Reaktion meines damaligen Ehemanns. Du kennst die Geschichte, in der ich beschrieben hatte, dass mein Vater im Sterben lag. Nachdem mein Vater dann im Krankenhauszimmer verstorben war, rief ich gleich darauf meinen Ehemann an, um ihm zu erzählen, was geschehen war. Seine Reaktion auf die Todesmitteilung war: ***„Mein Beileid, aber Du weißt, ich fahre doch zu meinen Kollegen, das war schon lange abgemacht.“*** *Erst mal schwieg ich am Telefon, weil ich nicht fassen konnte, dass es ihm in diesem schrecklichen Moment für ihn wichtiger war, seine Kollegen zu sehen. Er fragt dann:* ***„Bist Du noch dran?“*** *Mit enttäuschter Stimme antwortete ich:* ***„Ja, bin ich.“***

Er fragte mich in seiner Unsicherheit: ***„Ja, was soll ich jetzt machen?“*** *Ich antwortete kraftlos:* ***„Wenn Du jetzt nicht weißt, was Du zu tun hast, dann kann ich Dir auch nicht helfen.“*** *Mit diesem Satz beendete ich das Gespräch und legte den Hörer auf. Ich hoffte natürlich, dass er sich anders überlegen würde und zu mir ins Krankenhaus käme, um mich zu trösten und in den Arm zu nehmen. Doch das passiert nicht. Er gab mir durch seine Reaktion das Gefühl, dass ich es nicht Wert sei, für mich kehrt zumachen, und dass er sich nicht für mich entschied, seine Ehefrau, um in diesen Stunden für mich da zu sein. Wie heißt das Ehegelöbnis:* ***„Wie in guten, so in schlechten Zeiten?“***

Wir Menschen haben im Laufe unseres Lebens viele Begegnungen und Ereignisse, die uns lange prägen.

Menschen, die uns nahestehen, oder auch Fremde können unüberlegt Dingen sagen oder tun, die uns zutiefst verletzen und wir dadurch negativ beeinflusst und entmutigt werden.

Vergeben ist das Einzige, was Du tun kannst, um Frieden zu schließen. Jesus sagte am Kreuz:

„Vater, vergib Ihnen, denn sie wissen nicht, was sie tun.“

Sicher kann man manchmal die Reaktionen einiger unserer Mitmenschen nicht begreifen und schon gar nicht verstehen oder gar nachvollziehen, aber Menschen machen nun mal Fehler. Es soll keine Entschuldigung sein, aber unser Vater im Himmel wird diese Menschen auf seine Weise zurechtweisen. Das mangelnde Selbstwertgefühl hält sich bei mir in Grenzen, seit ich vergeben habe und mein Leben ganz und gar in Gottes Hände gelegt habe.

Auch für Dich hat Gott einen Plan, gib Dich ihm hin und du wirst sehen, wie wertvoll Dein Leben sich zeichnen wird. Mit Gott zusammen wird Dein Leben reich an Mut und Zuversicht in allem, was Du tust. Gott begleitet Dich, Gott ist mit Dir und bei Dir, trage die Liebe in Dir und mit Dir.

Ein Psalm Davids: „Der HERR ist mein Hirte, mir wird nichts mangeln. Er weidet mich auf einer grünen Aue und führet mich zum frischen Wasser. Er erquicket meine Seele. Er führet mich auf rechter Straße um seines Namens willen. Und ob ich schon wanderte im finstern Tal, fürchte ich kein Unglück; denn du bist bei mir, dein Stecken und Stab trösten mich."

Luther, Psalm 23: 1-4

Die Verantwortung

Das Prinzip der Verantwortung bedeutet für einen Menschen teilweise eine große Belastung. Allein das Wort **„Verantwortung“** ist sehr aussagekräftig. Jeder von uns trägt Verantwortung. Wenn ein Mensch diese Bürde aber unfreiwillig auferlegt bekommt, wird erwartet, dass er den Verpflichtungen, die durch die Verantwortung entstehen, gerecht wird.

Ein bekanntes Zitat von **„Moliere“** lautet: **„Wir sind nicht nur verantwortlich für das, was wir tun, sondern auch für das, was wir nicht tun.“**

Oft geraten Menschen in Situationen, die unerwartet auftauchen, die zwingend mit einer Verantwortung verbunden sind und das Fällen von Entscheidungen erforderlich machen. Wenn dann die Entscheidung nicht richtig getroffen wurde, geraten wir in einen Konflikt. Die Konsequenz ist oft sehr belastend und wir Menschen fühlen uns dadurch schlecht.

Ist Verantwortung dann eine gute Sache? Oder ist Verantwortung nur pure Belastung? Die Begegnung mit der Verantwortung ist nicht immer einfach und es passiert immer wieder, dass sich Menschen der Verantwortung entziehen. Denn die Angst zu scheitern ist für manche Menschen viel zu groß. ***Wo beginnt die Verantwortung und wo endet sie?***

Du trägst grundsätzlich, von Natur aus, die Verantwortung für Dich selbst, sobald Du die Volljährigkeit erreicht hast. Wie Du Dein Leben konstruierst und alles, was Du mit Deinem Körper machst, Dein Verhalten gegenüber Dir und den Mitmenschen, alles obliegt Deiner Verantwortung. Als Nächstes zu nennen, ist die Verantwortung innerhalb der Familie, gegenüber Deiner Ehe, Deiner Partnerschaft, Deinen Kindern, Verantwortung für Deine Freundschaften oder Mitmenschen, auch die Verantwortung Deinen Tieren gegenüber. Vereinfacht gesprochen:

„Trage Verantwortung für Dein Leben.“ Philosophen und Wissenschaftler haben über die Definition und Bedeutung der Verantwortung unzählige Regale, Bücher verfasst. Doch ich möchte Dir gern eine wahre Geschichte zu diesem Thema erzählen, in meinen Worten, die auch in der Bibel steht.

Eine wahre Geschichte: *Gott erschuf die Erde mit all seiner Liebe und zahlreichen Wundern und die Menschen erschuf der Herr zuletzt – als sein Ebenbild. Gott war* *sehr froh über die Erschaffung und freute sich über jedes Leben auf der Erde. Doch dann, als viel Zeit verstrichen war, sah der Herr, dass die Bosheit der Menschen groß war und ihre Herzen verdorben, weil sie die Lehre des Herrn vergaßen. Gott war sehr betrübt in seinem Herzen und sprach:* ***„Ich will die Menschen, die ich erschaffen habe, auf der Erde vertilgen und auch alles, was an Getier lebt.“*** *Doch Gott ließ für einen Menschen Gnade walten, und das war Noah.*

Noah war ein sehr frommer Mann ohne Tadel und sein Glaube an den Herrn war sehr stark und gefestigt. Noah hatte mit seiner Frau drei Söhne: Sem, Ham und Jafet. Gott erklärte Noah, dass er alles auf Erden ausmerzen wollte durch eine Sintflut. Doch Gott wählte Noah mit seiner Frau und ihren drei Söhnen mit ihren Frauen aus, dass sie überleben würden für einen Neuanfang. Mit Gottes Auftrag sollte Noah etwas Großes bauen, dass auch genug Platz wäre – nicht nur für Noahs Familie, sondern zusätzlich für Tiere jeder Art, paarweise, sodass sie in diesen Bau hineinpassen würden. Also baute Noah aus Tannenholz einen Kasten, welchen der Herr ***„Arche“*** *nannte, in der Größe, wie Gott es ihm vorgegeben hatte. Der Innenraum der Arche sollte auch in mehrere Kammern aufgeteilt sein und zudem sollte die Arche mit Pech versiegelt werden, sowohl innen als auch außen. Noah tat alles ganz genau, wie Gott ihm gebot und als die Arche fertig gebaut war, kamen Tiere aller Arten an Bord. Große und kleine Tiere liefen paarweise in die Arche hinein und wurden in den verschiedene Kammern verteilt. Zuletzt gingen dann auch Noah, seine Frau und ihre drei Söhne mit ihren Frauen in die Arche hinein. Als alle in dem vorübergehenden Zuhause in Gewahrsam und in Sicherheit waren, weil Gott es so wollte, wurde das mühsam erbaute Werk verriegelt.*

Dann war es soweit, es begann stark zu regnen und es brachen große Brunnen aus der Tiefe aus, die die Sintflut beschleunigten. Durch die gewaltige Flut wurde alles Leben um die Arche herum vernichtet. Alles, was Gott erschaffen hatte, war auf der Erde nicht mehr lebendig: ***„So geschah es durch Gottes Willen.“*** *Viele Tage und Nächte, über Monate hinweg, nahm die gewaltige Sintflut ihren Lauf.*

Im Gottes Willen war es für ihn getan, Gott schaute auf die Arche, wie die Konstruktion standhielt und die Sintflut überstand, wie die Arche auf dem Wasser schwamm, und er dachte an Noah und an alle Tiere, die in der Arche überlebten. Gott ließ, dass es aufhören sollte, zu regnen, und dass das Wasser zurückweichen sollte, sodass trockenes Land entstand und die Arche dann auf ein Gebirge stieß.

Gott sprach zu Noah: ***„Geh aus der Arche, nimm Deine Frau und Deine Söhne, die Frauen Deiner Söhne und das ganze Getier.“*** *Noah tat alles, was Gott ihm sagte. Gott fügte hinzu:* ***„Nie mehr will ich die Erde verfluchen. Solange die Erde steht, soll alles im Neuanfang weiterleben. Keine Sintflut mehr soll***

Leben vernichten, gesegnet seist Du, Noah, mit Deiner Frau und Deinen Söhnen mit ihren Frauen und alle Tiere auf Erden.“

Gott setzte einen Regenbogen, der in den Wolken sichtbar wurde und sagte: ***„Das ist mein Bündnis zwischen mir und der Erde, euch und allem Lebendigen.“***

Gott hatte die Verantwortung übernommen, mit der Entscheidung, eine Sintflut geschehen zu lassen, weil ***„ER“*** *das Übel der Menschen nicht mehr sehen wollte. Doch Gott hat nach der Sintflut uns ein Regenbogen geschenkt als Zeichen für sein Bündnis zwischen* ***„IHM“*** *und seinen Kindern und Tieren auf Erden. Wenn wir einen Regenbogen sehen, sollten wir unserem Vater im Himmel gedenken, diese Verantwortung obliegt uns freiwillig. Denn diese Verantwortung, an Gott zu denken, ist nicht schwer, zu tragen – im Gegenteil, jeder Mensch soll sich erfreuen an jedem Gedanken an unseren Herrn.*

So kommt es immer darauf an, welche Art von Verantwortung man auf sich nimmt. Unser Vater im Himmel trägt uns Verantwortung auf, aber nur so viel, wie wir tragen können. Aber es gibt Menschen, die sich der Verantwortung entziehen und diese Verantwortung gern auf andere projizieren. Wenn dann das Verhalten des anderen der Verantwortung nicht gerecht wird, ist es leicht, mit dem Finger auf denjenigen zu zeigen, im Sinne von: **„Du warst das, Du hattest die Verantwortung, Du bist schuld an dem, was passiert ist.“**

Ich erzähle Dir meine Geschichte mit der Begegnung der Verantwortung: *In meiner Kindheit hatte ich die Verantwortung von meinen Eltern übertragen bekommen, auf meinen Bruder aufzupassen.* ***Warum musste ich das tun?*** *Nun, meine Eltern waren beide berufstätig und ihre Arbeitszeiten überschnitten sich täglich um zwei Stunden. Das bedeutete im Klartext: mein Bruder und ich waren zwei Stunden allein, bis entweder unser Vater oder unsere Mutter nach Hause kam. Da mein Bruder ein sehr energisches Kind war, hatte ich es nicht einfach mit ihm. Er verfügte über das Talent, unmögliche Ideen zu erfinden und diese auch durchzusetzen. An dieser Stelle erzähle ich nur eines der extremeren Beispiele von vielen: Eines Nachmittags waren mein Bruder und ich allein für zwei Stunden zu Hause. Mein Bruder hatte wieder mal eine Idee: In unserer Wohnung stand im Flur ein kleiner Schrank. Mein Bruder öffnete die Tür dieses Schranks und klammerte seinen Körper an diese Schranktür, um zu schaukeln und rief dabei:* ***„Citina, guck mal, was ich kann.“*** *Als ich das sah, erkannte ich sofort die Gefahr und schrie:* ***„Nein, geh da runter!“*** *Und im selben Augenblick kippte der ganze Schrank auf meinen Bruder. Im ersten Moment konnte ich es nicht glauben, dass mein Bruder unter dem Schrank war, ich rief mehrmals nach ihm und ein paar Sekunden lang gab mein Bruder keinen Laut von sich. Mein Herz überschlug sich, aus großer Angst kamen mir die Tränen. Doch* *plötzlich und mit zitternder Stimme rief mein Bruder meinen Namen:* ***„Citina, hilf mir!“*** *Da war ich froh, dass er bei Bewusstsein war. Da ich als elfjähriges Kind nicht die Kraft besaß, den Schrank hoch zu-stemmen, beruhigte ich zuerst meinen Bruder und erklärte ihm, dass ich schnell Hilfe holen würde. Gott sei Dank kamen sofort unsere Nachbarn, um zu helfen, und meinem Bruder ging es gut. Nicht einen Kratzer hatte er abbekommen, abgesehen von einem gewaltigen Schock, doch dieses Erlebnis ging uns beiden noch ziemlich lange nach.*

Mein Fazit aus dieser Geschichte: Meine Eltern übertrugen mir die Verantwortung, auf meinen Bruder achtzugeben, trotzdem sollte es damals nicht zu meiner Aufgabe gehören, als kleines Mädchen diese große Verantwortung zu tragen.

Eine andere Geschichte zum Thema Verantwortung: In meiner ersten Ehe hatte ich die Verantwortung, dass ich nach der Arbeit sofort nach Hause gehen musste, um Essen vorzubereiten für meinen damaligen Ehemann. Damit – wenn er von der Arbeit kam – warmes Essen pünktlich auf dem Tisch stand. Wehe, dem war nicht so, dann gab es von seiner Seite eine ausführliche Kritik: ***„Du bist keine gescheite Frau, du bist ein Loser, du kannst gar nichts, sei froh, dass ich Dich überhaupt geheiratet habe, niemand würde Dich haben wollen.“*** *Ihn hat es überhaupt nicht interessiert, ob ich Hunger hatte oder ob es mir gut ging oder nicht.*

Als ich diese Ehe verließ, hatte er versucht, sich mit gefährlichen Substanzen das Leben zu nehmen.

Seine Familie machte mich dafür verantwortlich, weil ich ihn verlassen hatte und er damit nicht mehr leben konnte. Aber diesmal weigerte ich mich, diese Bürde zu tragen und schon gar nicht, mir ein schlechtes Gewissen einreden zu lassen. Wenn ein Mensch sich entscheidet, sein Leben zu beenden, dann liegt die Verantwortung in dessen eigenen Händen.

Also es gibt die Verantwortung, die Du freiwillig annimmst, und die Verantwortung, die Dir zwingend aufgetragen wird. Die gezwungene Verantwortung ist nicht fair und deshalb kann und sollte man sich wehren. Die freiwillige Verantwortung ist etwas, das jeder gern übernimmt und sein Bestes gibt, um in der Verantwortung beispielsweise andere Menschen zu unterstützen und ihnen das Gefühl zu vermitteln: **„Du kannst Dich auf mich verlassen.“**

Vergiss nicht den Regenbogen, den unser Vater im Himmel als Symbol des Bündnisses uns Menschen immer wieder am Himmel zeigt – damit wir an Gott gedenken und ihn nicht vergessen. Unser Vater freut sich, dass „ER“ sich auf seine Kinder auf Erden verlassen kann. Nimm die Verantwortung

für Dein Leben auf Dich und bring anderen Menschen Liebe entgegen, so wie auch Du geliebt werden willst. Sei versichert, Gott liebt Dich über alles, übernimm die Verantwortung, seine Liebe in Deinem Herzen zu tragen. Gott behüte Dich, Gott segne Dich für alle Zeit.

„Heiligt aber den Herrn Christus in euren Herzen. Seid allezeit bereit zur Verantwortung für jemanden, der von euch Rechenschaft fordert über die Hoffnung, die euch ist.“

Luther, 1.Petrus 3:15

Die Eltern

…sind naturgemäß ein großer Bestandteil im Leben ihrer Kinder. Leider gibt es immer wieder auch schwierige Eltern-Kind Konstellationen, in denen sich Kinder unfreiwillig wiederfinden. Dass Eltern sich trennen oder ein Elternteil verstirbt, ist ein tragisches, aber unabwendbares, trauriges Ereignis, insbesondere dann, wenn ein Kind zur Waise wird.

Eltern sollten Vorbilder sein für ihre Kinder, Ziel der Eltern sollte es sein, durch eine ausgeglichene Erziehung die Kinder zu werte bewussten erwachsenen Menschen zu formen. Vor allem sollten Kindern genügend Vertrauen haben, um mit ihren Sorgen oder Problemen auf ihre Eltern zugehen zu können, ohne Angst davor zu haben. ***Doch gibt es nicht einen Unterschied zwischen Mutter und Vater?*** Vielleicht kommt es darauf an, wie stark die Beziehung der Kinder zum jeweiligen Elternteil tendiert, eher zur Mutter oder zum Vater. ***Haben Eltern Lieblingskinder? Ist die Liebe zu allen Kindern gleichgestellt? Spielt es eine Rolle, wie unterschiedlich die Charaktere ihrer Kinder sind?***

Diese Fragen kann ich nicht aus eigener Erfahrung beantworten, da ich nie Mutter geworden bin, aber ich kann die Schilderung darstellen aus der subjektiven Sicht des Kindes, wie es sich anfühlt, falsch verstanden zu werden.

Unsere Eltern sind unsere erste Begegnung, die wir im Leben erfahren dürfen, schon im Mutterleib erfahren wir im Schutzraum der Gebärmutter unseren ersten Kontakt zum Leben noch vor Beginn unseres Lebens als geborener Mensch. Diese Tatsache müsste die Schlussfolgerung zulassen, dass die Mutterbindung, die wir schon lange vor der Geburt aufbauen, die stärkste Bindung darstellt. Doch manchmal entwickeln sich Beziehungen zu den Eltern auf unterschiedliche Weise. Ein uraltes Vorurteil besagt: ***„Ein Mädchen ist ein Papa-Kind und ein Junge ist ein Mama-Kind.“*** Wir wissen aber inzwischen, dass die Eltern - Kind Bindung von vielen unterschiedlichen Parametern wie Umfeld, Sozialisation, Genetik, Familienstruktur, Anwesenheit der Elternteile und der gesamten sozialen Peripherie des Familiengefüges abhängt. Für mich selbst trifft dieser Spruch trotzdem zu, denn bei uns in der Familie war das tatsächlich so. Da ich mit meinem Bruder aufwuchs, hab ich meine eigene Erfahrung und ich kann subjektiv behaupten, dass dieses Zitat bezüglich meiner Familie auf den Punkt zutrifft. Mein Leben und die dadurch entstandene Beziehungsintensität zu meinen Eltern waren oft turbulent und auf der andren Seite sehr liebevoll.

Die Beziehung zu meiner Mutter

Meine Mutter empfand ich immer als streng und oft waren meine Gedanken als Kind, dass ihre Strenge nicht fair war. Natürlich habe ich auch Dinge getan, die ihr missfallen hatten, und sicherlich war manchmal ihr scharfer Ton berechtigt. Ich versuchte immer, alles richtig zu machen, aber irgendwie ist mir dieses Vorhaben in den wenigsten Fällen gelungen, denn nach ihrer Auffassung war mein Verhalten oder mein Handeln oft nicht richtig. Als Kind verstand ich überhaupt nicht, wenn meine Mutter mich immer zurechtwies, insgeheim dachte ich manchmal, was ich schon in einem anderen Kapitel erwähnt habe: ***„So kann nur eine Stiefmutter sein.“*** *Als Kind zweifelte ich mehrmals an unserer biologischen Verwandtschaft und fragte mich:* ***„Bin ich wirklich ihr leibliches Kind?“*** *Kinder verfügen in der Regel über seltsame Fantasien und ich war so ein Kind. Ich hatte ständig Ehrfurcht vor meiner Mutter, unentwegt begleitete mich diese Scheu, etwas falsch gemacht zu haben, ich hatte ständig diese unterschwellige Beklemmung, ihr etwas zu erzählen, wie beispielsweise Kummer und sonstige Probleme! Ich bin mir sicher, dass sie sich bereits tief in ihrem Inneren die Frage stellte, warum ihre Tochter ein stilles Kind ist und ihr kaum was erzählt. Aber sie kam sehr selten auf mich zu, um zu fragen, was los sei, vielleicht war sie auch überfordert mit mir. Mein Bruder dagegen hatte eine besondere Beziehung zu ihr. Heute kann ich verstehen, warum. Mein Bruder hatte einen gewissen Charme und Vertrauen zu unserer Mutter, er war auch ein sehr offenes Kind. Er hatte immer was zu erzählen. Möglicherweise war meine Mutter eine starke Bezugsperson für meinen Bruder. Aber es gab noch ein anderes Ereignis, das vorgefallen war mit meinem Bruder, doch dieses erzähle ich Dir in einem anderen Kapitel. Als ich endlich wieder zurückkam aus Portugal, war ich verängstigt und verstört, bedingt durch die schrecklichen Erlebnisse, die ich dort erfahren musste. Meinen Eltern fiel mein Zustand nicht auf, was vermutlich ihrer Alltagsroutine geschuldet war. Sie sahen in mir nur ein zurückgezogenes Kind. In keiner Weise gebe ich meinen Eltern die Schuld, denn sie versuchten mit aller Kraft auf ihre Art und Weise, die sie zu diesem Zeitpunkt für richtig hielten, ein stabiles Leben aufzubauen, indem sie sehr viel arbeiteten. In den folgenden Jahren kam ich nicht wirklich mit meiner Mutter klar und es gab mehr Tiefen als Höhen. Weil ich eben auch nicht mit ihr sprach, um ihr zu sagen,* ***„dass mir die Mutterliebe fehlte, wie in Umarmungen. Zusätzlich vermittelte sie mir das Gefühl, dass sie meistens verärgert war über mich.“*** *Es war nicht ihre Schuld, dass ich mich so zurückzog, ich hätte mutiger sein und ihr einfach sagen sollen, was mich so betrübte.*

Im Alter von 21 Jahren zog ich von daheim aus. Sicher hat dies meine Mutter sehr verletzt, sie konnte es nicht verstehen, warum. Weil ich ihr kaum etwas sagte, was in mir vorging, hatte ich das Gefühl, dass sie mich nicht wirklich liebte. Doch im Laufe meines fortschreitenden Erwachsenendaseins dachte ich immer öfter über vieles nach. Über meiner Mutter und über die Tatsache, ob ich doch falschlag mit meiner

Überzeugung, dass meine Mutter mich nicht liebte. Meine Gedanken erinnerten sich immer mehr an spezielle Situationen: Das Bild am Flughafen, als meine Eltern mich nach Portugal schickten, allein, und mich in die Hände einer Stewardess übergaben. Ich blicke zurück zu meinen Eltern und sah meine Mutter, wie sie furchtbar weinte. Das nächste Bild, das mir wieder in lebhafte Erinnerung kam: An Weihnachten schickten mir meine Eltern Weihnachtsgeschenke nach Portugal, die Idee stammte von meiner Mutter. Oder auch die Erinnerung, die ich an meine Rückkehr habe, das Wiedersehen mit meinen Eltern, die mich zurückholten, meine Mutter drückte mich ganz fest an sich und weinte vor Freude. Jahre später hatte ich meine ersten Tanzauftritte, ich machte meinen Frühschein, schloss erfolgreich eine Ausbildung ab, sie gab mir das Gefühl, sehr stolz auf mich zu sein.

Die nächste prägende Erinnerung war die Zeit, in der ich in der Klinik lag, über Monate hinweg schrieb meine Mutter mir jede Woche eine aufmunternde, ausgewählte Postkarte. Die Postkarten waren immer mit tollen Bildern ausgeschmückt, meistens von Tieren, die mich aufmuntern sollten und ihre lieben Worten waren herzerwärmend, voller Liebe. Meine Eltern besuchten mich jeden Sonntag in dieser Klinik, meine Mutter versorgte mich mit Essen und sauberer Kleidung.

Bei meinen beiden Scheidungen zerbrach auch meine Mutter innerlich für mich. Sie wollte immer das Beste für mich, so wurde mir klar: sie hatte mich immer geliebt, weil ich ihr Kind bin. Sie erzählte mir, als sie von ihrer Schwangerschaft mit mir erfuhr, wollte sie zuerst ein Mädchen, damit sie ihr den Namen ***„Christina“*** *geben konnte. Sie hat mich unter ihrem Herzen neun Monate lang getragen, sie versuchte, eine gute Mutter zu sein, so gut sie konnte. Jede Mutter gibt ihr Bestes, doch manchmal sind die Lebensumstände überfordernd, so kann es sein, das Mütter überreagieren. Der Anfang in Deutschland war auch für meine Mutter nicht einfach. Allein, die fremde Sprache und noch viele andere Umstände bereiteten ihr Schwierigkeiten. Heute glaube ich, dass meine Mutter mich vorbereiten wollte auf das Leben, dass ich in meinem späteren Leben allein auf den Füßen stehen könnte und von niemand abhängig sein sollte. Wahrscheinlich ist so ihre Strenge zu erklären. Zum heutigen Tag weiß ich, dass meine Mutter es immer gut mit mir meinte und ich weiß auch, dass es ihr sehr leidtut, dass sie so zu mir war. Heute habe ich eine sehr gute Beziehung zu ihr, die Liebe und die vielen Gespräche, die wir inzwischen führen, haben uns zusammengeschweißt. Ich habe meine Mutter von Neuem kennengelernt, sie ist eine großartige Frau mit viel Stärke und Ausdauer. Schon allein ihr Leben ist eine dramatische Geschichte für sich. Trotz alldem ist sie eine Mutter mit großem Herzen, besonders für ihre Kinder. Sie ist nicht nur meine Mutter, sondern meine allerbeste Freundin, sie ist meine* ***„Mami“*** *und deshalb liebe ich sie, über alle Maße so wie sie ist.*

„Danke, Mama, dass Du mich geboren hast und mich liebst.“

Mami, dieses Gedicht ist für Dich

Mutter, getragen hast Du mich unter Deinem Herzen.
Gewünscht hast Du zuerst Dir ein Mädchen.
So wurde ich geboren und in Deinen Armen fühlte ich mich nicht verloren.
Mutter, ein Wunder hast Du vollbracht, ein Leben auf die Welt gebracht.
Somit bist Du für mich die größte, beste Mutter der Welt.
Denn Du hast mir ein Leben geschenkt, das mir gefällt.
Danke, Mutter, dass es Dich gibt, ich danke Dir für alles, was Du mir gibst.
Danke, Mami, dass ich Dein Kind bin.
Mami, Danke für Deine unendliche Liebe.
Mami, ich liebe Dich.

Die Beziehung zu meinem Vater

Mein Vater verfügte ebenfalls über eine sehr strenge Erziehungsweise, schon allein sein strenger Blick hatte ausgereicht, sodass er seine Stimme nicht erheben musste, um mich spüren zu lassen, dass er es ernst meinte. Aber kurze Zeit später, wenn sein Schimpfen vorbei war, konnte er mich wieder in den Arm nehmen und mich ruhig ermahnen, dass ich nicht wieder tun sollte, weswegen er so wütend war.

Meine Mutter dagegen bestrafte mich mit ihrem langen Schweigen. Das war der Unterschied zwischen meinen Eltern, was die Form der Bestrafung betraf. Zu meinem Vater hatte ich eine besondere und intensivere Beziehung als Kind, ihm konnte ich viel mehr erzählen, so auch meine Wünsche und Träume. Er versuchte, so gut er konnte, mich zu unterstützen, auch bei der Ausübung meines Hobbys, dem Tanzen. Er organisierte einen Raum, indem er seine Beziehungen aktivierte, damit ich trainieren konnte. Er verschaffte mir auch die Auftritte auf verschiedenen Veranstaltungen. Warum er das machte, vielleicht lag es daran, dass er selbst in seinen jungen Jahren eine kleine Berühmtheit war in seinem Dorf in Portugal. Mein Vater hatte eine Leidenschaft für den Radrennsport. Er hat einige Pokale an Land gezogen, er steckte seine Liebe und Leidenschaft in diesen Sport, das führte zu Erfolgen. Wer weiß, wäre er nicht vom Militär eingezogen worden, um in den Krieg zu gehen, dann wäre mein Vater mit Sicherheit als Sportler weit gekommen. Mein Vater hatte auch sehr viel Humor, gern brachte er die Menschen mit seinem Witz zum Lachen. Mit meinem Bruder und mir baute unser Vater mit uns zusammen in der Winterzeit ein Iglu oder einen Schneemann oder eine

Schneefrau. ***Schlittenfahrten durften auch nicht fehlen!*** *Er hatte ein dickes Seil an der hinteren Stoßstange des Autos festgebunden, das andere Ende des Seils festgeschnürt am Schlitten, auf dem mein Bruder und ich saßen.* ***Los ging die Fahrt! War das ein Spaß!*** *Mein Vater brachte mir auch bei, wie man im tiefsten Schnee mit dem Auto sicher fuhr. Zu meiner kirchlichen Hochzeit brachte er mich zum Altar. Kurz bevor wir in die Kirche hineinliefen, sagte mein Vater mit einem Lächeln:* ***„Wenn du das nicht willst, können wir sofort durchbrennen!“*** *Er war für jeden Spaß zu haben, er wollte immer sein Bestes geben als Vater. Er wollte immer versuchen, für seine Kinder da zu sein, obwohl er sehr viel gearbeitet hat. Er brauchte immer meine Küsse auf seiner Backe, das hat ihn am glücklichsten gemacht. Diese liebevolle Geste war für ihn die liebevolle Bestätigung, dass er ein guter Vater war. Mein Vater nahm sich die Zeit, um mein Haus aufzubauen, in welchem ich dann wohnte.*

„Ich bin so froh darüber!“ *Eines Tages hatte ich die Eingebung, ihm spontan zu sagen:* ***„Vater, es gibt keinen besseren Vater auf dieser Welt, danke für all die Mühe und Kraft für mich, ich hab Dich sehr lieb.“*** *Nach diesem Satz war er völlig überwältigt, sodass ihm die Tränen nur so raus-schossen, er nahm mich ganz fest in den Arm als großes Dankeschön. Vier Jahre später verstarb mein Vater.*

An meinen geliebten Vater

Vater, Deine Liebe hast Du mir immer gegeben,
ich weiß, Deine Kinder waren das größte in Deinem Leben.
Vater, Du hast mir so vieles in meinem Leben eingebracht
und auch beigebracht.
Danke, Vater, dass Du in meinem Leben warst.
So viel haben wir gelacht und einige Zeit mit einander verbracht.
Ich vermisse Dich sehr, Du fehlst mir, ich weiß, Du wärst stolz auf dieses Werk.
Denn Du warst immer stolz auf Deine Kinder, auf ihr gutes Gelingen.
Ich weiß, wir werden uns wider sehen und dann für alle Zeit.
Denn Du bist jetzt gut aufgehoben neben dem himmlischen Vater.
Vater, ich liebe Dich – bis dann – irgendwann.
Ruhe in Frieden, mein geliebter Vater, niemals werden Deine Erinnerungen erloschen sein.

„Nun habe ich zwei Papas im Himmel, einmal den irdischen Vater und den himmlischen Vater.“

Die Begegnungen mit meinen Eltern waren für mich immer unterschiedlich, aber ich habe von beiden Elternteilen viel gelernt. Egal wie streng sie in ihrer unterschiedlichen Art waren, sie versuchten ihr Bestes. Ich kann mich glücklichen schätzen. Trotz so manchem ungeschickten Handeln von meinen Eltern durfte ich in meiner Familie aufwachsen.

Sicher ist, dass Kinder, sobald sie zu erwachsenen Menschen gereift sind, meistens nicht die gleichen Ansichten haben wie die ihrer Eltern. Man führt die Lebensweise, die man für sich selbst wünscht. Wir Kinder sollten unsere Eltern ehren, wie Gott es im fünften Gebot hinterlassen hat. ***„Du sollst Deinen Vater und Deine Mutter ehren!“***

Eltern lieben ihre Kinder, egal wie alt sie sind, die Sorgen, die Eltern sich über ihre Kinder machen, haben keine Altersbegrenzung.

Gott hat sich dabei etwas gedacht, dass Kinder Eltern haben. Mütter erschaffen die größten Wunder, indem sie Kinder auf die Welt bringen. ***Ein Hoch auf alle Mütter dieser Erde!***

Die Väter sind die Beschützer ihrer Familie, mit der Liebe schenken sie uns ihre Geborgenheit.

Ein Hoch auf alle Väter auf dieser Erde! Eltern sind immer ein Teil unseres Lebens, egal auch wenn uns etwas räumlich oder gedanklich trennt. Liebe ist die größte Macht der Verbundenheit, nicht mal der Tod kann die Liebe trennen. Denn in der Liebe lebt die Erinnerung weiter. Solltest Du auch schon ein Elternteil verloren haben oder beide, dann sei versichert, dass sie an der Seite unseres Herrn weiterleben. Sicher vermissen wir unsere Eltern sehr, wenn sie nicht mehr da sind. **Unser Vater im Himmel reicht jedem von uns seine Hand, die wir annehmen sollten, damit wir uns nicht als verlorene Kinder fühlen auf dieser Erde. Fühle Dich gesegnet mit Deinen Eltern oder einem Elternteil an Deiner Seite, genieße die Zeit mit ihnen mit viel Liebe und Freude.**

Gottes reicher Segen für Dich und Deine Familie.

„Du sollst deinen Vater und Deine Mutter ehren, auf dass du lange lebest in dem Lande, das dir der HERR, dein Gott, geben wird.“

Luther, 2 Mose 20:12

Die Geschwisterliebe

Sie ist eine ganz besondere Form der Beziehung. Oft ist diese Bindung wie eine starke Freundschaft, welche normalerweise geprägt bleibt – ein Leben lang. Die längsten Beziehungen, die Menschen haben können, sind die zu ihren Geschwistern. Bei Zwillings- oder Mehrlinksgeschwistern manifestiert sich die starke Bindung schon im Mutterleib. Bei Mehrlingen ist es wahrscheinlich, dass das gegenseitige Verständnis größer ist, weil sie von Anfang an alles gleichzeitig miteinander teilen, da sie im gleichen Alter sind. Also erleben Mehrlinge während ihrer ersten gemeinsamen Jahre kaum unterschiedliche Erlebnisse. Im Gegensatz dazu gibt es Einzelkinder, die nicht wirklich ihre Dinge teilen müssen oder ihre Lebensereignisse, sie bekommen die volle und ungeteilte Aufmerksamkeit. Viele Einzelkinder wachsen auch sehr behütet auf.

Wenn Geschwister in einer Großfamilie aufwachsen, ist die Bindung zueinander sicher stetig, aber oft ziemlich tumultartig bis chaotisch. Wenn der Altersunterschied zwischen dem ersten und dem letztgeborenen Kind einen größeren Abstand hat, wird die Erziehung für die Eltern und das ganze Familienleben zu einem Abenteuer. Geschwister sind von ihrem Wesen und Charakter oft komplett unterschiedlich, bei Geschwistern unterschiedlichen Geschlechts kommt zusätzlich der genetisch bedingte Unterschied hinzu. **„Meine Erfahrung ist“**, dass sich Geschwister gegenseitig positiv beeinflussen, in der Kindheit ist man nicht wirklich allein. Klar, es gibt untereinander immer wieder Zankerei und Streit, aber dies ist unvermeidbar und gehört zum natürlichen Entwicklungsprozess und es stärkt das soziale Verhalten.

Meine erste Begegnung mit meinem Bruder war im Alter von dreieinhalb Jahren, ich erinnere mich vage daran, als er auf die Welt kam. Meine Mutter erzählte mir, dass ich mit fünf Jahren meinem Bruder die Windeln gewechselt habe. Irgendwie übernahm ich freiwillig schon in jüngster Kindheit die Rolle der großen Schwester. Im Laufe der Zeit wurde diese Rolle immer ausgeprägter, im Alter von acht Jahren gaben unsere Eltern mir die Aufgabe, auf meinen kleinen Bruder aufzupassen. Oft war ich überfordert mit dieser Angelegenheit, denn mein Bruder war ziemlich agil, wollte ständig Blödsinn anstellen, wofür ich die Verantwortung tragen musste. Im Klartext: Wenn er wieder etwas ausgeheckt hatte in der Zeit, in der ich über ihn die Aufsicht und die Verantwortung hatte, bekam mein Bruder Ärger und ich gleich mit.

*Die Aussage meiner Eltern: **„Wieso hast Du nicht richtig auf Deinen Bruder aufgepasst? Du bist die Ältere, Du musst es besser wissen, dass Dein Bruder manche Dinge nicht darf!“***

Das war meinem Bruder völlig egal, er wollte immer Dinge wissen, herausfinden, experimentieren, er wollte einfach sein Ding durchziehen. Es gab eine tagtägliche Routine nach der Schule, manchmal ergab es sich, dass wir nach der Schule zusammen nach Hause liefen, dann hat ein Elternteil Mittagessen auf dem Tisch bereitgestellt. Unsere Eltern waren beide Schichtarbeiter, das bedeutete: Wenn zum Beispiel unser Vater zur Arbeit ging, kam unsere Mutter zwei Stunden später nach Hause, manchmal auch drei Stunden.

Das hieß für uns Kinder garantiert zwei Stunde Freischein für Dinge und Unsinn, den wir gern machen wollten. ***„Jetzt kommt´s!"*** *Mein Bruder und ich machten einen Deal, dass wir uns nicht gegenseitig verpetzen bei unseren Eltern, wenn wir was anstellten, das uns unsere Eltern verboten hatten.*

Mein Bruder hatte eine Lieblingsbeschäftigung: Im Badezimmer vermischte er verschiedene Putzmittel, um herausfinden, welche Reaktionen dabei entstünden. Mein Part in unserer ***„Freistunde"*** *war die Küche, ich stellte mir vor, es wäre meine Bühne mit aufgedrehter Musik, tanzte und sang, bis die Stunden vorbei war. Das waren immer unsere* ***„Highlights"*** *nach der Schule.*

Mein Bruder und ich teilten auch unsere Geheimnisse, die wir unseren Eltern nicht erzählen wollten. Irgendwie waren wir beide aufeinander angewiesen. Als große Schwester wollte ich meinen Bruder immer in Schutz nehmen. Doch manchmal, wenn er mich ärgerte, verpetzte ich ihn, aber dadurch kam quasi auch der Boome-rang wieder zurück. ***Wir waren dann wie Katz und Maus!***

Trotzdem bewunderte ich meinen kleinen Bruder innerlich, weil er sich zu einem kleinen ***„Professor"*** *entwickelte. Er hatte Bücher über das Universum, er las über das Weltall und interessierte sich für wissenschaftliche Fragen, zum Beispiel dafür, wie die Lava aus dem Vulkan kommt oder die Geschichte der Dinosaurier, sein Atlas war sein Standardwerk. Darin stand eine Fülle von Allgemeinwissen, für das ich mich überhaupt nicht interessierte, und trotzdem hörte ich ihm fleißig zu. Aber ich verstand letztendlich nicht mal die Hälfte. Für solches Wissen konnte er sich immer begeistern, ich dagegen war mehr die kreative Persönlichkeit.*

Im Rahmen meiner Abschlussprüfung musste ich in Erdkunde ein Referat vortragen, ich wusste nicht, wie ich dies anstellen sollte, also fragte ich meinen kleinen Professor. Eine Woche lang paukte ich mit meinem Bruder die Kontinente. Ich lernte, welches Land in welchem Kontinent liegt, welche Hauptstadt zu welchem Land gehört. Welche Meere es gibt, wo sich Südpol und Nordpol befinden, sogar den Erdkern erklärte er mir, und was es damit auf sich hatte.

Vielleicht denkst du jetzt, das gehört doch alles zum Allgemeinwissen! *Das kann schon sein, weil ich aber nie das Interesse dafür entwickelt hatte, war es komplettes Neuland für mich. Einen Bruder zu haben, der mich durch diese – für mich schwierige – Herausforderung gelotst hat, dafür war ich sehr dankbar. Das führte dazu, dass ich die Erdkundeprüfung für meine Verhältnisse mit Erfolg abschloss.* ***Die Note von zwei Minus, das hatte ich in Erdkunde normalerweise nie!*** *Mein Lehrer, der mich prüfte, traute seinen Augen und Ohren nicht, wie toll ich alles dargestellt und erzählt hatte.* ***Mein Bruder war in dem Moment der größte Held, durch diesen Lob meines Lehrers!***

In den kommenden Jahren veränderte sich unsere Beziehung zueinander, es begann zu dem Zeitpunkt, als ich mein Elternhaus verließ und auszog. Mein Bruder hatte mich sehr vermisst, er hatte mich sogar darum gebeten, dass ich wieder nach Hause kommen sollte. Aber ich erklärte ihm meine Situation – die Tatsache, dass ich zum damaligen Zeitpunkt mit unserer Mutter nicht richtig klarkäme. Ich versuchte, ihm zu erklären, dass er mir diese Entscheidung bitte nicht übel nehmen sollte.

Anfänglich konnte er mit meinem Schritt nicht wirklich umgehen, doch mit der Zeit wurde es besser. Trotzdem entstand dadurch eine unsichtbare Barriere zwischen uns, die das Vertraute zueinander blockierte. Es kam die Zeit, in der jeder sein eigenes Leben aufbaute, trotzdem hatten wir auch in dieser Zeit immer den Kontakt zueinander aufrecht gehalten. Aber unsere Zweisamkeit, die in der Zeit vor meinem Auszug herrschte, beispielsweise die Gelegenheit, einfach mal zusammen zu sitzen und darüber zu reden, was uns beschäftigte, war kaum gegeben. Als unser Vater starb, war mein Bruder tief in seiner Trauer, sodass ich Schwierigkeiten hatte, mit ihm zu kommunizieren, um Dinge anzusprechen oder auszusprechen. Ich hatte keine Ahnung, wie er sich fühlte in dieser schweren Zeit, wie es ihm ging, was in ihm vorging. Ich hatte das Gefühl, dass er sich zunehmend einmauerte in seiner Trauer. Er wollte Entscheidungen treffen und bat mich um meinen Zuspruch. Allerdings konnte ich in dieser Phase seine Meinung nicht nachvollziehen oder teilen, denn ich hatte selbst noch eigene Sorgen bedingt durch die Trennung in meiner zweiten Ehe.

Irgendwann hatte ich mich einer Person anvertraut, die meinem Bruder nahestand und hatte mir alles von der Seele geredet – wie ich meinen Bruder in der Zeit wahrgenommen hatte. Zum heutigen Zeitpunkt bin ich der Ansicht, dass dieses Gespräch aus meiner Sicht eine sehr schlechte Entscheidung war. Statt das direkte Gespräch mit ihm zu suchen und ihm persönlich meine Sorgen darzulegen, hatte ich ihn mit diesem externen Gespräch zutiefst verletzt. Natürlich fühlte er sich dadurch betrogen und dieses Gefühl führte bei ihm zu einer tiefen Enttäuschung mir gegenüber. Ich hatte mich nicht getraut, dieses wichtige persönliche Gespräch mit ihm zu führen. Es kam zum Streit zwischen uns und über ein halbes Jahr hinweg herrschte zwischen uns Funkstille.

Doch die Geschwisterliebe zueinander war stärker und hatte sich im Laufe der Zeit durchgesetzt, mein Bruder kam auf mich zu und entschuldigte sich und auch ich entschuldigte mich bei ihm. Danach entspannte sich das Verhältnis zwischen uns. Ergänzend muss ich an dieser Stelle anmerken, dass auch mein Bruder kein einfaches Leben führte, auf seinem Lebensweg gab es viele Hindernisse, Enttäuschungen, tiefe Fälle und einen ständigen Kampf, im Leben vorwärtszukommen. ***Aber wer von uns kämpft nicht in seinem Leben für seine Träume und Ziele?*** *Egal was in der Vergangenheit vorgefallen war zwischen meinem Bruder und mir – wenn ich über die Option verfügen würde, die Zeit zurückzudrehen, bevor die Problematik überhaupt entstanden war, jederzeit würde ich mir den gleichen Bruder wünschen, mit all seinen Farben, mit all seiner Liebe – mit all seinen Ecken und Kanten. Doch falls ich diese fiktive Gelegenheit noch einmal bekommen würde, diesmal würde ich als große Schwester versuchen, vieles besser zu machen. Denn er ist und bleibt mein Bruder, mit ihm bin ich aufgewachsen, uns verbinden viele verrückte und einzigartige Erinnerungen.* ***Mit niemandem würde ich ihn tauschen wollen!*** *Weil ich meinen Bruder für immer lieben werde und ich bin sehr stolz auf ihn, auf alles, was er mir gegeben hat und was er aus seinem Leben konstruiert hat.* ***Bruderherz, schön, dass es Dich in meinem Leben gibt!***

Dieses Gedicht widme ich Dir, mein Bruder!

Du bist, wie Du bist, so soll es sein, wie es ist.
Auch wenn wir nicht immer einer Meinung waren.
Unsere Geschwisterliebe sollten wir immer im Herzen tragen.
Unsere Erinnerung haben wir gemacht, die haben mich oft zum Lachen gebracht.
Dies kann uns niemand nehmen, danke, dass Du bist in meinem Leben.
Ich wünsche mir, Geschwister-herzen, wir bleiben für immer.
Das gibt meinem Leben Hoffnungsschimmer.
Schön das es Dich gibt, den ich hab Dich sehr lieb.
Ich wünsche Dir Gottes Segen auf all Deinen Wegen.

Ein kleines Geheimnis will ich Dir noch verraten: Ich wollte schon immer auch eine Schwester haben. Diesen Wunsch hat Gott mir doppelt erfüllt und dies schon in meiner Kindheit. Es waren die Begegnungen mit wahren Freundinnen, mit denen ich aufwuchs, durch deren Freundschaft ich mein Dasein als Kind rundum verwirklichen konnte. Diese Menschen sind bis heute „***meine Herzens -schwestern*** für immer". Danke, dass es Euch gibt! **Danke, dass Ihr immer noch ein Teil meines Lebens seid und sowohl schöne Erlebnisse als auch die Höhen und Tiefen des Lebens mit mir teilt.**

Wenn du Geschwister hast, dann schätze die Bindung zu ihnen. Vergiss nicht die Liebe unseres Vaters im Himmel, er hält alles zusammen. Wenn gegenseitige beidseitige Missverständnisse vorhanden sind, dann verzeihe. Denn Gott ist barmherzig und vergibt auch dir.

Sei gesegnet mit Deinen Geschwistern oder Freunden, die wie Geschwister für Dich sind. Denn wir alle auf dieser Welt sind eine große Familie, Brüder und Schwester – weil wir die Kinder Gottes sind. *Gesegnet seien alle Menschen auf dieser Erde!*

„Wenn jemand spricht: Ich liebe Gott, und hasst seinen Bruder, der ist ein Lügner.

Denn wer seinen Bruder nicht liebt, den er sieht, der kann nicht Gott lieben, den er nicht sieht."

Luther, Johannes 4:20

Die Wunder

Dieses Wort ist so wunderbar, es zu sagen, es zu erleben und zu hoffen, dass die Begegnung mit dem Wunder einem zuteilwird. Mit Sicherheit haben schon viele Menschen Wunder erlebt, es existiert oft keine Erklärung dafür, wie Geschehnisse sich manchmal im Leben entwickeln. Wenn Menschen ihre persönlichen Geschichten erzählen, hört man ihnen mit Erstaunen zu und bezeichnet das Erlebte bzw. das Erzählte oft als Wunder. Menschen, die über einen fundierten Glauben verfügen, unabhängig in welcher Kultur sie leben, glauben an die Begegnungen mit Wundern. Dies erklären die Menschen als eine unmittelbare **„Einwirkung einer übernatürlichen Kraft der göttlichen Macht."**

Aber es gibt auch die Menschen, die versuchen, Wunder rational zu erklären, denn in ihrer Erklärung widerspricht ein Wunder den Naturgesetzen der Wissenschaft. Diese Menschen sind überzeugt davon, dass es für jedes wundersame Ereignis eine plausible Erklärung gibt.

Folgende Frage stellt sich: Glauben Menschen an Wunder oder nicht?

Ein Zitat von Albert Einstein besagt: **„Es gibt nur zwei Arten, zu leben: Entweder so, als wäre nichts ein Wunder, oder so, als wäre alles ein Wunder."**

Wunder geschehen tagtäglich, erklärbar oder nicht, Wunder passieren immer und überall auf dieser Welt, ob man daran glaubt oder nicht.

Wunder haben einen Sinn. Nach meiner persönlichen Erfahrung führen Wunder zu einer wundersamen Fügung. Diese Fügung verändert das Leben in wundersamer Art und Weise positiv und verleiht dem Menschen in ihrem Leben das Gefühl, wertvoll und Teil von etwas ganz Besonderem zu sein. In der Bibel werden Wunder detailliert beschrieben, dieses Buch ist faszinierend zu lesen, besonders die Geschichten, in welchen beschrieben wird, dass Gott in seinem Werk unglaubliche Wunder vollbracht hat. Dies gilt auch für die Menschen, die im Namen des Herrn seine Werke erfüllt haben.

*Ich erzähle eine Geschichte mit der Begegnung **„Wunder"**, es ist meine eigene Geschichte, aber ich war noch sehr klein und ich verfüge heutzutage nur über Bruchteile dieser Erinnerung. Doch meine Mutter erzählte mir diese wahre Geschichte ein paar Mal und deshalb möchte ich dieses Wunder mit Dir teilen.*

Mein Bruder war knapp eineinhalb Jahre alt, als dies geschah. Meine Eltern waren sehr verzweifelt wegen des gesundheitlichen Zustands meines Bruders, denn er nahm fast keine Nahrung oder Flüssigkeit mehr auf. Der Körper meines Bruders war bereits geschwächt gezeichnet vom Nahrungsdefizit und abgemagert. Er erbrach alles, was er zu sich nahm. Meine Mutter war sehr niedergeschlagen, der damalige Kinderarzt schickte sie mit meinem Bruder zu Ärzten, die auf diesem Gebiet spezialisiert waren, doch trotz umfangreicher Untersuchungen konnten auch diese Spezialisten keine Erkrankung feststellen. Einer dieser Ärzte hatte meiner Mutter vorgeschlagen, eine letzte Untersuchung durchzuführen. Es handelte sich dabei um eine Probenentnahme mit einem Endoskop. Eine kleine Gewebeprobe des Magens meines Bruders wurde entnommen, um zu sehen, ob möglicherweise die Ursache hier zu finden wäre. Meine Eltern willigten diesem operativen Eingriff ein, aber auch mithilfe dieser Untersuchung konnten keine positiven Ergebnisse einer Erkrankung festgestellten werden. Meine Mutter hatte von Ärzten genug, weil keiner von ihnen meinem Bruder wirklich helfen konnte, und so entschied sie, dass mein Bruder nicht weiter gequält werden sollte durch irgendwelche weiteren anstrengenden und kräftezehrenden Untersuchungen.

Es war an einem Samstag ein stürmischer und regnerischer Abend. Ich erinnere mich, dass mein Vater und ich im Wohnzimmer saßen, der Fernseher lief ganz leise. Meine Mutter war im Schlafzimmer bei meinem Bruder, der in seinem Bettchen lag. Ab und zu stand ich auf und wollte sehen, wie es meiner Mutter und meinem Bruder ging. Doch ich traute mich nicht, das Schlafzimmer zu betreten, weil ich bemerkt hatte, dass meine Mutter furchtbar weinte. Ich wollte nichts Falsches machen oder etwas sagen, was meine Mutter bedrücken könnte, also ging ich wieder zu meinem Vater ins Wohnzimmer. Plötzlich klingelte es an der Tür, mein Vater schaute auf die Uhr und sagte: ***„Es ist schon so spät, wer kann das sein?“*** *Wir wohnten damals im dritten Stock eines Mehrfamilienhauses. So betätigte mein Vater den Schalter, um die Haustür der Wohneinheit zu öffnen. Mein Vater trat aus der Wohnung in den Flur hinaus, um zu sehen, wer die Treppe hinaufstieg. Mein Vater traute seinen Augen nicht, es war der Bruder meiner Mutter und dessen Frau, die aus Frankreich spontan angereist kamen. Mein Onkel, der als Erstes den dritten Stock erreichte, sah meinen Vater an und fragte ihn intuitiv besorgt:* ***„Was ist los, was ist passiert?“*** *In diesem Moment kam meine Mutter aus dem Schlafzimmer herbeigeeilt und umarmte weinend ihren Bruder und gleichzeitig ihre Schwägerin. Meine Tante fragte erneut:* ***„Was ist denn los?“*** *Meine Mutter erwiderte mit weinender Stimme:* ***„Mein Sohn wird sterben,“*** *Meine Tante erwiderte spontan:* ***„Wo ist der Kleine?“*** *Gezielt lief meine Tante ins Schlafzimmer, nahm meinen Bruder vorsichtig aus dem Bettchen heraus und legte ihn behutsam aufs Bett meiner Eltern. Meine Tante streckte die Beine von meinem Bruder aus, um zum Schauen, ob sie bündig anlagen. Doch sie stellte fest, dass ein Bein ein paar Zentimeter kürzer war als das* *andere Bein. Meine Tante erschrak, als sie das sah, und sagte entsetzt:* ***„Der Kleine ist voller schlechter Augen.“***

An dieser Stelle möchte ich Dir erklären, was diese Aussage bedeutet, denn dieses Phänomen ist nicht wirklich überall verbreitet. Die meisten Südländer kennen dieses mysteriöses Ereignis, es geschieht vor allem bei wunderschönen Babys oder Kleinkindern. Wenn andere Menschen ein Baby sehen, können sie gewollt oder ungewollt Neid und Eifersucht auf das Kleinkind projizieren, weil sie selbst das Verlangen und den Wunsch besitzen, ein schönes Kind haben zu wollen. So kann es passieren, dass Babys durch diese Menschen eine negative Aura übertragen bekommen. Dann passiert das Unbegreifliche, das Kind entwickelt Stück für Stück einen beschwerlichen Gemütszustand, in seltenen Fällen tritt auch der plötzliche Kindstod ein, ein bekanntes Phänomen, welches aber oft medizinisch nicht erklärbar ist. Doch durch bestimmte Gebete in Namen Jesus und des Vaters im Himmel kann eine Heilung stattfinden. Der Heilige Geist durchdringt während der Gebete das Kind, um Schlechtes damit abzustoßen.

Es entsteht eine Art von Schutzschild, dass „schlechte Augen“ dieses Kind nicht mehr durchdringen können.

Zurück zur Geschichte: *Meine Tante sagte zu meiner Mutter:* ***„Kennst Du niemanden, der bestimmte Gebete kennt, welche bewirken, diese schlechten Augen rückgängig zu machen?“*** *Meine Mutter antwortete erleichtert:* ***„Doch, natürlich, unsere Nachbarin nebenan ist in diesen Gebeten sehr belesen.“*** *Meine Tante sagte:* ***„Es muss sofort passieren, es darf keine Zeit mehr verloren werden.“*** *Mein Vater ging sofort zu den Nachbarn, die ebenfalls portugiesischer Herkunft waren, und erklärte der Nachbarin, die an der Tür stand, kurz die Situation. Sie überlegte nicht lange, griff nach ihrem Gebetbuch und ging zu meinen Eltern in die Wohnung.*

Als die Frau meinen Bruder sah, erschrak sie zutiefst und sagte: ***„Hoffentlich komme ich gerade noch rechtzeitig.“*** *Sie benötigte eine Schüssel mit Wasser und Öl, welches sie aber erst nach und nach hinzufügte. Dadurch war sie in der Lage, zu erkennen, wie das Öl im Wasser reagierte und konnte auf diese Weise das Ausmaß des Zustands meines Bruders feststellen. Sie betete die Gebete ihres Buches die ganze Nacht hindurch. Meine Eltern, mein Onkel und meine Tante, blieben auch die ganze Nacht über wach an unserer Seite. Ich erinnere mich, dass ich irgendwann in den Armen meines Vaters einschlief.*

Meine Mutter erzählte, dass diese Frau sehr lange über die Nacht hinweg betete und irgendwann fertig war. Sie verließ das Schlafzimmer und sagte zu meinen Eltern:

*„**Ich muss noch ein paarmal kommen und für euren Sohn nochmals Gebete beten, aber jetzt ist er erst mal geheilt.**" Mein Vater konnte ihren Worten zuerst keinen Glauben schenken, denn er war nicht gläubig, meine Mutter aber weinte vor Freude. Die Frau sagte: „**Versucht, ihm Nahrung und Flüssigkeit zu geben, gebt es ihm aber in kleinen Mengen.**" Meine Mutter bereitete sofort Babynahrung zu und behutsam schob sie den ersten kleinen Löffel Nahrung in den Mund meines Bruders. Mein Bruder aß es, ohne zu würgen, dann der zweite Löffel und der dritte und der vierte. Mein Bruder aß letztendlich den kleinen Teller leer. Mein Bruder trank auch ohne Probleme. Alles behielt er bei sich, ohne zu erbrechen, das war ein „**Wunder**".*

*Diese Frau mit ihren Gebeten, sie betete im Namen Jesus und an Gott und erweckte dadurch die heilende Kraft des Heiligen Geistes. Dass sie dadurch das Leben meines Bruders rettete, war ein „**Wunder**". Natürlich haben auch mein Onkel und meine Tante einen Anteil an diesem Wunder, sie kamen ohne Vorankündigung, es war Schicksal, dass sie genau an diesem Abend und zu diesem kritischen Zeitpunkt kamen und die Feststellung machten, was mit meinem Bruder los war, auch dies war ein „**Wunder**". Alles war eine Verkettung an Fügungen, welche dazu geführt haben, meinem Bruder das Leben zu retten, das war einfach ein „**Wunder**". Mein Bruder wurde vollständig gesund, er hatte nach ein paar Monaten sogar ein klein bisschen Babyspeck bekommen.*

Was damals passiert ist, kann nicht wissenschaftlich erklärt werden, sicher haben alle beteiligten Ärzte ihr Bestes gegeben, aber was mein Bruder hatte, ging weit über ihr medizinisches Wissen hinaus. Ein Wunder ist und bleibt ein Wunder und jeder, der Wunder sieht und selbst eines oder mehrere erleben durfte, sollte dieses Erlebnis in großer Dankbarkeit als Wunder anerkennen.

***Eine andere wahre Geschichte:** Diese Geschichte fand in Portugal im Jahr 1917 am 13. Mai statt. Drei Hirtenkinder namens Lucia, zehn Jahre alt, Francisco, neun Jahre alt, und Jacinta, sieben Jahre alt, haben an diesem Tag die Erscheinung der Mutter Gottes gesehen.*

*Doch bevor diese Hirtenkinder die Erscheinung der Mutter Gottes sahen, erschien ihnen erstmals Tage zuvor einige Male ein Friedensengel und sagte zu den Kindern, dass sie zuhören sollten und bat sie darum, mit ihm zusammen zu beten. Der Friedensengel sagte das Gebet vor und die Kinder sprachen es ihm nach, das Gebet lautete wie folgt: **„Mein Gott, ich glaube, ich bete zu dir, ich hoffe, ich liebe Dich, ich bitte Dich um Vergebung für diejenigen, die nicht glauben, die Dich nicht anbeten, die***

nicht hoffen und Dich nicht lieben, Amen. *" Nach diesem Gebet verschwand dieser Friedensengel. Eines der Hirtenkinder, Lucia, bittet die anderen zwei Kinder darum, dieses Ereignis niemandem zu erzählen, denn es sollte ein Geheimnis bleiben. An einem anderen Tag, als der Engel abermals erschien, um mit den Kindern gemeinsam zu beten, geschah diesmal etwas anderes, als der Engel danach verschwand. Eine wunderschöne weibliche Lichterscheinung erschien und näherte sich den Kindern, sie sahen diese Frau, die vom Licht umhüllt war, und sie sagte liebevoll:* ***„Fürchtet Euch nicht, ich will euch nichts Böses."*** *Lucia trat einen kleinen Schritt nach vorn und fragte die Erscheinung:* ***„Wo kommen Sie her, gnädige Frau?"*** *Die Erscheinung antwortete:* ***„Ich komme aus dem Himmel."*** *Lucia fragte neugierig:* ***„Aber was machen Sie denn hier?"*** *Die Erscheinung antwortete mit sanfter Stimme:* ***„Ich bin gekommen, um Euch zu sagen, dass Ihr an jedem Dreizehnten des Monats zur gleichen Stunde hier her kommen sollt, sechs Monate lang, später werde ich Euch sagen, wer ich bin und was ich von euch will."***

Als diese Erscheinung verschwand, gingen die Kinder aufgeregt nach Hause und erzählten ihren Eltern von dem Erlebten. Doch geglaubt wurde ihnen nicht wirklich, es wurde noch ein Geistlicher hinzugerufen, um zu überprüfen, ob es für diese Geschichte eine Erklärung gab, doch selbst der Pfarrer hinterfragte diese Erzählung.

Doch die Kinder ließen sich nicht beirren, sie glaubten an das, was sie gesehen hatten, und gingen immer am dreizehnten Tag des Monats an diese Stelle um die wunderschöne Frau, die vom Licht umhüllt war, zu sehen. Nach drei Monaten verriet die Erscheinung der Mutter Gottes den Hirtenkindern drei Geheimnisse:

- ***Das erste Geheimnis war die Mitteilung, dass zwei von den drei Kindern bald in den Himmel kämen. Diese Vorsehung traf tatsächlich ein, einige Zeit später starben Francisco und Jacinta.***
- ***Das zweite Geheimnis, welches die gütige, wunderschöne Frau aussprach, beinhaltete, dass das baldige Ende des damals tobenden Ersten Weltkriegs bevorstünde, doch sie kündigte noch einen schlimmeren zweiten Krieg an, auch das geschah, wie wir alle wissen.***
- ***Das dritte Geheimnis wurde jahrelang verschlossen gehalten, es war in einem Brief niedergeschrieben, dieser Brief wurde verfasst von Lucia, dieser Brief wurde an den Bischof von Leiria übergeben. Auch dieses Geheimnis wurde Wirklichkeit.***

Dieses Wunder der Erscheinung breitete sich unter den gläubigen Menschen rund um den Globus aus, welche den Hirtenkindern Glauben schenkten. Es pilgerten immer mehr Menschen am dreizehnten des Monats zu diesem besagten Ort, um die Gelegenheit zu ergreifen, an diesem Wunder teilhaben zu dürfen.

*Am 13. Oktober erschien Maria, die Mutter Gottes, vor ungefähr 50.000 bis 70.000 Menschen, welche alle den Hirtenkindern gefolgt waren. Vor den Augen aller ereignete sich ein nie dagewesenes Schauspiel, Lucia schrie: **„Schaut zur Sonne!“** Es begann mit einem Schauspiel der Sonne: die sonst ruhig und hell am Himmel stehende Sonne verwandelte sich wie in ein Spinnenrad. Sie drehte sich sehr schnell und nahm viele verschiedene Farben an: in gelb, blau, rosarot. Wie ein gigantisches Feuerrad drehte sich die Sonne in hoher Geschwindigkeit, dann hielt sie einige Zeit an. Plötzlich fing die Sonne wieder erneut an, sich um sich selbst zu drehen. Dann entpuppte sich die Sonne in einem Scharlach farbigen Ton, sie glitt über den Himmel und verbreitete sich wie ein Strudel aus Feuerzungen. Dann plötzlich wurde es still um die Sonne, als würde sie in genau diesem Moment alle Menschen zermahlen durch die brennende Hitze, die in ihr loderte. Die Menschen waren verängstigt und voller Demut. Sie schrien betend auf Knien und bereuten zutiefst ihre Sünden. Einige dieser Menschen wurden durch dieses Wunder zum Glauben geführt, es war ein unbeschreiblicher Augenblick.*

*Nach einiger Zeit kehrte die Sonne an ihren Platz zurück, die Menschen waren alle verwandelt durch dieses Ereignis in der **„Cova da Iria“**, da geschah dieses Sonnenwunders in diesem **„Tal des Friedens“**.*

***„Die Frau des Rosenkranzes“**, so nannte sie sich, sie schlug vor, dass an diesem Ort des Wunders eine Kapelle errichtet werden sollte, dass Menschen dort den Rosenkranz beten können. Dass sie den Herrn nicht vergessen sollten und für all diejenigen beten sollten, die nicht zum Herrn schauen – dass sie für den Frieden und die Liebe beten und dafür bitten, dass Leid und Verderbtheit vom Herrn weggestoßen wird. Sie sollten beten, dass Menschen den Glauben in ihrem Herzen tragen, damit alle Seelen errettet würden. Verkündet diese Worte auf der ganzen Welt und vergesst nicht, dass ihr alle geliebt werdet.*

Diese Geschichte ist ein weltbekanntes **„Wunder“**. Der Ort, an dem das Wunder geschah, wird von gläubigen Menschen oft besucht. **„Fatima“** heißt dieser sehr inspirierende Ort, die Menschen haben dort etwas Wunderbares errichtet. Dieser ganz besondere Ort wird auch von vielen Touristen und gläubigen Menschen aus aller Welt besucht. Auch ich besuchte diesen inspirierenden Ort, ich kann Dir erzählen, durch Demut kommen ganz von allein die Tränen mit so viel Frieden und Liebe wird dieser Platz umhüllt. Diese Wallfahrtsstätte, welche in der imposanten Kapelle errichtet wurde, genau an der Stelle, an der die Jungfrau Maria erschienen ist, es wurde alles so wunderschön erbaut.

„Das Wunder von Lourdes“, wer diese wahre Geschichte hört, demjenigen zeichnet sich dies mitten ins Herz hinein und es gerät nie mehr in Vergessenheit.

„Das Ave- Maria- Gebet“

(Portugiesisch)

Ave Maria

Ave Maria
Cheia de Graca
o Senhor e convosco.
Benditia sois vos entre as mulheres
e bendito e o fruto do vosso ventre,
Jesus.
Santa Maria, Mae de Deus,
rogai por nos, pecadores,
agora e na hora de nossa morte.
Amen

(Deutsch)

Ave Maria

Ave Maria
Voller Gnade
Der Herr und Du
Gesegnet bist Du unter den Frauen
Gesegnet und die Frucht Deines Leibes
Jesus.
Heilige Maria, Mutter Gottes
Bete für uns, Sünder,
Jetzt und zum Zeitpunkt unseres Todes
Amen

Hattest Du auch schon eine oder mehrere Begegnungen mit Wundern? Wenn **„JA"** freut es mich sehr für Dich. Wenn Du aber nur Wundern gehört hast, ist es keine Enttäuschung. Denn **„Du"** bist das lebendige Beispiel eines Wunders, weil Du lebst und erlebst, und alles, was Du im Guten bewirkst, wird zu einem Wunder.

Gott sieht Dich als das größte Wunder, denn Du bist sein Kind und er liebt Dich über alles. Die Begegnung mit dem Wunder kannst Du jeden Tag erfahren, nur mit Gott und durch Gott bewegt sich alles in seiner Barmherzigkeit, wenn Du die Liebe unseres Vaters im Himmel in Dir leben lässt, erlebst Du die besten Wunder Deines Lebens. Wunder ist das Leben und der Herr ist das Leben und das Wunder in unserem Leben. Gott segne Dich mit all Deinen Wundern in Deinem Leben.

Jesus sah sie an und sprach: „Bei den Menschen ist`s unmöglich, aber nicht bei Gott; denn alle Dinge sind möglich bei Gott."

Luther, Markus 10:27

Jetzt über mich

Eine Tatsache kann ich Dir ganz sicher mit auf Deinen Weg geben, ich habe vieles durch meine Lebensgeschichte gelernt. Die erste Begegnung mit Gott hatte ich dank meiner Mutter in meiner Kindheit erfahren dürfen, ich bin durch sie in diesem Glauben erzogen und von Anfang an mit einbezogen worden.

Die Bedeutung dahinter wurde mir zwar vom Pfarrer unserer Gemeinde im Kommunionsunterricht erklärt, doch die Auffassung der gesamten Zusammenhänge war für mein damaliges Verständnis mehr als komplex. Ich bin jeden Sonntag mit meiner Mutter in die Kirche gegangen und habe brav gebetet. Aber die Predigt aus der Bibel, die der Pfarrer im Rahmen des Gottesdienstes erzählte, erschien mir damals sehr trocken und für mich unverständlich. Diese Liebe, die der Pfarrer vermitteln sollte, kam unerbittlich rüber, aber – nach meiner Empfindung – in einer sehr strengen Art. Als ich einige Jahre später erwachsen war und von daheim auszog, hörte ich auf, in die Kirche zu gehen, ich fühlte mich nicht damit verbunden und fühlte mich nicht verpflichtet, diese Predigten jeden Sonntag anzuhören. Ich entfernte mich nicht wirklich von dem Glauben an Gott, doch ich hielt **„IHN“** auf Abstand. Beten und Bitten wurde kontinuierlich weniger, weil mein Leben sowieso irgendwann nur noch ein Chaos war und so dachte ich, Beten bringt nichts. Meine Einstellung zu Gott veränderte sich dabei. **Warum?** Wenn es Gott gibt, wieso lässt er es zu, dass ich solche schweren und teilweise missratenen Lebenswege eröffnet bekomme. Statt zu beten und um Veränderung zu bitten, drehte ich Gott den Rücken zu. Trotz der Tatsache, dass ich oftmals vom Weg abkam, hat Gott mich nie im Stich gelassen. So oft hat er mein Leben gerettet, so oft hat er Menschen als Werkzeug genutzt, damit ich mich wieder zu ihm wende.

Als Beispiel hierfür erzähle ich Dir eine Geschichte über den Opa meines zweiten Ex-Mannes, der während meiner Ehe auch mein Opa wurde. Wenn wir zusammen am Tisch saßen vor dem gemeinsamen Essen, fing Opa an zu beten. ***„Herr, wir gehen zu dem Essen, lass uns Deiner nicht vergessen, komm Herr Jesus sei unser Gast und segne, was Du uns bescheren hast.“*** Das waren seine Worte.

Meine Herzens -schwester bezog mich immer wieder gern in den Lobpreis Gottesdienst mit ein, was ich als sehr angenehm empfand. **Ganz anders, als ich es kannte!** Diese Liebe, die diese Menschen im gemeinsamen Beten und in den Lobpreis - Liedern besangen, war voller Güte und Frieden, einfach wunderschön.

Doch ich nahm nur hin und wieder daran teil, die Zeit, die ich hatte, kompensierte ich mit der Arbeit oder konfrontierte mich mit meinen Problemen. Gott ließ ich nicht wirklich an mich ran, aber er stand sicher trotzdem immer neben mir, ganz nah. Der tiefste Punk meines Lebens und das schlimmste Erlebnis, das ich durchmachen musste, war das eine Jahr, in welchem ich alles verlor und gezwungen war, loszulassen. Alles, was mir bis zu diesem Zeitpunkt so viel bedeutet hatte, alles, was ich hart erarbeitet hatte, alles, was ich so geliebt hatte, war auf einmal weg. Diese Bruchlandung hatte keinen Sturz mit Ende, denn ich fiel immer tiefer, bis ich nicht mehr konnte und auf dem Boden lag, und ich dann endlich zu Gott sprach. ***„Gott, bitte, verzeih mir, dass ich mich von Dir abgewendet hab. Bitte hilf mir und zeig mir den Weg, den Du für mich vorsiehst. Ich habe keine Kraft mehr, ich kann nicht mehr, bin nur noch leer.“*** Gott antwortete: ***„Mein Kind, ich liebe Dich! Wie könnte ich Dich im Stich lassen? Ich war niemals weg.“***

Das war das erste Mal, dass ich Gott direkt gespürt habe, ich kann Dir dieses Gefühl mit Worten nicht beschreiben, wie es sich anfühlte, eine unbändige Kraft ging durch mir hindurch. Die Liebe Gottes habe ich endlich bewusst in mein Herz hineingelassen. Es war ein langer Weg, bis ich endlich Gott zugelassen habe, dann begann ein komplett neues Leben. Die Steine, die mir in den Weg gelegt wurden und mir meinen Lebensweg so beschwerlich gemacht hatten, wurden immer weniger. Die Lasten auf meinem Rücken waren weg, meine Freude und Zuversicht durch die Liebe Gottes wurden immer größer. Es ist schön, mit Gott und Jesus, seinem Sohn, zu leben, das Leben wurde schöner und die Hürden wurden kleiner durch das Vertrauen. ***„Sorge Dich nicht, denn es wird für Dich gesorgt.“***

Irgendeines Sonntagmorgens stand ich im Bad und hatte meine Haare gewaschen, ich trocknete mit dem Handtuch die nassen Haare ab. Plötzlich hatte ich ein starkes Bedürfnis, mit Gott zu sprechen, mit tropfenden Haarsträhnen stand ich vor dem Spiegel, gleichzeitig liefen mir die Tränen über mein Gesicht und ich sprach: **„Gott, ich danke Dir für alles in meinem Leben, ich habe meinen geliebten Vater verloren und ich weiß, er ist bei Dir. Doch Du gehörtest schon immer in mein Leben, bitte verzeih mir, dass ich Dich lange nicht so nah an mich herangelassen habe. Gott, Du bist mein Vater und ich bin Dein Kind, also habe ich zwei Papas im Himmel.“**

Aus diesen Überlegungen und Erfahrungen heraus war es mir wichtig, ein Buch zu schreiben. Anfangs, als diese Idee geboren wurde, wusste ich überhaupt nicht, wie ich dieses Vorhaben umsetzten sollte. Bereits zu einem früheren Zeitpunkt hatte ich angefangen, meine Ideen niederzuschreiben, aber irgendwie wurde es zum damaligen Zeitpunkt noch nicht **„meins“** und so legte ich das Projekt wieder beiseite. Weil Gott aber beharrlich ist, ließ er mir keine Ruhe, so musste es sein, dass ich es erneut in Angriff nahm. Alles lief diesmal viel besser, angefangen bei den Ideen über das Konzept bis hin zur Umsetzung und ich bekam sogar eine meiner „**Herzensschwestern**“ als Lektorin. Besser konnte es nicht laufen, das alles habe ich allein Gott zu verdanken. Denn mein Vater im Himmel gab mir alle Eingebungen und Ideen für die Geschichten, die ich im Rahmen dieses Buches niedergeschrieben habe. **Gott hatte immer ein Plan für mich!**

Dieses Buch widme ich Gott, weil er mein Leben gerettet hat! *Zugleich will ich Menschen, die sich dafür entscheiden, mein Buch zu lesen, eine Hilfestellung geben.*

Mit diesem Buch hoffe ich, viele Menschen zu erreichen und einen kleinen Beitrag dafür zu leisten, dass sie die Liebe Gottes nicht verwehren, sondern ihr Herz und ihre Seele für die Gottesliebe entbehren.

Ich danke Dir, liebe/r Leser/in, von ganzem Herzen, dass Du Dir die Zeit genommen hast, dieses Buch zu lesen, ich fühle mich sehr geehrt! Wenn es Dich erreicht hat in Deinem Herzen, dann habe ich wohl mit Gottes großer Hilfe ein gutes Werk vollbracht.

Alles, was in meinem Leben passiert ist, hatte einen Sinn, sonst hätte ich niemals die vielseitigen und in sich einzigartigen Begegnungen schildern können, um dieses Buch zu verfassen und dazu Gottes Wort hinzufügen zu können, um es komplett entstehen zu lassen. Ich hatte lange Zeit nicht daran geglaubt, dass ich es schaffen würde, diese Aufgabe zu meistern. Doch von Kapitel zu Kapitel bin ich Gott noch nähergekommen. Ich habe die Bibel von Neuem kennengelernt und mit klaren Gedanken Gottes Worte mit Liebe empfangen.

Ich werde Gott ewig dankbar sein für die tollen Menschen, die meinem Leben zu teil geworden sind. Heute kann ich mich glücklich schätzen, dass ich einzigartige Menschen kenne, die ich an meiner Seite habe, die mein Leben begleiten. In meinen Augen sind es Engel in Menschengestalt. Ich trage sie alle in meinem Herzen, denn sie ergeben die neuen Farbkleckse in mein Lebensbild, die perfekt zu meinen Farben passen. Ich fühle mich so reich an Liebe und Frieden und kann endlich meinen Lebensweg mit Zuversicht meistern und genießen. Ich hatte und habe völliges Vertrauen zu unserem Vater im Himmel. **Ich vertraue darauf, dass Gott mich in guten und schlechten Zeiten begleitet.** Ich fühle mich angekommen, ich bin ein freier Christ. Das ist mein Glaube, die Bibel und Gott, unser Vater, Jesus Christus, sein Sohn, und der Heilige Geist. Dieser Liebe will ich nie wieder den Rücken kehren, denn es macht mich zum besseren Menschen. **Denn mit dieser Liebe bin ich endlich daheim.**

Ich bin angekommen!

War auf meinen Wegen so verloren,
hab mich eingeschlossen in Tresoren.
Hab Gott nicht zu nah an mich gelassen,
die Liebe von Gott verblassen lassen.
Mit seiner Barmherzigkeit hab ich zu Gott zurückgefunden,
und fühlte mich mit seiner Kraft sofort zu ihm gebunden.
So heute fühle ich mich glücklich auf meinem Lebensweg,
weil ich weiß, dass Gott immer mit mir geht.
Ich bin angekommen, ich bin endlich daheim.
Amen

So oft war ich auf der Suche nach dem, was mein Leben erfüllen könnte, und dachte, das Tanzen würde mich ausgiebig ausfüllen. Doch dem war nicht so, es füllte nur den Augenblick aus und die übrige Zeit meines Lebens verkorkste ich mit Fehlentscheidungen. Heute weiß ich, nur mit Gott und durch Gott sind alle Dinge perfekt. Die beste Entscheidung, die ich traf, ist mit Gott, meinem Vater im Himmel, gemeinsam zu gehen.

Deshalb bin ich heute durch Gott, der in mir lebt, sein perfektes Wunder, weil seine Liebe in mir mich vollkommen macht trotz meinen Ecken und Kanten. Gott verdanke ich mein Dasein nur durch ihn und mit ihm bin ich endlich angekommen, weil ich weiß, ich bin sein geliebtes Kind.

„Und er machte sich auf und kam zu seinem Vater. Als er aber noch weit entfernt war, sah ihn sein Vater und es jammerte ihn, und er lief und fiel ihm um den Hals und küsste ihn."

Luther, Lukas 20:15

Persönlich für Dich!

*Sicherlich hast **Du** auch innerhalb Deiner Lebensgeschichte Situationen erlebt, in denen Du über ähnliche Dinge nachgedacht hast und die Fragen gestellt: **„Hätte ich doch bloß?“** „Wäre es doch nie passiert?" **„Warum habe ich nicht?“ „Wieso habe ich es getan?“** Es nützt **Dir** nichts, **Dir** Vorwürfe zu machen, denn geschehen, ist geschehen und kann nicht mehr rückgängig gemacht werden.*

***Du** kannst aber aus Versäumtem und aus Fehlern lernen und wenn **Du** es nicht verstehen kannst, dann **bitte** und **bete** zu **Deinem Vater** im **Himmel. Er** wird **Dir** Zeichen geben auf **Deinen** Wegen, schau genauer hin, dann erkennst **Du** den **Sinn** darin.*

*Ich kann **Dir** aus meiner Erfahrung heraus weitergeben, **liebe Dich** selbst und verzeihe **Dir** selbst. Bring anderen Menschen **Liebe** entgegen, vergib ihnen denn auch **Dir** wird vergeben. Versteife Dich nicht auf Gedanken wie **„es lief so einiges falsch in meinem Leben“**, denn in bestimmten Zeiten und mitten in den erlebten Situationen wusstest **Du** es nicht besser. Sicher weißt **Du** von der **Kreuzigung Jesus**, er betete zuletzt: **„Vater, vergib ihnen, denn sie wissen nicht, was sie tun.“***

***Du** bist nicht weniger besonders, nur weil **Du** vielleicht Unrechtes getan hast oder **Dir** Unrechtes angetan wurde.*

***Gott liebt Dich, Gott ist für Dich da, Gott ist mit Dir. Dein** Vergehen, sofern **Du** dies als ein solches wahrnimmst, versuche es wieder gut zumachen, mit ganzem Herzen, in irgendeiner Form. **Gott** sieht **Dich**, wie **Du** bereust, es getan zu haben und **„ER“** hilft **Dir,** unabhängig von der Vorgeschichte und allem, was geschehen ist, wieder den richtigen Weg einzuschlagen. Alles in **Deinem** Leben hat einen Sinn, denn dies führt **Dich** zu bestimmten Aufgaben, **Gott** hat zu jedem Zeitpunkt **Deines** Lebens und in jeder noch so ausweglosen Situation einen Plan für **Dich** vorbereitet. **Du** bist verantwortlich für **Deine** Entscheidungen, für **Dein** Handeln, für **Dein** Verhalten, für **Dein** Geben und Nehmen.*

*Gib nicht anderen die **Schuld** für **Deinen** Lebensweg mit all seinen Facetten, auch wenn **Du Dich** damit eingeschränkt fühlst. Natürlich gibt es **Situationen,** in denen man gefangen ist. Es kann sein, dass **Du** lange nichts an diesen Situationen ändern kannst. Aber sei **Dir** gewiss, der Tag wird kommen, an dem sich alles zum Guten wendet. Wenn **Du** dann die Möglichkeit bekommst, **Dein** Leben zu verändern, **Bitte** und **Bete, dass** sich **Deine** Situation zum **Positiven** wandelt. **Du** hast den freien*

*Willen, darüber zu entscheiden, was **Du** brauchst, was **Dir** fehlt, was **Dir** guttut und was nicht und was **Du Dir** wünschst. Ich kann **Dir** aus meinem Erfahrungsschatz mitgeben, nur allein – quasi als Einzelkämpfer – ohne **Gott** ist **Dein** starkes Verlangen nicht konstant möglich zu verwirklichen. Denn immer wieder gerät in irgendeiner Situation oder plötzlich auftretenden Lebenslage etwas aus dem Ruder – weil man beispielsweise nur den **Erfolg** sieht, des **Habens und Besitzens**. Dabei geht die **Dankbarkeit** verloren, diese Erkenntnis stimmte mich traurig. Genau in diesen Situationen wird erkennbar – und **Du** wirst, wenn auch erst mal unterbewusst, feststellen –, dass die **Liebe Gottes** noch nicht richtig in **Dir** wohnt. Glaub mir, ich habe solche Erfahrungen ausreichend und in verschiedensten Ausprägungen durchlebt. Nur durch **Gott** bewegt sich heute mein **Leben** zu einem **Wunder**.*

*Von ganzem **Herzen** wünsche ich **Dir Gottes Segen auf all Deinen Wegen**. Ich wünsche **Dir** und bete für **Dich**, dass **Du** jeden Tag die **Liebe** spürst, die **Gott Dir** schenkt – dass **Du** mit innerem Frieden durch **Dein Leben** gehen kannst und darauf vertraust, dass **Gott** bei **Dir** ist. Sprich mit **„IHM“**, wann immer **Du** das Gefühl hast, dass irgendetwas zu sehr an **Dir** nagt oder sag einfach **DANKE**! **Gott** befreit **Dich** von **Deinen** Lasten, **Gott** verhilft **Dir zum Loslassen, Gott** bereitet neue Wege für **Dich**.*

*Ich wünsche **Dir** ganz viel **Liebe** und **Zuversicht**, damit **Du** nicht an einer scheinbar ausweglosen Situation zerbrichst. **Du bist besonders!***

*Vergiss niemals, in **Dein** persönliches Bild immer wieder neue **Farben** einzusetzen. Denk an die **Schatztruhen** und überlege immer wieder, welcher Inhalt von beiden für **Dich** einen größeren Wert darstellt. Befülle **Deinen Reichtum** mit Eindrücken, die **Dich** erfüllen in **Deinem Leben**.*

*Vergiss bitte nicht die vielen **Inseln** mit neuen Eindrücken, welche **Dich** ermutigten, einen **Neuanfang zu wagen.** Denk an die **Chinesische Mauer** mit der **Begegnung,** welche **Dir** dazu verholfen hat, loszulassen. **Bitte** trage nicht ständig **Schuld** über einen ungesund lang anhaltenden Zeitraum in **Dir.** Das bringt **Dich** nur zur **Verzweiflung** und **Du** drehst **Dich** im Kreis und letztendlich gerätst **Du** in eine innere Spirale, welche **Dich** herunterzieht. Lass **Dir** diese **Schuld** von **Gott** nehmen, **bete** und **bitte** darum. Denk daran, **Du** hast einen **Schutzengel** um **Dich** herum, der **Dir** von **Gott** für **Dich** gesandt wurde. **Dieser Engel ist für Dich da!***

*Begegnungen in **Deiner** Vergangenheit sind gut, denn durch sie kannst **Du** lernen, was am besten für **Dich** ist. In der Gegenwart und in der Zukunft kommen neue **Begegnungen** dazu, gib **ihnen** die **Chance**, bei **Dir** Positives zu bewirken. Sei **ehrlich** zu **Dir** selbst, denn **Du** stehst **Dir nah. Du** bist kein **Verlierer**, verliere an diese und ähnliche Gedanken bitte nicht eine Sekunde. **Du bist wertvoll! Weil Du ein Kind Gottes bist und „ER" Dich über alles liebt.***

Mein lieber Freund oder meine liebe Freundin,** ich kann **Dir** nicht genug **danken,** dass **Du** mein **Werk** gelesen hast. Durch all diese **Begegnungen,** von denen ich **Dir** erzählt habe, hoffe ich, dass sich in **Dir** viel Wunderbares bewegt hat. Ich wünsche **Dir**, dass ich **Dich** bestärken konnte **und Du Dich bestätigt fühlst.** Ich wünsche **Dir** eine **himmlische Reise** durch **Dein Leben** und mit **Gott** an **Deiner Seite. Bete und bitte immer, in jeder Situation und Du wirst sehen, alles wird gut – nur anders.

Pass bitte auf Dich auf und ich wünsche Dir viel Gesundheit.

*Trage **Gottes Liebe** in **Dir**, trage **Sie** mit **Dir**, trage **Sie** in **Deinem Herzen und der Friede Gottes sei immer mit Dir.***

<u>In Liebe Deine Freundin Christina</u>

„Ein treuer Freund ist nicht mit Gold aufzuwiegen, und sein Wert ist nicht hoch genug zu schätzen.“

Luther, Sirach 6:15

Unser Vater im Himmel

Die Bibel ist ein heiliges Buch, das Wort Gottes wird offenbart, geschrieben in Worten. Die Wahrheit ist Gott und Gott ist die Wahrheit. Die Geschichten stehen geschrieben vom Anfang bis in die Ewigkeit. Gott hatte viele auserwählte Propheten geschickt, um das Werk und das Wort Gottes zu verherrlichen.

Am Anfang schuf Gott das Universum und die Erde. Menschen wurden nach Gottes Bild erschaffen, um Gottes Werk zu führen.

Doch dann passierte es! *Die Menschen wollten ihre eigenen Wege gehen, mit ihrem Egoismus und unter Anwendung von Gewalt. So entschied sich Gott nur mit einer Familie für einen Neuanfang. Dann schloss Gott einen Bund mit einem Mann namens Abraham. Gott sagte zu ihm:* ***„Dieses Land, das vor Dir liegt, ist Deines, durch Deine Nachkommen will ich die ganze Welt segnen.“***

Abrahams Nachkommen wuchsen nach mehreren Generationen zu einem großen Volk Israels. Dies machte den Ägyptern Angst, so kam es, dass sie dann dieses Volk versklavten. Dann kam ein demütiger Anführer Namens Mose, der mit Gottes Führung die Israeliten befreite, und er zog mit ihnen zum verheißenen Land.

Während dieses Marsches durch die Wüste verkündete Gott in Steintafeln die zehn Gebote. Er beabsichtigte damit, dass die Israeliten nach Gottes Willen zu leben lernten.

Nach 40 Jahren Wüstenwanderung, von Jammern und Klagen begleitet, war endlich das gelobte Land erreicht. Dies war ein Sieg und das Volk feierte ihren Gott.

Doch dann, ein wenig später, wandten sie sich von Gott ab! *Sie gingen ihre eigenen rebellischen Wege, dies wurde zu einem Muster für viele nachfolgende Generationen. Also fiel es den Menschen schwer, Gottes Wort zu folgen. So wurde Saul Israels erster König, doch dieser beging viele Fehler. Der schlimmste Fehler war, dass er Gott den Rücken zukehrte. Da wählte Gott den nächsten jungen, mutigen König namens David. Unter Davids Herrschaft wurde Israel reich durch Gott gesegnet. Irgendwann gab David den Thron an seinen Sohn Salomon ab, Gott sollte ihm viel Weisheit geben. Salomon ließ einen prächtigen Tempel erbauen, aber mit der Zeit kam Salomon von Gottes Wegen ab. Deshalb zerfiel Israel in zwei Teile, Israel und Judah.*

Dann schickte Gott Propheten, um beide Völker aufzurufen, damit sie wieder zu Gott auf besseren Wegen zurückkehren würden. Doch sie wollten nicht darauf hören, also wurde Gottes Volk aus dem gelobten Land vertrieben. Der wunderschöne Tempel wurde zerstört und viele Menschen wurden als Sklaven weggeführt. Aber auch im Exil sprach Gott ihnen Mut zu, durch die Propheten.

60 Jahre später durch das unermüdliche Warten wurde die Hoffnung wahr, das jüdische Volk kam frei. So wie Gott sagte, durften sie zurückkehren in das versprochene Land. ***Die Gottesboten wiesen das Volk darauf hin, dass ein König kommen würde, der Messias!*** *Dieser Messias sollte Israel wiederaufrichten und ein Reich des Friedens gründen. So lebte das jüdische Volk in Hoffnung und Gott sprach 400 Jahre nicht mehr durch die Propheten.*

Dann leitete Gott einen neuen Abschnitt der Geschichte ein!

Israel war inzwischen Teil des Römischen Reichs. Das jüdische Volk sehnte sich nach dem Messias, dem Befreier. Die Jungfrau Maria brachte einen Jungen zur Welt mit dem Namen ***Jesus****.*

Engel verkündeten, dass „Jesus" der Messias sei! *Die Hirten brachten diese Nachricht voller Freude unter die Menschen.* ***Diese Geburt wurde dadurch zu einem Wunder!*** *Als* ***Jesus*** *heranwuchs, begegneten ihm die gleichen Versuchungen, denen auch alle anderen Menschen ausgesetzt waren. Doch er widerstand allen Versuchungen und entschied sich immer für Gottes Wege.*

Es traten die Nachfolger von ***Jesus*** *in Erscheinung, Jünger genannt, die durch Jesus gelernt hatten, auf Gottes Willen zu hören. Jesus sagte zu den Jüngern:* ***„Das Reich Gottes ist da, kehrt um von euren Wegen und schlagt Gottes Wege ein."***

Jesus *erzählte mit einfachen und bewegenden Worten Gleichnisse, er berichtete, wie er das jüdische Volk zu sich zog, damit sie sich tiefer auf Gott einlassen würden. Immer mehr Menschen wollten bei* ***Jesus*** *sein. Er gab ihnen Essen und heilte die Menschen von Krankheiten und er erweckte sogar Menschen vom Tod auf.*

Jesus *war ein ganz anderer König, als die Menschen es erwartet hatten.* ***Jesus*** *regierte durch Mitgefühl und Gerechtigkeit. Die anderen zur damaligen Zeit herrschenden religiösen Führer waren auf* ***Jesus*** *eifersüchtig. Sie waren von der Art und Weise, wie* ***Jesus*** *auf die Menschen wirkte, irritiert, also musste er gestoppt werden. Eines Nachts, als* ***Jesus*** *betete, kam eine Truppe von Soldaten, um* ***Jesus*** *zu ergreifen, die Jünger gerieten in Panik und versteckten sich. Die religiösen Führer verhörten* ***Jesus*** *und fragten ihn:* ***„Bist du der Messias, der Sohn Gottes?" Jesus*** *antwortete:* ***„Ich bin es und ihr werdet mich zur rechten Seite Gottes sitzen sehen."*** *Dann schrien alle außer sich:* ***„Wer behauptet, er sei Gott, muss hingerichtet werden."*** *Unter dem Druck* *der aufgebrachten Juden befahl Pilatus, der römische Statthalter, dass Jesus zum Tod verurteilt wurde. Wie ein Verbrecher wurde* ***Jesus*** *ans Kreuz genagelt, in der Mitte, zwischen zwei anderen Verurteilten.* ***Jesus*** *betete.*

„Vater, vergib ihnen, denn sie wissen nicht, was sie tun."

Bei ***Jesus*** *letztem Atemzug überzog eine Finsternis die Erde.* ***Jesus*** *wurde dann in ein Grab gelegt, überwacht von römischen Soldaten. Drei Tage später, als Anhängerinnen von Jesus herbeikamen, um sein Grab zu besuchen, war er nicht mehr da.* ***Das Grab war leer!*** *Danach erschien Jesus immer wieder bei seinen Jüngern,* ***Jesus*** *zeigte sich sogar vielen Menschen. Ein paar Wochen später traf sich* ***Jesus*** *mit all seinen Jüngern.* ***Jesus*** *sprach zu ihnen:* ***„Ihr werdet nie allein sein, bald wird Gottes Geist in Euch leben, Gott befähigt Euch, mir nach zu folgen, um die Welt zu verändern."***

Als die Jünger nach ***Jesus*** *schauten, verschwand* ***Jesus*** *vor ihren Augen in einer Wolke nach oben. Wenige Tage später waren 120 Jünger im Gebet versammelt, plötzlich erfüllte sie der Heilige Geist. Sie begannen, in fremden Sprachen zu reden, die ihnen bisher unbekannt waren. Menschen aus der ganzen Stadt wunderten sich sehr. Es kamen schließlich Tausende von Menschen im Glauben an den Messias. Dieses Ereignis war der Anfang der Kirche, der Gemeinschaft, die Gott berufen hat – in aller Welt –, um in Gottes Herrschaft im Glauben zu leben. Mit Gottes Geist waren die Jünger fähig, wie* ***Jesus****, die Kranken zu heilen, sie gaben den hungernden Speisen und vorsorgten die Armen. Die Gemeinde verbreitete sich im ganzen Land, doch diese Menschen wurden verfolgt und wurden gefangen genommen. Manche starben aufgrund ihres Glaubens. Ein Mann namens Saulus hatte die Absicht, die Gemeinde zu zerstören. Doch dann blendete ihn ein Licht und* ***Jesus*** *trug ihm auf, ab sofort für ihn zu arbeiten. Von diesem Moment an gründete Saulus neue Gemeinden und konnte auch die Menschen erreichen, die keine Juden waren. Jahre später schickte Gott seinem Apostel Johannes eine Vision, wie die ganze Geschichte ein Ende haben würde. Johannes sah in dieser Vision einen neuen Himmel und eine neue Erde und Gott lebte unter uns. Er wischt alle Tränen ab und befreit die Menschen von Schmerz und Tod. Gott selbst würde alles neu machen. Die Fortsetzung dieser wunderbaren Geschichte, das sind wir. Wir sind berufen, eine Gemeinschaft zu sein, um die liebevolle Herrschaft Gottes zu zeigen und Menschen zu segnen.*

Ich habe Dir in diesem Abschnitt eine Kurzfassung der Geschichte der Bibel erzählt. Ich persönlich finde, dass diese wahre Geschichte großartig ist und für die ganze Menschheit auf der Welt bestimmt ist. Die Geschichte ist aber noch nicht zu Ende. Jesus wird kommen auf die Erde und wir sind möglicherweise alle dabei. Denn die Endzeit ist nah. Dieses Wunder zu erleben!

Bete mit mir zusammen:

**Vater unser im Himmel,
geheiligt werde Dein Name.
Dein Reich komme.
Dein Wille geschehe, wie im Himmel so auf Erden.
Unser tägliches Brot gib uns heute.
Und vergib uns unsere Schuld,
wie auch wir vergeben unseren Schuldigern.
Und führe uns nicht in Versuchung,
sondern erlöse uns von dem Bösen.
Denn dein ist das Reich
und die Kraft und die Herrlichkeit
in Ewigkeit.
Amen.**

„So spricht der HERR, der die Erde gemacht, sie gebildet und gegründet hat

– HERR ist sein Name:

Rufe mich an, so will ich dir antworten und will dir kundtun große und unfassbare Dinge, von denen du nicht weißt."

Luther, Jeremia 33: 2-3

Ein Brief an Herr Jesus

Lieber Herr Jesus, als Kind habe ich Dich kennengelernt durch meine Mutter, durch den Gottesdienst und ich habe gelernt, wie ich zu Dir beten kann. Doch verstanden habe ich die Geschichten von Gott, Deinem Vater und dem Schöpfer nicht wirklich. Ich habe den Erwachsenen zugehört, aber Deine barmherzige Liebe wurde nicht richtig in Worten verkündet – so habe ich es zum damaligen Zeitpunkt empfunden. Ich hörte, dass Du, Herr Jesus, große Wunder vollbrachtest, dann gelitten hast und gekreuzigt wurdest von Menschenhand. Mir wurde erzählt, dass ich es nicht vergessen sollte, dass Du für alle Menschen gestorben bist und auch für mich. Aber verstanden habe ich es trotzdem nicht, warum Du Dich für mich und alle Menschen kreuzigen ließest. Denn Dein himmlischer Vater ist immer allgegenwärtig und ist bemächtigt, zu lenken und schlimme Geschehnisse zu verhindern. ***Warum hat Gott es dann nicht geschafft, Dich zu retten?*** *Diese Frage habe ich mir als Kind immer wieder gestellt.*

Ich hatte immer Ehrfurcht vor Gott, aber aus dem Gedanken heraus, weil ich dachte, dass Gott mich bestraft, wenn ich nicht gehorche.

Dass Gott ein strafender Gott ist, so dachte ich als Kind und auch in den ersten Jahren meines jungen Erwachsenendaseins. Ich konnte die Liebe zu Dir nicht nachvollziehen und die große Begeisterung, die Menschen für Dich hatten und haben, Herr Jesus. Wenn sich die Gelegenheit geboten hatte und ich diesen gläubigen Menschen zuhörte, wie sie über Dich in Liebe sprachen und ihr Leben in Deine Hände übergaben, war ich erstaunt über dieses unbändige und unerschütterliche, bedingungslose Vertrauen zu Dir. Trotzdem hielt ich mich fern von Dir, Herr Jesus und vom Vater im Himmel.

Heute kann ich nicht verstehen, warum ich so handelte, aber ich tat es sehr lange in meinem Leben, Dich auf Abstand zu halten, Herr Jesus. Sehr blind bin ich durch mein Leben gelaufen, so oft bin ich gefallen, gestürzt und war sehr verloren in einer dunklen Tiefe ohne Licht. Nichts mehr konnte ich erkennen, nichts mehr gab meinem Leben in irgendeiner Weise einen positiven Antrieb, ich hatte nur noch funktioniert. Nur Du allein, Herr Jesus, kennst mein Herz und kennst mein Leben, meine Wünsche und meine Traurigkeit. Weil Du, Herr Jesus, mich nie allein gelassen hast, warst immer ganz nah bei mir und gabst mir Zeichen und hast es versucht, Dich erkenntlich zu zeigen. ***„Doch ich blieb weiterhin blind.“***

Heute sehe ich Dich mit großen Augen an, mit Bewunderung voller Liebe zu Dir – seit ich mich zu Dir gewandt habe. Du schenkst mir jeden Tag einen lebendigen

Frieden und Hoffnung, bereicherst mich mit dem tiefsten Vertrauen zu Dir, ich weiß, dass ich mich nicht mehr zu sorgen brauche. Weil ich durch Dich neu geboren wurde, bin eine vollkommene neue Christina, denn Du, Herr Jesus, lebst in mir. Dafür danke ich Dir.

*Es beginnt mit dem viel zitierten Satz: **„Du erntest, was Du säst.“** Du, Herr Jesus, bist das lebendige Beispiel dafür. Du hast hier auf Erden Deine Saat in Worten Deines himmlischen Vaters verkündet. Die Ernte dafür besteht darin, dass Menschen bis zum heutigen Tag voller Freude und Liebe an Dich glauben, so auch ich.*

*Die **„Aufmerksamkeit“**, die Du, Herr Jesus, den Menschen auf Erden gebracht hast, jedem Sündiger, jedem Bettler, jedem Kranken und sogar den Menschen, die an Dir zweifeln – uns allen reichst Du Deine Hand entgegen, so auch mir.*

*Dein starker **„Glaube“** zu Deinem Vater im Himmel hast Du uns Menschen in Deiner Barmherzigkeit und Güte übermittelt, so auch mir.*

*Du, Herr Jesus, hast uns gezeigt, dass wir hier alle auf Erden eine große **„Familie“** sind, so wie Du sagtest: **„liebe Deinen Nächsten so wie Dich selbst.“** Diese Worte haben auch mich dazu bewegt, es so zu sehen, ich danke Dir.*

*Wenn zwei Menschen sich so stark verbunden fühlen, vereinigen sie sich dann gemeinsam durch Gottes Wort zur **„Ehe“**. Dieses Bündnis der Liebe, Herr Jesus, ist ein Band, welches nicht zerreißen sollte, doch mir, Herr Jesus, ist es nicht gelungen. Doch das Band der Liebe, das ich für Dich empfinde, Herr Jesus, ist so stark, ich werde es diesmal nicht zulassen, dass es zerreißt.*

*Zum Thema **„Freundschaft“**: Eine meiner Begegnungen hat einmal zu mir gesagt, dass Du, Herr Jesus, der beste Freund der Menschen bist. Denn Du, Herr Jesus, bist für uns gestorben am Kreuz, damit unsere Sünden vergeben werden. Danke, Herr Jesus, für Deine Gnade und Freundschaft, die Du mir immer entgegenbringst.*

*Mein lieber Herr Jesus, Deine Auferstehung nach Deinem **„Tod“** ist eine wahre Geschichte, die in der Bibel steht. Sie erzählt und beweist, dass der Tod nicht das Ende darstellt. Es beweist, dass diejenigen Menschen, die an Dich glauben und Dich lieben und nur durch Dich in das Reich Gottes kommen, darin wohnen werden und weiterleben, daran glaube ich fest. Ich glaube auch daran, dass Du wieder kommst auf Erden mit einer Schar aus **„Engeln“**. Durch Dich, Herr Jesus, weiß ich, dass ich Engel an meiner Seite habe, die mich warnen, vor Gefahren bewahren und beschützen, in Deinem Namen, daran glaube ich fest.*

*Wie Du weißt, Herr Jesus, war ich in jungen Jahren sehr krank, trotz dieser **„Krankheit“** durfte ich Menschen kennenlernen, die über Dich liebevoll gesprochen haben. Es waren Menschen, die in Deinem Namen für mich gebetet haben, um Heilung. Danke, Herr Jesus, für Deine heilende Kraft.*

*Du weißt, dass sich viele Menschen so viel Schlechtes antun durch den Konsum von **„Drogen“**. Ich bin überzeugt davon, dass das **„Böse“** diese verlorenen Menschen übermannt und sich darauf freut, sie damit für die Wahrheit blind zu machen und sie einzufangen. Aber Du, Herr Jesus, hast den Menschen das **„Vater unser“** gelehrt, folgende Zeilen kommen darin vor: **„Und führe uns nicht in Versuchung, sondern erlöse uns von dem Bösen.“** Danke, Herr Jesus, dass diese Worte mich im Gebet beschützen.*

*Menschen sind dazu in der Lage, Schreckliches an anderen Menschen zu verursachen, meistens trifft es die Schwachen. Kinder sind meistens davon betroffen und die Stärkeren begehen **„Missbrauch“** an den Schwachen. In vielen damaligen Situationen und im Rahmen meiner negativen Erlebnisse hast Du mich gerettet, Danke, lieber Herr Jesus, dass Du immer da warst im richtigen Moment.*

Ich bin mir sicher, Herr Jesus, dass Du alle Kinder sehr liebst und ihnen jeden Tag ihres Lebens eine unbeschreibliche Kindheit bereichern möchtest.

Du hast mich in meiner ***„Kindheit"*** *durch tolle und wundervolle Freundinnen bereichert. Denn die* ***„Schule"*** *ist mir oft schwergefallen und ich denke, Du wolltest mir in meinem nicht einfach verlaufenden Kind - Seins eine Welt der Freiheit schenken, dies geschah durch diese Freundinnen bis zum heutigen Tag. Danke Dir, Herr Jesus, für diese wundervollen Menschen an meiner Seite.*

Auch durch Dich habe ich erkannt, dass ich mein ***„Talent"*** *nicht umsonst bekommen habe.*

In mir stecken eine Vielfalt an Gaben, die ich liebend gern für die Verwirklichung von tollen Werken nutzen will, mit Dir und mit unserem Vater im Himmel zusammen. Ich habe endlich verstanden, dass ich dieses ***„Leben"*** *zwar haben und leben darf, aber nur durch Dich und durch den Herrn es ein Sinn bekommen kann. Mit allen Taten und Handlungen, die mich vorwärtsbewegen, funktioniert dies alles am besten, nur mit Dir und mit unserem Vater im Himmel.* ***Danke, Herr Jesus, für diese Erkenntnis!***

Wie lange habe ich ***„Schuld"*** *als große Last in mir getragen, ich habe aufgehört, diese Situationen zu zählen und zu reflektieren. Doch als ich mit Dir gesprochen habe, hast Du mir diese Last genommen, Danke Dir, Herr Jesus.*

Ich kannte Menschen, die voller ***„Eifersucht"*** *waren, mich verletzt haben und in meinem Herzen hinterließen sie Narben. Doch Du, Herr Jesus, hast mich gerettet und geheilt, denn diese Narben erscheinen nun im Licht in schönen Farben durch den Heiligen Geist. Es ist so wunderbar, in dieser Form geheilt zu werden. Danke Dir, Herr Jesus.*

Ein Beispiel hierfür ist die schwere Zeit, als ich für einen längeren Zeitraum in der Klinik lag und ich eines Tages sehr verzweifelt war. Ich sah aus dem Fenster hinaus, wollte feststellen, wie tief der Fall wäre, um in den ***„Freitod"*** *zu springen und dem Ende entgegenzutreten. Plötzlich erschien eine Krankenschwester, die genau in diesem kritischen und auch gefährlichen Moment meine schrecklichen Gedanken unterbrach. Danke, Herr Jesus, für Deine Rettung. Eine* ***„Therapie"*** *durch eine Psychotherapeutin hatte mir durch diese schwere Zeit hindurchgeflogen, die tiefen Gespräche über meine negativ geprägten Erlebnisse konnte ich auf diese Weise und durch diese Unterstützung verarbeiten. Heute weiß ich, Herr Jesus, dass Du in dieser schweren Phase ganz nah bei mir warst, ich danke Dir, Herr Jesus.*

Die ***„Scheidung"*** *ist ein weiteres Beispiel, von dem ich Dir in einem Kapitel ausführlich geschildert habe. Meine beiden Ehen sind leider gescheitert. Sie sind deshalb gescheitert, weil der* ***„Egoist"*** *und die* ***„Lüge"*** *sich in diese Ehen eingeschlichen haben.*

Die ***„Einsamkeit"*** *hat mich in beiden Ehen verfolgt, hätte ich mich früher zu Dir gewandt, so wäre vielleicht vieles nicht passiert, Herr Jesus.*

Lange habe ich gegen bestehende und hartnäckig anhaltende Altlasten gekämpft, die mein Leben erschwerten. Doch hätte ich das ***„Verzeihen"*** *früher in meinem Leben aufgenommen und danach gehandelt, wäre mir vieles erspart geblieben. Du, Herr Jesus, hast am Kreuz zu Deinem himmlischen Vater gebetet kurz vor Deinem Tod:* ***„Vater, vergib ihnen, den sie wissen nicht, was sie tun."*** *Danke, Herr Jesus, für Deine Gnade und Güte, sodass ich heute in der glücklichen Lage bin, verzeihen zu können. Du bist barmherzig und hast so viel* ***„Geduld"****, Herr Jesus, mit den Menschen und auch mit mir, dafür danke ich Dir. Durch Dich konnte ich vieles* ***„loslassen"****. Du, Herr Jesus, erleichterst mein Leben.*

Viele ***„Träume"*** *habe ich schon gehabt und einige davon hatten mir etwas vermittelt, sicher hast Du mir diese Träume geschickt, Herr Jesus. Du wolltest mich sicher warnen oder in einer ausweglos erscheinenden Situation Hoffnung schenken. Danke, Herr Jesus, dass Du in dieser Form mit mir immer kommuniziert hast.*

Unser Vater im Himmel schenkte den Menschen die ***„Intelligenz"****, um diese für Gutes zu nutzen, genauso verhält es sich mit dem* ***„Reichtum"****, den wir alle wohl bedacht auch teilen sollten, mit denjenigen Menschen, die ihn notwendig brauchen. Danke Dir, Herr Jesus, dass Deine Güte mir zeigt, wie ich in dieser Hinsicht in richtigen Momenten handeln soll.*

Herr Jesus, ich war ständig auf der Suche nach etwas, das mich erfüllt und habe mir gewünscht, dass diese Erfüllung auch beständig bliebe. Doch ich habe begriffen, dass ich nicht danach suchen muss, weil Gott einen ***„Plan"*** *für mich hat und dass er den besten Weg für mich bestimmt, dafür fühle ich eine tiefe* ***„Dankbarkeit"****.*

Ich bin so glücklich, dass mein ***„Vertrauen"*** *gestärkt ist zum Vater im Himmel und auch zu Dir, Herr Jesus. Die* ***„Entscheidung"*** *dafür ist mir nicht schwergefallen, denn durch meinen* ***„Neuanfang"*** *habe ich gespürt, dass Du mich unterstützt hast. Weil die* ***„Zeit"*** *mir durch Fügungen und einer großen Bandbreite an verschiedensten Begegnungen gezeigt hat, dass ich mich nicht* ***„sorgen"*** *brauche, weil Du, Herr Jesus, da bist. Danke, Herr Jesus, dass Du mich gerettet hast.*

Ich war immer bestrebt, ein ***„Perfektionist"*** *zu sein, doch ausschließlich aus dem Gedanken heraus, weil ich dachte, nur so werde ich akzeptiert bei anderen Mitmen-*

schen. Doch ich bin eines Besseren belehrt worden. Du, Herr Jesus, liebst mich, wie ich bin, das ist für mich der größte ***„Erfolg"*** *meines Lebens.*

Deine ***„Liebe"*** *macht alle schlechten Gedanken zunichte, Deine Liebe ist das mächtigste Werk, welches alle unsere Wunden heilt. Sogar das* ***„mangelnde Selbstwertgefühl"*** *hast Du, Herr Jesus, bei mir ausgelöscht und zusätzlich gibst Du mir jeden Tag das lebendige Gefühl, dass ich es wert bin, geliebt zu werden, und das von Dir, dafür danke ich Dir.*

Auch die ***„Tiere"****, die mich schon ein ganzes Leben lang begleiten und mich immer begleiten werden, geben mir so viel Freude, denn sie gehören zu unser aller Leben dazu. Sie sind Geschöpfe Gottes. Die Tiere haben mir gezeigt, wie wichtig es ist,* ***„Verantwortung"*** *für alles, was auf dieser Erde lebt, zu tragen. Denn Du, Herr Jesus, hast es uns vorgelebt, danke dafür.*

Danke, Herr Jesus, für meine ***„Eltern"****, sie waren immer ein Fels in der Brandung mit all ihren Ecken und Kanten, ich habe sie immer geliebt und geehrt. Weil sie immer ihr Bestes gaben. Für mich sind sie die besten Eltern der Welt und werden es für immer bleiben.*

Ich bin dankbar, dass ich ***„Geschwisterliebe"*** *erleben darf, es erfüllt mein Herz mit so viel Liebe und Anerkennung. Es ist so wunderbar, von Geschwistern akzeptiert zu werden, wie man ist. Danke Dir, Herr Jesus, dass ich das erleben darf.*

Ich betrachte inzwischen mein Leben als ein Kunstwerk, in welches viele ***„Wunder"*** *integriert sind. Denn Du, Herr Jesus, hast mir gezeigt, dass Wunder wundervoll sind – unabhängig davon, in welchen Farben oder Formen sich die Wunder präsentieren. Dafür danke ich Dir, Herr Jesus.*

Danke, dass Du mein Leben mit Deinen Wundern gerettet hast. Du weißt alles von mir, sowohl im Gestern als auch im Heute oder im Hier und ***„jetzt über mich".***

Dies verleiht mir ein beruhigendes Gefühl und eine tiefe Sicherheit, denn Du kennst mich in allem, was ich bin, was ich darstelle und wer ich bin. Deshalb bedeutet mir der Brief ***„Persönlich an Dich"****, Herr Jesus, sehr viel mit all diesen Begegnungen in meinem Leben – durch alle durchlebten Tiefen und Höhen weiß ich, dass Du, Herr Jesus, immer da warst und auch in Zukunft immer da sein wirst.*

Ich bin so dankbar, dass es Dich gibt, den Vater im Himmel und den Heilige Geist, der die Seele durchdringt. Die Dreifaltigkeit ***„im Namen des Vaters, des Sohnes und des Heiligen Geistes"****, denn Gott hat mich gerettet. Gott ist Dein Vater, Du* *sitzt neben seinem Thron und Gott ist auch mein Vater und somit* ***„unser Vater im Himmel". Halleluja, Halleluja, Halleluja, lobe den Herrn, Amen.***

Ich bete zu Dir

Mein lieber Herr Jesus.
Du bist der Weg, die Wahrheit und das Leben.
Bitte, Jesus, nimm mein Leben in Deine Hände,
lenke mich, führe mich, besitze mich.
Ich will, dass Du in mir lebst
und mein Leben in Deinem Werke bewegst.
Bitte, Herr Jesus, halte Deine Hände über die Menschen,
die nicht an Dich glauben, damit sie Deine lebendige Liebe empfangen.
Bitte, Herr Jesus, vergib ihnen ihre Sünden.
Bitte, Herr Jesus, in Deiner Gnade und Güte,
vergib mir alle meine Sünden.
Mit Deiner Barmherzigkeit und Güte, die in mir lebt,
kann ich und werde ich anderen vergeben.
Die Begegnung mit Dir, Herr Jesus,
bereichert mein Leben auf all meinen Wegen.
Herr Jesus, schön, dass es Dich gibt,
und Du sollst wissen, dass ich Dich liebe.
Amen.

„Meine Schafe hören meine Stimme, und ich kenne sie und sie folgen mir; und ich gebe ihnen das ewige Leben, und sie werden nimmermehr umkommen, und niemand wird sie aus meiner Hand reißen. Was mir mein Vater gegeben hat, ist größer als alles, und niemand kann es aus des Vaters Hand reißen.

Ich und der Vater sind eins."

Luther, Johannes
10: 27-30